U0824167

民国时期的儿童文学研究

王泉根 编

希望出版社

图书在版编目（CIP）数据

民国时期的儿童文学研究/ 王泉根编. —太原：希望出版社，2020.6

ISBN 978-7-5379-8039-5

Ⅰ. ①民… Ⅱ. ①王… Ⅲ. ①儿童文学—文学评论—中国—民国 Ⅳ.①I207.8

中国版本图书馆 CIP数据核字（2019）第 002444 号

民国时期的儿童文学研究

NINGUO SHIQI DE ERTONG WENXUE YANJIU

王泉根 编

出 版 人：孟绍勇　　**总 策 划：**王　琦
责任编辑：扆源雪　张晓晴　田意可
复　　审：田俊萍　　**终　　审：**侯天祥
美术编辑：王　蕾　　**责任印制：**刘一新　杨　炜
封面设计：天目文化　　**制　　版：**海轩文化

出　　版：山西出版传媒集团·希望出版社
地　　址：太原市建设南路 21 号
邮　　编：030012
印　　刷：山西新华印业有限公司
开　　本：720mm × 1010mm　1 /16
印　　张：33.25
版　　次：2020 年 6 月第 1 版
印　　次：2020 年 6 月第 1 次印刷
书　　号：ISBN 978-7-5379-8039-5
定　　价：80.00 元

民国时期儿童文学的理论深耕与生命共感
（序）

王泉根

一、关于民国时期的儿童文学

提出“民国时期的儿童文学”这一文学史概念，可能是一件具有“突破”意义的事，但也可能是一件具有“冒险”性质的事。因为，在我主编本书之前，至少在中国儿童文学界，还没有见到过这样的提法以及以“民国时期的儿童文学”为题的论著。“一切历史都是个人史”，对于那一段已成为历史的民国史，我们自然不可能有参与其中的历史机遇，但按照历史真实和学术逻辑，试着从方法论上寻找突破，还原民国时期儿童文学的历史图景，则是一件可以尝试的工作。从某种角度说，历史观比历史的事实更真实，如同绘画比照相更真实。从民国时期的儿童文学“历史观（理论）”的维度，探讨与还原民国时期的儿童文学的历史地图，应是符合历史真相与学术逻辑的。因为我们注意到，在民国时期的儿童文学“历史观（理论）”（论文、文献、序跋、演讲等）的背后，涉及民国期间的儿童观、儿童文学观、儿童教育教学观，涉及儿童的社会地位、生存权、发展权、受保护权，这些具有根本性的民国时期的儿童问题与社会问题。特别是儿童观与儿童文学观的变革，直接影响与规范着民国时期的儿童文学系统工程建设的方方面面——包括作家创作、编辑出版、学校教学、阅读推广、外来影响等。

用“民国时期的儿童文学”来代替“现代儿童文学”可能面临着以政治时代代替文学时代的质疑。但是，诚如有论者指出的那样[①]，就中国文学来说，以重大政治事件来划分文学史恰恰能表征文学的本质。毕竟文学是时代生活的反映，一个时代有一个时代的文学。无论是文学时代的整体风貌还是某一阶段的文学主题和创作倾向都与政治密不可分。如五四时期儿童观的变革与儿童文学的跨越式发展、左翼文学对儿童文学的影响、延安根据地与解放区的儿童文学等，时代规范与政治文化都对儿童文学烙下了深远的印痕。

我们注意到，现代文学研究界近些年的文学史观念变革与话语叙述，已经产生了一批“从意义概念返回到时间概念”[②]的民国文学研究成果，而主动进入这一研究领域的学者及其思维结晶近年更是大量增加，代表性的有张中良、周维东、张福贵、姜飞、李怡、陈福康等合著的六卷本《民国文学史论》（花城出版社 2014 年版），李怡等编的《民国文学讨论集》（中国社会科学出版社 2014 年版）等。以至有学者预测，“今后十年间，民国文学这一研究领域将成为现代文学研究的热点”[③]。相对于研究力量较为薄弱的儿童文学研究界而言，借用现代文学研究有关民国文学研究的思维成果，促进中国儿童文学史的观念变革与叙述策略，自然是一件意义自存的事。

儿童文学是整个文学系统中的独立门类与不可或缺的重要组成部分，就如同“失独”家庭不是完整的家庭一样，现代文学系统自然也不能缺失现代儿童文学这一子系统。按照现代文学研究界对民国文学史的叙述，民国文学是指 1912 年至 1949 年这一历史时期的文学，因而民国

---

①张福贵：《经典文学史的书写与文学史观的反思》，《文艺研究》2012 第 8 期。

②张福贵：《从意义概念返回到时间概念：关于中国现代文学史的命名问题》，李怡等编《民国文学讨论集》，中国社会科学出版社 2014 年版。

③丁帆等：《中国现代（百年）文学研究的统计与简析（2014.1–2015.7）》，《中国现代文学研究丛刊》2015 年第 12 期。

时期的儿童文学自然是指1912年至1949年这一历史时期的儿童文学。民国作为拥有数千年历史的中国在现代的表现形态，作为现代民族国家的历史存在，自然有其在政治、法律、经济、军事、文化、教育、新闻出版等诸多方面区别于传统封建王朝的民国机制。在这一历史时空中的民国文学及儿童文学的发生发展，自然受到这一时期的政治、文化、教育、新闻出版等诸多民国机制的影响、制约与规范，从而表现出鲜明的民国色彩。因而研究民国时期的儿童文学自然绕不开民国的教育制度、文学制度。

例如，试就民国初期的教育改制带来的国语运动所产生的影响而言，就可窥见民国教育制度对新文学与儿童文学产生的巨大意义与作用。因为，正是在民国初期教育改制的直接作用与影响下发生的国语运动，以及国语运动与文学革命这两大运动的合流所出现的“国语的文学，文学的国语”的主张，才把白话提升到正式书面语的地位，而国语运动又直接联系着中小学国语（语文）教育。新文学借助国语教育之力，国语教育成为新文学依靠的重要制度力量。正是通过这一“捷径”，新文学的新作品、新思维、新观念、新形态，才得以长驱直入，走进课堂、课本与“未来的阅读者”，而当一代代“未来的阅读者”成长起来以后，新文学自然而然地在中国扎下了深根，这是新文学之所以能在五四以后很快“胜利”的重要原因之一，同时也是儿童文学很快得以在中小学国语（语文）教育中普及从而得到全社会广泛关注的重要原因。[①]

二、民国时期的儿童文学的理论起点：从“儿童观”破题

民国时期的儿童文学的发生、发展，是以理论导其先，实践继其后的。这是民国儿童文学的基本特点与历史事实。

考察民国时期的儿童文学（1912—1949），我们可以发现这样一个

---

①参见王林：《新文学的教育之路：论现代文学与晚清民国语文教育的互动关系》，台湾万卷楼图书股份有限公司2015年版。

完全有别于共和国儿童文学（1949年迄今）的事实：民国时期的儿童文学一直没有专业的儿童文学作家，而是由一大批关心民族下一代、热心儿童文学的成人文学作家扛起了“双肩挑”的文学使命，他们既是杰出的成人文学作家，同时也是贡献卓著的儿童文学作家，如叶圣陶、冰心、茅盾、张天翼、郑振铎、老舍等等，大致要到民国晚期（20世纪40年代），才出现陈伯吹、严文井、贺宜、金近等相对“专职”的儿童文学作家；而1949年以后的共和国儿童文学则完全不同，专职的，以至于一辈子以儿童文学为志业的作家数量庞大，代代相继。今天我国至少有100位以上成就卓越的专业儿童文学作家，如果加上经常涉足儿童文学领域的，应该在3000人左右。这说明什么呢？这说明理论与实践的关系：从整体上说，民国时期的儿童文学的理论建设与影响要大于创作实践；而共和国正好相反，创作成就与影响远远高于理论思维成果。因而研究民国时期的儿童文学，自然而然，对这一历史时期理论建设与创新的探讨，就显得格外重要。同时，这一历史基本面也符合作为一种新式文学的儿童文学在现代中国发展的必然规律，正是理论观念的变革与创新，为儿童文学的创作生产带来了思想动力与艺术准绳。事实上，民国时期的儿童文学理论的最高成果，可以为研究民国时期的整个文艺学、美学、教育学、心理学、哲学等学科提供信息丰富的理论材料和“别有洞天”的中国社会精神史成果。

民国时期的儿童文学理论建设的深耕工作，按其历史轨迹与逻辑顺序，集中在儿童观的转变→儿童文学本体话语的建构→儿童文学教育的深入→儿童文学作家作品批评。民国时期的儿童文学的奠基者、建设者从不同维度、不同职场，投入了中国20世纪上半叶的这一精神思想与新式文学的拓荒、探索与建设工作。由于这一问题涉及面广，以下试作分项论述。

先谈民国时期的儿童文学的理论起点：从“儿童观”破题。

何为儿童文学？简单地说，儿童文学是大人写给小孩看的文学。具体地说，儿童文学（或称少年儿童文学）是以18岁以下的儿童为本位而创作的，具有契合儿童审美意识与发展心理的艺术特征，有益于儿童精神生命健康成长的文学。儿童文学是一种文学类型，包含着丰富多样的文体。儿童文学的特别之处在于它是一种因读者对象而命名的文学类型。按照联合国1989年通过的《儿童权利公约》的界定，儿童“系指18岁以下的任何人”。因此，实际上，儿童文学的儿童读者隐含着18岁以下的任何人。但18岁以下的儿童读者，无论是年龄特征、思维特征、社会化特征，还是性别、民族、国别、生存环境等各个方面都千差万别。他们唯一的共同之处是都处在成长之中，“长大成人”是他们的生命共感与共性。这就意味着，儿童文学关注的是一个处于不断变动中的、丰富多样的生命群体。

但是，由于儿童文学的受众对象以及这一文学所要表现的儿童生活世界，在成人眼里通常是被忽视（轻视、漠视）的，人类在漫长的岁月中，并没有把儿童当儿童看。对此，鲁迅曾作过这样的分析批评：“往昔的欧人对于孩子的误解，是以为成人的预备；中国人的误解，是以为缩小的成人。”①儿童没有各种权利，甚至发言权，用鲁迅批评的话说“孩子还没开口就已错了”。儿童的这种弱势地位天然地规定了儿童文学的生产者（包括创作者、批评者、编辑、阅读推广者）与话语权掌控者只能是成年人。因而，成年人如何理解儿童与如何对待儿童的观念与行动，也即“儿童观”，就成了决定儿童文学的根本。一部儿童文学史，实际上是成人社会儿童观的演变史，有什么样的儿童观，就有什么样的儿童的社会地位、权利、生存与命运，也就有什么样的儿童文学的题材内容、艺术表达与语言形式。在一切儿童文学现象背后，有一双无形的手在掌控着儿童文学，这就是成年人的儿童观。而儿童观的背后，则联

---

①鲁迅：《我们现在怎样做父亲》，《鲁迅全集》第1卷，人民文学出版社2005年版。

系着社会历史文化的变革与思想精神的脉动。因而，解读某一历史时期的儿童观，就成了解读这一时期儿童文学的“钥匙”。对于民国时期的儿童文学，尤其是如此。

民国时期的儿童文学的发生发展与理论建设，是从“儿童观”问题破题的，担当这一使命的，是当时中国一批最优秀、最前卫的思想家、文学家；而五四新文化运动则为中国人发现儿童、解放儿童、创建完全崭新的“儿童观”与“儿童文学观”提供了最好的时机与思想资源。

作为解放思想“收纳新潮，脱离旧套”（鲁迅语）的五四时期，如同“天赐”一般地为改变中国人传统“儿童观”的误区进而发现儿童、“救救孩子”（鲁迅语）提供了最好的历史契机。茅盾指出：“人的发见，即发展个性，即个人主义，成为五四新文学运动的主要目标；当时的文学批评和创作都是有意识或下意识地向着这个目标。”[①]五四新文化运动出现的重要社会思潮，如妇女解放的思潮、婚姻自由的思潮、表现自我的思潮、表现“爱”的思潮，再如关于父权、人生、国民性、个性解放、人格独立、青年、家庭、婚姻、贞烈观等问题的社会大讨论，无一不是向着“人的发现”这个总思潮的。如同欧洲文艺复兴运动经历了“发现人、解放人”，进而“发现妇女、解放妇女”，再进而“发现儿童、解放儿童”，致使儿童的发现和解放，成为人的发现与解放的“最后之发现和解放”一样，在中国，五四新文化运动也同样经历了这一思想观念和人的发现与解放的“最后之发现和解放”的颠覆性变革，只是在时间上是快速地重复了欧洲文艺复兴运动的经历而已。正是在这一前所未有的“人的发现”的总思潮的冲击下，传统封建王朝的“儒家三纲”之说土崩瓦解，其中的“父为子纲”奄奄一息，而“老者本位”“祖先崇拜”意识的否定与“儿童本位”“小儿崇拜”观念的肯定，终于使作为民族之未来的儿童问题得到了思想界、文化界、

①茅盾：《关于创作》，《茅盾全集》第19卷，人民文学出版社1991年版。

教育界的普遍重视。

文学革命主将鲁迅提出了一系列关于儿童问题的观点，特别是1919年10月发表的《我们现在怎样做父亲》，成为改变中国人传统“儿童观”的宣言书。鲁迅深刻地指出：“孩子的世界，与成人截然不同，倘不先行理解，一味蛮做，便大碍于孩子的发达。所以一切设施，都应该以孩子为本位”；“此后觉醒的人，应该先洗净了东方古传的谬误思想，对于子女，义务思想须加多，而权利思想却大可切实核减，以准备改作幼者本位的道德”。他呼吁社会对于儿童“应该健全的产生，尽力的教育，完全的解放”“一切设施，都应该以孩子为本位”；儿童解放“这是一件极伟大要紧的事，也是一种极困苦艰难的事”。他认为这有三方面的工作要做：“开宗第一，便是理解”，理解儿童的心理、生理特征与精神世界，这是发现儿童的前提；“第二，便是指导”，使孩子“将来成为一个完全的人”；“第三，便是解放”，社会要为他们“开辟新路”，使他们“全部为他们的自己所有，成为一个独立的人”。中国千百年来以“父为子纲”为核心、视儿童为“缩小的成人”的儿童观，遭到了前所未有的挑战。

鲁迅把“儿童本位”作为一个社会目标与思想口号正式提出，这是其在1918年《狂人日记》中发出的“救救孩子”的呐喊的延续与生发，其目的都是为了人类“去上那发展的长途”，努力“肩住了黑暗的闸门”“放后起的生命”“到宽阔光明的地方去”。[①] 从这一使命出发，鲁迅以极大的热情关注着深刻影响儿童精神生命成长的儿童读物与儿童文学，并在以后的文学理论中，对儿童文学提出了一系列精辟见解，而且还在自己创作的《故乡》《社戏》《药》《明天》等小说中，塑造了一批鲜活的少年形象，通过对农家少年（闰土、双喜等）的热情赞颂来

①鲁迅：《我们现在怎样做父亲》，《鲁迅全集》第1卷，人民文学出版社2005年版。

表达对幼者深沉的爱，通过对摧残幼者（华小栓、宝儿等）的恶势力的鞭挞，警醒全社会都来“救救孩子”。在鲁迅眼里，“童年的情形，便是将来的命运”[①]，儿童文学直接关系着民族未来一代国民性格的塑造与民族国家的命运。

与鲁迅并称为“兄弟作家”的周作人，是民国时期从事儿童文学研究的第一人。早在 1913 年与 1914 年，周作人就发表了《童话研究》《古童话释义》《儿歌之研究》等文章，后来又在《新青年》上不断刊登安徒生、托尔斯泰等的童话译作。五四时期，周作人的反传统意识十分明显，在儿童观上也是如此。在 1918 年 12 月在《新青年》上发表的《人的文学》，1920 年 12 月发表的《儿童的文学》，1923 年发表的《儿童的书》《关于儿童的书》等文章中，周作人提出了一系列儿童教育、儿童文学的新观点。他认为“我们对于教育的希望是把儿童养成一个正当的‘人’”[②]，凡是“违反人性”的扼杀儿童精神的“习惯制度”都应加以“排斥”。他强调必须尊重儿童的社会地位与独立人格，“儿童在生理心理上，虽然和大人有点不同，但他仍是完全的个人，有他自己的内外两面的生活”“儿童教育，是应当依了他内外两面生活的需要，适如其分的供给他，使他生活满足丰富”[③]。周作人还批评传统教育与旧文学漠视儿童的精神世界，感叹“中国还未曾发见了儿童，——其实连个人与女子也还未发现，所以真的为儿童的文学也自然没有”[④]。他认

①鲁迅：《南腔北调·上海的儿童》，《鲁迅全集》第 4 卷，人民文学出版社 2005 年版。

②周作人：《关于儿童的书》，《谈虎集（下卷）》北新书局 1934 年 4 月版。另见《周作人自编文集·谈虎集》，止庵校订，河北教育出版社 2002 年版。

③周作人：《儿童的文学》，《新青年》1920 年 12 月第 8 卷第 4 号。另见《周作人自编文集·儿童文学小论》，止庵校订，河北教育出版社 2002 年版。

④周作人：《儿童的书》，《晨报》副刊 1923 年 6 月 21 日《文学旬刊》3 号。另见《周作人自编文集·儿童文学小论》，止庵校订，河北教育出版社 2002 年版。

为"儿童同成人一样的需要文艺"，新文学有"供给他们文艺作品的义务"，从事儿童文学的人应当注重理解"儿童的世界""迎合儿童心理供给他们文艺作品"。[①]他根据不同年龄阶段儿童的特征，对三至六岁、六至十岁、十至十五岁三个时期的孩子对儿童文学的不同需要作了分析。周作人认为："儿童的文学只是儿童本位的，此外更没有什么标准"[②]，儿童文学应当"顺应满足儿童之本能的兴趣与趣味"[③]，"顺应自然，助长发达，使各期之儿童得保其自然之本相"[④]。

深受五四新文化思潮影响的郭沫若，在去日本留学多年后，于1921年回国，与郁达夫等成立创造社。郭沫若同时是一位坚定地倡导儿童文学的作家。他在1922年1月11日写的《儿童文学之管见》[⑤]一文，从文学影响人性素养与国民精神的维度，强调儿童文学不仅对儿童，而且对社会也有"宏伟的效力"："人类社会根本改造的步骤之一，应当是人的改造。人的根本改造应当从儿童的感情教育、美的教育着手。有优美纯洁的个人才有优美纯洁的社会。""文学于人性之熏陶，本有宏伟的效力，而儿童文学尤能于不识不知之间，导引儿童向上，启发其良知良能。"他认为"儿童文学的提倡对于我国社会和国民，最是起死回春的特效药，不独职司儿童教育者所当注意，举凡一切文化运动

---

①周作人：《儿童的文学》，《新青年》1920年12月第8卷第4号。另见《周作人自编文集·儿童文学小论》，止庵校订，河北教育出版社2002年版。

②周作人：《儿童的书》，《晨报》副刊1923年6月21日《文学旬刊》3号。另见《周作人自编文集·儿童文学小论》，止庵校订，河北教育出版社2002年版。

③周作人：《童话的讨论》，见赵景深编《童话评论》，上海新文化书社1924年版。

④周作人：《童话概论》，原载1913年9月《教育部编纂处月刊》第1卷第8期；参见王泉根编《周作人与儿童文学》，浙江少年儿童出版社1985年8月版。另见《周作人自编文集·儿童文学小论》，止庵校订，河北教育出版社2002年版。

⑤郭沫若：《儿童文学之管见》，《民铎》月刊1922年第2卷第4期。另见《沫若文集》第10卷，人民文学出版社1957年版。

家都应当别具只眼以相看待”，因为“今天的儿童便为明天的国民”，儿童的状况关系着民族的未来。像这样将儿童文学视为疗救中国社会“起死回春的特效药”，这是何等的重视与推戴！

儿童一旦真的被“发现”，深刻影响儿童教育、儿童精神的儿童读物与儿童文学立刻得到了一代五四精英的极大关注。陈独秀曾明确指出：“‘儿童文学’应该是儿童问题之一。”[①]鲁迅、胡适、周作人、沈尹默、刘半农等先后在《新青年》发表了以儿童生活为题材的白话诗；《新青年》还破格为儿童文学提供园地，在全国各大报刊中，率先登载了安徒生、托尔斯泰、梭罗古勃等的童话译作，并发表了周作人热情鼓吹儿童文学的文章《读安徒生童话〈十之九〉》（1918 年 9 月）与《儿童的文学》（1920 年 12 月）。由于《新青年》的大力倡导，文学界、教育界、新闻界、妇女界普遍开展了关于儿童教育新途径的探讨，呼吁人们改变传统“儿童观”，强调“儿童一样爱好文学，需要文学，我们应当把儿童的文学给予儿童”[②]。《教育杂志》《中华教育界》《妇女杂志》《东方杂志》以及著名的四大副刊（《晨报·副刊》《京报·副刊》《民国日报·觉悟》《时事新报·学灯》）纷纷发表文章，热烈探讨儿童读物与儿童文学，刊登儿童文学作品，有的还开辟了专栏，如《晨报》的《儿童世界》，《京报》的《儿童周刊》。叶圣陶在《晨报·副刊》发表的《文艺谈》（1921 年 3 月）中大声呼吁：新文学战士应当“为最可宝爱的后来者着想，为将来的世界着想，赶紧创作适于儿童的文艺品”，这是新文学面临的“重要事件之一”“这也是伟大的事业啊”！冰心以强烈的社会责任感，用诗的语言热切地呼唤：“万千的天使 / 要起来歌颂小孩

①参见茅盾《关于“儿童文学”》，《文学》1935 年 2 月 1 日第 4 卷第 2 号。另见《茅盾全集》第 22 卷，人民文学出版社 1993 年版。

②吴研因：《清末以来我国小学教科书概观》，《中华教育界》1935 年 5 月第 23 卷第 11 期。又见张静庐辑注《中国出版史料补编》，中华书局 1957 年版。

子；/ 小孩子！/ 他细小的身躯里，/ 含着伟大的灵魂。”[①]1922 年，黎锦熙等国语运动的推行者们，也在《国语月刊》创刊号上开设“儿童文学”专栏，疾呼“‘国语化的儿童文学读物’，确是国语中紧要分子”。

三、建构“儿童本位”的儿童文学观

“儿童文学”对于民国文坛无疑是一种全新的文学，因为至少在 1920 年 12 月《新青年》杂志发表周作人《儿童的文学》一文之前，中国的文学界似乎还没有正式提出“儿童文学”这一概念。当时提得最多的是“童话”。自 1909 年商务印书馆孙毓修编选《童话》丛刊以来，“童话”已广泛地为读书界、文学界所熟知，因而在很长时间里，“童话”几乎成了“儿童文学”的代名词，两者之间常可通用。试举两例：1924 年 1 月，上海新文化书社出版的由赵景深编选的《童话评论》一书，所选 18 位作者的 30 篇论文，其中有不少与童话无关，此书实际上是我国第一部儿童文学论文集。再如，1935 年鲁迅翻译出版的苏联班台莱耶夫的作品《表》，标明为“童话”，而实际上是中篇儿童小说。

中国儿童文学史上究竟何时何人最先提出或使用“儿童文学”一词？现在碍难考订。但据茅盾在 1935 年发表的《关于“儿童文学”》[②]一文的说法，“儿童文学”一词的出现大致在 1921 年至 1922 年间。茅盾这样说：“‘儿童文学’这名称，始于五四时代。大概是五四运动的上一年罢，《新青年》杂志有一条启事，征求关于‘妇女问题’和‘儿童问题’的文章。五四时代的开始注意儿童文学是把‘儿童文学’和‘儿童问题’联系起来看的，这观念很对。记得是一九二二年顷，《新青年》那时的主编陈仲甫先生在私人的谈话中表示过这样的意见，他不很赞成‘儿童文学运动’的人们仅仅直译格林童话或安徒生童话而忘记

①冰心：《繁星·三十五》，见《冰心文集》，海峡文艺出版社 1994 年版。

②茅盾：《关于“儿童文学”》，《文学》1935 年 2 月 1 日第 4 卷第 2 号。另见《茅盾全集》第 22 卷，人民文学出版社 1993 年版。

了‘儿童文学’应该是‘儿童问题’之一。”

“儿童文学”一词被中国社会开始接受并流行开来，应在1921年到1922年之间，我认为这是可信的。重要原因之一，是受1920年12月周作人发表的《儿童的文学》一文之影响。以周作人当时的文学地位以及此文在《新青年》杂志上发表的学术影响，周作人提出的“儿童的文学”的口号迅速得以流传，以后顺理成章地演变、简化成了“儿童文学”。

1921年3月5日起，《晨报》副刊开始连续刊登叶圣陶的《文艺谈》，全文共40则。其中3月12日发表的第7则是专谈“儿童的文艺品”的，此文最后一段是这样的：“我想，儿童若是有适宜的营养品——文艺品，一定可以有更高的创作力，成就很好的儿童作品。因此，文艺家对于儿童文艺更不可不努力。”这是媒体上最早出现的“儿童文艺”一词。叶圣陶在3月22日发表的《文艺谈》第8则中，竟有5处使用“儿童文艺”，可见叶圣陶对“儿童文艺”一词之喜爱。

从现有文献资料考察，1921年暑假应是“儿童文学”正式登场的时机。1921年，商务印书馆在上海举办讲习所，在为期三个月的师范班毕业之时，正值暑假，于是又续办了五个星期的“暑假专修班”，听讲者多达五百余人，来自全国十五个省。这个专修班除了讲习国语外，还举办了多次演讲会，演讲者都是当时文化界、教育界的名人或新从欧美考察回国的学者、教授，如胡适、黄炎培、马寅初、陈鹤琴等。演讲内容涉及欧美教育新潮，哲学、经济学、心理学、教育学等。教育家严既澄在这个专修班上作了题为《儿童文学在儿童教育上之价值》[①]的演讲。严既澄开篇就对儿童文学作了明确界说：“儿童文学，就是专为儿童用的文学。他所包含的，是童谣、童话、故事、戏剧等类，能唤起儿童兴趣和想象的东西。”严既澄认为，从科学的儿童观出发，儿童教育必须

①严既澄：《儿童文学在儿童教育上之价值》，《教育杂志·讲演号》1921年11月刊。

适应儿童内部的心理发展规律与精神需求，特别是“儿童时代的想象力，是很关重要，很应当尽力去发展他的”“人生在小学的时期内，他的内部生命，对于现世，都没有什么重要的要求，只有儿童的文学，是这时期内最不可缺的精神上的食料。因此，我以为真正的儿童教育，应当首先着重这儿童文学”。严既澄的这番讲演，对于当时的学校教育重视儿童文学起了积极的促进作用，同时由于明确采用了“儿童文学”一词，通过全国性暑假专修班的传播影响，“儿童文学”自然广泛流传开来。

“儿童文学”一词以及这种新式文学最先在小学教育界受到欢迎并得以普及。五四以后的 1921 年至 1924 年间，全国普遍出现了儿童文学热潮。诚如当时的儿童文学研究者所言：“近几年来，小学教育界表面的进步，可算一日千里了。……旁的不用说，年来最时髦，最新鲜，兴高采烈，提倡鼓吹，研究试验的，不是这个‘儿童文学’问题么？教师教，教儿童文学；儿童读，读儿童文学。研究儿童文学，演讲儿童文学，编辑儿童文学。这种蓬蓬勃勃勇往直前的精神，令人可惊可喜。”①

走进中小学校去演讲新文学与儿童文学，或直接参与中小学国语教学改革，这是五四新文学的一道“风景”（今天有不少著名儿童文学作家、评论家与阅读推广人，走进中小学校，进行儿童文学的“阅读推广”活动，从某种角度说，是继承了五四新文学的这一“传统”）。鲁迅曾多次到中学演讲，阐发新文学理念，强调阅读新文学的重要性；胡适曾两次发表《中学国文的教授》，并参与中小学学制改革；钱玄同帮助孔德学校编纂国语教材；周作人《儿童的文学》就是其 1920 年 10 月 26 日在北京孔德学校所做的演讲稿。1922 年暑假期间，郑振铎与茅盾应邀去宁波“四明夏期教育讲习会”讲学。讲习会自 7 月 24 日开始，至8 月 12 日结束，学员是来自宁波及周边鄞县、镇海、奉化、慈溪、

①魏寿镛、周侯予：《儿童文学概论》，商务印书馆 1923 年 8 月版。

余姚、上虞等县的中小学教师，共300多人。茅盾演讲了《文学上各种新派兴起的原因》，郑振铎则演讲了《儿童文学的教授法》，大力推广儿童文学，强调儿童文学与学校教育的结合。

这时期不少新文学家与教育家，发表了一大批儿童文学研究与演讲的文章，重要者有：郭沫若的《儿童文学之管见》（1922年）、郑振铎的《儿童文学的教授法》（1922年）、周邦道的《儿童的文学之研究》（1922年）、刘衡如的《儿童图书馆和儿童文学》（1922年）、戴渭清的《儿童文学的哲学观》（1924年）、陈学佳的《儿童文学问题》（1924年）、张九如的《儿童文艺教学法》（1924年）等。1922年9月，我国第一本以儿童文学为题的教学用书《儿童文学读本教学法》（周尚志、沈百英等编），由商务印书馆出版。1923年8月，我国第一本探讨儿童文学基本原理的专著，同时也是师范院校的儿童文学教材《儿童文学概论》（魏寿镛、周侯予著），也由商务印书馆出版。自此，“儿童文学”一词终于在中国文化版图上扎下了深根。

在民国时期的儿童文学的初创阶段，“儿童本位论”几乎成了许多儿童文学文论的立论依据。郭沫若在《儿童文学之管见》中提出了儿童文学是“儿童本位的文学”的看法：“儿童文学，无论采用何种形式（童话、童谣、剧曲），是用儿童本位的文字，由儿童的感官以直诉于其精神堂奥，准依儿童心理的创造力的想象与感情之艺术。”郑振铎在《〈儿童世界〉宣言》中明确宣布，要以美国麦克·林冬提出的“儿童文学及其他学问都要：（一）使他适宜于儿童的地方的及其本能的兴趣及爱好。（二）养成并且指导这种兴趣及爱好。（三）唤起儿童已失的兴趣与爱好”作为办刊宗旨。[①]他又在《儿童文学的教授法》中给儿童文学下了如下定义：“儿童文学是儿童的——便是以儿童为本位，儿童所

①郑振铎：《〈儿童世界〉宣言》，本文写于1921年9月22日，先后刊登于1921年12月28日《时事新报·学灯》、12月30日《晨报副刊》及《妇女杂志》。

喜看所能看的文学。”[①]严既澄的《儿童文学在儿童教育上之价值》一文认为，儿童教育必须“顾全儿童的时期，用适当的教材，来谋他内部的发展”；“儿童文学，就是专为儿童用的文学”，它所包含的，是“能唤起儿童的兴趣和想象的东西”。冯国华在《儿歌底研究》中也发表了类似的见解：“我以为儿童文学，就是儿童的文学；详细地说：用儿童本位的文字组成的文学，由儿童底感官可以直接诉于其精神之堂奥者；换句话说，就是明白浅显，富有兴趣，一方面投儿童的心理所好，一方面儿童能够自己欣赏的，就是儿童文学。”[②]

以上诸家的意见正是五四前后最有影响的儿童文学观，尽管表述的方式不同，但都指出了同一问题：儿童文学必须以儿童为本位，“迎合儿童心理”，服务于儿童。强调儿童文学应以儿童为本位，即以儿童为中心、儿童为主体，强调儿童文学应迎合儿童心理，即以儿童的心理特征及认识水平、接受能力、精神需求为准绳，使之成为儿童所喜看、所能看的文学。这实在是中国儿童文学一个划时代的变革，一个革命性的进步！五四儿童文学的观念更新已成定势，民国儿童文学的历史在这里举行了隆重的奠基礼。

四、民国时期的儿童文学的教育之路

（一）教改目标：从成人本位变到儿童本位

清末民初是中国教育体制颠覆性变革的时期，可谓“千年未有之大变局”。1905年，清朝政府宣布“立停科举以广学校”，从隋唐开始延续了1300余年的科举制度终被废弃，代之而起的是深受西方教育影响的新式学堂。1898年戊戌变法时创设的京师大学堂，是中国近代最

---

①郑振铎：《儿童文学的教授法》，宁波《时事公报》1922年8月10—12日。参见金燕玉等《郑振铎〈儿童文学的教授法〉考评》，《福建论坛》1984年第2期。

②冯国华：《儿歌底研究》，《民国日报·觉悟》1923年11月23日、27日、29日。

早的大学，也即北京大学之前身。1902 年京师大学堂正式附设师范馆，此为北京师范大学之前身。京师大学堂师范馆所设课程有经学、习字、作文等，由此开启中国语文教育进程的百年历程。据资料，至 1910 年，全国用来培养中小学教师的师范学校已达 415 所，学生有 28 572 人。①

进入民国时期，1912 年至 1913 年，民国政府教育部颁布实施《壬子癸丑学制》，确定从小学到大学的各级各类学校的教育制度。1920 年，民国政府教育部公布修正《国民学校令》，要求废弃文言，采用国语。同年 4 月，民国政府教育部发出通告，要求国民学校文言教科书分期作废，逐渐改用语体文。自此中国教育正式开启将文言文改为白话文的教学改革。

我国自 20 世纪初兴办新式学堂、实行分科教学开始，最初数、理、化、音、体、美等学科都借鉴欧美、日本等国的经验编制相关的新式教材，唯独国语（语文）一科还是沿袭传统，仍由自己编制，先是袭用旧式选本，后来部分地采用新制选本。民国以后，进入五四时期，深受五四时代精神影响的中国教育界，进入了一个前所未有的改革活跃期，很多改革一直持续到抗日战争爆发。其中，儿童文学与小学国语（语文）教材改革之间的关系尤为突出。

国语教材改革之前的最大问题是“成人本位”。清末民初，国语教育的“旨趣”重在灌输“儿童出校后必须之知识”，以“藉立将来独立营生之基础”；也灌输一些“国民教育精神”，以备“他日儿童出而问世”之用。②显然，这种国语教育观并没有把儿童当儿童看，不会认为儿童在生理、心理上和成人有极大的差异，而只是把儿童看成“缩小的

---

①张岱华主编：《中国文史百科》，浙江人民出版社 1998 年版。

②参见张心科著《清末民初儿童文学教育发展史论》，北京师范大学出版社 2011 年版。

成人”与“成人的预备”。

在这种成人本位、实用主义观念指导下的小学国语教材，自然远离儿童生活经验与阅读兴趣，只是成人主观意志与兴趣的“灌输”。如1912年民国出版的第一种新编小学教科书，其中的《新国文》的“编辑大意”有“详言国体政体及一切政法常识，以普及参政之能力”“选录古今名人著作以养成文字之初基”。教育家吴研因批评说：“从前的教科书，内容太‘现实’，而且用抽象的说明文叙述，好比前几年《申报》副刊的常识，没有几个人要看。”[①] 1921年，作为小学教师的叶圣陶，曾对当时的教科书与成人化的“儿童读物”发出过这样的抱怨：“我所见的，充满于我眼前的，只是些古典主义的，传道统的，或是山林隐逸、叹老嗟贫的文艺品……欲选没有缺憾而也可以使他们欣赏的文艺品，竟不可得。”真能供少年儿童欣赏而“没有缺憾”的读物，在叶圣陶眼里就是“对准儿童内发的感情而为之响应”的“儿童本位”的教材与读物。[②] 因而深受五四新文化运动影响的小学国语教材改革的目标，就被定位为“从成人本位变到儿童本位”。

（二）儿童文学进入国语教材的制度保障

儿童文学的受众对象是少年儿童，学校教育的受教对象也是少年儿童，因之，儿童文学与学校教育在目标群体上具有一致性。儿童文学与学校教育中的国语（语文）教学可以说是“一体两面”“手心手背”之事。儿童文学只有走进学校，与语文教学和校园文化紧密结合，才能真正走向广大少年儿童，找到最广阔的天地，发挥最大的效益。叶圣陶曾就儿童文学与语文教学的关系作过相当精辟的论述，他认为：

---

①吴研因：《清末以来我国小学教科书概观》，《中华教育界》1935年5月第23卷第11期。另见张静庐辑注《中国出版史料补编》，中华书局1957年版。

②叶圣陶：《文艺谈》，《晨报副刊》，1921年3月5日。参见《叶圣陶论创作》，上海文艺出版社1982年版。另见《叶圣陶集》第9卷，江苏教育出版社2004年版。

“给孩子们编写语文课本，当然要着眼于培养他们的阅读能力和写作能力，因而教材必须符合语文训练的规律和程序。但是这还不够。小学生既是儿童，他们语文课本必得是儿童文学，才能引起他们的兴趣，使他们乐于阅读，从而发展他们多方面的智慧。”[①]但这毕竟是一位教育工作者与儿童文学作家的观念。儿童文学能否进入学校教育，能否与语文教学相结合，最终取决于制定教育制度与课程标准的教育行政部门。

历史在20世纪20年代做出了一个重要选择，毕竟当时“民主”“科学”的五四精神正席卷神州大地，五四时代的精神与变革、创新的思想意识，为儿童文学长驱直入学校教育提供了最佳历史契机——由教育家与儿童文学家来直接主持、参与课程标准的研制与教材的编写，这是民国教育的一道“独特风景”，也是民国时期的儿童文学与语文教育互动关系的基本特点，其结果是使儿童文学大举进入学校教育，走进课本，走进校园，走进孩子们的精神世界。这道独特风景的最大表现之一是居然由民间学术社团来主持制定并在全国推行“课标大纲”。

1922年，全国教育联合会组建的专家团队“新学制课程标准起草委员会”，负责起草各课程标准草案，其中各年级国语课程纲要起草人均为一人，小学、初中和高中的起草者分别为吴研因、叶圣陶、胡适。[②]1923年6月，全国教育联合会公布了由吴研因起草制定、“新学制课程标准起草委员会”复定的《新学制课程标准纲要·小学国语课程纲要》（以下简称《纲要》）[③]，这是中国有史以来第一份系统完备的指导小学

①叶圣陶：《我和儿童文学》，《叶圣陶和儿童文学》，少年儿童出版社1990年版。另见《叶圣陶集》第9卷，江苏教育出版社2004年版。

②参见《新学制课程纲要总说明》，课程教材研究所编，《20世纪中国中小学课程标准·教学大纲汇编·课程（教学）计划卷》，人民教育出版社2001年版。

③课程教材研究所编：《20世纪中国中小学课程标准·教学大纲汇编·语文卷》，人民教育出版社2001年版。

语文教学的课程标准与“法规”。这份《纲要》当时虽未经民国政府部门正式颁布，并非官方文件，但由于全国教育联合会在中国教育界所具有的代表性、权威性和影响力，全国各地基本上都按照这份《纲要》施行，许多书局也据此编写出版国语教材。

问题的重要性在于，这份《纲要》深受美国杜威实用主义教育与“儿童本位”思想的影响，强调以儿童为中心，规定小学语文教材总的原则是“从儿童生活上着想，根据儿童生活之需要编订教材，形式则注重儿童化，内容则适合儿童经验”。因而《纲要》自然而然地将儿童文学放在了课程内容的主要位置，不但对儿童文学的教学做出了规定，而且对各个学年段文体的安排有非常详细的说明。

例如：第一学年“记载要项和字句多反复的童话故事，和儿歌、谜语等的诵习”；第二学年也是“字句多反复的童话故事，和儿歌、谜语等的诵习”；第三学年为“童话、传记、剧本、儿歌、谜语、故事、诗、杂歌等的诵习”；第四学年文体略有变化，小说代替了童话，民歌代替了杂歌，变为“传记、剧本、小说、儿歌、民歌、谜语、故事、诗等的诵习”，并提出“指导阅读儿童报和参考图书”；第五学年在第四学年的基础上强调“注重传记、小说”；第六学年“同第五学年，可酌加浅易文言的诗、文的诵习”。在课程纲要的“方法”一栏里特别强调：“注重欣赏、表演，取材以儿童文学（包含文学化的实用教材）为主。”《纲要》还规定了“毕业最低限度的标准”，其中初级阶段阅读需“读语体儿童文学等书八册（以每年二册计，每册平均四五千字）”，高级阶段阅读需“读儿童文学等书累计至十二册以上”。

这实在是中国儿童之幸！自此，儿童文学在语文教材中的“合法化”地位，在制度层面得到了确认与保障。重要性还在于，由于这份《纲要》的实际效果和影响实在太大太广，致使后来由民国政府教育部制定颁布实施的两份官方版新课标——1929 年的《小学课程暂行标准小学国语》与1932年的《小学课程标准国语》[①]，基本上延续了1923年"民间版"的《新学制课程标准纲要·小学国语课程纲要》的内涵，只是在此基础上稍作修订补充，主体内容变化不大，依然突出儿童本位与儿童经验，强调儿童文学的重要性与地位。如1929年的《小学课程暂行标准小学国语》所提出的课标五项目标之一是："欣赏相当的儿童文学，以扩充想象，启发思想，涵养感情，并增长阅读儿童图书的兴趣。"因而20世纪二三十年代在中国影响最大、使用最广的小学国语(语文)教材中，儿童文学始终是重中之重，占有突出位置。诚如吴研因概括的那样："新学制小学国语课程，就把'儿童的文学'做了中心，各书坊的国语教科书，例如商务的《新学制》，中华的《新教材》《新教育》，世界的《新学制》……就也拿儿童文学做标榜，采入了童话、寓言、笑话、自然故事、生活故事、传说历史故事、儿歌、民歌等等。"[②]

特别使人欣然的是，主持编制这些小学国语教材的不是别人，正是那些力主"儿童本位"、谙熟儿童文学的教育家与作家，其中贡献最大的是吴研因与叶圣陶。

（三）吴研因与商务版《新学制国语教科书》

吴研因是一位有自己教育理想的教育家与实践者。他在1922年发表的《新学制建设中小学儿童用书的编辑问题》[③]一文中，围绕"小学儿童用书由谁编辑？怎样编辑？内容应该是什么样？怎样实验和审定？"四个方面，对新学制教材的研制做了系统、深入的探讨，并提出了自己

①课程教材研究所编：《20世纪中国中小学课程标准·教学大纲汇编·语文卷》，人民教育出版社2001年版。

②吴研因：《清末以来我国小学教科书概观》，《中华教育界》1935年5月第23卷第11期。另见张静庐辑注《中国出版史料补编》，中华书局1957年版。

③吴研因：《新学制建设中小学儿童用书的编辑问题》，《新教育》1922年第5卷第1、2期合刊。

鲜明的观点。这四个方面涉及儿童教材的编写主体、编写方法、教材内容的选择与呈现以及教材的实验与审定，这四大问题均是教材编写的焦点与难点问题，因而此文的观点既充满了挑战性、前瞻性，同时也具有很大的指导性。

关于小学生教学用书由谁来编，吴研因认为最适合的是“书坊”，即图书编辑出版机构，因为书坊既有专门的编辑资源，又易于发行。但要警惕书坊编辑的儿童文学素养不够、编订程序不科学、自私心重等问题。吴文呼吁，“除了书坊，著名学校和各省各县组织的教育团体也编书”，尽可能多渠道地为儿童提供优质的教学。吴研因认为最不适合编写儿童用书的是教育部，他们要么“大而无当”，要么“总有些官气”，与“民主”精神不合，这是非常有胆识和批判力的。关于怎样编辑小学生教学用书，吴研因提出“要换一个见解说：教育儿童，要选社会经验中极精粹经济，儿童极需要并且一定能够学习的材料给他”。显然这是“儿童本位”的教育观。关于儿童用书的内容，吴研因详尽地提出了七个操作性很强的建议：要用语体文不用文言文；应当含文学趣味；多提倡鼓励；要单元少而叙述详；要用儿童心理学的方法编排；要插图多，而且想象图多；要装订精巧等。这些举措无一不是站在儿童本位的立场，从儿童出发的。

吴研因提出的这份具有很强纲领性、指导性观点的《新学制建设中小学儿童用书的编辑问题》，对实行新学制后的20世纪20年代的民国教育界、出版界与儿童文学界产生了很大影响，如同1920年周作人发表的《儿童的文学》一文，引发了儿童文学的观念更新和现代性儿童文学建设问题的讨论一样，吴研因的这篇文章则开启了关于儿童文学在学校教育与阅读发展中的作用和儿童教学用书的编写原则与方法问题的讨论。

1923年6月，由吴研因主编的供初级小学使用的八册《新学制国语教科书》由商务印书馆出版，由于课文内容突出儿童化与儿童文学，因而大受欢迎，出版当月就再版30次（民国教科书一版印数通常为5000册）！这套商务版新学制教材，几乎全采用儿歌、童话、寓言、民谣之类作材料，并得到了民国教育部的首肯。

教材第一册第一课是“狗、大狗、小狗”。第二课是“大狗叫，小狗跳，大狗小狗叫一叫，跳两跳”。当时曾有人以吴研因主编的这套商务版教材与清末《最新国文教科书》中的第一册第一课“天地日月”、民国初年《共和国教科书新国文》第一册第一课“人手足刀尺”作比较，讥讽说这是“从天到人”又“从人到狗”的变化，意谓国语教材的品质越来越低。但如果用“儿童本位”的教育观反观这种变化，则是教材的儿童化与“儿童文学化”越来越高。这些“猫狗教科书”的盛行，正标志着儿童文学全面进入小学国语教学领域，“总看教材的变迁，可用一句话来包括净尽，就是从成人本位变到儿童本位”①。

正是五四新文化运动的伟力，正是当时中国一批思想家、教育家力倡“儿童本位”与“儿童文学”，才使“民十（即民国十年，1921年）左右”，儿童文学的高潮就大涨起来。所谓新学制的小学国语课程，就把‘儿童文学’做了中心”。②儿童文学成了当时教育界、文学界、出版界“最时髦、最新鲜、兴高采烈、提倡鼓吹”③的热门话题。语言学家、教育家黎锦熙在总结国语运动史时，曾给这一时期的教学状况下了这样的评判：“‘儿童文学’这一股潮流……达到最高点。”④

（四）叶圣陶与《开明国语课本》

自五四新文化运动以降，直至20世纪三四十年代，儿童文学一直与

①吴研因、沈百英：《小学教学法概要》，《教育杂志》1924年第16卷第1号。

②吴研因：《清末以来我国小学教科书概观》，《中华教育界》1935年5月第23卷第11期。另见张静庐辑注《中国出版史料补编》，中华书局1957年版。

③魏寿镛、周侯予：《儿童文学概论》，商务印书馆1923年8月版。

④黎锦熙著《国语运动史纲（上）》，上海商务印书馆1934年版。参见张心科著《清末民初儿童文学教育发展史论》，北京师范大学出版社2011年版。

语文教学紧密融合。在将儿童文学全方位引入小学教材方面，20 世纪 20 年代以吴研因为开启者与代表，三四十年代则以叶圣陶为贡献最大的后继者与代表。

叶圣陶虽也是一位教育家，但不同于吴研因的是，他同时还是成就卓著的小说家、儿童文学家，中国现代原创童话奠基者；同时他曾长期从事小学语文教学，对少年儿童的阅读兴趣、喜好有充分的了解。他在 1921 年 3 月写的《文艺谈》中这样说："我是个小学教师，我的学生都是十一二岁的少年。我选国文给他们读，各种性质和形式的文字都要选，而他们最喜欢富于感情的。"这就是文学作品，特别是儿童文学，如"莫泊桑的《两个朋友》、都德的《最后一课》和《柏林之围》"。教育实践经验使叶圣陶深刻认识到："儿童若是有适宜的营养品——文艺品，一定可以有更高的创作力，成就很好的儿童作品。因此，文艺家对于儿童文艺更不可不努力。"[①] 正是这种来自基层的切身经验与对民族下一代的责任担当，促使叶圣陶走上了为儿童创作儿童文学作品的道路，同时也使他走上现代语文教育改革的道路，而一旦有机会从事小学国语教材的编制，他也就自然而然地将儿童文学全方位引入了教材。

1923 年，叶圣陶进入商务印书馆从事编辑出版工作。1930 年起，他长期在上海开明书店任职，并与夏丏尊主办《中学生》杂志。抗战期间，他前往四川继续主持开明书店的编辑工作。1946 年，随开明书店回到上海后，他曾担任过上海市小学教师联合进修会和中学教育研究会的顾问等。有着教育家和儿童文学家双重身份的叶圣陶，曾在民国时期先后编写了 14 套教材，共 65 册，工作量之多与贡献之大实在惊人。其中，叶圣陶单独编写的国语教材有：《开明国语课本（初小）》8 册（1932

①叶圣陶：《文艺谈》，《晨报副刊》，1921 年 3 月 5 日。参见《叶圣陶论创作》，上海文艺出版社 1982 年版。另见《叶圣陶集》第 9 卷，江苏教育出版社 2004 年版。

年）、《开明国语课本（高小）》4册（1934年）、《少年国语课本》4册（1947年）、《儿童国语课本》4册（1948年）、《幼儿国语课本》4册（1949年），与夏丏尊、顾颉刚、陈望道、郭绍虞、徐调孚、朱自清、李广田、吕叔湘等合编的有《国语》（1923年）、《国文百八课》（1935年）、《初中国文教本》（1937年）、《开明新编高级国文读本》（1948年）等。这些教材，尤其是叶圣陶以一人之力编写的《开明国语课本》，在20世纪三四十年代畅销各地，产生过深广影响。

为什么叶圣陶编选的国语教材如此受欢迎呢？前已述及，这与叶圣陶的儿童观、语文教育观密不可分。首先这些教材都是他为实现自己教育理念，由自己确定标尺、自己动手撰写的。他说："1932年，我花了整整一年时间编写了一部《开明小学国语课本》，初小8册，高小4册，一共12册，400来篇课文。这400来篇课文，形式和内容都很庞杂，大约有一半可以说是创作，另一半是有所依据的再创作，总之没有一篇是现成的、是抄写的。"[①] 如初小课文《一箩麦》："一箩麦，二箩麦，三箩麦，大家来拍麦。劈劈拍，劈劈拍！小麦新，做面粉。大麦黄，做麦糖。劈劈拍，劈劈拍！拿点面粉给张家，拿点麦糖给李家。张家送我一瓶新蜂蜜，李家送我一枝石榴花。劈劈拍，劈劈拍！"像这样童趣洋溢、寓教于乐，而又充满情境化、艺术美的儿童诗课文，小学生怎会不喜爱？出自儿童文学作家之手的课文，自然比纯教育专家编制的课文要高出一筹。——行文至此，笔者实在忍不住要补写一笔：笔者的儿童时代是在浙东上虞度过的，当时大人逗我快乐、教我学唱的游戏儿歌中，就有这篇《一箩麦》，足见《开明国语课本》影响之深。

其次，更重要的是，叶圣陶确定的小学国语教材编写标准坚持了儿童化与儿童文学优先的原则，坚持教材的文学性与人文性。这套开明教

①叶圣陶：《我和儿童文学》，《叶圣陶和儿童文学》，少年儿童出版社1990年版。另见《叶圣陶集》第9卷，江苏教育出版社2004年版。

材“编辑要旨”（共8条）中特别强调：“本书内容以儿童生活为中心。取材从儿童周围开始，随着儿童生活的进展，逐渐扩展到广大的社会。与社会、自然、艺术等学科密切联系，但本身仍是文学的。”“本书尽量容纳儿童文学及日常生活上需要的各种文体，词、句、语调力求与儿童接近，同时又和标准语相吻合，适合儿童诵读和吟咏。”

特别需要提出的是，作为儿童教材，叶圣陶还充分关注到了儿童的阅读兴趣，做到图文并茂。“本书图画和文字为有机的配合，图画不但是文字的说明，而且可以拓展儿童的想象，涵养儿童的美感。”而这些充满着童趣美、艺术美的插图，全部由同样童心洋溢、热爱儿童的丰子恺绘画，初小课本文字采用学生喜爱的手写体，全部由丰子恺亲笔书写，真可谓“文、书、图”三绝。开明教材影响了整整两代中国人。有意思的是，进入21世纪，国内有出版社将它找出来重印出版，居然也轰动一时，成为畅销书。这就是先进的教材编写理念的力量，儿童本位与儿童文学的力量。

（五）“猫说狗说”打败“文武官员”

民国期间的小学国语教材“儿童文学化”“猫狗占位”的格局形成，并非一帆风顺，也曾遭遇过各种反对与危机，最大的一次危机在20世纪30年代初期。1931年3月，时任湖南省政府主席的何键，公开刊文并上书教育部，强烈反对“猫说狗说”的儿童文学化国语教材，由此引发了教育界的一场激烈论辩（关于这场论辩的情况，将在本序第五节“观念的分歧与争鸣”中详作评述，此不赘言）。但这场由“文武官员”挑起的论战，最终还是敌不过教育专家与儿童文学家的力量，“猫说狗说”的儿童文学化教材，不但没有消亡，反而势头更劲。纵观民国小学教育与国语教材，第一，儿童文学已深入人心；第二，为了使小学教材与欧美“儿童文学化”的国际潮流接轨，“全国一致地主张”力挺儿童文学。这就是当年“猫说狗说”打败“文武官员”的原因，足见制度与文化比人更长久。

五、观念的分歧与争鸣

文学争鸣往往是文学史上最夺目的现象，文学争鸣是由于人们对作家、作品或文学理论观念产生不同的评价而引起的论辩。在文学争鸣的背后，联系着社会思潮、政治、文化等诸多问题，是政治的、社会的、文艺的各种力量与思潮对话、碰撞、冲突的产物。通过文学争鸣，人们不仅可以透视出彼时彼地在文学观念、文学批评、文学创作与鉴赏等方面的信息，而且也可窥见社会思潮、文化趣味与意识形态的博弈。从现有文献资料考察，民国期间的儿童文学，曾发生过多次重要的文学争鸣。有意味的是，这些争鸣并不是由具体的作家、作品引起的，而是由不同的思想观念与文学理论触发。下面按时间顺序，择要加以评析。

（一）神话对儿童是否“有害”

民主、科学是五四新文化运动高扬的两面旗帜，追求科学与科学精神成为一种思想时尚与“进步”标识。作为人类童年期思维结晶的神话，在五四时期遭到了某种质疑。在一些人眼里，神话是与科学、理性背道而驰的，因为神话是有关超自然力的幻想，是无法经由逻辑、理性和实验手段验证的迷信。这种观点一经与正在兴起的儿童文学相联系，势必引起儿童文学问题的争鸣。

民间流传的神话故事，是儿童文学的重要来源与组成部分。民国初年，由商务印书馆、中华书局等出版机构编辑印行的儿童读物中，就有为数不少的神话故事，如《儿童古今通丛书》、《儿童小小说》（100 种）中就包含着这种小读者喜闻乐见的“乡土读物”。从外国引进的儿童读物中，也有大量的神话，如茅盾翻译的《希腊神话》（1924 年）、《北欧神话》（1925 年），郑振铎翻译的《英国的神话故事》（1932 年）等。这些西方神话最初都发表在《儿童世界》杂志（1921 年创刊）上，作为适合儿童阅读的文学作品推荐给中国孩子。《儿童世界》杂志主编郑振铎还把“神仙故事”列为该刊的重要内容之一[①]，认为神话对于丰富儿童的想象力，满足儿童对神秘精神的补偿有着特殊意义。但在五四时期前后，对神话故事可否作为儿童读物，意见颇有分歧。持反对论者认为，神话故事容易使儿童信神信怪，“养成迷信心”；即使神话真能丰富儿童的幻想，而幻想于人生是无价值的，因为儿童长大后不能凭幻想去解决科学问题与现实问题。

针对儿童阅读神话有害无益、只会“养成迷信心”的说法，周作人接连发表了《神话与传说》（1922年）、《神话的辩护》、《神话的趣味》（1924年）、《桃太郎之神话》（1925年）等文。周作人明确提出：“文艺不是历史或科学的记载。”“中国凡事多是两极端的，一部分的人现在还抱着神话里的信仰，一部分的人便以神话为不合科学的诳话，非排斥不可。我想把神话等提出在崇信与攻击之外，还他一个中立的位置，加以学术的考订，归入文化史里去。”[②]周作人在《神话的辩护》中认为，产生“神话有害论”这种偏见的原因，在于对神话价值的误解，他们把神话传达的信息当成了真的“事实和知识”，儿童读了“就要终身迷信，便是科学知识也无可挽救”。其实，神话只是虚构的艺术（原始人或许会把它当真），它的价值只在于“滋养儿童的空想与趣味”，丰富小读者的幻想世界与浪漫精神。

严既澄发表的《神话在儿童读物上的位置》[③]一文，则针对“神话有害论”与“幻想无用论”，从儿童文学与儿童心理的角度作了批判，论述了神话故事对儿童的特殊作用及神话在儿童文学中应有的地位。作

①郑振铎：《〈儿童世界〉宣言》，文章写于1921年9月22日，先后刊登于1921年12月28《时事新报·学灯》，12月30日《晨报副刊》及《妇女杂志》。

②周作人：《神话与传说》，周作人《儿童文学小论》，上海儿童书局1932年版。另见《周作人自编文集·儿童文学小论》，止庵校订，河北教育出版社2002年版。

③严既澄：《神话在儿童读物上的位置》，《教育杂志》1922年11月第14卷第7号。

者具体剖析了这两种论点的根子在于儿童观的错误：一是将儿童看成缩小的成人，不承认儿童的独立精神与社会地位；二是以成人为本位，用成人的利害标准去束缚儿童自由想象的精神世界。作者用“复演说”解释了儿童精神，认为人的一生犹如人类经历过野蛮——原始——文明三个时期一样，也要经历同样的心理发展历程，儿童期正处于人生“自野蛮以至于文明”的时期，而神话、童话等幻想性读物正适合于这一时期的心理。儿童富于幻想，“神游天外”，儿童心理中的好奇性、恐惧性、游戏性、同情性等特征必然驱使他们喜欢神话。“儿童读物，第一要以儿童为主体，要按照着他的兴味和要求，去供给适应的材料”，神话正是切合儿童精神的重要读物。

这场讨论的意义在于肯定了儿童独立的精神世界，肯定了幻想读物对丰富儿童精神性格的重要性及在儿童文学中的地位。值得一提的是，民国时期有关神话到底有没有价值，对儿童是“有害”还是“有益”的争鸣，实际上涉及学校、家长普遍关心的一个问题：知识比想象力重要，还是想象力比知识更重要。历史已经进入了21世纪，使人困惑的是，这一问题至今依然在困扰着我们的学校与家长。君不见，不少家长、教师不是都把童话、神话等视为与考试、作文无关的“闲书”，不准孩子阅读吗?

（二）关于童话的讨论

这场讨论的主角是20岁的年轻学子赵景深与北京大学教授周作人以书信的形式，展开的有关童话问题的论辩。这些书信最初发表于《晨报副刊》1922年1月25日，2月12日，3月28、29日，4月9日，后收入1924年新文化书社出版的《童话评论》（赵景深编）一书。

在中国现代文坛，周作人是研究童话的第一人，他在1913年就写了《童话研究》《童话略论》等论文。继周作人之后，赵景深是20世纪20年代出现的一位有成就的童话研究者，主要做了三方面的工作：一是介绍外国的童话学理论，曾编译成《童话概要》（1927年）《童话学ABC》（1929年），写过多篇评介安徒生、王尔德、格林兄弟童话的文章；二是批评外国学者马旦氏、皮特曼、费尔德等研究中国民间童话、故事的文论；三是从比较文学的角度，探讨中外民间童话的异同，提出创建中国儿童文学的意见。他的散篇论文大多收录在《童话论集》（1927年）一书中。1922年，赵景深以初生牛犊的勇气，敢于向北大教授周作人叫板，他们以书信形式，就“童话”一词的由来，童话的定义、性质、演变，童话与神话、传说的区别，童话对儿童的教育作用，中外童话的比较等问题进行了论辩。这场讨论扩大了童话的影响，对于纠正当时文坛对童话的一些错误见解、使“童话”这一古老而新鲜的文体立足于儿童文学领域起了一定作用。但他们的讨论主要是从人类学、民俗学的跨学科角度立论，在阐释（民间）童话的起源、历史演变、与其他文体的比较等方面较有说服力，至于童话的文学性、与儿童的联系这一方面，并不是这场讨论的重心。

（三）左翼文艺关于儿童文学的主张

1930年3月，中国左翼作家联盟（简称“左联”）在上海宣告成立，左翼文艺运动从一开始就高度关注儿童文学。3月29日，即在左联成立半个月之际，左联机关刊物之一的《大众文艺》便举行了座谈会，就如何建设儿童文学及《大众文艺》创办《少年大众》专栏的编辑方针进行了专题讨论。与会者有蒋光慈、冯乃超、洪灵菲、田汉、华汉、钱杏邨（阿英）、孟超、潘汉年、戴平万、白薇、邱韵铎等左翼作家、诗人和批评家，由龚冰庐主持会议。

这次座谈会讨论的虽是《少年大众》的编辑问题，却涉及儿童文学领域中的诸多重大问题。大家对儿童文学的价值功能、题材内容、创作方法及大众化等问题，提出了许多建设性意见，取得了一致的看法。主要意见有这样几个方面：1. 坚持儿童文学的教育方向性。儿童文学应“给少年们以阶级的认识，并且要鼓动他们，使他们了解，并参加斗争之必要，组织之必要”，要努力给少年们“新的”“有益的东西”，帮助他们抵抗“封建的思想”。2. 按照儿童文学自身的艺术规律办事。“儿童读的东西与成人读的不同，儿童读物应该要有趣味”，所以“《少年大众》应该是大众化而且要少年化”，要“时时征集小朋友们的意见”。3. 扩大儿童文学的题材、内容。在“题材方面应该容纳讽刺、暴露、鼓动、教育等几种”，“应该尽可能地利用富于宣传性和鼓动性的文字、插图等等式样来形成他们的先入的观念”。应吸收“歌谣、传说故事中”有关“农村和工厂的材料”，使儿童文学“竭力和一切革命的斗争配合起来”。

这次座谈会的讨论内容刊发于1930年5月1日《大众文艺》第2卷第4期（该期为《新兴文学专号》下册），该期同时还发表了《少年大众》发刊词《给新时代的弟妹们》，提出建设新型儿童文学的理论原则及办刊宗旨是要告诉孩子们现实社会已经过去的、正在经历的、将要来临的“真的事情”。

左联座谈会的召开及其提出的崭新的儿童文学理论主张，充分体现了左翼文艺运动对儿童文学的高度重视，同时体现了左联所要坚持的现实主义精神在儿童文学领域的延续与发展，对于促进20世纪30年代初期革命儿童文学的发展，起到了指导性的作用。特别是关于儿童文学要竭力配合“一切革命的斗争”的主张，这是左翼文艺运动在20世纪30年代上半期的特定历史背景下对儿童文学价值功能的一种必然选择，是对“五四”时期倡导的“儿童本位”的儿童文学观的一次重大调整，也是将儿童文学纳入政治斗争轨道的第一个路标。中国儿童文学以前所未有的激进姿态从一个方面参与了历史的进程。

20世纪30年代，茅盾、柔石、胡也频、应修人、洪灵菲、冯铿、阿英、沙汀、艾芜、草明、戴平万、于伶、王鲁彦、王统照、宋之的、杨骚、蒲风、蒋牧良、舒群、叶刚等许多左联成员，都从不同角度参与了左翼儿童文学的建设，创作了一大批富于战斗性、倾向性的作品。左翼文艺社团的刊物除《大众文艺》设立的《少年大众》专栏外，其他如

《创造月刊》《太阳月刊》《萌芽月刊》《拓荒者》《北斗》《文学》《小说家》《文学丛报》《文化月报》《文学界》《光明》《中流》《译文》等，也都发表了各种体裁的儿童文学作品及评论文章。

（四）关于“鸟言兽语”的论辩

关于“鸟言兽语”的论辩，是发生在20世纪30年代初期民国儿童文学理论批评史、教育史上的一场特殊论战，影响深广。1931年3月5日，《申报》发表了当时湖南省政府主席何键《咨请教育部改良学校课程》一文。咨文全面否定五四新文化运动的成就，声言“民八（即民国八年，1919年）以前，各学校国文课本，犹有文理”，攻击“近日”小学课本中“狗说”“猪说”“狗大哥”“牛公公”之词“充溢行间，禽兽能作人言，尊称加诸兽类，鄙俚怪诞，莫可言状”，宣称此类课本“不切实用，切宜焚毁”，需另选“中外先哲格言”充任教材。民国政府教育部为此竟下令查禁“鸟言兽语”的童话、教材，儿童文学与小学国语教材遭到严重打压。

在儿童文学将被开除出教科书的非常时刻，鲁迅第一个拍案而起，奋然予以反击。他在同年4月1日写的《〈勇敢的约翰〉校后记》中，尖锐地批驳了“文武官员”发表的关于童话的“高见”，指出童话的幻想作用对儿童是“有益无害”的，因为“孩子的心，和文武官员的不同，它会进化”；所谓猫狗说话、称作先生将会“失去人类的体统”等“高见”，纯属“杞人之虑”。鲁迅不但在理论上卫护着童话，而且身体力行，亲自校改、介绍了匈牙利革命诗人裴多菲的代表作——长篇童话叙事诗《勇敢的约翰》，为它的出版奔忙努力。正是鲁迅，以其在现代文坛的卓杰影响和无畏的战斗精神，保护了20世纪30年代的童话与整个儿童文学的生存权。

围绕童话及“鸟言兽语”问题，1931年的初等教育界和儿童文学界展开了一场激烈的论辩，论辩双方都是一些从事实际教育、研究工作的人士。初等教育专家尚仲衣在上海举行的“中华儿童教育社”年会上作了《选择儿童读物的标准》[①]的发言，认为“鸟言兽语”就是神怪，低年级读物采用“鸟言兽语”是“教育中的倒行逆施”，并给童话开列了五大罪状。尚仲衣的童话观明显地倾向于何键“打破鸟言兽语的童话”的谬论。这篇讲话在1931年4月20日上海各报披露后，立即遭到了教育家吴研因的批评。吴研因在《致儿童教育社社员讨论儿童读物的一封信——应否用鸟言兽语的故事》[②]一文中，认为假若“鸟言兽语”都是有害无益的“神怪”，以此类推，那么中国的许多古典读物都得“销毁”。他要尚仲衣回答神怪故事与“鸟言兽语”的关系问题。尚仲衣在《再论儿童读物——附答吴研因先生》[③]一文中，依然坚持自己的观点，全面否定了童话对儿童“启发想象，引起兴趣，包含教训”的作用，也即从根本上否定了童话的“幻想性”特征的价值；并认为童话存在着五大“危机”，提出“童话的数量”要“大加删削，格外审慎地选择”，即使“全部流放”也不妨碍教科书与儿童读物。尚的这些论说在5月出刊的《儿童教育》上发表后，迅即引起了初等教育界与儿童文学界的普遍愤怒。

陈鹤琴、吴研因、魏冰心、张匡及儿童文艺研究社同人等纷纷撰文，批驳尚仲衣的观点。著名儿童教育家、中华儿童教育社创立者陈鹤琴教授撰写了《“鸟言兽语的读物”应当打破吗?》[④]，他以丰富的儿童心理实践材料，证明“鸟言兽语的读物”是低幼儿童“最喜欢听最喜欢看的”，童话对于儿童教育“自有他的相当地位，相当价值”，谁也“没

---

①尚仲衣：《选择儿童读物的标准》，《儿童教育》1931年5月第3卷第8期。

②吴研因：《致儿童教育社社员讨论儿童读物的一封信——应否用鸟言兽语的故事》，《申报》1931年4月29日。

③尚仲衣：《再论儿童读物——附答吴研因先生》，《儿童教育》1931年5月第3卷第8期。

④陈鹤琴：《“鸟言兽语的读物”应当打破吗?》，《儿童教育》1931年5月第3卷第8期。

有权力去剥夺儿童所需要的东西”！吴研因在题为《读尚仲衣君〈再论儿童读物〉乃知“鸟言兽语”确实不必打破》[①]一文中，用“以子之矛，攻子之盾”的手法，指出了尚仲衣理论上的逻辑混乱及政治上的明显糊涂。魏冰心的《童话教材的商榷》一文，从三个方面批驳了尚仲衣的“童话有害论”，证明“鸟言兽语的童话”是打不破的：第一，描写动植物生活与自然现象的“物话”必然要采用“鸟言兽语”式的拟人手法；第二，“鸟言兽语”的童话最能满足儿童的想象世界与阅读兴趣；第三，儿童阅读童话是有益无害的。张匡的《儿童读物的探讨》[②]一文，“以儿童兴趣为出发点”，对童话的编写、译介工作提出了自己的看法，肯定了童话的价值。儿童文艺研究社同人也表达了肯定童话价值、反对尚仲衣观点的意见。

维护童话的生存权利及其在儿童教育和国语教材中的地位与价值，这是民国儿童文学史、教育史、教材出版史上的一场“非常特殊”的论战，这场论战既有意识形态背景，也是学术争鸣。这场论辩深化了关于童话与幻想、童话与想象力、童话与儿童文学的价值作用等一些重要问题的探讨，同时也涉及学校教育与国语教材方面的重要问题，即如何“保卫儿童的想象力”。

1935 年，吴研因在《清末以来我国小学教科书概观》一文中，曾对这场“狗说猫说”打败“文武官员”的论战作过如下评述：“民十（即民国十年，1921 年）以后的教科书，采入了和儿童生活比较接近的故事、诗歌，好比是比较有趣的画报、电影刊物，要看的人，也当然多起来了。儿童文学在教科书中抬头，一直到现在，并没有改变。近几年来，虽然有人因为反对所谓‘鸟言兽语’，反对整个的儿童文学（“鸟言

①吴研因：《读尚仲衣君〈再论儿童读物〉乃知“鸟言兽语”确实不必打破》，《申报》1931 年 5 月 19 日。

②张匡：《儿童读物的探讨》，《世界杂志》1931 年 8 月第 2 卷第 2 期。

兽语”不能代表整个的儿童文学），恨不能把儿童文学撵出小学教科书去。可是据教育部去年拟了问题发各省市小学教育界研究的结果，小学教育界仍旧全国一致地主张国语课程应当把儿童文学做中心。我们环顾欧美各国的小学教科书，差不多早已‘儿童文学化’了。美国的小学教科书尤甚。苏联文坛近年也竭力提倡儿童文学，创造儿童文学，可见儿童文学决不会跟小学教科书分起家来。即使有时被强迫而分家，也只是一时的现象。”①

（五）关于“儿童年”谈儿童文学问题

1933年10月，上海儿童幸福委员会呈请当时的上海市政府定1934年为儿童年并获准。1935年3月，国民党政府又根据中华慈幼协会的呈请，定从1935年8月1日开始的一年为全国儿童年。全社会理应关心、爱护儿童的生存与幸福，可是在风雨如晦、动荡不安的20世纪30年代，所谓的“儿童年”又是怎样的呢？

陶行知在《儿童年献歌之四》中沉痛地写道：“穷孩肚子快饿通，饿死穷孩大不公。”②茅盾在《“不要你哄”》中指出：“能够参与儿童节的一场热闹的，不用说只是全国儿童中的最少数。”③电影导演石凌鹤在《由儿童年的儿童电影谈到〈迷途的羔羊〉》（1936）中感叹：“千千万万的中国儿童，在外来侵略和天灾兵祸的虐杀之下，连生存权也给掠夺了”④，他们哪里有什么“儿童年”？1934年、1935年、1936年，这

①吴研因：《清末以来我国小学教科书概观》，《中华教育界》1935年5月第23卷第11期。又见张静庐辑注《中国出版史料补编》，中华书局1957年版。

②陶行知：《儿童年献歌之四》，写于1935年。见《行知诗歌集》，三联书店1981年版。

③茅盾：《“不要你哄”》，《文学》1936年5月1日第6卷第5号，署名“江”。另见《茅盾全集》第19卷，人民文学出版社1991年版。

④石凌鹤：《由儿童年的儿童电影谈到〈迷途的羔羊〉》，《妇女生活》1936年8月第3卷第2期。

三年都曾有过“儿童年”的活动，在一片似乎“热闹”的气氛中，供给儿童们的精神食粮又是怎样的呢？鲁迅在《新秋杂识》中曾深表忧虑：“不是教科书，便是儿童书，黄河决口似的向孩子们滚过去。但那里面讲的是什么呢？却还没有看见战斗的批评家论及，似乎已经不大有人注意未来了。”①

鲁迅的警言使战斗的批评家看出了“儿童年”中的乱象，他们相继发表文章，揭示在这种“热闹”的假象下潜伏着的危机与暗流。陶行知对当时那种“哄”与“捧”的做法深表厌恶，他以诗人的激情，发出“不要你哄，不要你捧”的批评，认为重要的是懂得儿童，理解儿童，关心他们的疾苦，尊重他们的人格，并呼吁广大少年儿童要关心国家民族的前途，“懂得帝国主义该打倒，联合小拳总进攻”。茅盾在分析了《全国儿童少年书目》（1935 年出刊）后，尖锐地批评说：里面大多数读物是“哄”，“是承袭谬误理论与学识，或者是支离割裂凑搭敷衍”的“哄”。评论家孔罗荪在《关于儿童读物》②一文中认为，不少儿童读物“或多或少的含了毒素”，里面的内容诱导儿童会“养成崇拜黄金心理的”“养成崇拜权力的心理的”“养成迷信心理的”。石凌鹤指出，将《荒江女侠》这样的影片在儿童年推荐给儿童实在是一种“罪孽”。针对 20 世纪 30 年代儿童文学这种“拼命地在向后转”（鲁迅《〈表〉译者的话》）的状况，一大批文艺工作者以高度的社会责任感，对儿童文学的建树与创作发表了新锐的意见。他们提出：“新的时代要为新的儿童创作新的童话”，儿童文学必须要“注意到今后儿童的身心的健康”（孔罗荪）；要坚持现实主义的方向，“将地狱中儿童们的非人生活毫不掩饰地用笑和泪暴露出来”（石凌鹤）；儿童文学创作既要“明快扼要

①鲁迅：《新秋杂识》，《鲁迅全集》第 5 卷，人民文学出版社 2005 年版。

②孔罗荪：《关于儿童读物》，孔罗荪《野火集》，一般文化出版社 1936 年 5 月版。

有趣，又要观点正确”，而不能用“哄”把他们“教成小老翁”（茅盾）。这些见解对于廓清20世纪30年代童书出版的乱象、促进儿童文学朝着正确的方向发展起到了重要的作用。

（六）儿童文学应否描写社会阴暗面

关于儿童文学应否描写社会阴暗面问题的讨论，是中国儿童读物作者联谊会于1949年年初举行的座谈会的中心议题，发表于1949年4月15日与5月15日出刊的《中华教育界》（复刊）第3卷第4、5期。

这场讨论与会者意见颇有分歧，明显地形成对立的两派：一派是教育工作者，如孔十穗、汪国兴、阮纪鹤等。他们从儿童的“心理卫生”着眼，认为儿童涉世尚浅，可塑性大，其模仿心与好奇心更易接受消极因素的影响，因此儿童读物不宜描写阴暗面，而应采取防范措施，“暴露社会阴暗面的作品是残忍的反人道的”，是有害儿童心理健康的。为了使儿童“纯洁的梦做得长些，社会的黑暗，最好让他们知道得少些”。

另一派是文学工作者，如龚炯、黄衣青、杨光、黄植基、徐恕等，他们从文学的认识功能立论，认为“文学是生活的反映，生活有阴暗在，就应该暴露”“社会上有丑恶的一面，就不能抹煞真实”。儿童不是生活在真空里，他们应当了解这个真实的社会。“瞒和骗”的文学是对儿童的不忠实，“少讲黑暗的事实，把光明太平粉饰现社会，这倒是向儿童不负责任的毒素”。只有把真实的社会告诉儿童才能使他们“健全的生活，健全的做人”，儿童文学不但要暴露阴暗面，而且要向小读者指出光明的出路。如果因为暴露阴暗对儿童有“反效果”而反对描写，那是“因噎废食”，是不足为训的。

陈伯吹对这场论战作了总结，他的结论是：“儿童读物应该描写阴暗面，应该从阴暗写到光明，但描写阴暗面应该有个限度，这限度的条件是至少要顾及儿童的年龄（也应该顾及性别），理解的程度，心理的卫生。”这些意见的提出，对于揭露当时中国社会的弊端，帮助小读者认识社会、呼唤光明的到来，无疑是正确的，其积极作用是十分明显的。

六、民国儿童文学的理论遗产

民国肇始的1912年，中国还没有“儿童文学”一词。当然这并不意味着中国没有传统儿童文学遗产。周作人的观点：“中国虽古无童话之名，然实固有成文之童话，见晋唐小说，特多归诸志怪之中，莫为辨别耳。”[①]事实上，中国传统儿童文学的遗产是十分可观的。历史文献表明，早在9世纪的唐代，由段成式（803—863）采风整理的笔记故事集《酉阳杂俎》，就收录有中国古代灰姑娘型的童话故事《叶限》，里面所描写的叶限姑娘比17世纪法国贝洛的《鹅妈妈的故事》中的灰姑娘故事，还要早出七八百年，这是世界上最早用文字记录下来的灰姑娘型童话。明代嘉靖年间（1522—1566），我国就已有了上图下文的儿童图画故事读本《日记故事》，此书分为10卷，共有168幅版画插图。《日记故事》大多是描写儿童智慧、阳光的小故事，我们耳熟能详的“曹冲称象”“灌水浮球”“司马光破缸”等就源出于此，这些故事影响了无数代的中国儿童。值得一提的是，《日记故事》还是世界上最早有插图的儿童读物，比捷克夸美纽斯（1592—1670）编写的儿童插图读物《世界图解》还要早。

但是，我们认为，作为民国时期发生和发展起来的现代性中国文学之重要组成部分的现代性民国儿童文学，以及1949年以后的新中国儿童文学，则是全部中国儿童文学历史进程中最为丰富最激动人心也最值得大书特书的篇章。正是这一历史时段的百年儿童文学，不但成为滋养数代中国少年儿童精神生命成长的文学养料，成为现代中国语文

①周作人：《古童话释义》，《绍兴县教育会月刊》1914年7月第7号。见周作人《儿童文学小论》，上海儿童书局1932年版。另见《周作人自编文集·儿童文学小论》，止庵校订，河北教育出版社2002年版。

教育重要的课程资源，而且创造出了现代中国文学新的人物谱系（现代中国文学创造的人物谱系，除农民、知识分子、妇女外，还有儿童形象的谱系），极大地丰富了中国与世界儿童文学的艺术宝库；而其中的儿童文学理论思维部分，则从一个特别的方面，丰富了中国的文学理论与精神史。

（一） 丰饶的原野

当我们站在 21 世纪，回望早已成为历史过去时的民国时期的儿童文学艺术版图时，我们不由得对那一时代“本性酷爱着童话”的那一大批儿童文学工作者——他们绝大多数都是在从事成人文学的同时，“双肩挑”起了儿童文学的重任——包括儿童文学小说家、散文家、诗人、戏剧家、儿童文学理论家与批评家，生发敬意。正是他们艰苦卓绝的创造性劳动，才使现代性中国儿童文学，从提出“儿童文学”这一概念与名词开始，一点点地添砖添瓦，深耕培植，直至成为世界儿童文学艺术之林中的参天大树。而儿童文学理论建设，尤其艰苦卓绝。如果说民国时期的儿童文学创作，还可以借鉴吸收外国儿童文学经典作家作品（如安徒生、格林兄弟、王尔德等），那么理论批评则几乎是在一片荒原之上的垦拓培植，甚少有国外的现成材料可以“拿来”，如果有也主要是借助儿童教育学、心理学、人类学等方面的“外围”资源。从 1919 年鲁迅发表《我们现在怎样做父亲》、1920 年周作人发表《儿童的文学》、1922 年郑振铎发表《儿童文学的教授法》起，到 1948 年陈伯吹发表《儿童读物的检讨与展望》、1949 年上海儿童文学界展开“儿童文学应否描写阴暗面问题的讨论”，民国时期的儿童文学的理论深耕，已经取得了可谓“丰硕”的成果。

鲁迅、周作人、茅盾、郑振铎、赵景深、陈伯吹等是民国时期最具影响力的儿童文学理论家与批评家。他们的论著不但对促进当时的儿童文学创作与发展思潮产生过重要影响，而且对创建具有中华民族特色的儿童文学理论话语，做出了重要贡献。特别是鲁迅的《我们现在怎样做父亲》、周作人的《儿童的文学》、郑振铎的《〈稻草人〉序》（1923年）、茅盾的《关于“儿童文学”》（1935年），已成为中国儿童文学理论批评史上的经典性论文。研究百年中国儿童文学，非得从研读这几篇文章开始。

鲁迅的《我们现在怎样做父亲》，是一篇改变中国人传统儿童观的宣言书，其中精句如：“往昔的欧人对于孩子的误解，是以为成人的预备；中国人的误解，是以为缩小的成人。直到近来，经过许多学者的研究，才知道孩子的世界，与成人截然不同；倘不先行理解，一味蛮做，便大碍于孩子的发达。所以一切设施，都应该以孩子为本位。”

周作人的《儿童的文学》，则是一篇关于创建中国现代意义的儿童文学的宣言书，甚至“儿童文学”一词，都是从这篇文章中演变过来的。其中的精句如：“儿童的生活，是转变的生长的。儿童相信猫狗能说话的时候，我们便同他们讲猫狗说话的故事，不但要使得他们喜悦，也因为知道这过程是跳不过去的……等到儿童要知道猫狗是什么东西的时候到来，我们再可以将生物学的知识供给他们。”

郑振铎为叶圣陶的短篇童话集《稻草人》所作的《〈稻草人〉序》，是一篇力倡中国儿童文学坚持直面人生、反映人生的现实主义精神的宣言书。其中的精句如：“把成人的悲哀显示给儿童，可以说是应该的。他们需要知道人间社会的现状，正如需要知道地理和博物的知识一样，我们不必也不能有意地加以防阻。”最先肯定与力倡《稻草人》创作思想的，是郑振铎，鲁迅也曾高度肯定《稻草人》是“给中国的童话开了一条自己创作的路”（鲁迅《〈表〉译者的话》）。这条创作道路就是中国儿童文学的现实主义道路，这条道路经由20世纪20年代叶圣陶开创，30年代张天翼的童话《大林和小林》的推进，40年代陈伯吹、严文井、贺宜、金近等的继续，源远流长地延续至今，成为百年中国儿童文学的创作主潮。

茅盾的《关于“儿童文学”》，是一篇最早探讨民国儿童文学发展轨迹的文章，同时提出了儿童文学“认识人生”的价值导向。其中的精句如：“‘儿童文学’这名称，始于五四时代”，儿童文学不但“要能给儿童认识人生”，并且构成了“他将来做一个怎样的人的观念”。

以上不厌其烦地抄录下来的“精句”，在我看来，都是研究中国儿童文学的人必须烂熟于心的，因而我在开设儿童文学课时，要求听我课的所有博士生、硕士生、访问学者必须把它们背诵下来，否则“考试不予及格”。

(二) 单篇文章

从我有限的资料发掘与搜集工作看，民国时期的儿童文学的理论资源可以说是“丰富多彩”“琳琅满目”。文学研究包含史、论、评三个方面，这三大板块，就数量而言，评第一，论第二，史最少。这也是符合作为新兴文类的民国时期的儿童文学发展实际逻辑的。

民国时期的儿童文学的理论批评与学术研究的单篇文章，主要发表在当时的教育类刊物与文学杂志上，如《教育杂志》《中华教育界》《妇女杂志》《东方杂志》《小说月报》《文学周报》等，五四时期前后，则以《新青年》刊文最多。民国时期的四大著名副刊，即《晨报·副刊》《京报·副刊》《民国日报·觉悟》《时事新报·学灯》等，也是刊发儿童文学作品及理论批评文章的集中之地。当时的大学学报较少，20世纪三四十年代上海高校的学报如《光华大学半月刊》等也曾有儿童文学理论文章的刊载。抗战以后，民国文学的地图包括儿童文学地图，被分割为以重庆为中心的大后方、延安根据地、上海“孤岛”等板块，这时期的儿童文学作品与理论批评文章大多发表在重庆与延安的报刊上，如《新华日报》《解放日报》等；而20世纪二三十年代，则主要发表在北京、上海的报刊上。按照理论批评与学术研究的内容和主题分类，民国时期的儿童文学的单篇理论文章大致可以分为以下七个方面：

一是儿童文学理论建设。主要探讨儿童文学的基本原理与哲学，包括儿童文学的价值、作用、接受对象、范围，儿童文学对儿童精神世界的意义与呈现方式、艺术审美，儿童观与儿童文学的关系等。

二是儿童文学问题论争。这是从不同的思想观念、意识形态、文学趣味立论，展开的儿童文学相关问题的论辩。从这些论辩中，可以看出民国时期的儿童文学的观念演变，看出儿童文学与现实社会生活，与时代、政治、意识形态，与教育、国语运动等的关系。儿童文学绝不是长在温室里的花卉，而是大时代中的浪花。

三是儿童文学的教育推广。参与这一工作的主要是教育工作者，既有教育家，也有一线教师。这方面的文章涉及儿童文学与国语（语文）教学、课程资源、校园文化的关系，同时也有具体探讨儿童文学在学校教育中的应用、推广等方法问题。

四是儿童文学发展史论。这方面的文章相对较少，毕竟民国时期的儿童文学只有几十年的历史，同时对中国传统儿童文学遗产的整理研究也刚起步。但这些文章的资料相当珍贵，对于我们解读中国儿童文学史的发展轨迹具有重要价值。

五是儿童文学文体研究。涉及童话、寓言、儿歌、儿童诗、儿童戏剧、儿童故事、儿童科学文艺与民间儿童读物等。从民国时期的儿童文学文体建设的实际情况考察，童话创作是数量最多、成就最大、发展最快的主体文体，因而有关童话研究的文章最多，而儿童诗、儿童小说、儿童戏剧等的研究文章尤其是小说的相对要少一些。

六是儿童文学作家作品批评与书刊评论。这些文章都是从民国时期的儿童文学某一时段的创作思潮出发，从具体的作家作品出发，既有作品批评、作家论，同时也有作家写的书序或评论家写的书评。将它们集中在一起，可以看出民国时期的儿童文学始终以现实主义精神、浪漫主义情怀为追求的创作脉络。

七是对外国儿童文学的评介。民国时期的儿童文学放开眼光，大胆“拿来”外国儿童文学的有益东西，为我所用，用以促进自己的创造。这些文章多以外国儿童文学的经典作家作品为目标，20 世纪二三十年代以西欧为主，三四十年代多有苏联儿童文学的介绍，从中可以看出民国时期的儿童文学发展思潮的一个侧面。

以上七个方面比较客观、全面地反映了民国时期的儿童文学理论批评与学术研究的兴趣与思维成果，因而也成为本系列图书的内容构架与板块设计，这是需要向读者说明的。

（三）理论著作与教材

民国时期的儿童文学理论著作的数量大概不足 40 种，可以分为研究专著与作为教育用书的教材两大类。

据不完整统计，研究专著约有 20 种，作者多是文学评论家、作家。其中，周作人 1 种：《儿童文学小论》（上海儿童书局 1932 年版）；赵景深 5 种：《童话评论》（上海文化书社 1924 年版），《童话概要》（北京书局 1927 年版），《童话论集》（上海开明书店 1927 年版），《童话学 ABC》（世界书局 1929 年版），《〈儿童文学小说〉参考资料》（儿童书局 1933 年版）。其中《童话评论》是赵景深选编的“五四”前后散见于全国各地（主要是上海、北京）报刊的 18 位作者的 30 篇儿童文学论文，这也是我国第一部儿童文学论文集。茅盾 3 种：《中国神话研究 ABC》（世界书局 1929 年版），《神话杂论》（世界书局 1929 年版），《北欧神话 ABC》（世界书局 1930 年版）；谢六逸 1 种：《神话学 ABC》（世界书局 1928 年版）；陈伯吹 2 种：《儿童故事研究》（北新书局 1932 年版），陈伯吹与陈济成合著《儿童文学研究》（上海幼稚师范学校丛书社 1934 年版）。1948 年，中华书局出版的《儿童读物研究》，是一部别开生面的多人合集，全书 9 位作者大多是当时活跃在上海文坛的知名儿童文学作家，包括吕伯攸、仇重、金近、贺宜、包蕾、何公超等。全书按文体类别进行专题探讨，涉及故事、小说、童话、游记、“阅读兼表演”（戏剧）、“有韵读物”（儿歌、诗歌）、“读物与图画”（图画书）、连环画等。每一专题既有理论的阐述，又有具体作品的赏析，对于普及儿童文学极具现实意义。

民国时期主要作为学校教学用书的“儿童文学概论”类教材，约有十余种，作者基本上是活跃在师范院校一线的教师。

中国第一部儿童文学基础理论专著与教材用书，是 1923 年由商务印书馆出版的《儿童文学概论》（以下简称“概论”），作者是两位在江苏无锡的师范学校任教的一线教师，一位是江苏常熟人魏寿镛，另一位是江苏江阴人周侯予。他们是被五四以后中国小学教育界“一日千里”的“进步”势头所鼓舞，特别是“教师教，教儿童文学；儿童读，读儿童文学”的蓬勃气象所鼓舞，而生发起撰写填补师范教学儿童文学教材“空白”的愿景。

这部《概论》虽只有六章二附录 109 页，但已建构起了儿童文学基本原理的框架，依次探讨了儿童文学的定义、儿童文学的重要性、儿童文学的内容与形式、儿童文学的来源、儿童文学的文体分类，并结合当时的教学实际，提出儿童文学的教学法，附有儿童文学课文实例与课堂教学教案。因而这本《概论》既具有学理性、系统性，又有鲜明的应用性与操作性。20 世纪二三十年代出版的儿童文学教材，大多延续了魏寿镛、周侯予的这一“思路”，如江苏无锡第三师范学校附小教师朱鼎元著的《儿童文学概论》（中华书局 1924 年版），江苏省立第一师范学校张圣瑜编的《儿童文学研究》（商务印书馆 1928 年版），赵侣青、徐迥千的《儿童学研究》（中华书局 1933 年版），吕伯攸所写作为“师范学校教科书丛书”之一种的《儿童文学概论》（上海大华书局 1934 年版），钱耕华著的《儿童文学》（世界书局 1934 年版），陈济成、陈伯吹合著的《儿童文学研究》（上海幼稚师范学校丛书社 1934 年版）等。这些儿童文学论著，都是作为师范学校儿童文学课程的教学用书，作者大多集中在江苏与上海，从中也可看出民国时期江浙一带儿童文学教学的发达。

20 世纪三四十年代，大学师范学院的课程中普遍开设有“儿童文学及青年读物”，供三、四、五年级选修，共三学分。1934 年大华书局出版的吕伯攸著《儿童文学概论》的扉页广告特别标明该书是“给简易师范学校、乡村师范学校、县立师范学校、师范讲习所等编辑的”教材。由此可见当时师范学校重视儿童文学的普遍性。师范学校培养的是小学教师，小学教师如果具有良好的儿童文学素养与知识结构，在他们的教学实践中，自然会将儿童文学推广普及开来，惠泽千百万少年儿童。这是儿童文学与学校教学的良性循环。1932 年 3 月 28 日，上海的赵侣青、徐迥千在写完《儿童文学研究》一书后的结语中，情不自禁地作了这样的感叹：“儿童文学，为儿童精神方面最好的滋养料，所以儿童文学教育，在初等教育即儿童教育段应占着十分重要的地位。我们如把儿童来比做一棵植物——一株可爱的花，那么学校就是长养这花的园地，教师就是培植这花的园丁，儿童文学就是维持滋补这花的生命的最适合的肥料与及时的雨露和水浆，儿童文学教育，就是园丁利用园地来培植扶持这可爱的花前后必须做到的各项工作。”[①]将儿童文学看成滋养儿童精神生命成长的必不可少的甘露、养料，这是一种何等的重视、责任与担当！

正是有感于此，本人在编选这套“北斗星儿童文学理论文丛”时，特别选编了这本《民国时期的儿童文学研究》，收入 5 种民国时期的儿童文学基础理论与教学用书，即：1923 年上海商务印书馆出版的魏寿镛、周侯予著《儿童文学概论》，1924 年上海中华书局出版的朱鼎元著《儿童文学概论》，1928 年上海商务印书馆出版的张圣瑜编《儿童文学研究》，1933 年中华书局出版的赵侣青、徐迥千合著的《儿童文学研究》，1934 年上海大华书局出版的吕伯攸著《儿童文学概论》。我们希望回望现代性儿童文学在中国发展的初创阶段的风景，能对我们今天 21 世纪儿童文学的理论研究与学校教育有所启发、参考与借鉴。这也是需要向读者说明的。

---

①赵侣青、徐迥千：《儿童文学研究》，上海中华书局 1933 年。

七、历史的经验值得注意

考察民国时期的儿童文学的理论遗产，使人感触最深的是：民国时期的那一代儿童文学开创者、建设者，是将儿童文学视作一个国家与民族的“生命共感体”——儿童文学是连接上代与下代、人世与人心、历史与现实的民族生命共同感悟、感动、感奋的载体。思想家把它看成能使孩子“将来成为一个完全的人”的利器（鲁迅），文学家把它看成疗救中国社会“起死回生的特效药”（郭沫若），教育工作者把它看成“儿童精神方面最好的滋养料”（赵侣青、徐迥千）。儿童文学绝不是什么“闲书”“低俗”“小儿科”。诗人屠岸曾用诗的语言痛斥那些视儿童文学为“小儿科”的人：“天使在云端轻声说：撒旦才讲‘小儿科!’”①

民国儿童文学虽只有37年（1912—1949）的历史，却是一个奇迹。尽管“‘儿童文学’这名称，始于五四时代”（茅盾）。大致在1921年到1922年间，中国才出现“儿童文学”一词。从启用“儿童文学”之词、确定这种新式文学类型始，不到40年间，民国儿童文学就从无到有、从小到大、从弱到强，跨越式地发展起来，即使在日本侵略者犯我中华、炮火连天的岁月，也没有停止过。当我读到赵侣青等写于1932年“在敌人炮火飞机下面”“一·二八淞沪国难”时的《儿童文学研究》一书序言时，我的眼眶忍不住湿润起来。中国文化、中国文学包括中国儿童文学，正是因为有这种坚不可摧的民族精神，才能以优雅昂扬的姿态挺立在世界民族之林。

民国时期的儿童文学在漫长的中国儿童文学历史长河中，其作用意义是值得我们认真加以研究和总结的。历史的经验值得注意。我认为民国时期的儿童文学理论可为我们发展新世纪的儿童文学及其理论，提供借鉴的“经验”大致有下列这些：

---

①屠岸：《安徒生爷爷》，屠岸诗集《窗里窗外》，天天出版社2015年版。

第一，坚守“儿童本位”的儿童文学理念。

儿童文学说到底是为儿童的，为儿童而写，为儿童精神生命的健康成长、为陪伴儿童愉悦地度过最初的生命历程而服务的。因而，儿童文学必须坚守鲁迅的观念：“一切设施，都应该以孩子为本位。”坚守教育家吴研因当年编制语文教材的做法：“从成人本位变到儿童本位。”

第二，千方百计使儿童文学界与教育界两界高度融合。

儿童文学的接受对象就是千千万万在校的中小学生（特别是小学生）与幼儿园小朋友，如果儿童文学不能走进课本，走进课堂，走进校园，那就“必死无疑”。民国时期的儿童文学之所以能在短时间里出现跨越式发展，重要原因就是当时的学校教育高度重视儿童文学，许多教育家都是儿童文学的热烈鼓吹者、实践者、推广者，从而使儿童文学与语文教育一直“不分家”。我们看今天中国小学语文教学的现状，实在太需要儿童文学了，太需要有关教育行政部门以及教育家们，来关心孩子们须臾不可分离的儿童文学了。

第三，文学理论批评必须紧贴创作实际。

儿童文学理论批评必须紧贴中国的土地，将批评置于实在的文学创作沃土之中，从丰富生动的文学现状出发，不断走向理论，又以理论为根据，阐释和把握现象，以不断影响文学现状。郑振铎的《〈稻草人〉序》，立足中国社会的苦难现状，高度肯定叶圣陶童话“把成人的悲哀显示给儿童看”的创作倾向。茅盾的《关于“儿童文学”》，力倡儿童文学“要能给儿童认识人生”“构成了他将来做一个怎样的人的观念”。他们的批评锋芒，直指创作现实，直面中国现状，从而影响了整个百年中国儿童文学坚持的现实主义创作思潮。中国儿童文学理论批评，实在太需要像郑振铎、茅盾当年那种锐利、睿智的批评眼光和智慧了。

第四，儿童文学需要跨学科的研究方法。

儿童文学的一切特点，皆是因其受众对象少年儿童的特点，诸如年龄特点、心理特点、社会化特点而引起的。因而儿童文学研究，既要

"身在此山中"，又要"跳出圈子外"，借用多学科的知识与资源，特别是教育学、心理学、人类学、文化学、民俗学、传播学的知识与资源，进行跨学科、多维度的研究。这既是一种研究方法，也是是否真正懂得"儿童文学为何物"的理论素养。1924年赵景深主编的我国第一本儿童文学论文集《童话评论》[①]，就将所选论文分为三大"跨学科"板块：一是民俗学上的研究，二是教育学上的研究，三是文学上的研究。1932年，周作人在为其出版的《儿童文学小论》一书的自序中深有感触地写道："要研究讨论儿童文学的问题，必须关于人类学民俗学儿童学等有相当的修养。"接着又写："根据人类学派的学说来看神话的意义，根据儿童心理学来讲童话的应用，这个方向总是不错的。"[②]赵、周的这些见解与做法，实在是高明之极，可惜我们今天的儿童文学研究界对跨学科研究还是"不甚了了"。

第五，全球视野与中国文化自信。

民国时期的儿童文学，尤其是在它的早期阶段，很多东西都是从外国"拿来"的，正如鲁迅所说："没有拿来的，人不能自成为新人，没有拿来的，文艺不能自成为新文艺。"这就是海纳百川的中国襟怀，放眼世界的全球视野。"儿童本位"是从美国杜威的实用主义教育思想那里"拿来"的，"童话"一词是从日本"拿来"的。但学习借鉴洋人，决不能丧失民族文化自信，全盘洋化，使自己也成为洋人，而是为我所取，为我所用，为发展我们民族自己的文化服务，使中国人更成为中国人。对于建设儿童文学也是如此。民国时期的儿童文学理论从整体上坚守了这一中国文化自信的精神。最典型的是童话。"童话"一词，是中国人直接从日本"拿来"的，但当中国学者弄明白了童话是怎么一回事

①赵景深：《童话评论》，上海新文化书社1924年版。

②周作人：《儿童文学小论》之《序》，上海儿童书局1932年版。另见《周作人自编文集·儿童文学小论》，止庵校订，河北教育出版社2002年版。

之后，就理直气壮地说："中国虽古无童话之名，然实固有成文之童话，见晋唐小说，特多归诸志怪之中。"[①]又说："中国童话自昔有之，越中人家皆以是娱小儿，乡村之间尤多存者。"[②]这就是中国文化的自信，中国儿童文学的自信。儿童文学理论研究，今天依然需要这种文化自信。我们实在没有必要在阅读推广中，张口闭口就是欧美日韩的绘本、童话如何如何，而将叶圣陶、张天翼、曹文轩等的作品置于脑后。中国儿童文学丧失自信了吗？完全没有理由。

1933年，鲁迅在《我们怎样教育儿童的?》[③]一文中，说过这样一段意味深长的话："倘有人作一部历史，将中国历来教育儿童的方法，用书，作一个明确的记录，给人明白我们的古人以至我们，是怎样的被熏陶下来的，则其功德，当不在禹下。"在鲁迅眼里，有关中华民族下一代的工作，包括从事儿童教育与从事"熏陶"儿童精神生命成长的儿童"用书"工作，其功绩都是可比大禹治水的。鲁迅所说的儿童"用书"，显然主要是指儿童文学与儿童教材。数十年前，当我第一次读到鲁迅的这段话时，读得热血沸腾：从事儿童文学工作，竟然是一件可比大禹治水，而且其"功德"还不在大禹之下的伟大工作！

鲁迅生活的民国时代早已成为历史，远离了我们。但鲁迅与他那一个时代的人们所创造的文学，包括儿童文学及其理论思维，依然鲜活地存活在我们今天的历史之中。毕竟精神的生命比物质更长久，何况是

①周作人：《古童话释义》，《绍兴县教育会月刊》1914年7月第7号。见周作人《儿童文学小论》，上海儿童书局1932年版。另见《周作人自编文集·儿童文学小论》，止庵校订，河北教育出版社2002年版。

②周作人：《童话研究》，北京《教育部编纂处月刊》1913年8月第1卷第7期。见周作人《儿童文学小论》，上海儿童书局1932年版。另见《周作人自编文集·儿童文学小论》，止庵校订，河北教育出版社2002年版。

③鲁迅：《我们怎样教育儿童的?》，《鲁迅全集》第1卷，人民文学出版社2005年版。

“文锦识成便不磨”的文字与文学。民国时期儿童文学的理论成果，是我们解读百年中国儿童文学发展历史的重要材料与资源，而且，如同我在本文开头所说，解读民国时期儿童文学的“历史观”（理论），更能使我们接近与还原民国时期儿童文学的历史图景与真相。同时，民国时期儿童文学理论中的“经验”，可以成为促进今日儿童文学及理论研究的借鉴。因而研究、探讨民国时期的儿童文学理论是一件意义自存的学术工作。本书所做的工作，只是一种尝试，希望对研究民国时期的儿童文学、民国文学，研究中国儿童文学史，有所助益；同时，这也是对鲁迅那一时代为中国儿童文学建设做出艰苦卓绝的劳动和贡献的“其功德，当不在禹下”的人们做出的一种学术致敬！

2015年11月12日晚

于北京海淀之“潜耕堂”书斋

目录

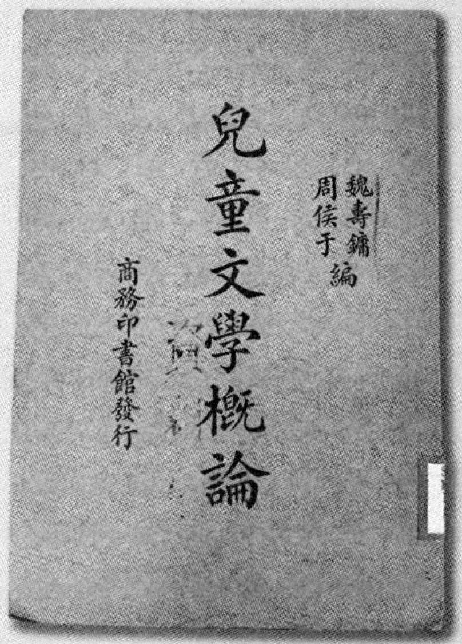

《儿童文学概论》

魏寿镛、周侯予 编

商务印书馆　1923年出版

第一章　什么叫做儿童文学

近几年来，小学教育界表面的进步，可算一日千里了。什么“设计教学法”，什么“道尔登制”，凡是西洋的最新学说，都介绍到我们中国来，研究试验，不遗余力。前回孟禄博士调查中国教育后的评论，他对于小学，很表示满意，以为都有研究的热诚，试验的兴味，这句话实在不错。

旁的不用说，年来最时髦，最新鲜，兴高采烈，提倡鼓吹，研究试验的，不是这个“儿童文学”问题么？教师教，教儿童文学；儿童读，读儿童文学。研究儿童文学，演讲儿童文学，编辑儿童文学。这种蓬蓬勃勃勇往直前的精神，令人可惊可喜。但是儿童文学究竟是什么？什么是儿童文学？不但读者心里常常有这个疑问，就是我心里也常常有这个疑问。倘使把这个问题，去请问一般提倡鼓吹研究试验的先生们，恐怕多数人答不出一个很正当、很确切、很圆满、很明了的答案来吧。中国人做事情，往往不彻底，不了解，浑浑沌沌，糊糊涂涂，没有正确的观念。不独对于儿童文学这个问题是如此呢！

可是儿童文学，是儿童的生命，是儿童的灵魂，是启发儿童心灵的机棙，是涵养儿童性情的补剂，关系儿童的前途很重大的。倘使我们自己对于这个概念，没有彻底的了解，跟人家瞎走，“依样葫芦”“盲人瞎马”，不是一件很危险、很可怕的事情么？所以我们要研究儿童文学，必先明白儿童文学是什么；要教授儿童文学，更当明白什么是儿童文学。

要晓得儿童文学是什么，必先研究文学（Literature）是什么。我们中国书里，论文学的篇幅却也不少。如刘彦和的《文心雕龙》、章实斋的《文史通义》，但是所论的大都是修辞的方法、文体的变迁。又如应玚、陆机、李充、桓谭等人，和散见在各家集子里面的议论，也许找得出许多，可是大都是枝叶上的说话，具体的譬喻，从没有爽爽快快的定义，切切实实的界说。再看西洋各国的书籍里，许多名人也会定下许多界说来。虽然比较我们中国明白些，显著些，可是也有许多片面之话，偏见之谈。我且把中外名人所定文学的定义，分成两类，举几个例在下面。

甲　广义的

（一）《论语》上说："博学于文。"（这个"文"字，是指诗书六艺说的。）

（二）章太炎说："文学者，以有文学著于竹帛，故谓之文；论其法式，谓之文学。"

（三）英国近代第一批评家亚诺尔特（Mathew Arnold，1822—1888）说："文学是个很广博的名词，一切写出来、印出的文字，都包括在内。所以像游克理的《几何原本》（*Euclid's Ele-ments*），和牛顿的《学理之原》（*Newton's Principia*），都是文学。"

（四）美国著名辞书家华斯推（Worcester，1784—1865）说："文学是求学的结果，就是智识和想象写下来保存着的。"

（五）法国批评家佛尼（Vinet）说："文学是包括一切书写的东西，可以汇合他一生表现在他人前的。"

（六）海兰（Hallam）说："文学是智识流传在书籍里的。"

（七）雅白（Jebb）说："文学必须有固定的形式。"

乙　狭义的

（一）昭明太子《文选》序上说："陶匏异器，并为入耳之娱；黼黻不同，俱为悦目之玩……事出于沉思，义归乎翰藻。”

（二）阮芸台说：“必沉思翰藻，始名之为文。”

（三）法国著述家高考尔（Gawckler）说：“文学是一种文字的艺术。”

（四）赫胥黎（Huxley）说：“文学就是美丽的文字。”

（五）爱默生（Emerson）说：“文学是最好思想的记述。”

以上两类十二种，中外名人的文学定义，大概这样。我们觉得这些定义，概括地说：广义派以为文学是著作的总称，用他来会通众心，互纳群想的。所以班固著《汉书·艺文志》，把六略六艺百三家，诸子百八十九家，诗赋百六家，兵书五十三家，方技三十六家，都收在一起。狭义派以为文学的内容必定情感丰富，但是不必合义理的；形式必定音韵铿锵，可以吟诵，可以欣赏的。所以昭明太子的《文选》序上说：“若夫姬公之籍，孔父之书……老庄之作，管孟之流，盖以立意为宗，不以能文为本。今之所撰，又以略诸。若贤人之美辞，忠臣之抗直，谋夫之话，辨士之端，冰释泉涌，金相玉振。所谓坐狙丘，议稷下，仲连之却秦军，食其之下齐国，留侯之发八难，曲逆之吐六奇，盖乃事美一时，语留千载，概见坟籍，旁出子史。若斯之流，又亦繁博，虽传之简牍，而事异篇章。今之所集，亦所不取。至于记事之史，系年之书，所以褒贬是非，纪别异同，方之篇翰，亦已不同。”从上文看来，他于经史子，都不入选，所选的，大概是集文。我们觉得这两种主张，都不是圆满的界说，或失之宽泛笼统，或失之狭窄偏颇，只能解释文学的一部分，不是文学全部的定义。文学的定义，本来不是容易定的，因为文学的内含极大，外周极宽，而他的本质，又极微妙。文学不但是发表思想的，并且是深入人心的；不但是兴到而作的，并且是神来方就的；不但是已往时间的出品，并且是最高理想的策源；不但是个人一生的总账，并且是世界生命的结晶。喜怒哀乐，悲欢离合，莫不活泼泼地实现在文学里面。所以一篇有一篇的结构，一篇有一篇的精神，一篇有一篇的特性，一篇有一篇的色彩。文学的定义，本来不是容易定的，所以中外名人，学说歧异到这样。研究文学的人，也个个模模糊糊，得不到一个明了确切的观念。我们费了许多时间的考虑，以为汇合下列诸家的学说，定一文学定义，较为妥当些，我且介绍他的学说出来：

（一）英国著名文学史家勃鲁克（Brooke）说："文学是世界男女写下来的思想感情，合乎法则，可以使读的人愉快的。"

（二）颇斯耐脱（Posnett）说："文学不论他是散文，是诗，凡著述的东西，不但是能表现回想的，并且能表演想象的；他的目的，不但是教导众人，和发生一种实际效用的，并且要使最大多数人愉快的。所以文学是普遍的，不是特殊的。"

（三）美国普灵斯顿大学英文学教授亨德（Theodore W.Hunt）说："文学是写下来的思想的表现，有想象，有感情，有风格，能使普遍人类的心理，觉得明了，感着有趣，却非专门学艺的形式。"

（四）黑德生（Hudson）说："文学的第一要点，是能使他主要的道理，和论述的神情，对于最大多数的人类，有兴趣；第二要点，他的形式的本体，也能使人愉快的。"

（五）巴斯康（Bascom）说："一国文学的生命，必定是才智的，情感的，而且是很完备的，很合于艺术的。若是没有这种妙境，使他有永久的价值，那就不成其为文学；单有思想，也不成为文学。文学是各方面都完备的，各方面都相称的，且有精美的形式的……艺术的性质，是文学里很重要的一件事。"

（六）冯克的《标准字典》说："文学是写印的、从人类心理综合而成的出品，这种出品，必定有高尚、健全、普遍的思想，有适当、纯粹、美丽的体裁，而且是合于艺术的构造。"

除以上诸条之外，近来西洋各国，再有许多学者说："文学是人生的表现和批评。"这句话也是很有道理的，极有价值的。我们现在既已知道各家的学说如此，便可汇合众长，定个比较圆满些的定义。但是文学究竟有几种要素，不得不先分析一下：

（一）人生的表现和批评

文学的根本，是人生的表现和批评。人生对于现在的生活有兴趣的地方，要靠文学表现出来；人生对于现在的生活有烦闷的地方，也要用文学表现出来。像汉高祖既定天下后，一时兴会淋漓，而作《大风歌》。项羽垓下大败，一时悲愤填膺，而作《垓下歌》。屈原既放，忧郁怨恨，而作《离骚》。渊明解组还乡后，超然有高举之志，而作《桃花源记》。总而言之：人生一日离不了喜怒哀乐、悲欢离合的情绪，就一日离不了文学。所以文学不但是表现人生的，并且是批评人生的。明白这个观念，才知文学的本体，文学的应用。

（二）思想

文学是传达思想的工具。密勒（Max Muller）说："哲学是思想的科学，文学是表白思想的科学。"中国旧说所谓："言之无文，行之不远。"又说"文以载道"等等的话，也是这个意思。因为要表现人生，批评人生，不可不有纯正高远的思想。思想固然不必专靠文学而传，可是文学不可不靠思想而显著。庄子、老子的文章，渊明、老杜的诗歌，施耐庵、曹雪芹等做的小说，何以能传之久远、百读不厌，也就靠有高远的思想。倘使文学没有高远的思想，必定堆砌词藻，讲究声调，"金玉其外，败絮其中"。譬如无灵魂、无脑筋的美人，虽然涂抹脂粉，装腔做势，我们只见他浓姿俗艳、丑态百出，引不起人的美感。所以文学的第二要素，便是要有高远的思想。我所说的思想，分析开来，可分两层讨论：

1. 情感

文学要有真挚的情感的。《诗序》说："情动于中，而形于言；言之不足，故嗟叹之；嗟叹之不足，故咏歌之；咏歌之不足，不知手之舞之，足之蹈之。"本来人是个富于情感的动物，文学也可算是情感的出产品。文学家要拿自己的情感，引起别人的情感；拿别人的情感，融成自己的情感。所以文学不但是主观的，并且是客观的；不但写自己的抑郁牢骚，并且要写别人的悲欢离合。总而言之：文学的第一目的，是唤起人类的同情。所以我们读了《孔雀东南飞》，便生出怜惜生长在专制家庭里的女子的感情；读了《木兰词》，便生出崇拜巾帼英雄的气概。著者喜读《红楼梦》，读到黛玉葬花、焚稿等地方，不知赔了多少眼泪。可是越是这种地方，越喜欢读。文学而能使读的人可惊可喜，可歌可泣，才是第一流的作品。假使文学而引不起人的情感，便如人无灵魂，行尸走肉，傀儡登场，有什么希罕。

2. 想象

文学要有丰富的想象的。叙述一件事情，议论一件事情，要设身处地地设想；拿自己的想象，唤起他人的想象。使读的人脑筋里，仿佛有一幅图画样子，也像身历其境一般。譬如读了《新丰折臂翁》，便觉得当时老翁折臂的情状，和南征时民间的痛苦，历历如在目前。读了《上山采蘼芜》，便觉得夫妇二人的惨剧，一一活现在目前。读过《水浒传》的人，到武松酒醉上景阳冈，要倒卧在大青石上，只见发起一阵狂风，扑的一声的时候，那一个不毛发悚然、提心吊胆，觉得有一只吊睛白额大虎，将要猛扑过来。这才能流传千古，有文学的价值呢。倘使没有丰富的想象，不耐回味，便如鸡肋，有什么可贵呢！

（三）艺术

文学也要靠艺术的手腕来补助他。同样一件事情，叙起来有巧有拙；同样一句话，说起来有动听，有不动听。因为想象、情感等等要素，倘使没有艺术的手腕来补助他，便不能愈显其美。艺术的手腕怎样？可分三层来讨论：

1. 剪裁

有了材料，先要剪裁。譬如做衣服，先要看那块材料，究竟适宜做什么东西。做袍子合算呢，还是做背心相称？估计定了，方可下剪。文学家也应有这种工夫。有了材料，做剧本动人呢，还是做小说得体？做小诗呢，还是做长歌？譬如武松打虎的一件事，宜乎做小说，不宜做长歌。郑板桥的《道情》，改成散文，便不美了。所以材料中那些要的，那些不要，那些要敷畅，那些要概括，都要有剪裁的计划，才能做出好文学来。否则“削足适履”“矫揉造作”，僵的，死的，那里会引起人的情感和想象呢！

2. 布局

体裁定了，再讲布局。有剪裁，才可决定做什么；有布局，才可决定怎样做。材料剪定了，须要筹算怎样做，才能得当，有效力，有趣味。譬如一篇《木兰词》，写他的战功，只用“将军百战死，壮士十年归”十个字；记木兰回家的那一天，却写他父母兄弟姊妹等种种事情，用了一百多字。十个字记十年的事，不以为少；一百多字记一天的事，不嫌其多。这才是千古妙文，这才是上品的布局工夫。又如《石壕吏》一篇，写一个过路客人，在一家人家偷听得的一件事，只用一百二十个字叙述出来，全篇不用一句断语。却把他们一家祖孙三代的历史，和那时征兵制度的大害、百姓的痛苦、丁壮的死亡、差役的横行，一一活现纸上，使后人读他，生出无限的感慨。这才是神品的布局工夫，这才是有艺术的文学。

3. 描写

布局定了，方才可讲描写的方法。描写要细腻，要贴切，写人要举动、性情、口气、身分，等等，都要有个性的区别。写鸟兽、虫鱼、山川、花木，也要有个别的区分。写事要线索分明，头绪清楚，近情近理，亦奇亦正。写情要真实，要精细，要体贴入微，要淋漓尽致。《红楼梦》上写王凤姐的泼辣，“闻其声，如见其人”，决不可移到别人身上去。《老残游记》里的大明湖，决不是西湖、洞庭湖。处处表示个性，才算是有艺术的文学。

文学要素，除上述三条外，又当要有永久性的，有普遍性的。我们得到了名画美人，总是恋恋不忍舍的。读了有价值的文学，也是永远不会忘掉的。譬如渊明、老杜的诗歌，《水浒传》《红楼梦》等的小说，百读不厌，百看不厌，流传千古，就是因为有永久性的缘故。人类的想象、情感等种种性质，都是人类普遍的天性。文学也应用普通的、灵敏的感觉，为人类保存天真。所以代圣人立言的文章，不能算是人类的文学；要做十年的《三都赋》，堆砌许多晦词僻典，读者要查几十遍字典词典，方能懂得全文，也不算是人类的文学。

文学的要素，既已明了，我们现在归纳起来，下一条文学的定义说："文学是表现人生和批评人生，思想高远，有情感，有想象，用艺术的组织，把他发表出来。"

文学既然是思想高远，有情感，有想象，且合艺术组织的。那么人们读了他，自然能愉快，有兴味，并且很明了的。既然读了他能愉快，有兴味，并且很明了，那么自然可以普遍群众，永久流传。

闲话说了许多，如今且回到本文，著者上文说："要明白什么叫做儿童文学，先要晓得什么是文学。"现在文学的界说既已了解，儿童文学是什么，也可"迎刃而解"了。我再概括的定一条儿童文学的定义说："儿童文学，是表现儿童生活和批评儿童生活，思想高远，有情感，有想象，用艺术的组织，把他发表出来。"

所以儿童文学，就是用儿童本位组成的文学，由儿童的感官，可以直接诉于他精神的堂奥的。换句话说：就是明白浅显，饶有趣味，一方面投儿童心理所好，一方面儿童可以自己欣赏的文学。

上文已将什么是文学和什么是儿童文学解释清楚。现在我们再把文学和非文学、成人文学和儿童文学，辨别一下。要辨别这篇文章是不是可算好的文学，只须看他内容是不是有高远的思想，真挚的情感，丰富的想象；形式是不是合乎艺术的组织，可以普及群众，传之永久；使人们读了他，可以增加兴趣，精神愉快的。换一句话说：就是是不是含有文学的要素的。所以现在一切无谓的应酬文字，谀墓之文，祝寿之序，歌功颂德的一类，都没有文学的价值。现在流行的言情哀情小说，千篇一律，堆砌许多名士美人、风花雪月的字面，也不能算是文学。再看韩愈的《祭十二郎文》、袁枚的《祭三妹》文，虽然信笔所至，信口所说，可是字字从至性至情中流露而出，情文兼至，后人读了他，是不是能够生出情感，引起想象。文学和非文学的大区别，就在这一点。再说成人文学和儿童文学的区别。儿童的环境和成人的生活不同，儿童的情感想象，当然也不同乎成人的情感想象。所以孙行者的闹天宫，在成人看来，决无此事；在儿童看来，却信以为真。成人晓得草木是植物，儿童却信他能思想。成人晓得猫狗是动物，儿童却信他能说话。屈原的《离骚》《楚辞》，在儿童看来，未必能引起情感想象；在成人看来，却是很好的文学作品。所以要看他是不是儿童文学，只须看他内容方面，是不是切合儿童环境，迎合儿童心理；是不是儿童想象得到的，并且能引起他的情感的。形式方面，是不是合乎儿童口吻，儿童自己能欣赏的。从前的国文国语教科书，装满许多智识材料，又是平铺直叙、嚼蜡无味的东西，所以儿童不喜欢读他。现在出版的故事读本、中国故事、儿童诗歌、儿童剧本、儿童故事……因为儿童自己能欣赏，并且有文学价值的，所以儿童欢喜读他。从这点上观察，儿童文学和非儿童文学的区别，“思过半矣”。

临了，我再把文学和非文学、成人文学和儿童文学的关系，绘一略图在下，做这一章的结论：

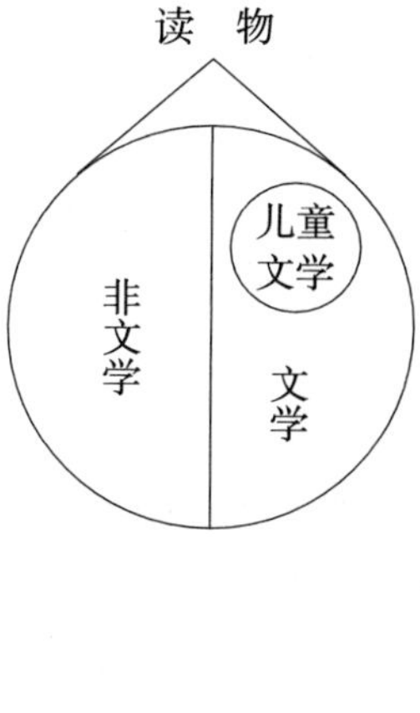

第二章　儿童有没有文学的需要

“什么是儿童文学”，上面已经把他说明了。现在所要问的，便是“儿童是不是有文学的需要”。我们对于这个问题，可以回答一句话，说：“是很需要、很需要的！”从那里来证明他？可以分成两项说：

甲　儿童自己需要文学

乙　教育儿童需要文学

第一项是从儿童本体着想，说儿童自己要文学的。为什么呢？因为人是一种生物，儿童是人的一期。我们承认人有独立的生活，便不能不承认儿童也有独立生活。因为这几年的生活，一方面固然是成人生活的准备，一方面自有独立生活的意义和价值。决不能把人的全生活，指定那一截是真正的生活，他一世的生长、成熟、老死的生活，都是真正的生活。因此之故，所以儿童不是缩小的成人，也不是成人的一片，是一个有独立生活的生物。因为他有独立生活，所以便有内外——心理生理——两面的生活的需要，文学便是他们需要的一种东西。

儿童是人生的一期，等于人类学的原人一期，因为人类的“个体发生”和“系统发生”相似，“胚胎时代”经过“生物进化”的过程，“儿童时代”经过“文明发达”的过程，所以“儿童学”的事项，可以借“人类学”来证明。文学的起源，由于原人对于自然界有了畏惧奇怪的刺激，凭了想象，构成一种情感思想，借言语动作表现出来，便是歌舞，文学从此有了。我们且看一种未开化的苗人，有所谓“拜火教”啦，他们见了火，便对他拜，嘴里还喃喃地念一种“口号”，这便是由畏惧而发生的文学。还有中国贵州、云南地方，山里有一种苗人，他们逢到“明月皎洁”的夜里，便集了许多人，对亮月歌舞起来，有时便举行结婚的仪式，这便是由好奇而起的文学。

原人如此，儿童的生活本和原人相近。他对于自然，一面畏惧，一面好奇……也便从此发生文学，叫做儿歌、童话。他的内容形式，不但多和原人文学相似，而且还有许多是原始社会的遗物，常含有野蛮或荒唐的思想。儿童都信拜物教，他相信草木有思想，猫狗能说话，从这里又多发生文学的机会。例如儿童看见蚂蚁，便唱“蚂蚁！蚂蚁！喊娘来，大大小小一齐来!”这便是一个证据。

再有一个很显明的证据，可以证明儿童需要文学，便是小学图书馆的阅书统计。我们校里——江苏第三师范附属小学——有一个小图书馆，儿童可以自由看书。里面书籍，分成小说、杂志、常识、文艺、卫生、格言、英文、游记、图画、游戏、国耻、实业、丛书、乡土、童子军、纪念、参考、查考几类——这是习惯沿下来的，不可为训。每周结算阅书统计，小说总在百分之六十以上，文艺占百分之二十左右，游记、丛书、游戏各占百分之四左右，旁的不过百分之一二，或是不到。至于格言、实业、卫生三种，自从今年秋季开学以来，竟没有一个人看。这明明是儿童需要文学的证据。不但我校如此，南京高师教育科的学生，因为调查儿童用书，问俞子夷先生说：“究竟那几种书籍儿童最喜欢看?”俞先生说：“也不曾精密统计，不过童话、小小说之类，最容易破烂，每一学期总须修订几次，甚至破烂不堪，要重行置备的。”这也是儿童需要文学的证据，和我们校里相似。

总之，人是一种动物，儿童是人的一期。动物是有情感的，有了感情，对于他的生活，便有爱、憎、悲、喜……种种情绪，构成有情感的思想，表现出来，便是文学。一天离不了爱、憎、悲、喜……的生活，便一天离不了文学。

“云淡风轻”的天气，云雀有了一种愉快的刺激，便在空中唱很悠扬的歌曲，和儿童快乐时候，看见鸟儿飞去，唱“鸟鸟飞！鸟鸟飞！飞到高高山上吃白米”的儿歌，有什么不同！乌鸦的小雏，给人家捉去了，他受一种悲哀的刺激，发生悲哀的情绪，用“咿呀！咿呀！”的悲调，发表他的苦痛，同小孩葬蝴蝶，“嘤！嘤！嘤！嘤！”哭“啊哟！蝴蝶呀！”有什么不同！所以世界上的儿童文学，一部分是成人代他们产生的，一部分完全是儿童自己产生的。儿童自己要产生文学，请问儿童有没有文学的需要！

儿童生活自己需要文学，那么教育儿童的人，当然有用儿童文学的需要。教育是什么？杜威博士说：“教育是生活。”教育材料是什么？便是儿童生活需要的东西。所以儿童的需要，便是教者的教材，他的关系如下图：

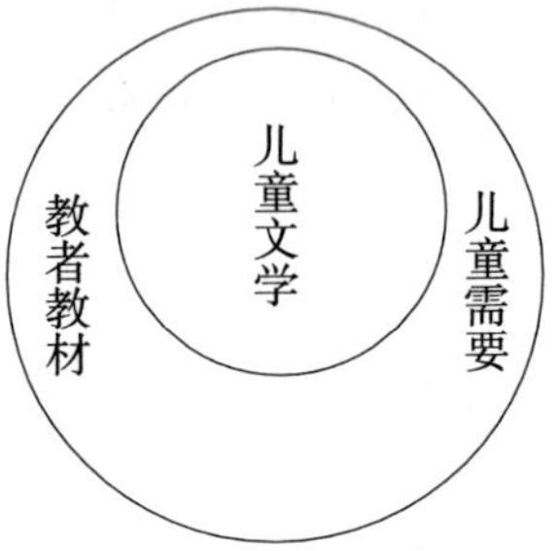

有人说：“儿童的文学，同原人相近，有野蛮荒唐的思想。那么我们‘禁止之不暇’，怎样可以再去提倡呢？”这种说话，是误认儿童意义发生的。方才已经说过，儿童是一个独立生活的生物，他对于自然界，有神秘的观念。他们信拜物教，抱热烈的感情。这个时期，他相信草木有思想，猫狗能说话，正是当然的事情。我们去纠正他，不但没有益处，反而使他们生活受害。譬如小儿不会吃饭，便给乳他吃；不会走路，便抱他；等到他生了牙齿，自然要教他吃饭；有了脚力，自然要教他走路。这是儿童生活，他一路转变生长，我们对付的方法，也一路转变。肉体如此，精神也是一样。只要到了不是儿童期，不再同他去讲这类事情便好了——你再同他讲，他也不需要。好像小孩起初学会走路，他很不愿大人抱，只要下来——若说吃饭走路，两个譬喻，好似自然趋势，不容易领会。那么我还有一个小譬喻。我们江阴地方，每每因为小儿不会叫叔叔——“叔”字的音难发，要唇音、齿音、舌尖音合起来——教他改叫伯伯——“伯”字的音最易，是个音母，等于注音字母的“b”字，所以小儿叫父亲是“爸爸”（Papa）——凑就他的声音。这也是适应他的一例子。

又有人说：“这草木思想、猫狗说话，拿来教儿童，纵使儿童学了，有什么价值?”这种人又是用主观的见解，做主观的批评。我们既然承认儿童有独立生活，应当客观地理解他们，而且加以相当的尊重。以为儿童的思想、想象、情绪、趣味……都和成人不同。成人吃到一块糖，没有什么大不了，在儿童便不然；儿童看一张古画，没有什么大希奇，在成人便不然。所以儿歌、童话、物语……说他没有价值，是成人看了，没有价值。你说迷信，他不是迷信；你说荒唐，他不是荒唐。要是拿你的需要与否，去说儿童文学没有价值，便和抱着“齐东野人之语”的一句话，来反对白话文的价值一样。

又有人说：“儿童的确需要文学了。但是文学是感情的出产品，你去读了，入其彀中，便生大害。从前有人看了《杀子报》，一时神经错乱，回来把他的儿子杀掉。还有一种人，看了《三国志》，雅慕诸葛亮的镇静状态，‘空城却敌’‘羽扇纶巾’，脑筋受了极大印象，久而久之便成一个阴人——到了夏天，他拿了扇子，也是一摇一摇地作诸葛亮状态——要是儿童读了文学，怕得也有类于这种的弊病呢?”这不差！而且我还可以加一个证明，便是我在十七岁的时候，看了一本“具体而微”的小说，叫做《�娘遗恨记》，足足有一天，不和同学谈笑，心目之中，只有一个很可怜很伤心的筠娘。然而要晓得这是“材料好不好”

的问题，“教法好不好”的问题——底下详说——我们正是因为文学有这种力量，所以儿童要教儿童文学。他们正是因为不曾有文学的陶冶，所以有那种弊病。须知我们用儿童文学来教学，是“投其所好”“合其自然”，对于儿童的身心方面，有莫大的好处。现在拣他重大的略说一下：

（一）想象

儿童最喜欢想象，一刻儿想这件事，一刻儿想那件事，他想象很容易变。所以他颜面的表情，时常不同，不能捉摸。儿童一生的生活，差不多在想象里。想象是知识之本，密勒氏称七八岁以上的儿童，为想象、求知、表演的“黄金时代”，其宝贵可知。但是任他们去想，幻想过分，弄到实在事物和幻想事物分别不出来，那便很危险。要是不准他们想，也做不到；就是做到，他们又“索然无味”“呆若木鸡”。所以要去利用他这可宝贵的心理作用，非文学不可。因为文学可以做他们想象的资料，而且可以指导，他们引导他们，柏立格氏（Briggs）说：“小学校里的儿童，要利用他们活泼泼的想象去读书。”这是很要紧的。简单说：“儿童文学，可以扩充他的想象。”

（二）思想

思想是事实之母，是心理作用最可贵的东西。但是儿童的思想，和成人不同。他因为经验不多，所以他的思想，每每缺乏系统，缺乏理想，入于不正确的。看儿童失掉了东西，他便“呆立四顾”“凝神不语”，这便是他用思想。等到想着了，又每每错误。所谓“刻舟求剑”，倒是儿童思想的一种代表。我们要免除这种弊病，再发展他的能力，那么儿童文学，便是最好的工具。因为发表思想有三种方法：动作，言语，文字。文字是发表思想的符号，文学便是思想的结晶。儿童读了，日与之化，不但可以减少他的“胡思乱想”，而且还可以给他思想的途径。读了愈多，思想愈是开发。

（三）感情

人是感情动物，儿童的感情，更是热烈而“一发不可遏”的。我们担任教育的，说任他去罢，那便要“发不中节”，精神受害；说禁止他罢，又想“毫不动情”“等于木石”。怎样是好？对极了！美国教育家犹维耳（J. R. Jewell）说：“感情是教育的新门径。”又说：“本能是教授法之要素。然而没有感情，什么游戏、唱歌、争胜、奇怪……许多本能，也发不出来。”照这话意思，便是说用感情做根本，来教育儿童。不过各科性质，可以引起儿童感情的又不大多。唯有儿童文学是培养感情唯一的东西。因为儿童文学，是作者有感想的思想，这思想装在文学里面，儿童读了，从同情心的关系，接受他的感情的波浪，自己也发生感应感情。什么和平、博爱、义侠、勇敢……许多感情，不知不觉地养成了。还有关于和平、博爱、勇敢……许多道德，也可以同时养成。杜威博士最不相信学校里特立道德一科，说：“道德要在各科涵养。”我以为各科涵养道德，怕要称文学最大罢。因为各科性质，和真、善、美最近的，分子占了最多的，便算文学。我还记得孔子教学生“言志”，独与曾点。仔细想来，曾点的感情分子——他所说“暮春者，春服既成，冠者五六人，童子六七人，浴（这字应改“沿”字）乎沂，风乎舞雩，咏而归。”——比他们要多一些，纯正一些。所以博得孔子“喟然一叹”。

（四）兴味

兴味和感情，有连带关系。柏格利（Bagley）说：“兴趣是学习之紧要工具。”儿童知识，一大部分要在书本里求。假使教儿童读“干燥无味”的教科书，结果至多到“识字”“能够读书”。不过没有读书的兴趣，他便不要读书，那么“能够读书”的力量，也是没用。所以我们要用“趣味浓厚”的文学给他读，教他登在“极乐园”里，拿到一本书，“爱不忍舍”，于是养成“欢喜读书”的习惯，和“能够读书”的能力。况且儿童读书，不过是一时兴趣、好奇和冲动，所以读了无兴趣的教科书，便“昏昏欲睡”。读什么小说、童话、诗歌，却“孜孜不倦”。这是做过小学教师的人，都知道的。假使用没有趣味的书给儿童读，真是“强人所难”“困而学之”了。

照上面看来，教育上需要儿童文学，有四大价值：1. 可以扩充想象，2. 可以发展思想，3. 可以培养感情和道德，4. 可以养成读书的兴趣。这便是需要儿童文学的理由。总之，教育的意义，是就儿童生活，加以生长变化的工夫。现在儿童有想象、思想、感情……许多的心的本能，要去生长变化，儿童文学最有功效。毋怪孔子同学生说："小子何莫学夫诗！"教他的儿子伯渔，又先问他学诗没有。贺恩氏（Hone）说："无论那个儿童，都是艺术家。做教师的须引导他入于享受美术、表现美术的室中去。"休格（Hueg）说："文学当从儿童入学第一天读起了。"

根据儿童自己需要的文学，便拿来做教材，所谓"因势利导"，和杜威博士所说"教育之职，在发现儿童兴趣而利导之"的一句话完全相合。施行之后，因为儿童自己需要，便可以使他"自动就教"，不再"被动受教"，一方面引入他到"美"的一条路上去，使他的人生成"美术化"。现在把他立一个简表出来。

儿童文学
- 儿童方面 { 内 / 外 } 的生活需要
- 教者方面 { 扩充想象 / 发展思想 / 培养感情和道德 / 养成读书的趣味 } 的需要

} 自动就教 / 美化人生

第三章　儿童文学的要素

上文已把什么叫做儿童文学，和儿童有没有文学的需要，解释清楚。此刻我们应该详细讨论，儿童文学的要素怎样？换句话说：就是儿童文学的选材标准怎样？儿童文学的要素，要根据文学的要素产生出来的。文学的要素，上文已经说得很明白了。此刻专就儿童文学要素上讨论。儿童文学要素，可分下面两项：

甲　内容方面（实质）

乙　形式方面（字句）

内容方面可分理想的文学和写实的文学两大项。理想的文学，以开发心性，扩充想象为主。写实的文学，以培养感情，增加兴趣为主。我们以为不论属于哪一类的文学，内容方面的要素概括说来有下面的七种：

（一）要富于想象的

上文已说想象是文学要素之一。又说儿童是最喜欢想象的，一刻儿想这一件事，一刻儿又想那一件事。差不多他们的生活，便是想象的生活。他们往往把竹竿当马骑，木片造房子；拼起几只凳子，当它是火车；用一根门闩，抬一只凳子，算他是花轿。这便可以证明，儿童的想象，能自己造成环境。原来想象可以分成两种：一种是创造的想象，一种是再生的想象。创造的想象是造成将来的计划，三岁到七八岁的儿童最发达。再生的想象是忆起过去的经验，大约年龄越大越发达。创造将来，忆起过去，和他现在生活有密切关系的，因此他能继续不断地改造经验。从这几点上看来，儿童文学要有丰富的想象，才能满足他心理上的要求，才能利用他心理上的活动。从前的小学国文国语教科书，干枯呆板、索然无味，并且内容包罗万象，有历史，有地理，有理科，有修身，充满着许多实科材料，实实辟辟，仿佛一本《百家姓》《千字文》《日用杂字》。最可笑的，类乎“一升米，二尺布”的课文，要教一礼拜，或半礼拜。翻来覆去，咬文嚼字，敷衍过去。请问这种材料，有没有想象的价值，思考的余地？有没有欣赏的价值，文学的色彩？儿童读了他，宜乎昏昏欲睡，引不起他的兴趣。唉！中国不知有几千万的儿童，被那些骷髅式的教科书，束缚思想，埋没本能。好了！好了！现在儿童的文学书源源出版了，可算是儿童的新生命，儿童的新福音。从前我们拿国文教科书去教八九岁的儿童，一课四五十字，教一礼拜，还弄不清楚。倘使现在给他一本《儿童文学读本》（商务印书馆出版），恐怕不用你先生一句一句地去教他，他自己一口气津津有味的，要看完才歇呢！从前我们读书，先生口讲指画，讲授“四书五经”，哓哓不休。我们敢怒而不敢言，却暗地里藏着《三国演义》《水浒传》，手不释卷，连饭都不要吃，“四书五经”早已抛之九霄云外了。这便是“四书五经”引不起我们的兴趣，《三国演义》《水浒传》能扩充我们想象的缘故。所以儿童读了冒险小说，可涵养创造的思想；读了勇敢故事，可培养豪侠的气概。例如《儿童文学读本》第二册第十八课《梦》，它的原文是：“一个小孩，拿了一盏灯，到花园里去顽耍。小孩用灯向树上一照，树上有许多果子糖落下来。小孩用灯向草里一照，草里有许多洋娃娃走出来。小孩用灯向路上一照，路上有许多活动玩具。小孩用灯向假山上一照，假山上有许多饼干箱。小孩拿了许多果子糖、洋娃娃、活动玩具、饼干箱，从花园里走出来。灯丢掉了，天黑暗了，路也看不清了。小孩心里一慌，跌了一跤。说道：‘啊，原来是一个梦！’”这一段课文，多么有趣，儿童读了他，便想到“小孩到花园里去的情景、树上落下果子来的情景，得到洋娃娃、活动玩具后，心上面怎样的快活……”比较读“一升米，二尺布”的课文，真是天渊之别了。所以儿童文学，第一要充分地供给想象资料。不过要合儿童心理的，他们自己想象得到的，思路开展、不狭窄，各方面可以推想的。又要避去空想、妄想、幻想等弊病的。这一点在选材上不可不注意。

（二）要富于情感的

情感，也是文学要素之一，上文已经说过。儿童文学尤其要着重情感。麦克茂利（Mc Murry）说：“小学的课程中，欣赏的要求，要算文学最有势力。因为文学不但开展人的知慧理性，像别种科目一样，再能增加人的高尚情感。”从这几句话看来，儿童文学的要素里，情感是占很重要的地位了。从前民国教育部定的小学校国文要旨，说：“国文要旨，在使儿童了解普通语言文字，养成发表思想之能力，兼以启发其智德。”这个要旨最大的缺点，就是缺少情感一方面的要素。所以十年来出版的教科书，只是有骨无肉的东西，低年级几乎都是些公式。编辑的人，恐怕儿童不易识得，不易学习，力求简单，平铺直叙，不加描写，以为这样可使儿童容易领会。不知结果适得其反，儿童因为枯窘干燥，便无兴味，便引不起他的情感。往往儿童上学一年半载，记不得几件事情，识不得几个字，倒不如在家庭里口授的儿歌、谜语，如“排排坐，吃果果……”“……油火虫，夜夜红……”“头戴红帽子，身穿白袍子，走路像公子，说话像蛮子”一类的文学，琅琅上口，一辈子也不会忘掉。这一类的文学，何以一学就会，永远不会忘掉呢？就因为富于情感的缘故。所以教儿童读记述风景的文章，便生向往的情感；读滑稽小说，便生愉快的情感；读救人的故事，便生博爱的情感……各种情感都可在儿童文学里培养他的基础。例如《儿童文学读本》第一册第二课《一只小羊》，原文是：“小羊不见了，老羊叫，吗哈哈，吗哈哈。小羊回来了，老羊笑，吗哈哈，吗哈哈。”在一个“叫”字，一个“笑”字里，把忧急愁闷和快乐安慰的情状都表现出来，儿童读了他，自然能引起他的同情。所以儿童文学的第二要点，要充分地供给培养情感的资料。温柔敦厚是我国的国民性，要尽力发挥。博爱和平是现代文明的要素，也要尽力培养。从反面说，要避去粗暴、刻薄、残酷、侵夺等种种弊病。这一点，在选材上，也不可不审慎。

（三）要思想纯正的

儿童不但也有思想，并且富于思想，前章已经说过。思想高远，又是文学要素之一，前文也已说过。所以儿童文学要做发展儿童思想的工具。儿童好问，古今中外，都是一律的。他的问句，常常有“什么”“为什么”和“怎样的”一类的问题，提出来问父母、教师。这便是他们富于思想的证据。著者有个两周岁的小孩，常常表现出他有丰富的思想。譬如把皮球置在台上，他能搬只小椅，立上去，取下来。他自己能设计，能解决困难问题。儿童既然有这种很好的思想流露，我们一定要利用他，发展他，所以儿童文学的要素，培养思想也占重要的地位。不过儿童的思想，忽东忽西，是好是坏，没有一定的，所以文学材料，要选思想纯正的、新颖的、光明磊落的，不可取陈腐的、偏激的、阴贼险狠的。

（四）要切合环境的

儿童的环境和成人的环境不同，儿童的生活和成人的生活也不同，前文已约略说过。因此儿童文学要合儿童心理，是他需要的，是他想象得到的，能使儿童读了后，可以发生隽永和爱读的趣味。譬如儿童常见猫狗，就教他猫狗的故事；喜听神话，就教他仙人的故事。所以儿童文学的材料，第一要看儿童心理生理发育到怎样程度，环境怎样，那么供给他需要的文学，投其所好，使他生活满足，兴趣就盎然了。倘使不合他的环境，太深则对牛弹琴，太浅则嚼蜡无味，一样的没有兴趣。

（五）内容要积极的

儿童时代，我们一方面当鼓励他有生龙活虎的精神，一方面又要养成他细针密缕的工夫。使他活泼泼地奋发有为，向光明的路上走去，一切可惊可怕的名目如地狱、黑河、恶鬼等，闻之战慄，读之胆怯的，都不可取。所以儿童文学的内容，要取正大的、向上的，不可取偏激的、悲观的、委靡的、无病呻吟的。

（六）不违背时代精神的

儿童时代，一方面有独立生活的意义和价值，一方面又是成人生活的准备。所以儿童文学，不可违背时代精神。并且文学的目的，是要普及群众，传之永久，所以儿童文学要平民的，不带专制贵族气味的；要和平的，不带凶恶悍蛮神情的，如忠君的思想不必取，贞女烈妇的事情也不必取。

（七）意义简单而要多变化的

意义太复杂，儿童的头脑简单，一时恐不易领会。可是意义太单纯，又恐平铺直叙，公式似的，索然无味。所以要意义虽简单，而却多变化的。如古诗上说："鱼戏莲叶间，莲叶何田田！鱼戏莲叶东，鱼戏莲叶南，鱼戏莲叶西，鱼戏莲叶北。"又如《儿童文学读本》第二册第二课《长须老人》，原文是："长须老人有一根杖。长须老人肚里饿了，用杖一竖，变了一棵果子树，长须老人吃果子。长须老人走到河边，用杖一横，变了一座桥，长须老人过桥。天下雨了，长须老人用杖一撑，变了一把伞。天夜了，长须老人用杖一摇，变了一盏灯。长须老人要住宿了，用杖一指，变做一间小屋子。长须老人在小屋子里住了一夜，骑了杖去了。"这段童话，意义虽然很简单，却很有变化，好似峰回路转，能引人入胜。低年级的文学，尤其要注意这一件事。

以上七项，儿童文学内容方面的要素，大概如此。我再总说一句：倘使选取这样的材料供给儿童，儿童一定很需要，很欢迎，因为这都是切境遇、有兴趣、易记忆的，并且能养成他阅读的兴味、阅读的习惯，能达到读书的终局目的。

现在再说形式方面的要素。儿童文学形式方面，可分韵文、散文两大类。儿歌、新诗、旧诗、童谣、谚语等可以吟诵的，都属韵文类。

童话、寓言、传记、小说、故事、剧本等可以阅读的，都属散文类。我们现在把这两类的文学，形式方面的要素，概括说来，可分下面的九项。

甲　关于韵文方面的

（一）要音调自然的

音调自然，不但听的人容易发生美感，并且儿童喜欢吟诵，容易记忆。例如民间流传的谜语："一条暗弄堂，七八九个亮天窗。"又如："红灯笼，绿宝盖，千人见了万人爱。"这一类的文学，儿童最喜吟唱，因为他叶韵而声调和谐的缘故。

（二）要字句清浅的

字句清浅，儿童容易领会。倘使一篇文章，儿童要查几次字典词典，或必待教师讲授后，才能明白，内容无论怎么好，不能算是最好的儿童文学。例如《咏雪联句》云："一片一片又一片，二片三片四五片，六片七片八九片，飞入芦花都不见。"字句虽然浅显，可是形容下雪时候的情景惟妙惟肖，并且语气很合儿童口吻，容易吟唱的。在低年级时尤其要注意这一件事。

（三）要有美感的

文学是美术的一种，当然要含有美感的要素。卡特氏（Carters）说："文学最特异的一点，就是遵循美感律。"况且韵文学里更不可少美感的要素。有了美感的文学，就容易引起儿童的情感，增加儿童的兴趣。例如民间流传的儿歌云："爷十三，娘十四，哥哥十五，我十六，舅婆困在摇篮里，我来烧汤洗舅婆。"又如："姊在房中头梳手，耳听门外人咬狗，狗来掷砖头，砖头咬了手。"这便是富于滑稽美的儿童文学，又整齐又变化，是合儿童心理，而有欣赏价值的。中国旧诗里，如贺知章的《回乡偶书》、李白的《夜思》等，都有可取的材料。

乙　关于散文方面的

（一）言语要合自然次序的

语句要明白畅达，只要看白话可以口语讲说的，文言可以译述的，不倒装，不用典，不雕琢，不是模仿桐城阳湖派古文的，合于儿童口吻的。原来儿童的语法，在幼儿期可分三种。一是每句话都成完全句，都有主辞、宾辞的。二是每句话很简短，不冗长的。三是语句少代名词、感叹词的。陈鹤琴先生也说："儿童言语，可分五个时期。一是完全反射时期，二是哭与动手势时期，三是咿呀时期，四是模仿时期，五是发表时期。所以儿童文学形式上，语句的构造，必定要根据儿童言语进步的阶梯。"

（二）层次要明晰的

段落划分清楚，层次浅显明白，儿童读过后，可以提纲挈领，晓得他的大意并且便于记忆，将来他自己能口述出来。倘使不是这样，囫囵吞枣，糊涂了事，不觉得有什么兴味，便视为畏途，生出厌恶读书的观念，便不能欣赏文学。

（三）叙述要活泼的

行文要有秩序，有变化。有秩序，便于记忆；有变化，增高兴味。倘使平直呆板，冷静单调，便和从前的国文国语教科书，犯一样的弊病。没有艺术的手腕描写，决不能增高文学的价值，引起儿童的注意。所以叙述第一要活泼地引人入胜，使儿童读后，如身历其境。

（四）用字要由浅入深的

笔画从简易的到复杂的，新字从习见的到少用的，意义从浅显的到繁难的。由易及难，由浅入深，由简单而到复杂，这是自然的趋势。低年级尤其要注意这一件事。

（五）用字要日常应用的

必先调查社会上日常应用的文字多少，按期逐渐灌输儿童。从前国文国语教科书中，往往日常应用的文字缺少，生僻少用的字反多。这因为编书人没有标准的缘故。现在听说南高教育科要调查社会需要的文字，编成通俗字汇，做将来教学的标准。

（六）生字发见的次数要多

从前的国文国语教科书里，生字虽多，可是他发见的次数太少，练习接触的机会不多，所以儿童往往滑过。虽半年里授过好几百个注字，可是实在明了记忆的，得不到半数。这也是从前教科书的大缺点，所以儿童文学读本生字要反复提出。例如：一册书共计字数一千，生字占全书百分之一至百分之二的数目最适宜。若这本书是定半年读完的，那么每个生字，在半年里至少要有五十次发见，多些可到一百次的发见。这样的反复，儿童自然容易记忆了。

以上六项，儿童文学形式方面的要素大概如此。我再概括说一句：如果照这样的编辑儿童用书，必可达到儿童自己欣赏的目的，并且可以养成他读书的兴味。讲到形式，再有一个问题不得不讨论一下。这问题是什么？就是儿童文学是不是完全采用白话，还是兼选些清浅的文言？我们以为，文言白话、都有动人情感、发人想象、促人欣赏的文章。在幼儿期，固然不宜采用文言，可是到了少年期——小学后期及初级中学——他已有四五年白话文学的程度，似乎也有欣赏文言文学的能力了。况且文言文学，像前举的《咏雪诗》《回乡偶书》和《列子·汤问篇》的“愚公移山”、《庄子·徐无鬼篇》的“匠石运斤”、《礼记·檀弓》的“曾子易箦”、《孟子》的“齐人一妻一妾”等，极清浅而富于趣味，难道儿童不欢迎这些材料吗？《教师之友》第二号“小学校兼用文言文艺”的一篇上说：“我们主张用文言文艺，是为使学生多一条欣赏文艺之路，不是教学生会做文言文艺，也不是要复古和保存国粹而欣赏文言文艺。譬如游玩风景一般，白话文艺是‘山水’，文言文艺是‘柳暗花明’的‘又一村’。谁可说‘山水’该玩，‘柳暗花明的又一村’不该玩呢？”这一段的比喻很确当明白，我们主张在少年期兼授些文言文学，也是这层意思。

上文把儿童文学内容形式两方面的要素已说得很明白了，如今我把它归纳起来，立一简表如下：

- 儿童文学的要素
  - 内容
    - 理想
    - 写实
      - 富想象的
      - 富情感的
      - 思想纯正的
      - 切合环境的
      - 内容积极的
      - 不违背时代精神的
      - 意义简单而多变化的
  - 形式
    - 韵文
      - 音调自然的
      - 字句清浅的
      - 美感充足的
    - 散文
      - 言语合自然次序的
      - 层次明晰的
      - 叙述活泼的
      - 用字由浅入深的
      - 用字日常应用的
      - 生字发见的次数多的
- （以上各项）表现具体印象 构成组织全体

第四章　儿童文学的来源

我们已经知道了儿童文学的要素，便有辨别儿童文学好歹的能力了。但是儿童文学从哪里得来呢？那么只有三个方法：一收集，二翻译，三创作。

“收集”便是收集现在已有的儿童文学，拿来便可以供给儿童的。不过中国自古瞧不起儿童，说儿童没有道理的，所以没有一个人肯在小儿身上研究。中国人最希望儿童早熟，把天然可宝贵的“童龄”——“童龄”便是儿童的时期，人的“童龄”最长，是最高等动物的证据——硬硬地缩短他，所以从小便教他读《大学》《中庸》《论语》《孟子》……许多书籍，不管他要读不要读，能读不能读，总是“天经地义”“启蒙必读”的书。因此两个原因，所以儿童文学不能产生得多，产生得好。只有民间口传的山歌、神话、故事，和几部旧书有几篇还可应用。只要把他收集得来，用“客观的标准”加一番审查工夫，或者要摘取，或者要修改——至少限度。

到了近来，方才有人提倡起来；研究的研究，收集的收集，翻译的翻译，创作的创作……各小学出版物，每有这种东西登载，各书坊里面，也都出几种儿童读物。似乎材料倒很丰富，不过这许多东西，一是各自为政的，二是限于局部的，三是偏于低年级的，所以我们也要加以审查。审查的时候，有两个问题要问自己的：

一、这是不是儿童文学？有没有儿童文学的要素？

二、我是不是用客观的标准批评的？

至于收集的材料，又有三方面：

一、民间口传的

（一）各种儿歌

（二）各种神话

（三）各种谚语

（四）各种故事

（五）其他

二、旧有书籍的

（一）各种诗歌

《古诗源》《唐诗三百首》《宋元明诗三百首》《古唐诗合解》《千家诗》《诗经》《白香山诗集》《苏诗集》《陶诗集》……

（二）各种神话

《山海经》《聊斋志异》《搜神记》《集异记》《子不语》……

（三）各种文集

《史记》《古文观止》《左传》《檀弓》《孟子》《淮南子》《韩非子》《荀子》《列子》《老子》《庄子》《饮冰室文集》……

（四）各种小说

《老残游记》《儒林外史》《镜花缘》《西游记》《红楼梦》《水浒传》《三国演义》《古今说海》《古今逸史》《上下古今谈》《今古奇观》……

（五）其他

《吴越谚语》……

三、新出版物的

（一）各书局儿童读物

《小弟弟》《小妹妹》《童语集》《小小说》《儿童世界》《小朋友》《中国故事》《中国寓言》《笑话》《世界故事》《儿童故事》《儿童画报》

《儿童文学读本》《儿童物话》《儿童神话》《儿童剧本》……

（二）各校出版物

《教师之友》《童报》《微光》《各校研究报告》……

（三）各家的著作物

《尝试集》《女神》《草儿》《隔膜》……

（四）各种译本

《十五小豪杰》《十字军英雄记》《战血余腥》《天方夜谭》《穑者传》《冶工轶事》《旅行笑史》《伊索寓言》《八一三》《短篇小说》……

（五）各种杂志

《新青年》《新潮》《教育杂志》《南高教育汇刊》《中华教育界》《妇女杂志》《少年杂志》《学生杂志》……

（六）各种报纸

《时事新报》《文学旬刊》《民国日报》《觉悟》《努力周刊》……

（七）其他

《白话文范》《白话小说文范》《白话唐诗三百首》《诗》……

这许多书，收集起来，事实上每种不过一二篇——除掉各书局儿童读物——不要看了名目，以为"美不胜搜"，也不要怕他麻烦，"望洋兴叹"！

翻译有二种：一种是把文言译成白话，一种是把东西文译成中文。要讲翻译的方法，先要问明"为什么要翻译"，现在分二项说：

一、文言为什么译成白话呢？有两种原因：一种为内容很好，但是因为用简短的文言做了，减少他的活动力，所以要把他译成白话，增加他的价值。一种是形式还好，不过儿童程度够不上，所以译了白话迁就他们。如此看来，所以文言译白话的时候，当然用"意译法"，取他的内容，用我的形式，尽可把他的组织重新改造，做成"笔墨如生"的文学，方才有价值。那个原本文言作品，譬如一个骷髅，儿童看了毫无意味。用白话意译之后，便"有声有色"，像一个"活龙活现"的石膏像了。倘使译的时候，不用“意译法”，把“之”“乎”“者”“也”，换“的”“吗”“哩”“啊”许多字，虽然是白话，仿佛是一个石膏骷髅，和骷髅有什么不同呢？现在外边有一种《中国故事》，便是把中国固有的故事，译成白话。原来是短短几十句的古文，把他们演译成很长的故事，儿童非常欢迎，所以销数也很好。

二、外国文字为什么译成中文呢？也有两种原因：一种是拿外国文学供给儿童，培养他的世界观念。一种是儿童缺乏读外国文字的能力，所以要译，那么译的时候，应当自己先问：（一）这东西就文学本体讲，是否有价值？（二）这东西就世界主义说，是否普遍？（三）这东西就儿童心理讲，是否有效？倘使三个问题，回答都是肯定的，那么便好开始翻译。翻译的方法当然用白话，因为外国文字译白话稍微比文言接近些。假使用文言译，便要有严复译《天演论》的弊病，失了本来面目。用了白话去译，还要用“直译法”，不能用“意译”。因为东西洋人对于儿童，是有一些研究了，它的意思形式，只要合于方才三个条件，总可以有价值了，所以我们可以用“直译法”。不过对于风俗、物产等等要双方顾及的。

翻译外国文学很不容易，而且自己当然要有一番基础。便是对于外国文字程度，要在水平线以上；对于外国风俗、人情和国民性，要有研究；对于儿童文学要有研究，方才可以从事翻译，否则“谬种流传”，很是危险。就是能力有了，翻译时候最好结一个“译书会”，集合许多同事，彼此商量，彼此批评，那么“集思广益”，可以减少误谬。不是如此，随随便便，译出来的东西，要变成一个不大会说中国话的外国人，儿童和他相处，恐怕不容易引起感情罢！

有了收集、翻译两方面来的儿童文学，材料已经不少。但是这许多东西都是世界上已有的，那是有限的。而且一时代有一时代的精神，一地方有一地方的精神，一班小孩子有一班小孩子的精神，要得适合时代，切配儿童性情，非加创作物品不可。有了创作一门，那么“用之不竭”了。不过说到“创作”，谈何容易。古来有几个文学家？有几个儿童文学家？为什么这样少呢？因为要创作儿童文学，非有下面两个条件不可。

一、有文学的天才。

二、对于儿童文学有切实的研究。

文学天才，是不能勉强的，这是很难的。儿童文学要切实研究，先要有“儿童学”“文学”的基础，又要实地教学，住在儿童环境之中，这又是很难的。有此二难，所以古今来绝少成名的儿童文学家。所谓创作，不过“一时之兴”“偶然触机”“成乎天籁”罢了。而且所产生的，大部不能永久存在。真正儿童文学家，自己先入于儿童之境，一举一动，都是儿童化；他的心是童心，和书上所说“大人者，不失其赤子之心者也”一样意思。譬如裴司塔洛齐、蒙台梭利这种人，可以称入于儿童之境了。有了这种生活，再有文学的天才，那么方才产生儿童文学。和现在爱罗先珂一样，他现在已博得“盲诗人”的名称了。

西洋有个儿童文学家，名叫玛利亚（Maria Edgeworth），是英国的一个女子。她六岁便死掉生母，后来她的父亲继续娶了三个后妻。玛利亚待她父亲母亲，总是极亲爱、极恭敬。她入学读了九年书，便回来了。住在家里，和她弟妹过生活。她弟妹一共有二十一个，所以非常闹热。她一天到晚，和他们玩耍。小时候，她的父亲便教她备一本笔记，详记弟妹的奇言怪语和她自己所说的话、所做的事，给她父亲。父亲趁便便指导她、校正她，所以她是入于婴儿之域了。头一期的著作，便是记载她和弟妹的娱乐。出版之后，便受社会上一般人称赏，说她是“可造之才”。后来她功夫愈深，作品愈妙，结果竟造成一个儿童文学家，占儿童文学界上一个很重要的位置。她平时和父亲出去玩耍，“并辔徐行”。她便布置小说，回家写了出来，便把她的弟妹作试验，得一个批评，再加修改。有时更请教父亲，父亲也帮她的忙。她的一生著作很多。这是玛利亚得到儿童文学的环境，更有文学的天才，所以有这成就，不是容易希冀的。

儿童文学的来源讲完了。那么请说几句总纲话：（一）收集要问“审查是不是客观的态度？”（二）翻译要问“懂不懂翻译的方法？”（三）创作要问“有没有创作的能力？”

第五章　儿童文学的分类

前章已把儿童文学的来源叙述清楚。此刻我们应该把儿童文学的种类分析开来，讨论他各类的性质特点和他的价值，再举几个例子，做代表。我们以为儿童文学要详细区别，可分下列的十一类：

一、诗歌

南京高师教授俞子夷先生说："儿童欢喜吟诵韵文，是他的天性。韵文可说是神秘的钥匙，可以开发儿童高尚、纯洁、优美的文学思想。"由此可见这类文学，于儿童最有益。不但可以训练儿童语言的音节和表演游戏时的应用，并且大可发展他的文学思想。这类文学，精密的分来，又有下列的八种：

（一）儿歌

民间流传儿童口唱的歌辞，要好听的，易唱的，是本地方流传的。例如："喜鹊叫得好，爹爹赚元宝，妈妈养弟弟，哥哥讨嫂嫂。"又如："天上星，地下钉，丁丁当当挂油瓶。油瓶破，两半个。猪衔草，狗曳磨，猴子挑水井上坐。鸡淘米，猫烧锅，老鼠开门笑呵呵。"这类文学，大都是口述的，适用于低年级。他的特点，是内容像有意义又像无意义，玄妙不可测的。

（二）民歌

民间流传的歌辞，有趣味的，有意义的，也要本地方流传的。例如黄牛滩民歌云："朝见黄牛，暮见黄牛，三朝三暮，黄牛如故。"（见《荆州记》）又如："梧宫秋，吴王愁。"（见《述异记》）这类文学，比儿童的程度高些，大约意义很明了的。

（三）童谣

有腔有韵，便于口语的，也要本地方流行的。例如："一尺布，尚可缝。一斗米，尚可舂。兄弟二人不相容！"（见《史记》）又如："千里草，何青青！十日上，不得生。"（见《续汉书·五行志》）这类文学，大都含有讽刺的意味，此民歌的程度，更高一层。

（四）谚语

社会上相传的古语，要浅近通俗，韵调和谐的。例如：《日没返照谚》云："日没胭脂红，无雨必有风。"（见《山海经》）又如《云占晴雨谚》云："云行东，雨无踪，车马通。云行西，马溅泥，水没犁。云行南，雨潺潺，水涨潭。云行北，雨便足，好晒谷。"（见《田家五行志》）又如："若要功夫深，铁杵磨成针。""吃得苦中苦，方为人上人。"这类文学很有意义，有些和格言一样的有价值。铭之肺腑，置之座右，一辈子也忘不掉的。

（五）旧诗

要浅显白描的，古体如杜甫的《石壕吏》云："暮投石壕村，有吏夜捉人。老翁踰墙走，老妇出门迎。吏呼一何怒！妇啼一何苦！听妇前致词：'三男邺城戍，一男附书至，二男新战死。存者且偷生，死者长已矣。室中更无人，惟有乳下孙。有孙母未去，出入无完裙。老妪力虽衰，请从吏夜归。急应河阳役，犹得备晨炊。'夜久语声寂，如闻泣幽咽。天明登前途，独与老翁别。"近体如孟浩然《春晓》云："春眠不觉晓，处处闻啼鸟。夜来风雨声，花落知多少？"这一类的旧体诗，清浅有味，富于情感，高年级的儿童，很喜欢读的。

（六）新诗

叶韵而且要声调和谐的。例如，胡怀琛的《虫言诗》云："促织！

促织！鸟催人耕，虫催人织。鸟无福食粟，虫不就衣帛。辛苦总为人，可怜人不识。促织！促织！终夜鸣，有几个懒妇听得？”（见《大江集》）又如：“日历！日历！你不过薄薄的三百余页，怎当得霍索霍索，扯个不歇！春光已去，夏日方长，转眼间又是秋冬时节。人生能有几年，扯得几组日历！日历！日历！我扯着你，我心里忧戚。扯去一组，就是一年；扯去一张，就是一日。一日复一年，可知道霍索霍索的声里，消灭了多少英雄豪杰！日历！日历！人家说你是催人老死的怪物，我说你有教人爱惜光阴的魔力。今日一霍索，明日一霍索，好比那当头棒喝。百年如弹指，怎么能不忝所生，建功立业，须自决！”（见《新法高小国文教科书》第六册）这类文学的意义，很明显，而且有思考的余地。

（七）词曲

音调自然，不用典，不雕琢的。例如金銮的《北醉太平》云：“深深的草莱，小小的亭台，多山多水少尘埃。任流光过客，好人儿留得百年在，好酒儿落得千家卖，好花儿常得四时开，大家来，合采！”（见《白话文范参考书》第四册）这类文学，也还明白浅显，教授高年级——初级中学——的儿童，可间或选用些。

（八）其他

此外如箴、铭、古歌、道情之类，也可采用些。如郑板桥的《道情》云：“老渔翁，一钓竿，靠山崖，傍水湾，扁舟来往无牵绊，沙鸥点点轻波远，荻港萧萧白昼寒。高歌一曲斜阳晚，一霎时波摇金影，蓦抬头月上东山。”又如钱鹤滩的《明日歌》云：“明日复明日，明日何其多！我生待明日，万事成蹉跎。人生苦被明日累，春去秋来老将至。朝看水东流，暮看日西堕。百年明日能几何，请君听我明日歌。”这些材料，也很富有情感，高年级也可采用些。

以上八种，都是可吟诵的文学。只要按照儿童心理的发达顺序，由浅入深，由易及难，渐次分配就是了。但是要避去意义太俚俗，描写太抽象，和凭空讲仁义道德那些话的。

二、童话

凡是凭空构造的话，与现实距离得很远的，都叫童话。世人对于童话，往往怀疑，以为这种荒唐无稽之话，齐东野人之语，最不利于儿童。他读了这种文章，要养成不正当的人生观、宇宙观的，要发生怪诞不经的思想的。这些反对的论调，表面似乎很有理由，实在是不明白儿童发育原理的（已详本书第二章）。我们深信如果取材合宜，方法得当，儿童精神上受益不浅，将来决不会生出怪诞不经的思想。闲话少说，我且把这类文学，分下列三种来讨论。

（一）神话（Myth）

世界上普通所见的一件事情，而归之于神怪；或世人本来没有见的东西，强说冥冥之中，有此因果，便叫神话。例如《吴刚伐桂》："古时有个吴刚，学仙有过，罚他斩月中的桂树。桂高五百丈，随斩随长，徒劳无功。至今月中黑影，就是吴刚还在那儿斩树。"又如《司月之神》（西洋神话）说："有个樵夫，肩负刀斧入山采柴。天神对他说：'今天是日曜日，你为什么不在家里休息？'樵夫说：'一天不采柴，就有饥饿的忧患，所以吾不知有日曜日，但愿天天为月曜日。'天神听了他的话，说道：'好极了！好极了！教你做司月之神。'现在月中的黑影，就是当时的樵夫。"这一类的神话本来是初民对于天体的一种解释，可以说是他们的宇宙观，或是宗教观。儿童心理，和初民仿佛，所以这种神话文学，合于他们的境遇，他们特别欢迎。等到年龄渐大，知识一天增加一天，思想一天丰富一天，他们便能自己觉得神话上的解释不对，渐渐地加以改正，决不会生出什么恶影响的。

（二）神仙故事（Fairy tales）

凡是假造一段事实，拿仙人来做中心人物的，都叫做神仙故事。例如《黑面女》，原文云："秋英一个人在观音庙里，叹气道：'天呀！怎么生得我这样丑呢？既是麻面，又要生瘤。'话还没有说完，忽然吹起一阵怪风，走来一个黑面披发的女人，说道：'你嫌貌丑吗？只要我给你三滴水，就会变成一个美丽的女子了。’秋英吓得心战胆惊，但也无可如何了，就接着说道：‘你有这样的能力吗？请你把三滴水给我！’黑面女道：‘且慢！我还有句话告诉你！三滴水，一滴是擦面的，一滴是擦瘤的，一滴是吃的。’说罢，就给秋英。秋英照她所说的话做去，立刻变做娇艳的美女了。她的名声，一时传遍全国。后来这里的国王，生起病来了，请来一位医生，这医生看了病势，说：‘这病没有法子可以治的，只有拿美女的心肝来煎汤服下，才可全愈。’国王就叫手下，四面找寻美女。将要寻到秋英家里了，秋英急到了不得了，半夜里到观音庙里去躲避。忽然黑面女进来了，秋英立刻跪下，连叫：‘救命！救命！快还我原身，否则我就要死了！’黑面女道：‘从前嫌貌丑，如今嫌貌美了吗？’她见秋英哀求可怜，便拿三滴水，叫她照前法做去，过了一会，她依旧化转原身。”这类文学，也占重要的位置，因为适合儿童的兴趣，叙述道德，往往带有文学意味，是借想象的揣拟，来表现真理的。

（三）动植物故事（Animal and nature stories）

把天然界的有生物，或无生物，当作有人格的东西，说他做什么事、说什么话，都叫做动植物故事。例如《苍蝇迁居》，原文说：“蜜蜂在路上遇着苍蝇，问道：‘这几天你如意吗？’苍蝇答道：‘不对！我要迁居了。’蜜蜂又问道：‘迁到什么地方去呢？’苍蝇道：‘我要迁到北方去。’蜜蜂问道：‘为什么呢？’苍蝇道：‘因为南方的人，都恨我不清洁，不卫生，所以我要迁到北方去了。’蜜蜂道：‘咳！你错了。你为了自己不清洁，不卫生，被南方人驱逐，便要迁到北方去。住了不久，那北方的人，不是又要嫌你不清洁，不卫生吗？你为什么不把自己的过处，改一改呢？’”这类文学，叫物话。叙述事实，本是科学的现象，科学的程序，但是不失文学的色彩和意味。这是利用儿童的好奇心和想象，入于科学的最便的一个桥梁。

三、寓言

凡是一件东西，不论他有生命，或无生命，要他讲人的说话，含有讥讽、教训、劝导等道德的意味的。例如《鹬蚌相争》原文是："有一天，蚌因为里头的肉湿了，特地开放他的壳，在太阳下晒着。那鹬见了，以为这肉可吃，便拿嘴来啄这蚌肉。蚌立刻关闭它的壳，把鹬的嘴，箝住在里面。鹬就开口说：'今天不下雨，明天不下雨，怕你不死吗？'蚌也说：'今天我不放你出来，明天不放你出来，看你会不死在这里吗？'话还没有说完，刚有一个渔翁走过，说道：'这鹬和蚌，简直是自己寻死。'便拿了鹬和蚌回家去。"这类文学的特点，是利用儿童的想象力，使他扩大出来推求真理。所以不可采牵强附会的，不可有判断语气的。取他纯粹寓言的本色，老老实实地陈述出来，任他自己去想象、思考。（商务印书馆有《中国寓言集》出版，他一段寓言后，附有思考问题。本文里不下一句断语，也就是这个意思。）

四、故事

凡自古相传的事实，有书可考，不是荒诞无稽的东西，都叫做故事。奇异而有趣味的或真切而合人情的都很有教育的价值。例如《被你猜着了》原文是："曹操是个多疑善忌的人，不许人家猜着他的心事。可是他部下却有个绝顶聪明的人。这人姓杨名修，曹操一举一动，都瞒不过他。所以曹操很妒忌他。曹操曾经叫人造一座花园，落成的那一天，他就带了许多人去游览。只见园里布置得花团锦簇的，好不美丽。什么假山哪，亭子哪，花木哪，池哪，桥哪，鹤哪，鹿哪……样样都有，色色俱全。大家见了，不住地称赞。回头看看曹操，却微微地笑着，不说一句好或坏。只见曹操走到园门口，提起笔来，在门上写了一个斗大的"活"字，便走。大家不知道他什么意思，有的猜曹丞相嫌这扇门太活动的，有的猜曹丞相嫌这扇门太不活动的，议论纷纷，终没有解决。后来杨修先生见了，便说：'门内添一活字，便是阔字。丞相的意思，是嫌这门太阔。'大家听了杨修的话，很以为是，便叫工匠再筑围墙，把门收小。等到改造停当，再请曹操去游览，曹操一见园门收小，心里欢喜，便问：'那一个知道我的意思？'左右的人都说：'是杨修说的。'曹操听了，对杨修微微地一笑，说道：'被你猜着了。'可是他嘴里虽然称赞杨修，心上却很妒忌他。有一天，北地送一盒酥糖给曹操，曹操看了一看，想了一想，提起笔来，在盒子上面写了'一盒酥'三个字，便放在台上，不去吃他。杨修进去，看见一盒酥糖，上面写着'一盒酥'三个字，便取来，和众人分食。大家怕惧曹操是个精细多疑的人，那里敢吃。杨修见他们不肯吃，说道：'这是丞相叫我们吃的，大家吃吧。不妨事的，如果有罪，我杨修一个人担当便了。'众人因为杨修是个聪明的人，常常猜得着曹操的心事，晓得其中必有原因，也就每人吃了一口，把一盒酥糖，吃个干净。后来被曹操知道了，便问道：'那一个敢擅自拿我的酥糖去吃的？'大家都说：'杨修说丞相叫我们吃的。'曹操又问杨修道：'我没有对你说，你那里知道我要叫你们吃的呢？'杨修说道：'丞相明明写着每人吃一口，怎么现在倒要盘问起来呢？'曹操道：'你何以见得呢？'杨修道：'那盒子上面，丞相亲笔写着"一盒酥"三个字，把一盒二字拆开来，不是说一人一口吗？所以晓得是丞相赐给我们吃的。'曹操听了，哈哈大笑，说道：'又被你猜着了。'可是他嘴里虽然称赞杨修，心里却更妒忌了。"这类文学的特点，就是人事方面的多，使儿童从想象的世界，渐渐到实际的社会。

五、谜语

将现成的习见的具体的事物，用言语或文字，说成抽象的恍惚的事情，叫儿童猜想，有诗谜、字谜、物谜……例如："大的分两段，小的分三段，的立笃落算一算，四七念八段。"（手指）又如："黑心黑肚肠，外面着件红衣裳。"（爆竹）这类文学的好处，在利用儿童的想象，入于思考的门径，最易引起他的灵机。不过不可用太抽象的，和用典故不自然的。

六、谐谈

足以引人发笑的事情。如笑话、巧言……都叫做谐谈。例如："姐姐叫弟弟，弟弟不答应。姐姐急了，大声地叫。弟弟没法，只好说：'姐姐，我睡着了。'姐姐说：'你睡着了，怎么还能够说话呢？'弟弟说：'我在这里说梦话。'"这类文学，要有滑稽美的意味，是儿童生活上很需要的滋养料。有许多注重含蓄的，可以锻炼他们的思考力和推测力。

七、传记

凡有功德于社会、国家、世界的名人的传记，或言行录等类，如孔子、蔡锷等事略（文长不备录）。这类文学，儿童读过后，可以唤起崇拜尊敬的感情，和效法实行的动机，是很能涵养德性的。

八、游记

记述山水风景名胜故迹的文章，例如《新法高小国文教科书》第二册《月夜记游》，第六册《自泰安游曲阜记》等（文长不备录）。这类文学的效用，是足以移儿童的空想，入于实际。使领略实际的事物，使知想象中的事物，也可在实际中找出，使知理想的美，可在实际中实现出来。

九、小说

理想的事实，或确实的事实，用艺术的手腕，描写出来。有首有尾，有情有致，例如：胡适译的短篇小说《最后一课》《柏林之围》等。这类文学的特点，使儿童读了，不知不觉引起同情，增加兴趣，并且能够唤起他对于社会的关心。

十、剧本

描摹人情，表现事实。一方面可发展儿童模仿的本能，一方面可以得到共同游戏的快乐，是很合儿童心理的。例如，《儿童剧本》（商务印书馆出版）中的各幕，都可采用。这类文学的特点，可以练习语言，养成共同习惯，增长文学兴趣，可以实现他想象的世界，可以试验他领会理解的能力。选材要便于儿童表演的，适合情理的，饶有兴趣的，能触动感情的。

十一、论说

论说往往高谈阔论，不合儿童心理。可是清浅有序，而含有美术性质，并且儿童能欣赏的作品，在高年级，也未始不可选用。例如梁任公的《人生目的何在》（见《白话文范》第一册），《青年二字的解释》（见《新法高小国文教科书》第三册），这类文学的特色，就一桩事实仔细考察他的情形后，加以推究讨论的工夫，求得比较正确的结果，所以最足以启发儿童的思路，和判断事实的能力。

儿童文学的分类，大概如此。现在我们应该讨论那几许文学，适用在低年级；哪几许，适用在高年级。要解决这个问题，必先把儿童生理心理发育的顺序，研究一下。

学术上说儿童时期——童龄——很长，大约成长到和产生己体的父母相同，始脱离这儿童时期的名称。人类的发育，在动物中最长久，所以最为可贵。下等动物中一经生产，便长成和父母相等，所以卑贱。总之：动物的儿童时期，愈长愈贵，愈短愈贱。大约人类的儿童时期，可分下面的四个阶段：

胎儿期	前期……………………	三个月	
	后期……………………	三个月—十个月	
婴儿期	前期……………………	一岁	
	后期………	一岁—三岁	
幼儿期	前期………	三岁—七岁	幼稚园及小学前期时代
	后期………	七岁—十岁	
少年期	前期………	十岁—十二岁	……小学后期时代
	后期………	十二岁—十五岁	……初级中学时代
青年期	前期………	十五岁—十八岁	……高级中学时代
	后期………	十八岁—二十五岁	……大学时代

现在为叙述便利起见，分幼稚园及小学校前期为一时代，小学校后

期为一时代，初级中学又为一时代。（本书所讨论的范围，自幼稚园始，至初级中学止。）这三时代的身体发育状况，和心理现象，略述如下：

一、幼稚园及小学前期时代

这时代的儿童，身体各部机关，已渐完备；脑髓的容量，也很发达；躯干伸长多，而横阔少，叫做第一伸长期。心理上的特点有下列各项：

（一）想象很敏锐，很发达，很迅速，所以称他是想象的黄金时代。可是往往流于幻想空想，距离事实很远。

（二）好奇心非常兴旺，故多发问。看见无论什么新奇的东西，都有兴味。

（三）意志未定，喜活动，喜变化，易受人的暗示。

（四）记忆力不发达，听觉的记忆，比视觉的记忆强些。

（五）注意力散漫，不易集中。一刻儿玩这样，一刻儿又看那样。

（六）喜模仿，而辨别力甚弱。

因此这时期的儿童文学，要多口述的，而少阅读的，简短的，多变化的，渐渐养成他欣赏文学的习惯。所用材料如下面的标准：

（一）诗歌

声调好听，可以乐谱弹唱的儿歌，和浅近的民歌、谚语。幼稚园宜口授，小学三四年级，可用稍复杂些的。

（二）童话

神仙故事和神话多些。幼稚园及小学初年级，宜用口述的，但不可用过于离奇古怪的，要想象和事实接近些的。

（三）寓言

要儿童可以想象得懂的，幼稚园不可用。

（四）谜语

多用家庭和学校习见的东西做谜底。

（五）谐谈

宜浅近的，一说就发笑，不用思考的。

（六）故事

不可用内容复杂的。幼稚园不适用。

（七）传记

要时常听见的。幼稚园不可用。

二、小学后期时代

这时期的儿童的身体由肥胖而伸长。脑髓生长，渐能完全。他心理上面的特点是：

（一）想象有控制的能力，失去幻想空想的性质。客观的多，主观的少，影像和实际，也可以渐渐分清。

（二）富于好奇心。他的兴趣，在于理解推想，及令人玩索的问题。

（三）求知心，名誉心，也很发达。

（四）记忆力渐强，视觉的记忆，比听觉的记忆强些。

（五）注意能持久，也能集中。

因此这时期的儿童文学，要阅读的多些，口述的少些。记忆强盛时代，要教他善良的事项，使他永远记忆。文学取材的标准如下：

（一）诗歌

多用些有意义的民歌，儿歌没有兴味了。新体诗中音调和谐，而关于社会生活，或描写风景的作品，也可以取用些。

（二）谜语

字谜物谜均可用。

（三）寓言

意义深些，耐人寻味的也可用。

（四）谐谈

意义稍含蓄些的。

（五）故事

注重写实的。

（六）剧本

可以表演的，不甚复杂的。和儿童生活接近些的。

（七）小说

和儿童环境接近的，要写实的。

三、初级中学时代

这时代儿童筋肉强韧，身心变化，颇觉复杂，是教育上最宜注意的时期。他精神上的特点是：

（一）春情期发动，诸种欲望甚活动，而性欲发展尤甚。

（二）意志不坚定，多冲动而附和。

（三）怀疑、破坏、嫉妒、怨恨……也渐发生。

（四）要求理想的实现。

（五）思考力发达，甚敏锐。

因此这时期的文学，要取用思想高尚纯洁的，养成他世界观念，审美情操，和勇往忍耐等习惯。取材的标准如下：

（一）诗歌

富于情感的新诗旧诗。

（二）寓言

要用意深长，耐人寻味的。

（三）故事

要事实复杂些的。

（四）谜语

要思想完备些的。

（五）谐谈

要意义含蓄些的。

（六）传记

要事实复杂些的。

（七）小说

理想的写实的都可用。

（八）游记

要写景和实际不远的，不是过于夸张的。

（九）剧本

动作稍复杂些的，思想高远些的。理想的、写实的或批评社会生活的，都可用。

（十）论说

持论平允，不偏不激的。

适用于各时期的儿童文学，大概已如上述，我今再把他立一简表在下面：

类别＼级别	幼稚园	小学一二年级	小学三四年级	小学五六年级	初中
儿歌					
民歌					
神话					
神仙故事					
动植物故事					
谚语					
童谣					
谐谈					
寓言					
故事					
传记					
新诗					
剧本					
小说					
游记					
旧诗					
论说					
词曲					

第六章　儿童文学的教学法

明白了儿童文学的意义、要素、种类，有了儿童文学的来源，又知道儿童是需要儿童文学的，那么教育者当然要用儿童文学来教学了。所以这一章的问题，便是“怎样教学儿童文学”。

说到儿童文学的教学法，要先把普通一般的教学精神，讨论一下。小学的教学生活，几十年来，不知变了多少次。就教学主义说：有什么“军国主义”“普及主义”“自习主义”“自动主义”“自学辅导主义”“连络主义”“实用主义”……就教学方式说：有什么“三段式”“五段式”“注入式”“启发式”“问答式”“分团式”……说也说不尽。在这几十年里的儿童，旁的不曾享受，享受了“数十重教学法变迁的波浪”的危险。

教学生活有四种要素，便是：一、儿童；二、教材；三、教师；四、教法。明白这四样的关系，方法便不错。教材是因儿童需要才有用的，教师是因儿童和教材发生关系才用他的，教法是因为儿童和教师有关系才发生的。假使不认清楚这个关系，那便要根本错误了。

最初教育界的意见，是把教师做主，找了许多教材，教授儿童。好像一个主人，硬去拖几个客人，做几样菜请他们吃。不问客人要吃不要吃，菜好吃不好吃，只管硬硬地教他吃，吃了呕或泻，总是不管。这是第一期教学法的公式：

教师——拿→教材——教→儿童

到了后来，发生了弊病——呕吐和泻——有人研究，说要把教材改良，否则教育无效。于是书馆里出了一大批的教科书，各教师把他当作“无上妙品”拿来教授。从“教师本位”移到“教材本位”，好像主人请客，知道鱼、肉、鸡、鸭是好吃的东西，不问客人要吃不要吃，他要吃多少，只管硬请他吃，吃了不适意，肚子胀，还是不管。这是第二期教学法的公式：

教材——寻→教师——拿→教材——教→儿童

再歇几年，依旧发生毛病，不得不起来根本研究。恰巧西洋教学学说，同时传入。大家“翻然悔悟”，知道从前把“教师”“教材”为主的大谬，知道儿童也是有独立生活的一个人，他自己在那边生长发达，不过有时不得其法，要请教请教成人罢了。所以教学生活里，当然把“儿童”做本位。因为儿童生活，需要教材，那么供给他教材；因为儿童有了教材，要满足需要，那么想法使得他满足。研究怎么去供给他，使他可以满足，便是教学方法。好像一个人肚子饿了，他自己要煮饭吃。但是也许不会买米，不会煮，便到隔壁请问人家。人家只要担任指导他“怎样买”“怎样煮”，不必去“替他买”“替他煮”“给他吃”呢。这便是现在各种教学法的公式：

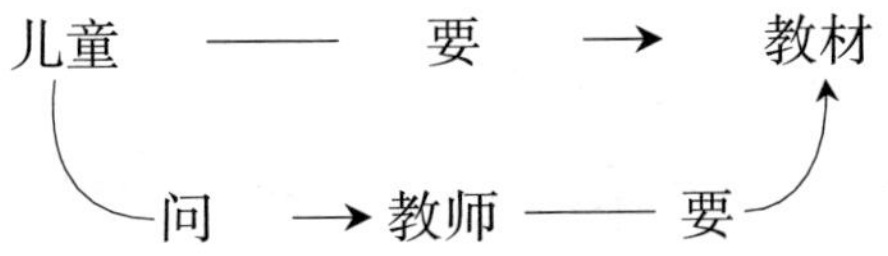

旧教学法失败，新教学法产生。现在的教学法，是完全以儿童为本位。用什么教材，怎样教法，完全看儿童需要——内外生活——而定。所以杜威博士说：“教育是生活。”生活是有目的的，须等儿童完了目的，那么方才可以教学。这种方法，便是现在最通行的“设计教学法”。他的主义，是发展儿童个性主义，福禄培耳主张儿童自由发展，蒙台梭利主张儿童自动，都是这个本意。

我们所以对于儿童可以施教学的手段，是因为儿童有种种本能动作，利用他的动作，来过教学生活。这教学生活里所有各种动作，虽然万有不齐，然而从目的上分别起来，只有四种：一、欣赏；二、思考；三、建造；四、练习。现在把这四种学习动作的过程说明一下。

一个人碰到了美的或有趣的事物，或者知道了美的有趣的事物，定了目的，用方法去听他，看他，体味他，心领神会，发生一种“油然而生”的感情，这便是欣赏的作用。譬如我们看了一首《长恨歌》，觉得他很美很好，便一连读了几遍，入于“文生情”之境。把那“回头一笑百媚生，……始是新承恩泽时”，一读再读，兴致淋漓，百读不厌。他的过程如下：

（一）发生动机

（二）决定目的

（三）考查内容和形式

（四）体味

碰到了一个问题，或者要研究一样事物的所以然，定了目的，用方法去搜集可以解决这问题的资料，拿来证明他，看他的究竟对不对，这便是思考的过程。譬如我们读《长恨歌》读到后面鸿都道士一段，便要发生疑惑，不知究竟有没有这事。说是有罢，那么又和科学相矛盾；说是没有，那么他明明说“七月七日长生殿，夜半无人私语时”。鸿都道士又从那里听来呢？有了这疑惑，便要想方法解决他究竟有没有。于是便收集许多《长恨歌》的注解，和其他同《长恨歌》事实有关系的记载——有时还要请问人家——来考证他的过程如下：

（一）发生动机

（二）决定目的

（三）搜集资料

（四）推理

（五）证验

要做一件事物，定了目的，想方法去做，做好了看好不好，如果不好再去修改，这便是建造的作用。譬如我们读了《长恨歌》，觉得他有文学的价值，想把他编个剧本，可以"表而出之"。有了这个目的，便要计划怎样编辑，那儿许多材料要用的，那儿许多材料可以删，从那儿到那儿是一幕，叫什么，要什么布景，要几个登场人物……计划好了，便开始做，做好了再加修改。他的过程如下：

（一）发生动机

（二）决定目的

（三）计划

（四）实行

（五）判断

要养成一种习惯，定了目的，用方法继续做去，看做到没做到，这便是练习的作用。譬如我们学了《长恨歌》，觉得他好。但是又因为他很长，便想个方法读熟他。预定今天读几遍，明天读几遍，后天读几遍……先慢读，后快读……照这样做去，看到几天读熟。他的过程如下：

（一）发生动机

（二）决定目的

（三）计划

（四）实行

（五）判断

明白上边四种动作过程，方才可以谈教学法，方才可以谈儿童文学教学法。教学儿童文学，虽然年级不同，性质各异，然而他学习的过程，总不出这四种。或者仅用一种，或者要几种兼用。不论如何，教学儿童文学，欣赏过程总是要用而且是教学的主脑。

现在回到本题，讲儿童文学的教学法。不过方才所说教学是把儿童做本位，随机应变，不可拘泥一定方式。童话有童话的特质，诗歌有诗歌的特质，就是同一诗歌，然而这一首和那一首，何尝有完全相同的性质呢！所以要定一个“一成不变”的方式，文学决计做不到，决计不可以的。只好照儿童心理作用的过程，生理变换的程度，用上面四种学习过程去适应。看有什么动作机会，便用什么过程。不过文学是以欣赏为主的，在他过程当中，偶然有他种机会，便拿别种过程插进去。他的全体是欣赏的，不可误会的。

教学儿童文学，既然以欣赏为主，所以便用欣赏的过程。欣赏是“心领神会”的，要他“心领神会”，非把文学打入他心坎里不可。用他耳朵听，眼睛看，再用嘴来读，身来试，心来想，那么儿童好像“身临其地”，入于积极的沉思的精神状态。他的心和文学精神，“合而为一”“悠然神往”。这时他的心境，是“可以意会”“不可以言传”的。所谓“文生情”“乐以忘忧”“三月不知肉味”“一往情深”……的说话，便是欣赏的征象。能够欣赏真文学，便有三桩大好处：第一，是可以藉此作精神的休息。第二，是因为人与对象合一，所以人格是超人的。第三，是欣赏深了，不知不觉的，印入心里发为行为了。

我们要给儿童欣赏的路，须要晓得儿童什么时候欣赏心最热烈。那么有四样境遇：第一，是儿童心象丰富的时候。假使儿童精神不好，心如槁木，便不容易引起；第二，是不持批评时候。假使在欣赏过程里，专门在那里批评作品，那便差了；第三，是受动沉思时候。所以要教他听讲听读——先生教学生——的机会，和用思想的机会加多；第四，是他人欣赏的暗示。所以先生教一课作品，自己先要对于这作品有热烈欣赏感情和态度，那么方才容易引起儿童的欣赏。

儿童的欣赏程度，由浅而深，由近而远，由团体而个人，由具体而抽象。他们欣赏勇敢的人，胜于坚忍的人；欣赏小儿的事，胜于成人的事；一同欣赏，胜于个人欣赏。所以教师要按照他身心发达程序，拣选适宜的材料，慢慢地进去。那么他欣赏的感情和能力，自然越加发达了。

文学用欣赏过程。不过也许要发生别的过程，便要插进去。现在列一个普通程序，逐项加以说明。教学的人，要看了年级的高低，教材的性质，和当时的情形，方才可决定用那几种程序。

- 欣赏
  - （一）发生动机
  - （二）决定目的
  - （三）考查内容形式
    - 口授
    - 口述
    - 阅读
    - 诵习
    - 读讲
    - 解释
      - 耳感
      - 目击
      - 身历
      - 心领
      - 神往
  - （四）体味
    - 研究
    - 吟味
    - 表演

一、发生动机

设计教学没有很好的动机，计也无从去设。动机是做一切事情的起源，好比爆竹里面，虽然有极大的能力，总要引着了导火线，才能爆发。现在儿童要使得他发生动机，须有一种刺激，不论有形无形——最好无形——从他自然本能作用，感受了发生一种反应，这反应便是动机。好在儿童文学的动机，最易引起，因为儿童对于唱山歌、听故事、看小说是十二分需要的。教师不去引他，他自己也会发生，所以倒不必忧愁，只要注意发生动机之后，儿童有无“我要”的热心罢了。

二、决定目的

有了动机，便可以从此决定目的。譬如发生了看童话的动机，便可决定看那一篇或是那一段，这是很要紧的，否则毫无目的，成无目的的动作。目的虽定，总要看他有没有“我要这样”的决心。此外还要注意下边三种事情：

（一）从动机到目的，距离要近，远了便失动机的热力。因为儿童的心理，是“说着风，就挂蓬”的。

（二）目的要清楚，决不可依稀仿佛，模糊影响。更要近，不可远。

（三）教师对于这个目的，常常牢记心头。还要把这目的去考察他们的情形。

三、考查内容和形式

考查内容形式，因为年级不同，材料不同，所以有许多手续，现在分开来说。

（一）口授

这大都是低年级韵文方面用的。这种材料，大都简单易记，学生听了几遍，便可记忆了。所以教师口授的时候，声音要清楚，音调要自然，神情要活泼，使得学生有模仿欣赏的作用。

（二）口述

这是低年级散文方面的。教师用言语讲述出来，讲述的时候，教师自己先入于欣赏之境，讲得淋漓尽致，把文学精神，完全表说出来。儿童听了，“津津有味”“如入其境”，伸长着颈子，张着嘴，睁着了眼睛，在那里听。这时他已经上欣赏的路了。从前有两个朋友，一天相逢，谈了长久，不知不觉，把两人的脚膝，紧紧地碰住了。儿童有时听讲，因为坐在旁边，便把身子侧转来。越听越侧，“乒”的一声，连人也跌倒了。这的确是欣赏的表现。不但低年级如此，便是高年级也是这样。著者曾在一级七年级上读法课，教材是《最后一课》——胡译《短篇小说》上的——儿童讲了，著者更加意讲，讲到末了两句，恰巧打退课钟。我说完了“散学了！你们去罢！”便鞠躬退课，学生一个都不响，不像平常时候，一个鞠躬，便“乒！乒！乓！乓！”闹个不休。等到底下一节算术，仍旧是我去上的。学生的精神，都不兴奋，我也没有方法，便平平淡淡敷衍了三十分钟。

（三）阅读

这是教高年级用的。等目的决定了，便可以任他们自由阅读。教师或者巡视，或者也静坐阅读。一方面考察学生的状态，看他们有没有留心，有没有声音——发音读比默读慢，因为发音读要多一种生理过程——有时儿童因为已经入于欣赏状态，看到好笑的地方，便“哈哈”地笑起来；或者看到一个失败的人，激动了同情，便“咄！”地喊起来；甚至于拍案踏足——观表演时更多——这个时候，教师切不可禁止，只当没有罢了。旁的同学，因为各有其业，也不受什么影响的。

（四）诵习

这是偏于韵文的。口授解释之后，儿童诵习。诵习的方法，要变化。什么分读、齐读、高音读、低音读、轮读、达读……时时变换，使儿童不生厌倦的心。再留心他欣赏的程度，读的时候，能不能达出文学里面的意思。

（五）读讲

这是偏于文言的。儿童读讲的时候，也要变方法，方才不厌。桑戴克说教育是“变”的意义，我说读讲有变的方法。同时注意读讲者、听者的欣赏程度，能不能“琅琅上口”“娓娓动听”。

在这两项过程中，每每发生练习的动机。倘使有了，便和他们决定一个目的，再计划方法去实行。譬如学习“急口令”，因比赛问题，发生了读熟的动机。便可和他们商量一个练习法，练习法到怎样为度。在这过程中，教师要注意他的目的，时时提醒他们。再要使他们不厌，想出几种方法：1. 多变化，不能做单调的动作。2. 定时限，不能漫无限制。3. 要比较，经过一个程度，和从前成绩比较一下，使儿童自己知道有进步，格外愿意练习。

总之，练习没有目的，没有兴趣，便是作苦工。苦工是没有益的，所以教师须使儿童有目的、有兴味。

（六）解释

这是阅读或儿童讲解之后，或者还有些不大明了，那么教师便可发问，最好等儿童发问——互相解释一下。这时教师所发问题：1. 要连贯。2. 要概括。3. 要设想。不是如此，要失欣赏感情的。

四、体味

内容形式都考查了，那么便可以体味，达欣赏最高阶级。他的方法有三种。

（一）研究

教师发一种细腻而有趣的问题，作补充材料，使学生入于沉思状态，甚而至于这问题不求解决，不过用他引起儿童丰富的心象。例如讲过《鹬蚌相争》以后，便问“鹬蚌给渔人捉在笼里，他心里怎样”“他们要不要谈话”“谈什么话”这一类问题。这是就普通说。假使是高年级，再要和他们讨论内容形式的美，那便要用思考的过程。思考的注意事项，便是问题。问题可由学生自己提出。假使是教师问的问题，要避去单答的、暗示的、笼统的。应用“三 W 式”，归根结底，问出一个“为什么”的道理来，此外还须注意几桩事情：1. 考察儿童用的，是哪一种思考——归纳演译；2. 问题从简单到复杂，从具体到抽象，从心理到论理；3. 看他推理证验，有没有错误。

研究内容，应该从积极着想。譬如看了《镜花缘》林之洋缠足，便应该讨论“女人究竟要不要缠足”“缠足究竟美不美”许多问题。研究形式，应该用图表分析出来，看他的美的所在——修辞——不可笼统说他好。譬如唐诗里《行宫》一首诗，要把他分析出来。这首诗写的，是“凄凉寂寞”的背景，所以他的组织，都是走到这条路上去。第一句是“寥落古行宫”，“行宫”是很有趣的地方，加一“古”字，已为陈迹；更加“寥落”二字，那么“蛛网尘封”的景象，已在眼前。第二句是“宫花寂寞红”，“宫花”是很好看的，“红”色是很引起人家注意的，加入“寂寞”二字便有“野草荒芜”的景象，还不及“庭草无人随意绿”的景象。第三句是“白头宫女在”，“宫女”是很好的，不过“白头”了，“不堪回首忆华年”了。第四句是“闲坐说玄宗”，“说玄宗”也是很有趣的事，不过“坐”字上有一“闲”字，足见他的说玄宗，不是“有为而言”，是“无聊而发”的。读了这诗，那一种“凄凉寂寞”的景象，不亚于读“胡地玄冰，边土惨裂，但闻悲风萧条之声”。回想当年，已成陈迹，有“不禁感慨系之矣”的景象。而且他一连用三个“宫”字，不觉重复；用平仄的调头，不觉雕琢，这都是他形式的美。

（二）吟味

这是偏于文言文学说的。对于文学完全了解之后，再来欣赏。低年级希望他“琅琅上口”“漠然怡然”。高年级的文言，更要注意声调。“抑扬顿挫”“高低缓急”，都须表达出来，读的时候，是“兴致淋漓”“洋洋盈耳”；读完了要“悠然不尽”“一往情深”。古人“奇文共欣赏”的时候，有什么“击破唾盂”“渊渊金石”……许多话，都是欣赏的表现。

有平仄的诗，不必照老法读，只要自然。或者有歌的，简直唱歌。

（三）表演

体味的时候，每每发生表演的动机，这是因为儿童有演剧的本能，和意识表出律的原因。我们正可利用这种动作，把平面的文学，做成立体的戏剧。一方又可以使儿童“身入其境”，加深文学的印象，这是就文学说。其他还有许多好处，好像选择、安排、整理……的能力，言语、动作……的态度，合群、协力……的美德，都可以慢慢地养成。所以杜威博士说：“用演戏方法，帮助学科，最明显的利益，是有兴趣……”

表演目的定了，便要规划。规划的程序，大概如下：

1.讨论段落——短的便用独幕剧。

2.规划布景——目的是显出剧情的精神，无谓的一概废去。

3.推定人物——最好各自志愿的担任。

4.规划装饰——目的是帮助演者的精神，无谓的不用。简单是可以省去。

5.认定职员——也是很重要的一项，可以养成安排、整理的能力。

6.实行——看文学的精神能不能表达。对于文学的精神，只可加高，不能违背。学生也要相互参观。

7.整理讨论——先由儿童发表意见，再由教师发表共同讨论，作改良计划。

表演有时可以做教学文学的动机，就是因为要表演，所以去阅看、诵习、研究……

教学方法说完了，最后还要郑重声明。儿童文学以欣赏为主，欣赏是精神，不是形式；是体味，不是研究；是自发，不是受命。所以教学方法，决不是在法式上着想。上面所说的，是死的，不是活的。教师须得“随机应变”“因材——儿童和教材——施教”，“神而明之”“存乎其人”。这样去教学，使儿童文学化——别的几科教材，也可应用文学，成文学化的——那么教学方法，方才发生伟大的效率；儿童文学，方才发生真正的价值；儿童生活，方才享受着儿童文学的赏赐。

附录一　课本形式

这篇文章讨论的范围，是儿童文学课本形式上的几个问题。这几个问题，看似很小，其实关系儿童阅读的速度、阅读的兴趣和目力等等，很重要的。

近来儿童文学的呼声很高，各学校采用儿童文学的也不少，可是坊间出版的儿童文学读本，还不很多（最近商务印书馆新出一部《儿童文学读本》，此外只有《儿童文学丛书》和《儿童周刊》）。所以都用油印本。这种油印本，很不合宜，一因纸张太劣、太软，低年级儿童容易损坏；二因随时发给儿童，不易保存；三因插图恶劣，引不起人的美感；四因墨色不佳，字迹往往模糊，有这种种原因，所以儿童阅读的兴味减少。

我们以为讨论儿童文学课本的形式，可分下面四项：

一、字体怎样

二、纸张怎样

三、插图怎档

四、装订怎样

一、字体方面

西洋各国，对于小学儿童用书字体的研究，很多，都有详细的规定。我国人尚没有注意到这件事情的。实在字体太小，眼睛很受影响，可使视力疲劳；字体太大，又足以影响阅读的速度。中国儿童用书，最大的有用二号字排的；最小的，竟有用五号字排的。相差这么远，实在太没有标准了。我们现在根据几种学说，和实际情形，略定下列的一个标准：

（一）字体

由大而小。一二年级约一粍见方，三四年级约零点八粍见方，五六年级约零点六粍见方，初级中学约零点四粍见方。

（二）行列

字与字的距离，约占文字面积的二分之一；行与行之间，约当零点一与一之比。

（三）形体

小学前期，当用楷书，和教师板上书写的文字相同。小学后期起，可用宋体字，间或插些行书，以增美感。

二、纸张方面

从前的教科书，都用有光纸印的，有强烈的光反射出来，很不合卫生。后来有用本国毛边纸印的，颜色又太黄。近来商务印书馆出的《儿童文学读本》，用新闻纸印的，比较好一些。这个问题，总说一句，要：

（一）颜色

洁白，不可有光。

（二）质料

坚韧，不易破损。

三、插图方面

儿童用书，插图很重要，他的价值有四：一是引起儿童的记忆想象，因此可以引起他们晓得事物的名称；二是再认事物；三是刺激思维；四是略知配景法。所以插图的标准，要：

（一）能引起儿童的注意和兴味的。

（二）可以表出文字的意义的。

（三）自艺术眼光看来，有价值的。

（四）形体简单，要儿童观察得出的。

（五）如要用色彩，须单纯。复杂的，反不清楚。

四、装订方面

从前教科书装订，太不坚固，低年级儿童，不到几个礼拜，一本教科书，就弄到片片作蝴蝶舞（现在出版的新法教科书，用和装，比较的坚固些）。这也是不能增加儿童阅读乐趣的一个原因。所以装订方面，要：

（一）美观

封面用彩色画。如近时出版的《儿童文学丛书》。

（二）坚固

不可用棉线订，用和装较好。

附录二　文学教学实况

文学教学的记载，不多看见。现在搜集了多少有名学校的出版物，拣到几个教学实例，附录在此，以备参考。

一年级教学实况

第一，动机的引起。我们校里的中正市，每月举行一次讲演会，讲演的人，向例是从第三学年起。十一月份开讲演会的时候，国一的小学生，也到会旁边，听讲以后就引起他们一种感想。他们说："这讲演会固然很有趣味，但何以三年级的同学可以讲演，我们就不能讲演呢?我们想下次讲演，也要加入，请薛先生替我们想法!"那时候我就和他们讲："你们的要求，我可以代你们提出，我想或者可以做得到的。"他们听了我的话，觉得非常高兴，后来我就和讲演部主任商量，那主任是很欢迎他们加入的。我就把这件事情记下来，预备做下次设计的好材料。

十二月份的讲演会又开了，布告上面，说欢迎国一、二的小朋友加入演讲。讲题，高等科是"阳历和阴历孰为利便"，国民科是"讲一件最有趣味的故事"。这个布告揭示以后，引起全校学生的注意。国一的小学生，虽然不能认识布告上的文字，但是他们听见人家说"国一也要讲演""国一也要讲"，经同学这么一说，他们的兴致，格外提高了。

第二，决定目的。这一天本来有故事课的，到了上课的时候，先生方才走进教室，就有许多学生问：“这次讲演，是不是允许我们加入的？”我说：“是的。”有的人说：“我来讲。”有的人说：“我来讲，我讲得好。”这时候，就是素来不肯讲故事的人，也是兴高采烈地说：“我来讲，我来讲”，课堂里面，虽然闹得不成样子，但是精神上，觉得十分快乐。我就说：“今天上故事课，我们就可以商议这件事情，好么？”大家说：“好的。”

第三，计划。我说：“讲演会里，是不是个个人要讲的？”有人说：“人愈多愈好。”有人说：“因为时间很少，每级只要一个人讲。”我说：“第二个同学说的，很不差，但是到底找那一个去讲？”大家说：“请薛先生派定。”我说：“请我派，还不大好，最好请你们自己想法子，挑选出一个讲演的人。”这时候，有一个学生说：“今天我们先开一个讲演会，那一个愿意讲的，就请他讲。讲的时候，请大家留意，讲了以后，再要大家批评，比较下来，什么人讲得最好，我们就请他讲，诸位以为好不好？”大家都说：“好的！”有人说：“今天讲演的时候，我们也仿照市讲演厅的样子，布置一个会场，请大家讨论布置的方法。”商议了好久，决定中间摆着一张桌子，是讲演人用的；前面把小凳子排成一半圆形，是听讲员坐的。分工布置，一刻儿把会场布置好了，就一个一个登台讲演。计讲演的人，一共七个，有两个人讲的，是猴子涂浆；有一个讲的，是猴子刮脸；有一个人讲的，是一个贪吃的小孩；有一个讲的，是蚂蚁抢金子；有一个人讲的，是外国人放枪烧房子；有一个人讲的，是跛脚和瞎子。他们所讲的材料，有的是听先生讲过，有的是自己发表的。这次讲演，比平常格外有精神。每一个人讲了以后，大家都拍手赞成。但是总有一部分的批评，或是说他姿势不好，或是说他声音不高，或是说他讲的时候不会表演，或是说这个故事没有趣味。中间有一个学生叫尹以璠，比较的算他最好，大家说：“决请尹以璠到演讲会演讲。”我说：“尹以璠你喜欢不喜欢？”他说：“我愿意的。”我说：

“你们方才的批评，一些也不错。演讲的故事，的确要有趣味，如果没有趣味，人家就不愿意听。但是要讲得有趣味，最要紧是神气，一面讲，一面做，声音有时高，有时低，变化无常，态度从容，那么人家自然静听。这几项事情，要请尹以璚留意。有空还可以练习练习，请大家批评，好么?”尹以璚说：“好。”大家也都说：“好！好!”

第四，实行。这一天是礼拜六，就是演讲的日子。这位姓尹的小朋友，身上穿学校里的制服，外面加上一件大衣，头上戴着一顶呢帽，俨然一个小演说家。第一节我上课，大家对我说：“薛先生，你看尹以璚，神气不神气?”我说：“很神气的，但是他的演讲，能不能和他的服装一样神气?”

尹以璚就说：“我再来讲一遍，请薛先生和小朋友批评。”他就滔滔不绝地讲了一遍，却能够照着前天所计划的几个条件实行，大家都听得心满意足。我说：“照你这样讲，这面优胜旗，一定可以给你夺来了。”满堂小学生，个个都跳起来了，大家说：“好！好!”

第二节本来是没有课的，讲演会就在这时间开会了。这班小朋友，我也没有和他们说过什么时候开会，他们早已打听别的同学，一个一个都站在会场上，大家就围着这讲演的小孩，说了许多安慰勉励的话。第一个讲演，就请到一年级的小朋友，他因为身子太矮小，所以立在桌子上讲。他踏上桌子，对下面的人，行了一个鞠躬，他就不慌不忙地讲。讲的时候，手舞足蹈，气满神足；下面的人，个个凝着神，瞪着眼，注视他的动作，静听他的说话。不多一刻讲演终了，满场拍手，声如雷动。他讲的是什么故事?请看下面：

有一个小孩子，很喜欢吃东西，每天除了三餐还要吃零碎，但是总觉着吃得不畅快。心里常常想：“要是能够把世界上好吃的东西，一齐摆到我的面前，听我尽量的吃一吃，方才快活哩!”

有一天，他正在吃瓜子，只听得“扑”的一声，瓜子里面，跳出一个仙人来。这个仙人，头上戴着一个高帽子，身上给着一个黄口袋，背上有一个葫芦。他对小孩说：“你要吃东西么?”小孩说：“要的。”仙人说：“你要吃什么东西，我总有的。”仙人就在口袋里，拿出许许多多新奇美好的食品来。他对小孩说：“你拣罢。我要去了。你如果再要吃，只要叫我就好了。”

一刻儿，仙人不见了。小孩子就取许多东西吃，这样也吃，那样也吃，他吃得都快活，都喜欢，他的肚子，愈吃愈大，肚子吃得这大，还是尽量地吃，不多一刻，肚子痛了，就大喊大哭。

他的妈妈，听得小孩大喊大哭，急急忙忙跑来，问他肚痛的缘故，小孩把方才的事情告诉她。

他的妈妈说道：“你的肚子这样痛，我没法子想，还请仙人来救你罢。”

小孩喊仙人救命，仙人立刻出来。问小孩道：“你又要吃东西么?”小孩道：“我方才贪食，肚子已经痛了，请你救救罢。”仙人道：“你要东西吃，我是有的。要肚子不痛，我是没有法子想。”小孩子再想求他，仙人不知那里去了。

小孩就痛了几天，病好以后，再也不要吃零碎了。

第五，欣赏。这次讲演的结果，国一得分最多，一面美丽的优胜旗，居然送给这小朋友了。他们得着了这一面旗子，快活得不得了，大家把旗子，钉在壁上，笑嘻嘻地对着这面旗子看，并且大家谈论到尹君讲演时的态度怎样，语气怎样，后来就对着这讲演的小朋友，深深行了一个鞠躬礼，说道：“谢谢你!”

二年级教学实况

教材

真民拿爹爹的皮马褂，反穿在身上，从房里一步一步踱了出来。姊姊笑弯了腰，说道："你算什么？"真民也不笑，回说："嗑呵！我是矮老头子。"妈妈听见，也笑起来了。

教法（时间未详）

一、引起动机

"真民不是很有趣的孩子吗？（按真民的游戏，儿童已屡次读过了。）那一天不知他又要什么把戏了，我们且把印的书拿来（按是油印了，随时分给学生的），细看他究竟做什么好笑的玩意儿。"

二、概览

"看了谁能读一遍吗？"如读差了，给他们共同订正；或先生领了头，学生跟了，读两遍。不差，也就算了。

三、问答

"你们看了读了，还有不懂的地方吗？这不懂的，你且用你的心思猜一猜看！"如到底不懂，就直接告诉了。全体都说没有不懂的了，然后先生问怎叫"反穿"，怎叫"一步一步"，怎叫"笑弯了腰"，怎叫"回说"，怎叫"嗑呵"，怎叫"矮老头子"。假使以为学生都能理会了，可以不必如此麻烦。

四、诵习

"谁能看了书，说出真民的玩意儿来？""大家看了书比较，真民拿了什么？拿了做什么用？从房里怎样出来的？姊姊看了怎样？说的什么？真民为什么不笑？回答的什么？妈妈听见了怎样？"

教几个学生各各照着书讲说几遍，共同批评，比较。再教几个学生共同看了书读几遍，批评，比较。如要照着练习这语言时，就可以接着练习了。

五、讨论大意

“真民扮了什么形状？怎样走出来的？姊姊怎样问他？真民怎样回答？妈妈怎样？”逐一问答，把小节合成大纲，再问“真民到底做的什么？”批评，比较。叫“皮马褂”好么？怎么不好？叫“矮老头子”好么？怎么好？怎么不好？叫“真民的玩意儿”好么？怎么好？怎么不好？“叫真民做矮老头子”好么？怎么好？怎么不好？提出问题来。

六、表演

“真民做矮老头子，这真民真好玩的！谁也要做这玩意儿？要预备什么东西？怎样布置？姊姊怎样装扮？真民要怎样举动才像？姊姊要怎样才像？话怎样说法才像？”讨论设计定了，教一人读书，扮定表演的表演，其余的听读书，看表演，完了再批评讨论。“表演的怎样？有什么不对？该怎样修改？”再换人读书，换人表演。

三年级教学实况（暑期小学）

教材：《好马和宝剑》（见《新法国文》译成白话）

教法：（共一百六十分钟）

七月十八日星期一，第一次读法。大家进了教室，教师便说道：“我们在这两星期里做的事实，不算少。等到放学那天，想开一个游艺会，做些表演的事情，给大家看看。”儿童听得要表演，都觉得非常喜欢，便要求一篇可以表演的故事。教师说：“有是有一篇，但是不长的，情节却还复杂……”儿童说：“时间少，最好是短的。”教师便把《好马和宝剑》发下去。有一个儿童说：“我们要预备表演的，大家用心看罢！”大家听了他的话，果然一声不响地看下去，表示赞成他的意思。

看得快的人先看完了，他自己说：“让我再看一篇罢！”再过了几分钟，大家都看完了。有人说“某字不识”，有人说“某句不明”，有人提出说："逐页地问下去。"大家赞成。教师逐页把提出的生字难句解释清楚了。如果儿童能解决的，便共同解决。学生们不问了，教师说："我要问你们了，什么叫做财产？什么叫做期限？什么叫做粉身碎骨？什么叫做正义？"结果，有的是儿童回答，有的是教师说出来。

七月二十一日星期四，第二次读法。初进教室时，大家把课文看了一遍，还有许多不明白的地方，提出来质问教师，教师一一地回答了。后来教室里很寂静，没有人问了。教师说："一齐明白了吗？"有一个儿童道："我不但是明白，并且里边的情节都说得出了。"教师叫他来试试看。他也不拿书，走到教室前方，对着大众，把这故事叙述出来。他说完了，大家修正一番。另外有一个儿童道："我说起来还要比他好哩！"教师允许了他，他也来叙述一番，虽是好一些，大家都仍有修正。后来有几个学生，要求把课文诵读。教师和他们排了一个次序，由他们诵读。诵读的时候，都走到前方来。

读过的人很多了。有一个儿童叫道："我们要表演了！"和着他的人很多。另外一个儿童说："要表演，先要分幕，派人，预备东西哩！"还有一个儿童说："布景用物，图画书法课里，已经预备些了。"先前的儿童道："还有零星的东西咧！"这时要下课了。大家商定下次先分幕，再讲别样。

七月二十五日星期一，第三次读法。教师说："前回说起分幕，分成几幕呢？"有人说："分成八幕！""怎样八幕？"他说："第一幕，老人吩咐儿子。第二幕，弟兄三人在路上分别。第三幕，旅馆主人寄珠。第四幕，大儿子还珠。第五幕，次子救一个溺在水中的孩子。第六幕，幼子放他的仇敌。第七幕，大家还家报告。第八幕，幼子独得好马和宝剑。"有人说："太多了！六幕够了！""怎样六幕呢？""第二幕删去，只要在一幕表明就是了；第八幕删去，只要在大家报告时候，老人吩咐明白就是了。"再有人说："寄珠还珠，也可合在一幕。只要主人寄珠去后，长子睡一觉，醒来便算好了，主人来取珠了。"大家赞成他的话，分成五幕。有人提出要取幕名，便公定了五个名称，写在黑板上：一、分产；二、还珠；三、救溺儿；四、放仇；五、还家。起先有人说第二幕叫寄珠，后来因为这是偏重在还的一方面，所以改成还珠。第三幕起初是叫救溺，有人说道："溺的人呢？狗呢？大人呢？孩子呢？"因此又改成救溺儿。

幕数分好了，先讨论布景，写在黑板上。第一幕家庭要布置什么东西？第二幕旅馆要布置什么东西？书法课里写过的"正可畅游多处，不妨小住几天"的一副对，请一个顶好的人写起来应用。第三幕河岸怎样布置？第四幕山崖怎样布置？第五幕和第一幕一个样子的。

那么又要支配人了，一共要几个人，写在黑板上。老人和三个儿子、旅馆主人、溺儿、醉汉，七个人，顶要紧。谁去做？愿意的人太多了，大家公推罢。教师提出第一幕、第五幕各添一个仆人，第二幕要添一个茶房，第三幕要添些看客。一个学生还提出第三幕里要添几个家属，作为来领小儿，恰巧碰着老人的次子。大家赞成再认定了脚色，再商量到各人的衣饰和一切应用物件，教师抄在一张纸上，大家自己去预备。（自己不能预备的，说出来，谁有的，肯去借吗；没有的，不能想法的，由教师担任。）

有一个表演的学生说道："不表演的做什么呢？"他们自己回答道："布景。"但是布景不消许多人，推定了二个人。其余的做游艺时他项职员。

人也分配好了，布景衣饰也大多有着落了，怎样把这故事化成剧本呢？有几个学生设计出来了，报告给大家听。大家听了，还加一些修正。这时候已经下课了，下次照这样做罢。但是临做的时候，还要修改哩。

七月二十八日星期四，第四次读法。这一次要照预定计划表演了。但是今天不化装，只布景。第一幕作早晨的情形，仆人先出来，揩抹台凳。老人出来，叫仆人喊儿子来，吩咐他们析产的话，再教他们分头旅行，回来报告做的事，谁好就给谁好马和宝剑。做完了第一幕，大家批评说："老人的态度不像老人了。老人的说话太少了，父子变成主客了。仆人没有把三个包裹拿出来。老人当吩咐路上当心。弟兄三个应当在门口计划路程。"大家因为第一幕做得不好，便重新表演一次，果然进步些了。再把第二幕表演，老人的长子，在房里起身，茶房进来服侍一番。旅馆主人来寄珠，大家推让了多时。主人去了，长子睡一刻。主人来取珠了，大家又推让一番。再批评说："寄珠和取珠，都太推让，好像是送珠了。"表演人再演一遍。接上第三幕。一个小孩削水片，跌到河里去了。老人次子骑马走过，下马救起，送他回去。恰巧小孩家人来寻了，碰着的时候，路上还有许多看客。家属谢次子，送钱与他，次子不受，撇却众人跑了。再演第四幕。一个醉汉，睡在山崖上。幼子骑马走过，误认是死尸，才近身，知道是一个醉汉，再一细认，原来是自己仇人。想拔刀杀他，又缩了下去，想了再想，叫醒醉汉，放他回去，教他下次留神。再演第五幕，三个儿子，先后回家，老人叫他们休息一刻，大家报告。老人最赞成幼子的行为，吩咐仆人把好马和宝剑送他，全剧就此告终。后来的三幕，大家仍有批评，说："骑的马是木的？却都不注意拴好，有时竟把马儿竖了起来。""醉汉太武气了！""报告的时候，神气也不好。"但是时候不够，不能再演了。约定明天再在课后演习一遍，开游艺会时候，再正式表演。

四年级教学实况

教材：《岁寒三友》

民国十年元旦，老天因为可怜以前的世界，黑暗极了，污秽极了，费了一夜的工夫，重新改造了一下。

到了次早，什么楼台亭阁，什么花草树木，都变做银子装成的一样，没一处不是光明纯洁。在这个时候，校园里站着三个人，对着那凛烈的朔风，静悄悄地吟诗。

这三人一个名叫松子，生得躯干雄伟，好像英雄豪杰。

一个名叫梅生，生得骨格清奇，好像一个骚人墨客。一个名叫竹君，生得体态轻盈，好像绝代佳人。他们低头思索了一会，松子先轻轻地唱道：

“梧桐兮！百尺高。杨柳兮！绿条条。

北风起兮！他们的青葱那里去了？

惟我二三子兮？依旧不凋！”

梅生听了，也接着唱道：

“霜雪兮！我能耐之！

春之来兮！我先知之！

笑彼桃李兮！尚酣睡如痴！”

竹君待梅生唱完，正想接着唱，忽然听得松子道：“良辰美景，我们三个老友，能在一处酬唱，真是快事！竹君素来长袖善舞，何不也趁着机会试一试呢？”竹君听得，兴致高了，果然袅袅婷婷地舞起来了。

教法：（一百八十分钟）

一、预习

课外行之。分甲、乙、丙三组，各组有注意之点。

丙寻出不识的字来，把课文意义，细细推敲一下。

乙同上，推敲字的用法。

甲同上，推敲文章的结构、语句的组织。

二、谈话问答

岁寒三友是谁？

老天改造世界是怎样一回事？

三友吟诗是怎样一回事？

竹君长袖善舞，是怎样一回事？

良辰美景，有什么良辰美景？

三、读

先默看一遍，次指名丙、乙、甲组生读，次齐读一遍。

四、提出新字

谁有不明白的字，大家一同解释。

五、检订——板上或簿上。

六、讨论

为什么松子像英雄豪杰？什么叫做英雄豪杰？为什么把“躯干雄伟”四字去形容松子？

为什么梅生像骚人墨客？什么叫做骚人墨客？为什么把“骨格清奇”四字去形容梅生？

为什么竹君像绝代佳人？什么叫做绝代佳人？为什么把“体态轻盈”四字去形容竹君？

两段韵语，你们领会吗？北风起了！梧桐杨柳怎样？

梅生唱“耐霜雪”是什么意思？梅生先知春来是什么意思？

七、笔述

这一课里，拆不开的连合名词及形容语很多，大家多抄在笔记簿上。

黑暗，污秽，楼台，亭阁……

八、深究

内容：松子的意思，是三友胜于杨柳梧桐，我们想究竟那一种好？当春天夏天的时候，竹松梅茂盛呢，杨柳梧桐茂盛？冬天又怎样？

世界上的人，那一种像杨柳梧桐？那一类像松竹梅？

形式：形容雪，除了银子以外，还有什么？

把松、竹、梅三方面的形容语，颠倒了便怎样？

梧桐真有百尺吗？

“好像”二字分量如何？

九、整理

段落大意，略问一问。

指名述大意。

十、应用

把韵文改做散文。

五年级教学实况

教材：两个扫雪的人（见《新青年》六卷二号）

教法：（时间未详）

前天下雪，你们觉得怎样？空中、地上又是怎样？校内、校外和平时有什么不同？平常下课以后，你们都在那儿玩耍？我们的校工，在校里的路上、廊里，做些什么事情？他们在操场上扫雪的时候，你们觉得有什么景趣？地面上铺满了雪，你们游戏的时候，可有什么不便？对于扫雪的校工，应该有怎样的喜欢？

我们今天要读一首扫雪的新诗，你们看这首诗中讲些什么。“从天气说到下雪，和下雪的景象，提出两人扫雪的勤苦，使路人见了，感叹不已。”你们大概的意思，都明白了。现在把他细细地看，可有不明白的地方么？——大家都懂了！

我们现在要把这首新诗的文字，细细研究一下：如“阴沉沉”“香粉”“白茫茫”“全没有……只有……”“尽扫……尽扫……”“已经……只是……”“上下左右……都是滚滚的……还只是……”“仿佛……浮着……”

那么我们还要研究诗中的用意：马路上为什么车马全无？两个人为什么在那里扫雪？为什么在雪中扫雪？雪中扫雪，扫得干净么？有这种事么？为什么要写这个意思？然则我们遇到难的事情，倘使关于公众有益的，应当怎样？究竟做这首诗，是个什么意思呢？——有正反两层：正的意思，便是谋公众的事，虽有大难在前，他的做事，还是奋不顾身，希望达到目的，才可了事哩。就是世界上所称“谋公众幸福的人”。反的是只知道“有自己，不知有人家”的意思，俗话说的“各人自扫门前雪”。我想做这首诗的人，要拿这两个扫雪人来做这句话的反面的比喻罢。要是做事，为公众谋幸福，切不可瞻望不前。诗中人和雪，怕得做诗的人拿雪比喻乱世，扫雪的比喻拨乱的人罢？

六年级教学实况

教材：《急流拯溺》（见《新法修身》）

教法：（时间未详）

一、引起动机

“谁曾看见过流水？最急的流水见过吗？那最急的流水里假使抛下一件东西，那东西怎样？假使抛下孩子怎样？那就不幸极了！你们曾见过或听见过这不幸的事吗？谁能把这不幸的孩子救起呢？你们且把印成的讲义细看一遍，有一件很奇险的故事。”

二、概览

“你们看这篇文章中说些什么？”

三、质问应答

“你们看后都能懂么？假使还有不懂的，你们可以提出来问大家，你们听了如有懂的，举手回应他（不解释清楚的，教者就直接地教他们）。你们现在说懂了，我要试试大家，都可以回答我吗？“佛其亚在那里？”怎叫“打唿哨”？怎叫“漩涡”“峻险”？“一发千钧”是什么意义？“无何有之乡”是什么解释？怎叫“挣扎”？怎叫“痿疲”？“合众国通称什么国”？看学生的情形有已明白的，可以省略些。

四、演讲

“谁能不看书讲出这故事？”指名举手的出席向公众演讲，倘使学生能够述出一篇的大意，首尾有些线索的，就算好了；如前后颠倒的，令公共订正（先甲组，次乙组），诵习。“谁能看了书念这故事，并且念得很清楚？”须要注意语言练习，达到活泼和圆转的程度。句读须读得清楚分明，语气要像说话样活泼。

五、推究

（甲）我们把这篇文中语法的描写找出……如“阳光”上加“烈火似的”，“精神”上加“疲乏极了的”，“懒惰人”上加“昏昏梦梦的”，“波涛”上加“滚滚的”，“性命”上加“一发千钧的”，“来了”上加“平平安安的”，“上帝”上加“至高无上”，“妇人”上加“感激充满了心的”……不加时句子的态度怎样？加了怎样？（格外得神。）“快乐由心窝里直冲出来”“声浪经各人耳鼓上直冲上来”“怒潮……直往这边乱石上耀武扬威地奔来”“漩涡……将他直往下卷”，接连几个“直”字假使省了，见得怎样？（平淡。）“听到骨髓中都有醉意了”“连个影儿都不见了”“痿疲到不像个人样了”，假使平淡些就该怎样说？

（乙）我们再把这篇文中的衬托找出……如第一、二段完全是衬托，不是正文。为什么要这衬托？第一段“听到骨髓中都有醉意了……（以下）”是衬托，为什么要有这衬托？“这一处的水势，可怕极了……（以下）”也是衬托，为什么要这几笔？为什么又要描写众人？“这少年是谁”一段，为什么要有？

（丙）我们再把这篇文中的故意曲折处找出……如：

（一）少年入水，孩子显露衣角，忽又卷入波心无影无踪了；（二）一个浪裹着向石上打去，被一个漩涡夺回；（三）孩子到了波心最危险的一处；（四）少年急夺孩子，又被浪头抢去；（五）孩子抢到了，又被山水冲入“无何有之乡”；（六）忽然救起，但孩子已失知觉，少年疲痿已极。——以上是少年救孩子的曲折。

（一）妇人直嚷，要奔到水里去；（二）少年入水救孩子，妇人破涕为笑；（三）妇人看了急嚷；（四）孩子救起了，妇人大喊感谢上帝；（五）妇人感谢少年。——以上是妇人举动的曲折。

（一）众人休息树下；（二）众人忽然听见喊声，都跳出森林去研究那声音；（三）争往高石上去看；（四）齐声一呼；（五）大惊失色——以上众人态度的曲折。

六、表演

“谁做华盛顿？谁做妇人？谁做众人？怎样布置？怎样化装？需要什么东西？说话怎样说法？”讨论设计定了，然后表演的表演，其余的都静看。演完了，批评讨论，大家共同改正。

著者的声明

一、本书内容简单，不能作研究儿童文学的资料，只好算研究儿童文学的呼声。

二、本书专为研究性质，很欢迎同志来批评。更希望藉这书的介绍，得许多研究的朋友。

三、本书所采各种出版物上的著作不少，不曾预先通信声明，这是很抱歉，而且要竭诚道谢的！

民国十一年（1922）十二月二十日

编辑者 常熟魏寿镛 江阴周侯予

《儿童文学概论》

朱鼎元 著

中华书局　1924年出版

序　　言

近年以来，出版界的儿童文学用书，正如笋一般的争长。我就觉得做教师的，对于“儿童文学”的观念，是不能笼统的模糊的放过它的，因此便找几个朋友来讨论讨论。但是结果总觉得含糊而不着痛痒，很使我失望。虽然失望，但因此加增我想要找集出一个比较合理的观念的勇气，实在不少。这个念头，一年来没有放弃过，常常在那里搜索。现在居然整理出一本小册子来，那就不得不算当时“失望”的厚赐了！这书出版以后，我很希望大家对于这草创的幼稚的东西，加以相当的指正和辅助！

做这本书的时候，唐卢锋君供给我好些材料；董予正君对于“翻译”一项，也有不少的帮助；李康复君加以详细的校订；还有许多著名的出版物里，供给我很好的实验过的例子，可以自由选集。这些，都是我十分感激而应该声谢的。

民国十二年（1923年）六月二十日

翊新于无锡三师小

第一章　文学的涵义

“文学”两个字的涵义，本来不容易下确当而简明的解释的。普通人口里说的“文学”，心目中大概都指着成人方面的文学，并且都认为一种高深而玄妙的学问。我们知道：

文学是怎么样一个东西

一、文学是人生的镜子。能够用他慈爱的光明，融合着人们一切的阶级，一切的界限，使人们间一重重的障碍，渐渐地撤去；使人们的最高的精神和情绪，渐渐地流通。

二、文学是人生的冶炉。他容许人们活泼泼地去洗沐去改造——根本的改造——而人们也自然地受他的熏陶，以达到优美淳洁的境域。

三、文学是常常带着浅笑的脸庞，好像那婴儿的孩笑，再天真也没有，再活泼也没有。他所给我们的，是一种安慰，而不是快乐；是一种同情，而不是讥刺。

四、文学是常常露着啜泣的形容，像婴孩感受着不自然的压迫一样，再真实也没有，再诚挚也没有。他所暗示我们的，是一种求解不得的烦闷，是一种同情的祈祷或呼吁。

上面四项，是“文学”所以为文学的说明。也就是“文学”是怎样一个东西的解释。接着我们便要问：“文学”怎会形成这样一个伟大的东西呢?

原来他有许多特点:

文学的特点

一、是表现人生批评人生的

许多文学家说:“文学是人生的表现同批评。”人生对于他的环境的满意不满意,便发生了爱憎悲喜等种种的情绪,这些情绪,都靠文学来表现和批评。

二、有最好的思想的

文学是最好思想的记述。他所以能把人生表现得真切,批评得确当,就是因为他有最好的思想。

三、有真切的想象的

文学不但能表现回想的,并且能表现想象的。他凭着自己的想象,唤起他人的想象,使读者活现着一个真实的境域,像亲身经历一样。《水浒传》里的武松打虎,《红楼梦》里的林黛玉的生活,都使读者历历如绘,便是很好的例。

四、有热烈的感情的

文学是表示感情的著作。他把自己的感情,激动他人的感情;用主观兼客观的描写,使读者可歌可泣,可惊可喜,唤起人类的同情。像白居易的《新丰折臂翁》、杜甫的《兵车行》,都是客观的描写的好例。

五、有特异的风格的

文学是有不能教不能学的特异的风格的。文学家凭着自己秉受天赋的气质,发挥他的个性,形成一种只可体会而不可言传的风格,使作者的生平,活跃地涌现到读者之前。例如托尔斯泰和易卜生,陶渊明和李白的作品,自有其不可相混的真面目,流露到读者的脑海里。

六、有匠心独出的艺术手腕

文学要有高尚健全普遍的思想,有适当纯粹美丽的体裁,而且合于艺术的构造。文学家用艺术的手腕来辅助自然美，使他愈增其美，那些作品，所以能引起读者无限制的欣赏。像陶渊明把芜废的东篱，布置成诗景，便是艺术的手腕。

七、有普遍性合乎人类普遍心理的

文学是普遍的，不是特殊的学问。文学家用他普遍的灵敏的感觉，替人类保全天真，使读者觉得明了，感着有趣，合于人类普遍的心理。

八、有永久性经淘汰而不磨灭的

没有永久的价值，不成为文学。所以文学的作品，虽然经过几多次地淘汰，他的价值，依旧不会磨灭。

文学有这样伟大的特点，当然会形成一种伟大的东西。我们在此地替他下个定义罢：

文学的定义

文学是人生的表现和批评，记述最好的思想，有真切的想象，有热烈的感情，有特异的风格，有合于艺术的组织，很明了很有趣，合于人类普遍的心理的一种永久不灭的东西。

第二章　文学的起源

照上面解释“文学”的涵义，文学自然可称一种高深而玄妙的学问。但是我们再一考文学的起源，却又不然。

文学的起源，本来由于原人对于自然的畏惧和好奇，凭了想象，构成一种感情思想，借了行动言语表现出来，这种言语行动，总称歌舞。分开来说，就是歌、赋和小说。

上面这个说法，我们拿希腊古代文学的起源来做证明：希腊古代文学最早的，是宗教颂歌。这种宗教歌颂，都因为人们的心理，有所期望，然后发生，本来没有什么美不美。后来却渐渐变成艺术，转而歌咏人生的事迹，变成优美的文学。

从这个证明，我们可以知道文学的起源，是很简单的，不过后来逐渐地扩大生长起来，才有今日那样深微而玄妙。

第三章　文学与儿童

成人既然有享受文学的权利，难道儿童没有这种需要么?

一、你不见牧童坐在牛背上唱山歌么？你不见小学校里的小学生上没有兴趣的功课时，偷看小说和故事么？你不见小孩子在夏天乘凉时，强要他的母亲讲故事么？你不见讲故事的时候，儿童的兴致淋漓么？……这些都可以证明儿童的需要文学，是天生成一种特性。

二、良知良能——创造的冲动——要启发他入于醇美之域。文学是一种不识不知、无形无踪、效力伟大的工具。我们做教师的，要传达道德的信条或其他必要的智识，假使板起面孔，用干燥无味的言语文字来刺激，一定不生效果；若是用文学来做工具，无形中就能收效了。譬如：儿童喜欢探鸟巢，取鸟卵，可以用偷鸟卵的故事来讲讲。（大意说，一个小孩子偷了鸟巢里的卵，母鸟回来问牛有没有拿过？牛说："我没有这样残忍，我和你一块儿去找寻罢！"他们又去问狗、鸡、猫，都是这样说。母鸟伤心到了不得。小孩子躲在床上听了牛、狗、鸡、猫的责备，心里觉得十分难过。）要教儿童以理科的智识，可以把禽兽人格化（Personifed），编成动物的故事来讲讲。——这是从培养儿童的道德智识方面来说明儿童的需要文学。

三、儿童欣赏文学的时候，连带可以助长文学上的进步。因为他觉得有趣，记忆力自然来得强。你看他们往往把读过的诗歌，信口地歌唱，手舞足蹈地表演出来，或者模仿字句，用到自己的作品里去。——这是从涵养文学兴趣方面来说明儿童的需要文学。

四、儿童不是缩小的成人，却是成人的萌芽。像现在中国社会这样的腐败，应该善为扶植灌溉这些萌芽，使他具有创造的能力，为他日革改的先锋。文学便是唯一的良药，不然，你无论怎样地大声疾呼，改造社会，仅有昙花一现，决非根本之计。——这是从文学效能上说明儿童文学的需要。

从这几点看来，文学和儿童的关系，实在可以说是非常密切的了。

第四章　儿童文学的定义

说到这里，恐怕有人误会儿童所需要的文学，就是成人的文学了。这是大错！因为：

一、儿童和原人相像的

根据进化说讲：人类的个体发生，和系统发生的程序是相同的。胚胎时代经过生物进化的历程，儿童时代又经过文明进化的历程。文学的起源，由于原人，上面已经说过；儿童的精神生活，本来和原人相像，所以儿童的文学，像儿歌、童谣等的内容和形式，常常带有野蛮或荒唐的思想，大致和原人仿佛的。

二、儿童的生活有独立的资格

儿童不是成人的缩影，也不是不完全的小人，是有独立生活的资格的。他的精神生活，和大人不同。我们应该明白这个意思，以培养他们适当的文学兴趣。譬如，儿童相信草木猫狗是会说话的，仙人是会救护无可设法的事情的，定要用成人的眼光来判定他的不对，不许他相信，儿童生活的灵苗，当然要受极大的摧残了。

三、儿童的生活是转变生长的

约翰·佛司基（John Fiske）的童龄（Infancy）说，大概是："童龄愈延长，智慧愈增高。人类的童龄长，就有长时候的学习，可以保守前人所遗留的智慧，所以人类的智慧也增高。童龄时期，又有一种可变性，是进化的基础，因为藉此可以争胜前人，发明创造。”儿童既然有这种童龄时期的可变性，所以他在儿童期间，嗜好文学的习性，也时时变换。譬如他最先相信猫狗能说话，神仙会救人，到了一个时期，自然会不相信了。在他相信的时候，供给使他相信的材料；到不相信的时候，再供给别种适当的材料。这才是尊重儿童的生活。否则守经不能达权，以为无论什么时候，都可以用猫狗讲话、神仙救人这一类的故事，儿童就不幸而受到绝大的牺牲了！

从这三个原由上看来，我们觉得儿童自有儿童的文学，决不即是成人的文学；儿童文学又自有各时期适当的材料，决不是一成而不变。在此，我们可以结出一条“儿童文学”的定义来：

“儿童文学，是建筑在儿童生活和儿童心理的基础上的一种文学，以适应儿童自然的需要的。”

第五章　儿童文学的本质

儿童文学，不是成人文学，上面已经说过。那么儿童文学的本质，是怎样的呢?

先用一种分析的方法，把混杂不纯的东西驱掉:

混杂不纯的东西是什么?

一、不是实实辟辟简短枯窘的文字

从前儿童读《千字文》《百家姓》《日用杂字》等书，为什么要逃学?现在小学校里的儿童，读了“人手足刀”的教科书，为什么要打瞌睡?就因为他是用实实辟辟平铺直叙的体裁，一点没有描写的功夫，一点没有文学的趣味，简短枯窘，减杀儿童读书的兴味。真正的儿童文学，不是这样的。

二、不是枯燥辛刻的教训文字

训子歌、家训、诫子歌一类的文字，可以称是儿童的文学么?不是!绝对不是!文学虽然可以陶镕人性，但决不是严词正色的教训，带着枯燥的神情、辛刻的理智的。儿童文学，尤其应该注意，只能让它像藏在白雪里的一些刺手的草芽，决不能像狮子般地张牙舞爪。

三、不是平板肤浅的通俗文字

商人杜撰的通俗的读本，算得儿童文学么?他只是像白纸一样的平板，像玻璃一样的肤浅，怎会引起读者深沉的感动、无限的欣赏？真正的儿童文学，决计不是如此，他是像秋空霁月一样的澄明，晶球宝玉一样的璧澈的。

四、不是鬼话桃符的妖怪文字

儿童文学，具有赤条条的真理的，虽然总带有神秘的色彩，但决不是些鬼话桃符的文字。所以真正的儿童文学，只是表现婴儿心中的自然的、有生命有人格的一个世界。

这种混杂不纯的观念，汰去了以后，便见得儿童文学的本质了：

纯粹的本质是什么？

一、要为儿童本位的文字

本来儿童文学，是由儿童的感官可以直诉于其精神的堂奥的，拿来表示准依儿童心理所生之创造的想象与感情之艺术。他的特别长所，就在准依儿童心理和儿童智力。理想的儿童文学作品，从创作方面说，定要熟悉儿童心理或赤子之心未失的人，化身为婴儿，然后自然地表现其情感与想象。从赏鉴方面说，定要使儿童欣赏时，觉得完全像出自自己心坎，不期然而与之起混化作用。这完全是因为儿童和成人生理上心理上都有不同的状态，儿童的身体，决不是成人的缩形；成人的心理，决不是儿童的放大。所以根据儿童心理而不用儿童本位的文字来表现，或仅用儿童本位的文字来表现成人心理，都不能起混化的作用。——这是儿童文学最重要的本质，以下二、三、四、五，都是附丽于这个本质而生的。

二、要有重复而多变化的描写

根据学习心理的原则，对于学习一种材料，在一定的“间歇时间”，而分配短时的“作业时间”，比在较长的“间歇时间”，而分配较长的“作业时间”，可以产生更大的进步。例如每天作业两次（每次十分钟），胜于每天只做一次（每次二十分钟），并胜于间日而做一次（每次四十分钟）。儿童文学材料之所以有重复，多变化，就是这个道理。有重复，练习的次数经过得多，就容易记忆；多变化，不致流为单调，就容易保持永久的兴味。

三、要有欣赏的价值

我们知道欣赏的作用，是一种积极的沉思的态度。无论儿童成人，都有欣赏的能力。不过，欣赏的能力，由单简而渐进于复杂的，由低浅而渐及乎高深的。要教七岁的儿童去欣赏杜甫的《兵车行》，是绝对不可能的事。所以儿童的欣赏，当以儿童心理和能力为标准。儿童文学所包含的欣赏的价值，就是这个。

四、要培养读者的感情

就人类感情发达的次序言，大概最先为一种单情，只感到适意不适意罢了；其次为情绪，就是憎爱悲喜的感情，这种感情，都由于相对的事物而发生的；又次为情操，就是为真理而爱真理，为美而爱美，为善而爱善等的感情，这种感情，由于某种问题感到特别兴趣而发现的。儿童文学，就是适应这种不同而转变的感情，培养他入于高尚醇美之域。

五、要能开发读者的想象力

心理学上分想象的种类为二：其一为受动的想象，又其一为发动的想象。幼儿往往有出人意外可惊可喜的行为，这种浮现于心界，并不起于思念的，就是受动的想象；到了一定的时期，靠着自己的意思，为有目的的想象，这种想象，是高尚的精神作用，就叫发动的想象。儿童文学，能逐渐开发儿童的想象力，使他由受动的想象而入于发动的想象。

第六章　儿童文学教材的分类与选择标准

儿童文学材料分类的方法，从来各家的说法不同。Macclintock 的主张，分为八类：

分类法

一、神话。

二、民间传说和神仙故事。

三、动物故事和自然故事。

四、寓言。

五、英雄故事和传奇。

六、实际生活故事。

七、诗歌。

八、戏曲。

比较的要算妥当了。但还不如归纳出下面三大类来：

一、故事。

A. 神仙故事——神话，荒唐话。

B. 实际生活故事——寓言，传记，小说，游记，笑话。

C. 科学的故事——物话。

二、诗歌——儿歌，谜语，新诗，旧诗。

三、戏曲——历史剧，故事剧，趣剧。

这个分法，似乎比起Macclintock的要来得简明合用一点。以下就照这个分法，每类按着“选择标准”“解释”“功能”“分目和适用的时期”等四项加以说明。

一、故事

（一）选择标准

Macclintock的选择故事标准，大概可以选用，就是：

1.内容要切合一般儿童的心理和嗜好。

2.要变动多一些，描写少一些。与其用平淡的材料，不如用冒险或英雄的故事。

3.句法和风格，须美丽精密。

4.描写宜重主要人物。

5.动作要连续不断。

6.不要带太凶恶太恐怖的色彩，倘因此引起儿童残忍的本能，非常危险。

7.取材须要庄严。滑稽虽然可以引起儿童的兴味，但须忠厚，不可刻薄。

8.内容要简单。要描写“做”什么的事情，不要描写“是”什么的事情。

9.不妨碍道德。

10.要留儿童以想象的余地，否则亦须有美满的结局。

（二）解释

分三项说明：

A.神仙故事

这里所说的“神仙”是什么？是能够做非自然的事情的拟人的东西，不是道教信徒口里所说的神仙。所以故事里边，凡有这个东西参加其间的，就变成神怪之谈，叫做神仙故事。此外带有原始人的野蛮思想的，也属于这一种。

B. 实际生活故事

这里所谓实际生活，意思就是供给儿童以和事实离得不大远的想象，并非完全的实际生活。所以实际生活的故事，都要“美化”过，然后适用。还有所用的材料，最好采集各国的材料，使儿童知道人性共通的地方，免去偏见。

C. 科学的故事

这一项包含自然故事和动物故事，把死的不开口的无情的东西，“美化”到生的开口的有情的，就是所谓人格化。

（三）功能

分三项说明：

A. 神仙的故事

1.原始人逢到见闻力无从索解的地方，就归之于神的主宰而发生神话。生物学家的“回复原则”，证明儿童的心理状态，和原人的心理状态相同的。所以神仙故事，是最适合于幼儿心理的。

2.儿童于五六岁时，最喜欢想象些奇怪空虚的事物。他已经约略明白世界上简单的事物和情形，便想跑入幻想的世界里去，所以神仙故事，是最合他的脾胃的。

3.这种故事，能够满足他的好奇心和游戏心，并能引导他们文学的趣味，发达他们的想象力。

B. 实际生活的故事

1.儿童的幻想，到了八九岁辨别力渐强的时候，渐渐与事实分出界限来了。寓言一类的东西，便是能适应这种自然的变化的。

2.十一二岁的时期，自我意识、团体精神渐渐发达起来，崇拜英雄的心，也渐渐旺盛。传记一类的文学，所以为这时最好的东西。

3.现实的状况，只要没有夸张或伤感的气味，而能奇异有趣，真切而合于人情的，九、十岁的儿童，也十分欢迎。游记、小说，就是最好的东西。

4.笑话是培养滑稽的欣赏的一种文学。八九岁的儿童，滑稽的欣赏功夫，也逐渐地增加起来，所以合用。

C. 科学的故事

1.儿童的求知心渐渐发达，他对于自然界的种种现象，生物界的种种形态，要明白他一个究竟。最好的法子，就是用假托的故事来引导他们入于智识之门。

2.人格化的故事，容易使儿童感到身历其境的一种情景。热烈的同情，充分的想象，是极容易引起的。

3.还有他们对于牧畜及园艺非常热心。所以要借此引到他们记述天然之著作上去，也很容易。

(四) 分目和适用的时期，仍旧分三项来说明：

A. 神仙故事

分二目：

1.神话：仙人故事，妖怪故事，等是。应注意不惹起儿童的恐怖心。五六岁——十一二岁。（举例一，参看下面“儿童文学教材的举例”第一种。以下同。）

2.荒唐话：凡不可信的民间传说，或书本上的记载等都是。应注意免去残酷的行为和过于哀伤苦痛的事实。五六岁——九、十岁。（举例二）

B. 实际生活的故事

分五目：

1.寓言：内容带有教训意思的假设故事。八九岁起。（举例三）

2.传记：见于史册而实有其事的名人故事。十一二岁起。（举例四）

3.小说：有优美的结构，有想象的描写的小说故事。九、十岁起。

（举例五）

4.游记：描写自然景物的短篇游记。事实的或假托的（如苍蝇旅行、蚱蜢旅行等），均可适用。九、十岁起。（举例六）

5.笑话：使人喜笑快乐的滑稽故事。应注意不流于粗鄙。八九岁起。（举例七）

C. 科学的故事

分一目：

物话：借自然界的东西来做成的假托故事。七八岁起。（举例八）

二、诗歌

（一）选择标准

除适用上面所述故事选材标准十条外，尚有：

1.音节和谐而自然。

2.字句的组织要优美。

3.感情已失中正和平的态度的，不宜选。

（二）解释

唱歌吟诗，是人类的本能，儿童生来就喜欢这个的，我们听见小孩咿唔呜哑的声音，往往合于自然的音调，就是一个有力的证明。这种文学，音节和谐而自然，最足以引起和激动儿童的感情与想象的。

（三）功能

1.幼儿最喜欢唱声调好听的儿歌，意思却不大注意的，所以民间通行的无甚意义的儿歌，是他们最欢迎的。到了七八岁的时候，他们不但喜欢声调的好听，并且注意到有意思有趣味上面去，那么就适用较有意义的儿歌了。

2.九、十岁的时候，他们喜欢唱叙事的诗歌了。他们就要读新诗或浅显的旧诗，这种东西，是这时候适当的供给品。

3.在七八岁的时候，他们还喜欢看一种把意思隐藏在诗歌里面的东西。谜语就是满足他们这个需要的。

（四）分目和适用的时期

1.儿歌：有普遍性和合于儿童心理的儿歌。有地方性质的材料，由所在地的教育者自由选择采用。二三岁——十三四岁。（举例九）

2.谜语：须有普遍性而合于儿童心理的。同儿歌一样。七八岁起。（举例十）

3.新诗：有自然而和谐的音节，有合于本国语言的语法，有写景或寓言等具体的描写的。备具这三个优点的，都适用。九、十岁起。（举例十一）

4.旧诗：本有的旧诗里，有具备上面新诗里所列的三个条件的，当然可以适用。此外浅近的文言，只要同语言离得不大远，也可以采用。十二三岁起。（举例十二）

三、戏曲

（一）选择标准

除适用上面所述故事选材标准十条外，尚有：

1.谈话的内容和形式，要很普通的。

2.凡语言、动作，都要简单一点，使儿童容易表演。

3.材料的结构，最忌杂凑，要有条理，有组织，有中心的线索，尤其要免去牵强附会的弊病。

4.要有含蓄，留儿童思考的余地。

（二）解释

儿童的游戏中，本来含有戏曲的原质。所以戏曲是儿童文学中应有的东西。不过不合儿童心理而为成人社会的或感慨时事的东西，不取。

（三）功能

1.就欣赏方面说：儿童的谈话，很喜欢模仿剧中人的口吻，因为剧本里的口语，最容易引起他的注意。

2.就表演方面说：第一，因为借各器官来表演出各种现象，是人类的本能。儿童时代，这种本能最旺盛，戏曲是发展他们这种本能最好的东西。第二，在他们手舞足蹈的时候，不期然而然得到许多实际的智识与技能。第三，他们把自己做剧中的主人，既然身历其境，便格外亲切而有味。凡是戏中的悲欢离合，仿佛都是他自己的事，所以历史上的事实，故事中的情景，他都能体会入微。这就是能够发扬模仿的及构成的想象作用，得到团体游戏的快乐。

（四）分目和适用的时期

1.历史剧：把传记的材料编排而成的。十二三岁起。（举例十三）

2.故事剧：把小说或寓言等变化编排而成的。九、十岁起。（举例十四）

3.趣剧：把笑话一类的材料变化编排而成的。八九岁起。（举例十五）

第七章　儿童文学的建设

现在要讲到儿童文学的建设方面了。我们要谈建设，第一，该知道“文学”是什么？第二，该知道“儿童文学”是什么？第三，是否切合儿童文学的本质？第四，是否根据儿童文学教材的选择标准。这些上面都已说过，我们在建设的时候，千万不可放松，前二项是基本的观念，须要观念明了，才有辨别是非的眼光。后二项是建设的南针，须要遵循所指示的方向，往前进行，才能发现真正的宝藏。

讲到建设的方法，大概不外三种：

一、选集：从本国旧有的书籍里，或民间口述中选出来的。

二、翻译：把外国儿童的读物选译出来的。

三、创作：文学家或教育家自出心裁创作出来的。

现在逐项加以详细的说明。

一、选集

为什么要选集？中国的儿童文学材料，不可说没有，只能说很少。有好些适合儿童心理而为民间传诵的并且极有艺术价值的民歌童谣，隐藏在平民的心底里，或是不留名的著作物里，他们被大人先生鄙弃得无人注意奄奄一息了，现在只要有人能探索他们的所在，加以一只手一枝笔的助力，救他出来，自然是儿童文学的福音。你看：

月儿光光，
下河洗衣裳，
洗得白白净净，
拿给哥哥穿起上学堂。
学堂满，插笔管；
笔管尖，尖上天；
天又高，一把刀；
刀又快，好截菜；
菜又甜，好买田；
买块田儿没底底，
漏了二十四粒黄瓜米。

这首童谣里是怎么一个世界？我们不唱就罢，一唱就觉得：新月光里，晶晶流着的河畔，有一个年青的女儿提了洗衣的篮儿走着，一路走，一路唱歌的幽妙的情景。又好像展着一幅女儿心理的活动电影，在有意无意、无意有意的中间，把联想的心理流露着，有形容不出的神妙。像这种旧有的材料，不是很好、很应该救出他来的么？

不过选集也有方法：

(一) 有范围的征求

有志搜集的人，可以用征求的方法。但征求时，并非笼统地说是儿童文学，使人无从捉摸。应该指定范围，儿歌呢，还是寓言？让应征的人，可以从极小的范围里，探求出真正的作品来，不致耗费不专一的时间和精神。就是个人自己的搜集，也该如此。

(二) 极严审的批判

在未搜集之前，当然要定严密的标准。即以儿歌为例：

A. 正面，当提出下面几个要点，并且举个例。

1.有普遍性的。例如：

“明星照烂地，天亮落弗及。”（读如其去声。）《明星》

2.合于儿童心理的。

(1) 以无生物为生物。例如：

“小板凳，你莫歪，让我爹爹坐下来。我代爹爹捶捶背，爹爹叫我乖宝贝。我进爹爹一杯茶，爹爹赏个玉虾蟆。”《小板凳》

(2) 以动物人格化。例如：

“老牛老牛快起身，南山有地未曾耕。你我出些力，养活许多人。”《老牛》

(3) 适合儿童的好奇心而能发生愉快的。例如：

“稀奇稀奇真稀奇，麻雀踏杀老母鸡，蚂蚁身长三尺六，八十老翁坐在摇车里。”《真稀奇》

(4) 具体的记述，并且可以直观的。例如：

“摇摇船，起破搭（摇船声），一摇摇到外婆家。外婆娘娘无啥烧，买个鲤鱼来烧烧。烧得头弗熟来尾巴焦，放在碗里跳三跳，阿官吃了眯眯笑。”《摇摇船》

B. 反面，当提出下面几个要点，并且举个例。

1.受时间支配，已成过去，不合现代状况的，不取。例如：

“高山顶，庙门开，三个学生进庙来。一个装香一个拜，保佑学生中状元。状元骑马马头高，珍珠洋伞紫绫袍。手执马鞭十八节，读书之人节节高。”《高山顶》

2.阻碍儿童进取的锐气的，不取。例如：

“七合升箩八合命，满了升箩要生病。”《命》

3.不类儿童口吻的，不取。例如：

“目今时世，浪荡当道。纺绸长衫，棉绸夹袄。四喜褡裢，独剩当票。走到烟间，老枪拣好。走到饭店，三分烂糊，四分小炒，碗半羹饭，吃得每饱。临时会帐，押只毡帽。卖脱田地房屋，差人嗤笑。卖脱家小，譬如爷娘勿讨。无啥念头，关了房门上吊。”《浪子歌》

4.无趣味的占时歌，不取。例如：

“岁朝宜黑四边天，大雪纷纷是旱年。但得立春晴一日，农夫不用力耕田。”《立春》

5.无谓之俗谚，不取。例如：

“惧妇千年富，欺妻一世贫。”《惧妇》

6.戏谑太过，不宜于儿童唱的，不取。例如：

“雨洒灰尘地，钉鞋踏烂泥。虫蛀白菜叶，翻转石榴皮。”《麻子》

7.感情失度而表示极愤怨之言语的，不取。例如：

“千里草，何青青？十日卜，不得生。”后汉《怨董卓》

“饿死莫当当，气死莫告状”！《死》

…………

等到把搜集的东西整理的时候，就要依据原定标准，加以精审的批判，的确合格的选用，否则宁可割爱，以免将来贻害儿童。

（三）改译语体的重要

有许多文言的作品，只要译成国语，就可以适用。本来是简括而抽象的，一译就变成具体而有趣的事实。像这一种功夫，须注意：

1.事实的表出，适合儿童口吻，有时再相机插入游戏唱歌等有趣的事情。

2.事实要注意积极的。

3.行文要自然而活泼，明了而正确。

4.文法要合于国语的语序。

5.要有明晰的层次。

6.时代观念，只要记明“几千年前”或“百年前”……不必明定某朝。

7.以前的地名，应改用现在适用的名称。

8.用新式标符号、点符号来记明各种句读形式。

9.有人名的，可以沿用。

10.加入图画，表出文字的主要点，要对于当时的景物和装束，适如其分。

以上十点，译成国语时最宜注意。现在举一个例在下面：

愚公移山（文言 见《列子》）

北山愚公，年九十。以太行王屋二山，方七百里，出入迂曲，欲平之。或笑阻之。公曰："我死有子，子又生孙，孙又生子，而山不加增，何苦而不平？"操蛇之神闻之，告帝。帝命夸娥氏二子负二山，一厝朔东，一厝雍南。

九十岁的老公公（国语）

在山西河南两省的交界，有两座山接连着，周围很大，妨碍交通。住在这山附近的人，常常说："讨厌的山啊！你几时会平呢？"

山北有位九十岁的老公公，名叫愚公。一天，他召集了家人，指着两座山说道："我想铲去这山，你们看好不好？"大家都拍手道："赞成！"

一个西邻的老公公，听到这个消息，赶往愚公家里，向他说："看你的力量，不能平一座小山，怎可以平这两座大山呢？况且许多泥土石头，没有安放的地方。我看这事万万做不成功的。"大家说："这个不要紧，我们只要把泥土石头，抛到海里去，就得了！"从此掘的掘，挑的挑，大家做得很忙。

西邻的老公公，看他们十分勤苦，不耐烦地又来劝愚公道："老兄！你也太不聪敏了！这样的年纪，要搬去这样的大山，怎么能够成功呢？"愚公大笑道："你也太顽固了！你要知道山是不会长出来的，我尽管死，还有儿子，儿子可生孙子，孙子可生曾孙，子子孙孙，一直搬下去，不怕他不平的。”

这话被山神听见了，去告诉天帝。天帝差两个大力的仙人，背着这两座山，搬到别处去。这里就变成一片行走便利的平地了。

（四）如何采用未经改译的东西

浅显的文言作品，只要他不违背儿童文学的本质，自然也有采用的可能性。不过解释时候，要有相当的方法，儿童便容易会悟；欣赏的作用，也自然感发了。还有无关紧要的地方，尽可删节。今举两个例在下面：

谁谓？（节自《诗经》）

谁谓河广？一苇杭之！谁谓宋远？跂予望之！谁谓河广？曾不容刀！谁谓宋远？曾不崇朝！

这篇东西，教学时应有适当的说明。第一，这诗是宋人作的，因为他隔了一条黄河，想起祖国，不禁就说了几句话。第二，他怎么说？推想当时宋人的意思是：“谁说黄河很阔？实在只要预备一束芦苇，放在河里一浮，也可以渡过去的。谁说宋国路远？只要颠起了我的脚，就可以望得见的。谁说黄河很阔？还容不下一只小舟呢。谁说宋国很远？要去起来，还不消一朝晨呢！”第三，他说完了这几句话便怎样？猜想起来，他一定接着叹一口气，说道：“只可惜我不能去呵！”

新丰折臂翁

白居易

新丰老翁八十八，头鬓须眉皆似雪。

玄孙扶向店前行，左臂凭肩右臂折。
问翁臂折来几年，兼问致折何因缘。
翁云贯属新丰县，生逢圣代无征战。
惯听梨园歌管声，不识旗枪与刀箭。
无何天宝大征兵，户有三丁点一丁。
点得驱将何处去，五月万里云南行。
闻道云南有泸水，椒花落时瘴烟起。
大军徒涉水如汤，未过十人二三死。
村南村北哭声哀，儿别爷娘夫别妻。
皆云前后征蛮者，千万人行无一回。
是时翁年二十四，兵部牒中有名字。
夜深不敢使人知，偷将大石捶折臂。
张弓簸旗俱不堪，从兹始免征云南。
骨碎筋伤非不苦，且图拣退归乡土。
此臂折来六十年，一肢虽废一身全。
至今风雨阴寒夜，直到天明痛不眠。
痛不眠，终不悔，且喜老身今独在。
不然当时泸水头，身死魂孤骨不收。
应作云南望乡鬼，万人冢上哭呦呦。”
老人言，君听取！
君不闻开元宰相宋开府，不赏边功防黩武？
又不闻天宝宰相杨国忠，欲求恩幸立边功。
边功未立生人怨，请问新丰折臂翁。

教学这篇东西，第一，须把“黩武主义为什么非人道”一个问题尽先说明。大概是：“因为牺牲了千万人的性命，来供皇帝一人的指挥，实在太无意义；况且战争是兽类的本能，高等的人类，应该崇尚和平，驱除这‘战争’的恶魔的。”第二，须说明新丰折臂翁是一千一百多年前因畏惧战争而牺牲其身体的一个人。白居易把这件事记出来叫后人细看，我们要知道么？第三，白居易怎么说？他说：“新丰县的地方，有一个八十八岁的老翁，头发须眉，都像雪一般白；他两条臂膀，只有左臂完全，右臂是折断的了。我问老翁：‘你那条臂膀，折断了几年？为什么会折断的？’”第四，老翁怎么说？老翁说：“我是新丰人，小时候过惯了太平日子，刀箭旗枪，一概不识。等到天宝年间，云南阁罗凤造反，杨国忠到处募兵，前往征讨。凡是有三丁的人家，就要抽出一丁。人家听到云南多瘴气，去的人大抵性命不保，一个个顿足牵衣，抱头痛哭。做儿子的，舍不得爹娘；做丈夫的，抛不下妻子。那一种凄惨情形，就是铁石心肠，也不免流泪。我记得那年是二十四岁，招兵簿上，也有名字。我想不用一条苦肉计，断不能侥幸偷生，就趁着夜深人静，将一块大石，把自己的右臂捶断了！他们看见我成了废人，才把我招兵簿上的名字除去。我当时并不是不怕痛苦，无奈要保全一身，不得不舍去一臂。如今计算起来，这条臂膀，足足断了六十四年，每逢阴雨天气，就隐隐作痛，通宵不寐。但是我毫不懊悔，因为不是这样，早已身死他乡，连尸骨都没有着落，只好在万人冢上，做一个无主孤魂了。”第五，白居易听了怎么说？他说：“我听了折臂翁的一段话，觉得黩武主义实在是一种非人道主义。我因此想起开元初年，宰相宋璟不赏边功的一件事，老成谋国，真是不错！杨国忠他懂得什么！只为明皇好武，所以要建立武功，保持自己的禄位，谁知道武功没有成就，倒弄得怨声载道了。你若不信，只要问问新丰折臂翁就知道了。”第六，你们对于这件事的感想怎样？现在时代的黩武主义，比一千一百多年前的时代怎样？

照这两个例选集文言的文学材料，来供给高年级儿童欣赏，似乎也没有什么困难了。

二、翻译

为什么要翻译外国的儿童文学作品？人家已经用过功夫的现成作品，移译过来，自然最不费力；并且他们的体例，都从译品来具体的指示，还可以供创作家的观摩，所以当现在中国儿童文学青黄不接的时代，翻译一事，要算建设上最便捷的途径了。不过这方面如果太偏重，就要减杀作家自由创造的精神，反而启迪少年崇拜偶像的劣性；如果太贪滥，就不免要介绍些毫无价值的作品，反而失去翻译的本意。我们该知道外国的儿童文学，决不是本本都好，篇篇都好，若不加以慎重的选择，是很不容易得利益的。所以要做这一种工作，最要注意选择功夫。其次就是：

（一）共同性：地方色彩太浓厚的作品，甲国甲地的儿童虽然适宜，译到乙国乙地去，未必适用了。像耶稣圣诞诗这一类东西，当然只适合于西洋，假使用到中国来，就没有什么意义。

（二）适合国情：文学的习惯，像语法、字句组织等，各国未必尽同。儿童心理，虽说同为儿童，不致有相差过甚的地方，但因环境与遗传的关系，各国容有不能迁就的特别场所。所以在文学习惯和儿童心理两方面，宜十分注意。

（三）想象得到的：要叫中国儿童读关于风车的故事（这是为荷兰国的儿童熟知的），他们连风车都没看见过，恐怕先生也没有见过，怎样叫他们想象呢？还有我曾经看见某童话集译本，很有许多中国儿童不容易知道的地名人名，像："迪克是一个冷加希尔的苦孩子""他要开船到勃拉克麻尔贸易的时候"等。这种东西，最好能够想法改去障碍。如果要用，我以为用注音字母来代替，也是比较适用的方法。

（四）删改和增补：假使有大部分合用的外国作品，准备翻译，中间有一小部分是不合于前三项的，那么在没用或不显明的地方，尽管加以相当的删改和增补，使他变成比较适用的译本。

（五）翻译诗歌的特别注意：要翻译儿童文学的故事或童话，还不难；儿歌、民歌，便不容易了。因为不但要注意上面的几项，还要注意到音节和腔调。

三、创作

从前没有或很少而现在急需的作品，除了于可能的范围内选集翻译而外，不得不有待于作家的创造了。但创造不是易事，因为选集翻译，都有几分的依据，至于创造，第一，要有文学的天才；第二，要研究儿童心理；第三，要彻底明了儿童文学的本质；第四，要汇集儿童文学的作品，加以深切的研究。至少具备这四种特点的作家，才可以言创作，否则不免要“画虎不成”。“反类犬”还是小事，遗害儿童，牺牲儿童，真深入“阿鼻地狱”了。我们知道文学的创作是很难的，更应知道儿童文学的创作尤难。千万不要轻于尝试。虽然这样说，我们若是有相当的机会，像儿童剧本一类，简直无从选集，翻译外国作品又多不适用；又如儿童诗歌，也正在改造的路上，的确为现在十分需要的。只要自信有创造的能力，也不妨随时创作试验。因为试验是成功的秘诀，永不试验，便永无产生之日了。我觉得做这个工作，下面两点是不可忽略的。

（一）体裁的革新

要有和从前不同的体裁，或改良从前千篇一律的体制，而加以革新。例如：

白大郎

（鼓词　见吴县《教育月刊》二卷三号）

冬冬冬！当当当！堂锣花鼓闹开场。一不唱羊故事，二不唱中山狼，三不唱兔儿巧把驴儿救，单唱“虎吃恩人白大郎”。

一条猛虎在笼中，作揖连连喊白兄。“白兄啊！我从前本在山中住，却被猎人关入笼。如今骨瘦威风减，不及东家的猫公公。你可能开笼放我回家去？我终不忘你恩人老祖宗。”

白郎听，软了心，把虎轻轻放出门。不想出笼恶虎无情义，反要把白郎一口吞。

白大郎，心不甘，口口声声喊着冤。没有法儿挡恶虎，只得央虎去同参五判官。（“参”字和“见”字的意思差不多。）

第一判官是老榕，他说：“人心实在凶！靠我乘凉却又砍我桠枝去，谁说虎吃恩人理不通？”

第二判官是老骡，他说：“虎吃恩人理性多。好比如今主人虐待我，忘了我以前吃苦把人驮。”

第三判官是老鹰，他说：“如果老虎吃人不理应，那么人们何故装枪来打我，我在高山也不太平？”

第四判官是老鱼，他说：“老虎该把恶人除！否则铁网钢叉捞打我，我在水里也不安居。”

虎儿听，心喜欢，喊声：“白兄呀！你真是一个肉团团。四个判官都说了，再见第五个判官也徒然。”

白大郎，泪汪汪，作揖连连叫虎大王：“大王呀！再等第五个判官说一句，你就吃我也不妨。”

第五个判官是孩童，他说：“下判词最好不凭空，请两兄先把前情演一遍，好教我谁是谁非判得公。白兄呀！你以前是否站在牢笼外？虎哥呀！你以前是否在笼中？”

猛虎听了跳入笼中间，抖擞擞的白郎也走近前。孩童吩咐白郎忙动手，关了笼门下了闩。他说：“畜生呀！如今仍旧请你笼中住，关上笼门不再开。这叫做‘落坑的恶狗不该救，逃难的豺狼救不该’。”

（二）创作批评的提倡

创造的作品，体裁是否合宜？究竟在儿童文学上有多少价值？这须集合许多有研究兴味的人建设一个“儿童文学批评会”，实行公开的批判。创作方面的进步，一定可惊！否则作家创作的兴味，不会提起；创作的范围，也不会扩张。于儿童文学的前途，不是大受损失么？况且建立批评会以后，不但是创作方面，受到利益；就是选集翻译方面，也自然跟着进步了。

第八章　儿童文学的教学法

原则

现在要讲到儿童文学的教学法了。教学儿童文学，有三个原则：

一、顺应满足儿童之本能的趣味和嗜好。

二、培养并指导那些趣味。

三、唤起已失去的或新的趣味和嗜好。

共同的注意点

根据上面三条的原则，觉得应行注意之点有七：

一、增减合度：教材应适宜于儿童之性情和习惯，而加以适当的增减。凡儿童欢喜的不妨加入；不欢喜的，定要减去。

二、注重直观：凡教材里的地名物名人名，最好要为儿童可以直观的。不得已时，也当佐以图画。

三、新奇而不费解：新奇而不费解释的事物，不妨多量采用。譬如动物故事里的《鸵鸟和袋鼠》，并不费解，儿童虽然不容易直观，但能迎合他们的好奇心，只要辅助图画就行了。反是很费解的材料，要加上很费事的解释，才能明白，宁可不用。

四、勿道破包含的教训：凡含有道德教训的故事，这里面所包含的意思，千万不可道破。要让故事自己去告诉儿童，教师好像立于第三者的地位。他们能够欣赏故事，自然能够赞美故事中的人物，本来用不到教师强制执行的。倘使他们察破了教师是借故事来教训他们的，是不有趣的，那么他们对于故事的趣味，就要减少；甚至连信仰的心，也都消失了。——但是教师要知道并不完全处于旁观地位，要和儿童热心共同欣赏，以暗示他们，引起他们的想象和兴趣。

五、有适当的图画和模型：儿童为什么对于图画有特别感情？这是很容易答复的。就是因为未有文字以前，原始人都靠图画来传达意思，儿童心理和原始人相仿佛，所以也很喜欢了。这一层在教学时应该想法利用，使图画和文字结合起来，让儿童欣赏图画时，引起阅读文字的需要；阅读文字时，引起对于图画的趣味。小脑子里，因此获得一个明确的观念。图画应分两种：一种是插在书里的，要活泼而有趣味，低年级最好施以相当的色彩；一种是画在黑板上的，要简单而显明。还有模型，比图画格外容易直观，在低年级，应充分地利用。

六、使儿童的文学有进步之机会：他们到得欣赏的时候，最愿意把美丽的结构和很好的句子抄起来；又往往欢喜用自己的文字来节约或敷畅所读的故事。这两点在儿童对于文学的进步方面，很有关系，教师应该相机利用。

七、注重表演：读过以后，自编剧本，比现成的来得好。因为表演起来，容易真切一些。所以教师要充分利用教学时指导自编剧本的机会，还要充分利用表演的机会。

各类的注意点

以上是教学儿童文学的原则，和根据原则而生的共同注意点。以下就是各类的注意点了。

一、故事方面

（一）神仙故事与实际生活故事。分“口述”和“文字”二种：

A. 口述的——不用书的。

1.用问答缓缓引入正题，以启发儿童的思想。

2.用平常的口语。

3.谈话的态度宜自然，要和平时一样。不要有意做作，也不要没精打采。

4.要四周注视儿童的眼睛，引起他们的注意力，仿佛暗示他们说："我正为着你们谈话，你们要倾听呢！"

5.临时觉得与儿童心理相合的材料，当相机增加。

6.随时让儿童猜想（如问："后来怎样呢？"），或加入自己的意见。这样教师、儿童、故事三者，都混化在一起了。但不宜过多过长，因为难免要割裂故事，减少儿童的兴味。

7.要用直接谈话法。譬如说"王家的小孩说：'他是……'"，不如改成"王家的小孩说：'我是……'"。这样，儿童便无异身入其境了。

8.言语动作，要很热心地随着故事里的言语动作，表演得合度。

9.绝对不可用传道式的口吻。

10.讲完以后，让儿童自由批评，以入于欣赏明了之域。附带还有两个好处：第一，儿童有充分发表的机会；第二，教师可以明白儿童的主张。

B. 文字的——用书的。

和口述相同。不过（5）（6）（7）三条，不适用。此外还有：

1.文字的解释，应明了而不啰唆。

2.练习文字的机会，应充分利用，并且要有有趣而效力较大的方法。

（二）科学的故事

1.分开一节一节地教学。

2.每节前列几个问题，先由教师问，儿童自由地回答。

3.答完了，不必断定。用疑问的口气，例如说："我们看这里怎么讲"，然后讨论正文。

4.正文以后，要加上一个练习，就是出几个问题，让儿童去做。做的方法，大概不外作文、画图、到外面去参观，几种。

（按：Dr. K. E. Dopp 的《巢人》*The Tree Dwellers* 一书，就用这种教法的。）

二、诗歌方面

（一）诵读时要有优美的声调，把文字里面的神情都表演出来。

（二）最好谱入曲里，抑扬顿挫，格外可以正确。

（三）一面唱，一面表情，把两种动作联合起来，儿童自然格外有兴趣。

三、戏曲方面

（一）都要讨论表演的方法，然后实地表演。至于表演的时间和地点，可以不拘。

（二）有不便表演的，可以用“对话”来代替。

我们知道了原则和注意点之后，就可以讲到教学的方法了。教学的方法，应采用设计教学法的文学教学过程，而避去从前呆板的顺序。为什么呢？因为教育的目的，是要人类自由发展，养成自动的能力，以谋社会的利益。从前的教学法，不外用“注入”“启发”两种形式。注入式蔑视儿童生活，不顾他们的生长发达和旧有的经验。在儿童看来，觉得没有目的，所以不愿去活动。这早已成为定论了。就是启发式，也仅顾及儿童旧有的经验，仍旧蔑视他们的生长发达，在儿童看来，仍旧没有目的，所以不愿充分地活动。讲到儿童看来有目的而喜欢活动的，就是设计教学法了。怎样叫设计？就是自己筹划最经济、最合效率的方式，学得整个的智识技能经验。怎样叫设计教学法？就是引导各个儿童自己很高兴地筹划最经济最合效率的方式，得着整个的智识技能经验的一种方法。凡用设计法来教学的，事前有目的有计划，事后有判断有证验，儿童自己觉得是一种有趣味的新生活，他因此高兴学习，活泼泼地向上生长而发达了。文学教学的适用这种设计教学法，就是这个原因。

教学的过程

这种教学法的活动，中间均有过程。大概可分四种：

一、欣赏的过程。二、练习的过程。三、思考的过程。四、建造的过程。这四种过程，详细教学时，可以全用，否则至少用欣赏的一种。

一、欣赏的过程

文学教学，以欣赏为主。所以无论何种文学，应用欣赏的过程：

(一) 动机：怎样引起儿童的学习动机？(暗示或指导)

(二) 目的：决定要做什么事？

(三) 研究：怎样明白这件事的大概？(口讲或概览) 怎样认识文字？(诵读) 怎样解释内容？(质问应答) 怎样熟读？(朗读) 怎样把这件事得到个概念？(总括)

(四) 体味：怎样使儿童有想象的机会？(假设问题) 怎样使儿童欣赏而愉快？(表演，吟唱)

二、练习的过程

研究的时候，假使有人觉得新学到的文字，还不十分熟，就发生新问题，要练习才能满足儿童的欲望。得在别一时期，用练习的过程：

(一) 动机：为什么要练习？

(二) 目的：决定要练习的是什么？练习到什么程度？

(三) 计划：用什么方法来练习？

(四) 实行：依据计划，尽力地做。

(五) 判断：和原定的计划符合么？符合的地方是什么？要改良的是什么？

三、思考的过程

研究的时候，假使有人觉得这里面有许多事实或文法要讨论，就发生新问题，要详细讨论，才能满足儿童的欲望。得在别一时间，用思考的过程：

（一）动机：为什么要讨论？

（二）目的：决定要讨论的几个问题？

（三）搜集资料：某一个问题，要参考什么书籍？某一个问题，可以用回想的方法来解决么？某一个问题，要调查事实么？

（四）推理：依据所搜集的资料，解决一个个的问题。

（五）证验：答案是不是错误？应改正的是什么？

四、建造的过程：

体味的时候，如果有人说，应该要把欣赏的材料来表演，就发生新问题了。要表演才能满足儿童的需要，就适用建造的过程：

（一）动机：为什么要表演？

（二）目的：要表演的是什么？表演到什么地步？

（三）计划：怎样表演呢？在什么地点？时间要多少？怎样布景呢？人物怎样装扮呢？……

（四）实行：依据计划实行。

（五）批评：表演的成绩怎样？同原定的目的有没有违背？要怎样改良？

教学法举例

现在就拿《小孩子和小雀子》的教学过程来举一个例（教材见本书儿童文学教材的举例章第十一项）：

一、欣赏的过程

动机：假使他们新近发生摸鸟巢的事情，本教材的动机已经有了。假使没有这种动机，就有两种方法：（一）暗示，把这故事画成一张图（最好彩色），挂在教室里。（二）指导，用问答法，如：“鸟住在什么地方？你们见过鸟巢么？你们喜欢摸鸟巢么？这里有一段故事，你们要听么？”

目的：分“教师内定”和“儿童要求”两种：

教师内定的：（1）要儿童欣赏一首诗，激动他爱护动物的感情，并且使他自发地觉得摸鸟巢是件不道德的事。（2）要教儿童识得“巢、啾、谁”等字，明白“快意、宝贝、过意、飞也似的、重新、原谅”等词的用法。

儿童要求的：（1）明白这故事诗的意义，并且会唱。（2）表演。

研究：

1.教师口讲这段故事（敷畅成功长篇的话，头上要加一段捉的情形），让儿童欣赏。讲完，叫他们概览课文。

2.教师读一遍给大家听。

3.你们有不懂么？（以下便是质问应答。）他们就要提出“怎叫老母雀？怎叫小宝贝？怎叫过夜？……”假使在这时候有个儿童提出“雀子是怎样一个东西？”那么就有了思考的动机，适用思考的过程。教师想法引导他过去（关于文法的也可以）。

4.怎样可以熟起来？（诵读）假定这时候有几个儿童说，要把生字练习，要多唱，就有了练习的动机，适用练习的过程。教师应想法引导过去。

体味：

1.吟唱几遍。

2.教师提出想象问题：“你们想有人保护小雀子过夜么？有人给他吃么？老母雀寻到小雀子，他心里怎样？……”

3.假使这时，儿童有了要表演的动机，就适用建造的过程了。

二、练习的过程

动机：见前。

目的：讨论出来。假定为：“练习生字，要写得多；吟唱几遍，要字不差，声调好听。”

计划：讨论出来。假定的：“练习生字用‘五分钟间抄写法’。就是在同一时间起，同一时间停，五分钟内那个抄得多。吟唱用‘一次的分列轮读法’，就是分列比赛，方法同上面差不多。”

实行：教师做指导员（或推出儿童来），照计划实行。

判断：报告结果。将来练习起来，有没有应该注意的地方？

三、思考的过程

动机：见前。

目的：决定要讨论：“雀子是怎样一个东西？”讨论结果，假定要分出：“雀的嘴，雀的翼，雀的尾，雀的足，雀的习性，雀和人的关系……几种。”

搜集材料：讨论出来。假定为：捉一只麻雀来看（用后放去），再用小学理科书数种。分为六小团，各团认定一个题目，各到某书里去参考。

推理：让各团各自解决，产生出答案来（教师指导）。

证验：决定答案的对不对，应否补正，大家工作时，有没有缺点，应该下回注意的。

四、建造的过程

动机：见前。

目的：表演到别人看得明白。自己顶要紧的目的，是练习话法的快慢。

计划：1.分幕。假定为：A. 小孩捉雀。B. 老雀动气。C. 小孩还雀。2.地点。假定在教室里。3.布景。假定用假做的树和巢。4.人物。假定用假做的雀子（一老一小）。老的说话起来，要另外有个人伏在旁边代替，观者的视线不能见的。5. ……

实行：预备和实行。

批评：互相批评。同原定的目的合么？有应改良的地方吗？

上面的例，是一个假定。实际上教学时可以利用儿童方面发生的动机正多，千万不可拘泥。做教师的，要能活用，多变化，才好！

儿童图书馆与儿童文学

除了正式教学以外，还有养成儿童自力读书的能力的儿童图书馆，此地也不能不讲。

儿童图书馆设立的原因，第一，是要儿童的生活丰富；第二，要满足儿童正在旺盛的求知心。所以儿童对于图书馆，仿佛当它是小朋友集合的总机关，最喜欢交给他了。

关于图书馆的组织方面，这里可以不说。但选择儿童图书的标准，不妨说说。

选择儿童图书，两个标准是不可少的。就是：（一）根据儿童心理；（二）根据学校课程。

（一）根据儿童心理的

1.适合顺应本能（Adoptive）的：仿效、游戏……是这种本能的特征。如《儿童游戏法》《少年丛书》等，可以适用。

2.适合个性本能（Individualistic）的：争竞、自炫……是这种本能的特征。如《秦汉演义》《水浒传》等，可以适用。

3.适合社会本能（Social）的，群居，互助，……是这种本能的特征。如《少年义勇团》《青年会组织法》等，可以适用。

4.适合美术本能（Aesthetic）的：装饰、好美……是这个本能的特征。如画报影片等，可以适用。

5.适合男女性本能（Sexual）的：如《男女交际法》《青年宝筏》等，可以适用。

（二）根据学校课程的

1.美育德育的：如修身、文学、音乐、美术等。

2.知识的：如自然研究、社会研究等。

3.技能的：如工艺、园艺等。

4.符号的：如国语、算术、英语等。

依据两项，视儿童心理状态之变化而定第一标准的分配方法；视学校课程时间之多少而定第二标准的分配方法。这是极普遍的办法。现在我所要讨论的，就是文学的一种，应该特别的放宽，愈是能够把死板板的东西来“文学化”，他们愈是欢迎，愈获利益。从前图书馆里为什么冷清清的，就是因为没有放宽文学书的缘故。现在可不是这样了。从前儿童用书如《少年丛书》《中华故事》一类，他们为什么不欢迎？就是因为没有“文学化”。现在也渐渐改进了。所以我替儿童请个愿：凡是学校的小图书馆，或地方上公立私立的图书馆里，供给儿童阅读用的部分，都要尽量采集儿童文学用书，和受过“文学化”的书籍，以适应他们的需要，实为万幸！

儿童的创作

此外还有一层，就是儿童的创作。有少数儿童，具有文学的天才，固然要培养他，使他自然地生长。就是平常儿童，也该善为扶植指导，为适当的练习。像学校里的新闻，书局里儿童杂志上的征求，都够他们发挥。此事为教师的，应注意：

一、只加以相当的诱掖，不要替他们做。

二、分四步引导。

（一）仿造教过的材料。可以依样画葫芦的。

（二）把教过的材料，让他们敷畅起来。

（三）记述他人的讲演。

（四）自己用心的创作。要注意辨别是否出于儿童之手。如果有为他人捉刀的，要善为开导。

三、用发表或采用为表演脚本等来奖掖他们，助长他们的兴趣。

第九章　儿童文学教材的举例

一、神话

帮助人的矮人

从前有一个穷苦的老太太，她住在树林旁的小房子里。一天晚上，她和自己说："怎么好！我橱里没有东西可以吃了，我的钱也用完了。我又病，就是房子里的事也不好做了。地上好几天没有扫了，碗筷也不能洗。我怎么好！我是老了，穷了，又病了！"

这是冬天。老太太不能去弄柴烧，所以房子里很冷。她盖了一条被，她的床就在小房子的角里。

明天早上，她醒来时，听得屋面上雨滴滴地响，房子里很亮。

老太太说："那是什么火光？我听得雨声，我却看见墙上好像有太阳光！"

她撑了手，四面看看，房子里没有太阳光，火炉里有火了。地上扫得很清洁，碗筷也洗好了。火炉旁有桌子，桌上有白桌单，有很好的早饭。火炉上还有一壶水。

老太太说："各件东西都很亮，很暖，很清洁！谁做的？这里近旁没有人的。"

她慢慢起来，吃早饭。味道很好！她好久没有这种东西吃了。

她看见架子上有一扎东西。她拿下拆开一看，包里有白绒绳，还有针，还有一张条子。条子上写："坐在火炉旁边，用绒绳做一双手套。做完了，放在桌子上，我卖了，把钱给你。"

"在橱里有很多的东西可以吃。不要做什么事，只要空来坐坐，做做手套。今晚我再来帮你做事，预备明天的事。"

老太太说："这好朋友是谁？我照了条子上做。"所以她坐在火炉旁边，做她的白绒手套。到晚上，她把手套放在桌上。到早上，手套没有了，有一块钱和绒绳在桌上。

冬天里，每天晚上，老太太的朋友常来做事，送东西来给她吃。老太太常常做绒手套。手套常会去的，钱常会来的。

到了春天，那看不见的好朋友，替老太太弄了一个园。有一天她看见园里有牛舍、鸡棚，还有一只牛，几只鸡。老太太何等快活！她身体已经好了，可以自己做事了。她有钱、花园、牛和鸡。

有一夜，她坐在房子里，她高声说："我想要看看谁是我的好朋友！"

"哈！哈！哈！"有快活的笑声来。老太太又听得有小声音唱："矮人矮小，又忙又好！夜里做工，日里睡觉。"

有一个矮人坐在架子上。他的眼睛很亮，他的嘴唇角翘起的，他的衣服是灰色的。

老太太说："哇，谢谢你，灰色小矮人，我很感谢你。"

矮人说："我很愿帮助你。那天你有病的时候，我也坐在这里。我听得你的话，我来帮助你。矮人总是这样，矮人是帮助别人的仙人。此刻你不必帮助了，我和你再会了。倘使你再要我时，我再来。"说完，矮人从架子上跳下，在房里跳舞，再唱："矮人矮小，又忙又好！夜里做工，日里睡觉。"

矮人不见了，去帮助别人了。老太太很快活地过日子。

（附注）这是二年适用的口述文字。见南京附小《试》十二期。

二、荒唐话

长人玩具

某处一座山里有个长人国，国王有个太子叫弗来达。他这身长，同楼房的屋顶一般高。国王只许他在山上的树林里玩，不许他下山去，因为他性子粗暴。

这山下人家，大都种田的。长人往往趁着收获的时候，抢劫他们的东西来做粮食。长人国里有个传说，说是"农人上山，长人逃命"。但是这山很高，农人从没有上去过。

一天，弗来达在树林缝里望见山下田里，农人赶着黄牛犁田，他就偷下山去，把农人连牛和犁一起放在手巾中，撮了四角提上山来。他跑进王宫的时候，发出打雷一般的声音，表示他是很快活。他的母亲看见了，问他有甚快活，他就笑嘻嘻地把手巾打开，说道："母亲，你看这玩意儿，这样的好玩啊！"他的母亲看了，脸上现出忧愁的颜色，说道："这不是玩意儿！他来了，我们要逃命。快去放在原处！"弗来达就勉强去放在原处。但是山上的长人，从此失踪，不知那里去了。

（附注）这是一、二年适用的口述文学。见《试》七八期。

三、寓言

小 黑 鸡

小黑鸡寻到一袋米，他问鸭、鹅、仙鹤三位朋友道：“那一个愿意帮我搬这袋米?”鸭说：“我不愿意。”鹅说：“我不愿意。”仙鹤也说：“我不愿意。”小黑鸡说：“我就自己去搬这一袋米。”米搬好了，小黑鸡再向三位朋友道：“那一个愿意帮我做糕?”鸭说：“我不愿意。”鹅说：“我不愿意。”仙鹤也说：“我不愿意。”小黑鸡说：“我就自己去做糕。”糕做好了，小黑鸡再向三位朋友道：“那一个愿意帮我烘糕?”鸭说：“我不愿意。”鹅说：“我不愿意。”仙鹤也说：“我不愿意。”小黑鸡说：“我就自己去烘糕。”糕烘好了，小黑鸡再问三位朋友道：“那一个要吃糕?”鸭说：“我要的。”鹅说：“我要的。”仙鹤也说：“我要的。”小黑鸡说：“我一些也不给你们吃，我自己吃了。”

（附注）这是适于一、二年用做读本的。可以练习言语。见《小学校》十二号。

鸽子的遇险

一个空旷的地方，有一个猎人，布散了谷粒，装好了线网，静悄悄地退到距离不多的地方，等候那愚笨的鸟儿，飞来上当。

那时有只老鸽子，带了她的许多孩子，出来觅食，偶然在这里飞过。他们看见了近网的谷粒，十分欢喜，立刻想飞下来。

但是老鸽子不许，说道：“这一片冷静的地方，那里会有许多谷粒？我们应该注意，防有奸人作弄。”

小鸽子不相信他母亲的话，齐声嚷道：“不打紧，我们现在肚子饿得很，我们赶快飞下去，吃这可爱的谷粒。”

老鸽子没法，便一同飞到下面，吃那可爱的谷粒。不过他们吃这谷粒的时候，他们就全体都被捉住在网里了。

全体的小鸽子都发急了，谷粒也不敢吃了，呆呆地对着母亲，希望母亲的救护。老鸽子呢，一声也不响。忽然她发一个命令说：“飞！”她和小鸽子便一齐飞起来。

本来他们的力气很小，现在一个时间里用了合一的行动，那力气便变成很大了。等到他们飞到一个较远的土山上，这个猎人的线网，依旧在他们的四围。

老鸽子本来有个朋友，名叫田鼠。他正在土山上游玩，看见了他的朋友老鸽子和许多孩子，都束缚在一个网里，很是可怜，便替他们咬破了这个网。

老鸽子和小鸽子一齐飞出来了，恢复他们的自由了。他们向着田鼠，很恭敬地鞠了一个躬，齐声说道：“谢谢你！”

(附注) 这是适于三、四年做读本的。由编者创作。

四、传记

鲁滨逊飘流记

英国有个鲁滨逊，生长海滨，见乘风破浪，往来自如的游历，不胜羡慕！他就上了海船，去称他壮志。走过几日，忽然狂风大作，波浪连天，撞到石礁上去，船就破了。同船的人，个个没死，单便宜了鲁滨逊一人。鲁滨逊爬上大石，四面一看，只见海水横流，尸浮水面，自己虽然活着，却也无衣少食，满目凄凉！看见那只破船，却还一半浮在水上，鲁滨逊寻些木板，结成一方木牌，拣出几件有用之物，是麦子、洋枪、弹子，还有一只狗、一只猫，还一息奄奄地活着，鲁滨逊如见了亲人一般，忙即带他们上岸；笔墨书籍衣服，都已被大浪打去。鲁滨逊将他有用之物，运到岸上，安放已毕，看见岛上野树合抱，茂草如林；鸟兽见人，毫不畏惧。鲁滨逊至此，方信岛中不要说居民，连人迹也好像未尝到过，此时心中忧闷，比遇险时更甚。后来在岛中寻见一个洞，地势很高，便以此为家。一天到晚，总是一个人，好不寂寞！因为衣食住三项事，样样都要亲手自造。但是终日忙碌，倒也可以解闷。洞口有株大树，鲁滨逊把树皮剥去一半，用斧头在树上，砍成一行字云：

“某年月日，鲁滨逊飘流至此。”

从此日起，每天砍上一画，三十画就算一月，三百六十画就算一年，月大月小，连闰月的差异，也不管他，这树便做了鲁滨逊的历本。

鲁滨逊初到时，不是射个飞鸟，就是打个野兽为食。到得自己种的新麦成熟，才有麦吃。又忙着做家用什物，如桌子、椅子、床席、橱、架、炉、灶之类，正是卸下蓑衣，又掮洋枪；丢了斧头，又弄泥刀。一天到晚，没有空闲的时候。

住过年余，身上的衣服，破碎不堪了。鲁滨逊把从前打获的野兽皮，取来当作衣料，不论短衫、裤子、鞋、袜、帽子，也不论春夏秋冬，穿的总是皮衣。最奇怪的是一把伞，先取树枝作骨，将狐皮绷在上面，拿在手里，摇摇摆摆，好不笨重。

有一年，岛中大雨数月，鲁滨逊守在洞中，十分纳闷！忽然飞进一只鹦哥，鲁滨逊见了，大喜，连忙捉住，想我久不说话，正怕弄成哑子，如今有鹦哥，每日教他学话，自己也好说话。鲁滨逊忙过几年，家用之物，也好算得完备，就少一只船，于是忙着要造船。在树林里拣了一株大树，倒下来，将树心凿空，居然做成了一只独木船。忙要移他入水，去试验试验。谁知用尽气力，再也移不动，原来造船是要在河滩之上，取其易于下水，如今造在树林里，自不能动了。好在鲁滨逊有的是功夫，就把这船停在那里，当作浴盆用，另外再造一只。造成之后，常傍着海岸出游，一来察看此岛滨海形势，二来倘有客船经过，可以驶往求救！

鲁滨逊在岛中一住，也不知几历寒暑，把树上斫的记号一算，已十五年了。此十五年中，未见一人，也未见一船，起先还有思家之念，后来索性绝了这个指望，自由自在，过他一个人的生活。

一日，远远望见四五个生番，席地而坐，大家按倒一个人，要吃他的肉，那人似杀猪一般地狂喊！鲁滨逊听得，登时怒气冲天，胆也大了，带着洋枪，赶到生番所在，打死两人，其余一哄而散。这救活的人，得了性命，拜倒在地，向鲁滨逊说了几句话，听了全然不懂。看他形状，好像穷无所归的，就和他同到洞中，天天把英国话来教他，数日之后，方知他家离此甚远，今知鲁滨逊一人居此，自愿为奴，服侍终身，以报救命之恩。鲁滨逊大喜！记得救他的日子是礼拜五，今即以礼拜五做他的名字，从此鲁滨逊凡事有礼拜五相助，比一人独居之时，好得多了。家中的山羊，滋生日繁，主仆两人，合养了一大群，饮的是羊乳，吃的是羊肉，穿的是羊皮，无人岛又变成个山羊岛了。

一日，仆人匆匆来告诉道："那边有生番，又在树林里开人肉大会了。"鲁滨逊闻之，忙去搭救，谁知所救的人，一个是礼拜五的父亲，还有两个是鲁滨逊的同乡。这三人航海经商，路过此岛，上岸游玩，不意为生番捉住，要吃他们的肉；如今遇救，喜出望外。但是看见鲁滨逊和礼拜五毛茸的打扮，好生害怕。鲁滨逊把前后事情说明了，众人方才转悲为喜，忙说："我们坐的船，停在海边，你快回去收拾，一同上船回家罢。"

鲁滨逊自飘流至此，在岛上足足住了二十八年。此二十八年中，全是靠着天之所生，地之所长，和自己手足之力过日子，从未用一个钱，与人家交易。所以世上的人，都称他英雄。

（附注）这是适用于五、六年做读本的。见《教师之友》二十号。

五、小说

幸 福 国

孤儿杰克是一个活泼又聪明的孩子。他穿着清洁的学生制服，常常在草地上，和小朋友们打球；还提起了小喉咙，唱他爱唱的歌儿。

有一天晚上，芝麻般的小星，布满在蓝天上，雪白的月亮光从窗子里直透到杰克的寝室里，笑着向杰克说道："杰克！你愿意同我到幸福国去吗？"杰克向仙人看了一下，想了一想，回答道："好！我愿意去。"仙人就挽着杰克走去。

他们俩一声不响，走过了许多窄小的街巷，和肮脏的旷场。杰克问道："幸福国快要到吗？"仙人说："没有多少路程了。这里是龌龊世界，不是幸福国！"他们问答了一次，又静悄悄地往前走去。

黄金的高墙，直挺挺地立着；正门的上面，用金刚钻扎成"幸福国"三个大字。仙人说："幸福国到了！"杰克同他走进了布门，看见男男女女、老老小小，没有一个不是笑嘻嘻的，像笑佛一般；没有一个不活泼泼的，和小孩子一样。他们见了杰克，都拍掌欢迎。仙人对杰克说："他们很欢喜你，还要开欢迎会哩！"

杰克跟仙人又游玩了许多地方。看见一排排的房屋，都是金子砌成的，不是黄金，就是白金，还镶着五颜六色的宝石；马路，也都是金珠玉石铺成的；只有种树木花草的地方，仍旧是用泥土。杰克很惊疑地问道："这些金玉宝石，多么值钱！为什么拿来造屋子，铺马路呢？"仙人道："这些东西，本来没有什么宝贵，饿了不能当饭吃，冷了不能当衣穿，只配这样用！真正的宝贝，是人类的智识和能力！杰克！你本是个穷苦的孩子，到了这儿来，为什么他们十分欢迎你呢？就因为你是一个活泼聪明的孩子啊！"

他们谈谈笑笑，已经到了开欢迎会的所在。走进会场，"啪啪"的拍掌声，闹得震天动地。仙人走上演台，说了几句介绍杰克的话，就请杰克演说。杰克不好推辞，跑上去很诚恳地说了一段"少年生活的快乐"。说完之后，就有一个六十多岁的老人，走上台去，和和气气地说："杰克！你是我们极佩服的小朋友！我们很愿意常常和你在一起。我们国里的生活，很简单，很有趣！大家共同工作，没有金钱，也没有贵贱穷富；有福同享，有苦同受。小朋友！你能够和我们一块儿住，有学校给你念书，有公园给你游赏，有果品花木给你吃和玩，有球场、游泳池……给你运动。到了二十五岁之后，只要每天做六点钟工作，就算尽了必要的义务。并且……"仙人站起来道："请你别往下说了！这是做不到的事情，因为杰克家里还有姑母啊！"就拉着杰克说："时候不早啦，我们走吧！"杰克说："这里好！我不愿意回去了！我愿意住在这里。”仙人说：“可爱的杰克！你要住在幸福国，可惜时候还没到啊！现在你的姑母和小朋友们，正在记念你，我送你回去罢。”他就连同幸福国里许多人，拥着杰克送出门去，“啪啪”的掌声，又大闹起来。他吃了一惊，却看见自己好好地躺在床上，原来是做了一个大梦！

窗外的小鸟，“唧！唧！……”地叫着，好像是嘲笑杰克，说：“你忙了一夜，为什么仍旧回来了？你以为要做幸福国的人，就全仗你自己的力量，才能做到——不然，就只好做做梦呀……”

（附注）这是适于四、五年做读本的。见《小朋友》三十四期。

六、游记

我们走到寒冷地方去

今天我们去拜会住在冷地方的兄弟姊妹们，他们都是因纽特（Inuit）人。他们的家在世界上的地方，我们一看地球仪，就知道了。

我们要怎样才可以到得那冷地方呢？那地方距离我们很远，谁也不能步行到那里！加之那边没有铁路，海洋又差不多终年结冰，我们虽然有汽车、汽船，也是枉然。那么我们就只好穿上冬衣，驾一只飞艇，向北方飞去。不久的功夫，我们仔细一看，这冷地方就到了。那里的天气真冷呀！我们身上穿了皮衣，上下的牙齿还敲个不住；霜雪打在鼻子上怪痛的，吐出来的气息，霎时间就变成了汽水。虽然也有太阳照着，可是他那青白色的光，射到身上，一点儿也不觉得温暖。我们抬起头来望着他，眼睛也不觉得什么难受，而且一天没有多久的时候能看见他。这不是一个很奇怪的地方吗？并且无论走到那里，都是冰雪满地，好像一个银子造成的世界。平地上既都是被冰雪遮蔽着，那自然不能看见一点泥土。还有这些被风吹过的地方，都露出一层银灰色的厚苔。苔底下结的冰，至少也有八尺厚。不过一到了夏天，冰雪都渐渐地融化了。于是生出一些草木来，但是这时期是很短的。

（附注）这是适于四、五年做读本的。见《全世界的小孩子》第一集。

蚱蜢旅行

蚱蜢先生的家住在田畔的石块后面。这年收成很好，所以他的粮食也预备得很多。但是，他是一个素来多愁的，时常站在门口，抽声叹气，现出一种不满意的样子。他不爱跳舞，又不喜欢唱歌，每到了最不快意的时候，动辄打骂他的妻子。

这天，蚱蜢先生想道：现在外面的蟋蟀，“嚁嚁”地叫个不止，他们真快乐啊！我何不趁着天气晴朗，到外边去游玩游玩，或者也可以消解一些愁闷，或者还可以扩张我的眼界！于是他就拿着一根手杖，带着一个小提囊，向外边走去。他的妻子一眼瞧见了，连忙止住他说：“你不要去！在家千日好，出外一时难。”但是蚱蜢先生的主意已经决定了，谁也不能阻他，所以他一言不答，就愤愤地走向门外去了。

这时候，有一个小孩子从前面山中采花回家，走得疲倦了，便坐在牧场上休息，把采来的那束鲜花，放在他的身边。蚱蜢先生恰好从他的前面经过，陡然看见小孩子的身上挂着一个竹筒，就连忙跳进去，自言自语道：“这真好极了！我在这里面，恍惚是一个旅行的人，坐在车子里一般，那么，我要参观世界的目的，一定可以达到了。”

过一会儿，小孩子到了家里，忙把那一束鲜花浸在清凉的水中，又将身上挂的那个竹筒放在桌子上。蚱蜢先生慢慢地从竹筒中爬出来，走到桌子上睁开眼睛一看，想着：这里既没有青草，又没有树木，与我的家里一点不相同。可是这些奇怪的东西——一张桌子，一条板凳，和壁上挂着的一面大圆镜——我从前在家里完全没有看见过。他又想：我现在到底在那里，谁能告诉我呢？他也不留神，这张桌子是很光滑的，随意在上面走来走去。

他又看见一只盒子，和一个表。蚱蜢先生说：“哎呀！这是什么东西呢？”只听见里面“滴答滴答”地响，他又说：“这个东西实在很小，难道有人在里面奏乐吗？”旁边又有一只很好看的酒瓶，里面还剩下几杯葡萄酒，蚱蜢先生跳进去，喝了许多，霎时间就觉得天旋地转，屋顶像一个飞轮一样，他急忙跳出来。但是他喝了这些葡萄酒，正觉得高兴，所以他只用一只脚站在瓶子旁边，跳舞起来。忽然失脚跳在一个烟盘子里，那种烟气冲得他“阿嚏，阿嚏”喷嚏打个不停，蚱蜢先生吓得连忙就跑。他一面跳，一面“阿嚏”，到末了，十分的难过，就倒卧在一本已经展开了的书上。这时候，小孩子的祖母在藤椅上睡着了，这本书就是搁在她的膝上，她刚一醒来，就懵懵懂懂地把书盖了。现在这位可怜的蚱蜢先生压在书中，一点也不能动弹了。他暗暗地想：“现在我压在这里，要如何才可以出来呢？恐怕是我的末日到了啊！”蚱蜢先生好容易挣扎了半天，才从书里慢慢地爬了出来，不料又被小孩子的祖母看见了，祖母非常的奇怪。当蚱蜢先生将飞的时候，祖母立刻起身去打，于是蚱蜢先生就尽力地向东边一飞，祖母又向东边去赶，蚱蜢先生看见她赶来，又向西边一飞，祖母也立刻赶到西边。那时候，一个追，一个躲，满屋子乱纷纷的，真是好看！这次蚱蜢先生正飞在东边壁上，祖母已经赶来，蚱蜢先生叹道："这一次，她一定要捉住我了！悔不该不听妻子之言！"幸而这壁上有一个小孔，不过比蚱蜢先生的身体要小一点，蚱蜢一眼看见这个小孔，就不管三七二十一，"一，二，三。"尽力地一钻，就逃到墙壁外面去了。

蚱蜢先生气喘喘地坐在草地上休息了好久，才起身回家。这时候，天将晚了，他的妻子站在门口嚷道："为什么还没有回来，莫不是在外面发生危险了？"话刚说完，蚱蜢先生已到了她的面前，于是他们俩同走进屋子里，用过晚膳，一齐睡觉。可是外面的蟀蟋还是"嚁嚁"地叫个不止，恍惚说："好快乐的旅行！好危险的旅行！"

（附注）这是适于四、五年用做读本的。见《小朋友》三十期。

七、笑话

三件笑话

哥哥早上起来，向着妹妹说："你昨夜一定梦见我。"妹妹说："不对！昨夜我并没有做梦。"哥哥向母亲说："母亲！妹妹又说谎了。我明明梦见了她，她还说没有做梦。"

父亲嘱附女儿，鸡蛋只要煮三分钟，不然，就老了，不好吃。一天，女儿煮好四个鸡蛋，和父亲一同吃着。父亲说："煮老了，煮老了，你煮了多久？"女儿说："每个鸡蛋煮三分钟，四个鸡蛋煮了十二分钟。"

姐姐和弟弟，比赛身体的重量。过磅后，姐比弟重三磅。弟弟不服，要再称一遍。当姐姐立在磅上称的时候，弟弟仔细看着，忽然说："哦！难怪你比我重，你原来把两只手也放在口袋里咧。"

（附注）这是适于三年做读本的。见《小朋友》第六期。

八、物话

屋和猫

（一）这是一间小屋。（画一间屋。）

（二）这间小屋里有三只猫。（画一间屋里有三只小猫。）

（三）一只是白的，一只是黑的，一只是花的。（画三只色不同的猫。）

（四）白猫的毛是白的，黑猫的毛是黑的，花猫的毛是有白有黑的。

（五）白猫年纪最大，黑猫叫他哥哥，花猫也叫他哥哥。

（六）花猫年纪最小，白猫叫他弟弟，黑猫也叫他弟弟。

（七）黑猫的年纪，比白猫小，比花猫大。白猫叫他弟弟，花猫叫他哥哥。

（附注）这是适于一年做读本的。字多重复，容易记忆。循序教学，可以联络。见《教师之友》十三号。

知了的故事

你看见过这褐色的壳吗？我从前住的。我来告诉你，你知道我的名字吗？我是知了。我的姓是蝉。我在夏天里，坐在树上唱。我的同伴爱听我的歌。你爱听吗？

一年前老知了把许多小蛋放在树梗里。过了几礼拜，我从蛋里出来了。那时我很小，不过像一个蚂蚁。我知道家在地里，我怎样去呢？我不敢爬下树来，怕有东西要捉我。我爬到树枝头上，往下落了，我就落在地上了。我没有伤，我穿进地里去。我吃树根。那时的形状和现在不同，我像一个硬壳虫，我长起来和那壳一样大。

今年夏天我穿上地来，出来了。我爬上树枝去，我用爪爬牢。我的壳，背上破了。我把背推出去，再把头退出来，我的四翅也出来了。四翅是绿的，很小，卷紧的，比此刻小得多哩。我再把六个脚，一个个地拉出来。起先没有气力，我把背靠着，把脚上下运动，后来有力了。末了，我把全身从壳里拉了出来。我用脚立在壳上，四翅慢慢长大了，和此刻一样了，不过还是软的，翅上的脉还是绿的。不多时硬了，透明了，脉变黑了。此刻我可以随便飞了。你爱听我唱吗？

（附注）这是适于二、三年做读本的。见《教师之友》十三号。

九、儿歌

排 排 坐

排排坐，吃果果，小小肚皮吃勿多。

（附注）这是适于一年做读本的。由编者选集。

麻雀生蛋

麻雀生蛋屋上滚，又说哥哥不买粉；买得粉来不会擦，又说哥哥不买麻；买得麻来不会绩，又说哥哥不买笔；买得笔来不会写，又说哥哥不唱野；唱得野来不好听，又说哥哥不买磬；买得磬来不会打，又说哥哥不买马；买得马来不会骑，又说哥哥不买皮；买得皮来不会削，又说哥哥不买刀；买得刀来不会磨，又说哥哥不买鹅；买得鹅来不会杀，又说哥哥不买鸭；买得鸭来不会钳，又说哥哥不买田。买了田，把鸭钳；钳了鸭，把鹅杀；杀了鹅，把刀磨；磨了刀，把皮削；削了皮，把马骑；骑了马，把磬打；打了磬，把野听；听了野，把笔写；写了笔，把麻绩；绩了麻，把粉擦；擦了粉，麻雀生蛋屋上滚。

（附注）这是适于三年做读本的。由编者选集。

吃果果

排排坐，吃果果；果果香，吃干姜；干姜辣，吃枇杷；枇把尖，驱上天；天又高，打把刀；刀又快，好切菜；菜又甜，好过年；菜又苦，好过端午；菜又辣，好过八月八。

（附注）这是适于二年做读本的。由编者选集。

十、谜语

请你猜猜下面几样可以吃的东西！

麻屋子，红帐子，里头坐个白胖子。（落花生）

红艳艳，甜蜜蜜，给你吃，一口咬得血滴滴。（水蜜桃）

紫红树，紫红花，紫红罐子装芝麻。（茄子）

青壳田鸡活剥皮，糖来蘸蘸好东西。（角黍）

黑漆庙门一开开，观音菩萨走出来。（西瓜子）

弯弯床，弯弯被，弯弯小娘困在弯弯里。（菱）

人道刘家穷，刘家却不穷。推开金板壁，珠宝嵌屏风。（石榴）

青梗绿叶开黄花，爬山过岭做人家。（南瓜）

红漆碗桶黑漆盖，十人看见九人爱。（柿子）

金裹金，银裹银，白芦袱子裹金银。（蛋）

（附注）这是适于三、四年做读本的。由编者选集。

十一、新诗

小孩子和小雀子

“啊，老母雀！请告诉我，为什么不快意？
为什么在窠旁乱飞，啾啾啾叫个不息？”
“我的小宝贝不见了，不知道在那里？
有谁保护他们过夜，有谁给他们吃？”
那小孩子听见这话，他心里过不去，
他飞也似的跑回去，跑回去到家里。
他快快拿了小雀子，重新放在窠里：
“啊！老母雀，请原谅我！小宝贝在这里。”

（附注）这是适于三年做读本的。见《试》二十期。

十二、旧诗

可　怜

二月卖新丝，五月粜新谷。
医得眼前疮，剜却心头肉！

耘苗日正午，汗滴禾下土。
谁知盘中餐，粒粒皆辛苦！

昨日入城中，归来泪满巾。
遍身罗绮者，不是养蚕人！

九九八十一，穷汉受罪毕。
才得放脚眠，蚊虫猎蚤出！

（附注）这是适于四、五年做读本的。原名《悯农》，唐聂夷中编。

十三、历史剧

荆轲刺秦王

［布景］书房——书架，书案，壁悬弓箭、剑、字画等。

［登场人物］田光，荆轲。

（荆轲侧坐看书，田光背着手，伛着背，低着头，嘴里自言自语上。）

光： 唉！我虽受了鞠武先生的重托，不晓得荆轲先生肯不肯呢！且去试试再讲。（敲门。荆轲忙出开门。）

光： 荆先生好呀！

荆： 谢谢你！你老好吗？今天老先生到此，有什么见教？

光： 特意来候候你的。呵，呵！呵，呵！荆先生？说也可笑，你可知道一桩错意的事情！就是当今燕国的王太子丹，起先他本押在秦国的，他现在从秦国逃了回来，怕得秦兵追到，所以他托了一位鞠武太傅，来找我这个老朽同他想法子。你想！像我这般年老不中用的人，还能干什么事吗？我因为和阁下是知交，不是外人，所以把阁下荐交太子了。请问阁下意下怎样？

荆： 喔！这那里当得起！你老先生来说笑我了。

光： 叱！阁下也是个慷慨大丈夫，那有见了人家困难不肯去救的道理么？要是我田光和你这般年纪，不要说是他一个秦王，即使十个秦王，我也要和他去拼一拼。你怎么说出这般话来？叱，叱！（含怒状。）

荆： 得罪，得罪！既然承蒙太子丹的不弃，又蒙你老先生的推荐，那是看得起我荆轲。我荆轲即不为太子效劳，也应当替你老撑个场面。去，去！

光：既蒙阁下承允，感激得很！田光有礼，（揖。）代太子丹谢谢先生！

荆：勿谦，勿谦！

光：不过田光有句话：方才太子丹嘱托我的时候，曾说："这件是国家大事，切勿同外人说起！"但是我曾听得人说，"大丈夫行事，不叫人疑心的。"现在太子丹说出这般话来，不是他疑心于我了吗？所以请阁下赶快入宫去见太子，并请你同太子说，"我田光已死了，怕得把国家大事，和人讲起。"唉！（拔剑自杀。）

荆：呀，不好了！呀，不好了！这算什么一回事？唉！田先生！（哭介）既已如此，也没有法子了！快去报告太子。（忙下。）（闭幕。）

第二幕　荆轲借樊将军头

［布景］花园——山石，茅亭，树，桥。

［登场人物］樊於期，荆轲。

（樊於期抚胸，垂头，叹息。荆轲从山后出，侧耳听，偷视，作沉思状上。）

荆：老将军独自在此，这般叹息、流泪，有什么伤心事？

樊：唉！荆兄！罢了！

荆：老将军是否为了秦王有所屈待了你，所以这般伤心的吗？

樊：唉！还说他做什么？

荆：我也曾经听得大家说，"将军一家的老小都被秦王杀死"，果真有这件事么？

樊：荆兄！老身原为了这件事，说不出的痛恨。

荆：老将军既已如此，何不想个报仇的法子呢？

樊：我何尝不在心头，只因没有一个好好的法子。

荆：我却为将军筹划了一番，有个妙策。不识将军意下怎样？

荆：（惊喜状，低声说。）什么？请讲我听！

荆：（接耳说。）你可知道现在秦王愿意出了千金赏了万户侯在外面找觅你的头吗？我想就借了将军的头去见秦王，秦王必定很喜欢地接见我。我趁了这个机会，左手（扬声。）抓住他的衣袖，右手就刺他的胸膛，那时老将军的仇也就可以报复了；燕国的耻恨，也就可以洗刷净了。这个法子怎样？

樊：（抚掌。）妙，妙！我正为了此事切心痛恨。也从没有想出这个好法子来。不想今天遇着了你先生。先生！荆先生！（长揖。抚胸垂项微摇，仰天椎心。）唉！天呀！唉！天呀！爹娘呀！爹娘呀！决定了！（拱手。）先生前途珍重！再会罢！（拔剑自杀。荆轲掩面取头下。）（闭幕。）

第三幕　渡易水慷慨赴秦

［布景］野外（或森林）——河，树林，远山，短脚桌一张，椅六张。

［登场人物］荆轲，太子丹，秦武阳，高渐离，太子宾客三人，士卒十余人。

（士卒先上，在野外设备筵席，荆轲、太子丹携手出。宾客后随。）

太子丹：武阳年纪虽小，但是他胆子很大，就叫他一同去罢！

荆：也好！太子！我并不是要迟留不去。我因为要等我那位朋友一起走，所以迟迟到今。现在太子既然要催我走，我也只好同了武阳去了。哼！我这件事做不成的话，就算不得我荆轲是了。

丹： 先生珍重！先生珍重！（宾客团坐。士卒立两旁。）荆先生！我敬一杯。（众宾客各敬酒。）

高渐离： 我来击筑助兴，好不好？

众： 好，好！（高渐离击筑。）

荆： 呀！（合筑唱。）

风萧萧兮易水寒！壮士一去兮不复还！（宾客士卒垂头侧目作涕泣状。）

荆： （举杯饮。）哈，哈！（笑介。合筑唱——转调。）

荆： （目视匕首，手戟指，起立。士卒瞋目，手叉腰。）去了！诸位再会！（一揖，取头函地图，昂胸不顾去。众目送。）（闭幕。）

第四幕　刺秦王荆轲被害

［布景］宫殿——黄布幕，案桌，龙椅，灯台，香鼎，龙柱。

［登场人物］秦王，荆轲，秦武阳，蒙嘉，夏无且，九卿，卫士十人，太监二人。

（君臣依次上，列两旁。呵殿，秦王上。蒙嘉携武阳、荆轲上。蒙嘉入奏，跪。）

蒙嘉：启奏大王，燕使者荆轲，奉燕王命“为了大王威德，不敢抗命，故敬斩樊於期头，和燕督亢地图来献大王。”敬候大王赐谕！

秦王：呵，呵！呵，呵！你把他带进来！（蒙起，出，带荆、秦上。武阳失色作悚惧状。群臣相顾诧愕状。）

荆：（回头武阳）嘻，嘻！（面秦王。）启奏大王，（手指武阳）孩子是鄙浅人，没有见过天子。他见了这般威严，所以怕起来了。请大王不要见怪！

秦王：原来如此。好！你把他手里拿的图拿上来！（荆献头。再取图呈上。）

秦王：呵，呵！（捧头函。）你也来了？（发图。）这块地好得很呀！真所谓膏腴之地。（作得意状。匕首现，惊愕起。）呀！不得了！呀！不得了！（荆左手牵秦王袖，右手持匕首刺过去。秦王急遁，袖绝。荆轲追，秦王拔剑。剑坚不得出，绕柱走。群臣失色状，夏无且提药囊击荆轲。群臣徒手助击轲。）

卫士：王把剑从背上拔起来！（秦王拔剑斩轲，轲跌在地上，掷匕首中柱。群臣前捕轲。）

荆：唉！罢了！罢了！我不肯杀死你，为了想要抓住了你，叫你把诸侯各国的地方退还他们。逼住了，写个凭据，所以没有下毒手。想不到我荆轲反要死在你手里。哈，哈！罢了！

秦王：（坐定）哎呦！好厉害！还了得！（闭幕。）

（附注）这是适于六年做读本的。见《试》十六期。

十四、故事剧

好马和宝剑

第一幕　分产

[布景] 一个家庭。先仆人出来，揩抹桌椅。后老人上坐。

老人：王五！去叫三位少爷到这儿来！

王五：是。（出。三子上。对老人一鞠躬。）

老人：我现在年纪老了，要把所有的财产分做四份，一份留给自己过活；其余三份，分给你们。

三个儿子：是！是！

老人：我再预备好马四匹，宝剑一双，要同你们立一个约：你们各人出去游历三个月，回来把路上所做最得意的一件事，报告我听。我来判断那一个好，就把好马和宝剑给那一个。你们愿意么？

三个儿子：是！是！很愿意！很愿意！

老人：很好！那么你们要带些衣服，我已预备。王五！你去拿三个衣包来。（王五应声出。拿衣包三个出来，置地上禀明老人。）

老人：你们各带一个衣包，衣包里放有三个月的用费，你们路上要十分当心，最要注意的，就是卖路钱。现在你们可以去了。

三个儿子：是！是！（拿了衣包，向老人一鞠躬，出幕。）（闭幕。）

长子：（向两个弟弟说。）我往东面走了！（一鞠躬。）

次子：（向弟弟说。）我往西面去了！（一鞠躬。）

幼子：他们都去了，我往那里去呢？……我想还是往西北去罢！

第二幕 还珠

［布景］一个房间。中间挂着“正可畅游多处，不妨小住几天”的对联。里面鸡啼，长子在床上起身。

长子：这几天游玩，劳苦得很。呀！天又亮么？今天要慢慢儿起身，休息一天了。（慢慢儿起身。）茶房！茶房！

茶房：唉！

长子：面水！

茶房：是！（拿面水茶壶进来，出。）

（长子揩面漱口。）

旅馆主人：先生！早安！我因为有事远行，要把一袋的明珠，重托先生，不晓得可以允许么？

长子：可以！可以！

旅馆主人：费心保管！（把珠囊递过去。）再会！

长子：奇怪极了！一个不认识的人，来寄明珠。他既没有说明粒数，这是我发财的机会到了。我只要拿出几颗，一世吃着，就不要忧了……呸！这种念头，好存的吗？我应该原封不动的，等这个人来还他。（幕闭复开。）

长子：已经好几天了，为什么再不来拿？

旅馆主人：先生！久别了！承你代我保管明珠，很是感激。我今天来了，想请你还我！

长子：那是当然，（把珠囊递过去。）请你检查！

旅馆主人：不必！不必！有劳！有劳！再会！（闭幕。）

长子：（出幕。）三个月的期将满，我要回去了。

第三幕　救溺儿

［布景］一个荒野。一个小孩子，正在削水片，一失足跌到河中去了。

小孩子： 救命！救命！

次子： （骑马走过。）哎哟！一个小孩子落在水里去了。（下马去救起来。）你住在什么地方？

小孩子： 我住在那边村庄上。

次子： 我来送你回去。（扶了小孩子去。）

家属： 我的儿子，到这时侯还不来，恐怕又有什么危险了呀！那边一个身上湿透的小孩，很像我的儿子啊！(愈走愈近。)

小孩子： （带哭声。）父亲啊！我落在水里，幸亏这位先生救我起来，否则我要溺死了。

家属： 感谢先生再生之德，到舍间去坐坐吧！我要厚谢你的。

次子： 这是我应当做的。不敢！不敢！（一个强拉，一个不肯。）

一群看客： （快走出来。）这是怎么一回事？

家属：这位先生，救活我的孩子，我要请他到舍间去，谢谢他，他却不肯。

一群看客： 原来如此，那位先生，真是义士了，好！好！

次子： 不敢！不敢！（撇开众人骑着马去了。）（闭幕。）（幕外。）三月的约期将满，我要回去了。

第四幕　放仇

［布景］一个醉汉，睡在山崖上。

幼子：（骑马走过。）哎哟！一个死尸，为什么在这儿？（下马走近细看。）咦！不是死尸，原来是一个醉汉。（再细看。）啊呀！奇极了！这是我要找找不到的仇人啊！（作快意状，拔出刀来。又缩了下去。）（作沉思状。）唉！这个人虽然是我的仇人，我如何可以暗里去伤害他？应该去唤醒他，避去危险。（再走前一步）喂！快醒吧……

仇人：（转一个身。）呀！呀！

幼子：快醒吧！

（仇人立起身来向他看一看走去了。）（闭幕。）

幼子：（幕外。）（骑马走了。）三个月的约期将满，我要回去了。

第五幕　回家

［布景］一个家庭，老人坐在椅上。长子、次子、幼子先后回家，老人令他们各坐一刻。

老人：你们三个人，出去游历，想来很辛苦呀。现在我要听听你们的报告。按着长幼来！

三个儿子：是！是！是！

长子：我住在旅馆里，旅馆主人有事要出门去，把一袋明珠寄在我处。他并没知道袋里明珠的粒数，我若乘此拿了几粒，可以一世吃着不愁；但是我不欺他，等他回来了，原封不动地还他。

老人：这是该做的事，没甚可贵！若是你暗里拿了他的明珠，你想：像一个什么样的人呢？

（长子一声不响地退在旁边。）

次子：一天，我骑了马沿河走去，恰巧有一个孩子落在水里，我赶忙下马救他，送他回家。村中的人知道了，都称我义士，要重谢我，我一些也没有受他们的。

老人：果然是个义士！不过也是人类该做的事！若是不救这孩子，你心上过意得去吗？

（次子退。）

幼子：我骑了马在山上经过，看见一个醉汉睡在悬崖上，若一个翻身，管教他跌下山去，粉身碎骨。我大吃一惊。定睛看时：原来不是他人，是我所深恨的一个仇人。我几次想杀他，都没机会；这一天狭路相逢，喜出望外。但是我当时意乱如麻，几番要举足踢他下去，总觉得虽是仇人，怎好暗暗里伤害。后来就唤醒了他，教他避去险地……

老人：（不等他说完。）好！你这样知道正义，那么好马和宝剑，该给我知道正义的儿子。

幼子：（鞠躬。）敬谢父亲！（闭幕。）

（附注）这是适于五年做读本的。由编者将故事改编的。

十五、趣剧

聪明的对答

［登场人物］一个女孩子，一个少年男子。

［开幕］男子和女孩相对鞠躬。

男：我听见许多人说，你是一位很聪明的人。无论什么问题，都可以对答出来。我佩服得很，今天特来请教。

女：好说！谢谢你的夸奖！其实我的学问很浅，还要请你常常指教我。

男：喏！不要客气了！现在我有一个问题，请你对答。

女：有话请讲。

男：假如有一个大坑，四方宽一丈，深也是一丈，你在大坑的里面，有什么法子可以出来？

女：（想了一会儿。）有梯子吗？

男：哈哈！自然没有，若有梯子，我又何必问哩！

女：（又想了一会儿。）是不是要用手巾蒙住我的眼睛？

男：不要，不要，嗤！蒙住眼睛做什么呢！

女：那么，是在白天里呢，还是在黑夜里呢？

男：白天也好，黑夜也好，你不要管，你只想想有什么法子离开这个大坑。

女：我既然不是瞎子，又没有蒙住我的眼睛，又不是黑夜里，那么我为什么要跳到这个大坑里去呢？

男：是呀！

女：是呀！哈哈哈哈！

男：哈哈……（闭幕。）

（附注）这是适于三、四年做读本的。见《小朋友》第七期。

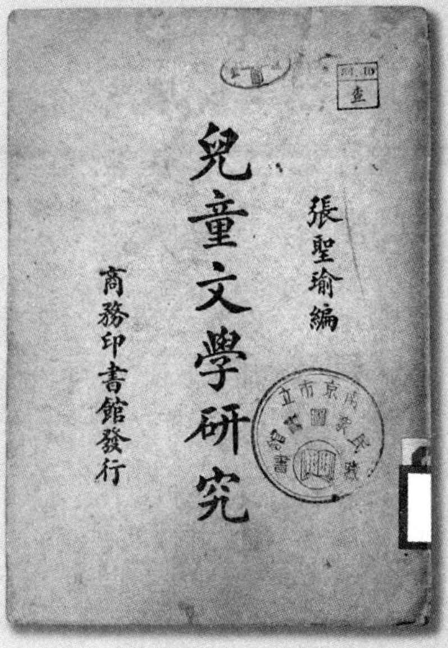

《儿童文学研究》

张圣瑜 编

商务印书馆 1928年出版

例　言

一、师范生有研究儿童文学之必要，本编先提问题，次集材料，次为研究讨论，次加证明练习，终乃整理，成此一编，可谓近顷儿童文学研究之一种报告。

二、全编分前后两部，前部属理论，于儿童文学研究之认识及其价值等论证綦详，所以坚研究者之信心，后部属实施，介绍具体适用方法，尤精究体制，探讨教育原则，兼辅实际调查以资参证。

三、本编合儿童学、文学并两者相互之关系，以阐明原理，合以教育艺术等原则，申述方法，故搜集参考材料不惮烦博，凡经参考引用之书，数以百计。

四、本编材料适敷师范科学生第三学年第一学期两学分之修习，编者于一九二五、一九二六两年在江苏省立第一师范学校作为研究材料，复经邵鹤亭君于江苏省立第二女子师范学校采为教材。

五、本编竣事之际，曾制表调查，省内外各师范学校，各著名小学校，及各毕业同学，颇蒙惠复，得以完成是稿，免踏蹈空之弊，俾同好多资取法，岂特编者个人感激之私哉。

六、本编草创，望海内教育家指正。

序　一

人类具有想象、情感，凡现实界所不能满足，理智所不及推解，不能控驭者，则诉诸想象，发乎情感，由是流露而为文艺。文艺之美者，最富自由性与创造力。凭其意想所至，为现实生活弥其缺陷，神游乎理想之域，自然之境，是乃生活之最高层。

文艺之特质既如此，则凡人莫不具有欣赏文艺之兴趣，而有享受文艺之需要。语言文学，里巷歌谣，以及征夫思妇之唱叹，牧童樵子之歌吟，无非文学之资料。而就其人言之，又无非此人此社会之文学也。是谓平民文学。儿童为自然的产物，真性表露，幻象流转。其活动随在涵有艺术之趣味，故儿童亦自有其文学。福禄培尔氏攻究儿童生活，灼见其发音有音节，合乎天籁。其指认事物，多含象征。乃以游戏作教育之中心；童话故事，遂为大申其价值。是为教育上注重儿童文学之发轫。挽近儿童心理，研究日进，儿童文学遂于吾国教育上露其头角；而怪诞不经之神话，违悖时代潮流之传说，亦复樊然并进，其为一般人士所訾议，殆非无因。然所攻击者，乃在其资料与教法，非儿童文学之本身也。

儿童与原人之想象，虽多相似，而其环境既已不同，故意识之发展亦异。例如原人见不可解之自然现象，目为神怪，虔拜所以求福佑。儿童文学决无此观念，是原人富于宗教性，儿童则全乎为艺术性。可证复演学说，未尝圆满。至于科举思想，专制思想，遗传之旧说故事，尤应一律删除。此选材之不可不精思者也。欲确立选材之标准，必深究儿童生活、教育原理；又须具有文学训练、方言知识。余友张圣瑜先生乃兼通而融贯之。积若干年之实际研究，以成儿童文学一书。广蒐精选，探源穷委，为研究斯学者开其门径，扩大儿童教育之园地，其贡献为何如。吾愿与全国同情于儿童者共读之。

中华民国十七年（1928 年）四月五日

汪懋祖

序　二

天真烂漫，活泼泼地，儿童生活之真相也。吾人寄迹于儿童之乐园中，聆其清歌，观其曼舞，真情毕露，生趣盎然，不禁令人陶醉。间尝体味其浓郁之感情，考察其活跃之想象，始知儿童之意识中，实别有天地在。莫谓泥人竹马，足以封其领域也。

儿童生活，以情为主要原素，发于中，形于外，情之流露，一任自然。故歌咏景物，虽不出原始之方式，实皆有文学之意味。教育上如能丰富其感情，发展其思想，扩充其想象，使本能动作，日趋于社会化，艺术化，则儿童生活，必能日臻完善。

吾国出版界中，儿童读物，以文学名，始于周作人氏。八年以来，儿童文学之作品，虽已日见增多，而研究儿童文学之专籍，仍如凤毛麟角，不可多观。吾友张圣瑜，与文学有宿缘，从事小学教育暨师范教育凡十年，本其研究之心得，教学之经验，著《儿童文学研究》一书，对于儿童文学之特质，编制，教学，阐发綦详。付梓将竣，嘱为序，固辞不获，率尔书此，聊作精神之共鸣而已。

中华民国十七年（1928 年）五月三日

施仁夫识于苏中实小

第一章　儿童文学之界说

人文嬗衍，学尚精进。近六七年以还，我邦学术界多一崭新之学术名词，即儿童文学是已。儿童何足与言文学，文学更何竢乎儿童，将夫人而疑之。第自近代科学日昌，思想演进，廓美纽斯氏（Comenius 1502—1670）既发现儿童之天国，卢骚氏（Rousseau 1712—1778）复启教导儿童之新元，于是儿童时期可贵之价值，确立而不移，久研而弥新。儿童有其活泼之天真，有其明敏之心灵，有其浪漫之想象，有其丰富之兴趣。若心理学，若生理学，若教育学，若社会论，若艺术论，诸凡人文科学之领域，无不分庭割席以界儿童。言乎文学则儿童之文学，实亦立于诸凡人文科学基础之上矣。

儿童之文艺思想，儿童之思想耳；儿童之文艺表演，儿童之艺术耳。成人视之，粗率，稚弱，鄙野，殆无足取；然苟以儿童之心为心，以儿童之生为生，则自各有其价值在。曷言乎儿童之生为生乎？自教育上注重儿童之研究，乃知儿童生活确为独立，决非成人之预备也；虽为全生活之断片，决不为其他断片之附庸也，具有继续性之转变生长，而决非成人之缩影也。例诸植物，方其为胚，一生命也，胚而苗，苗而茁，而甲坼，而敷荣，无不各有其时代之生命。一花一世界，一叶一世界，花花叶叶，亦各呈其内在之活力，与外具之机能焉。故人生最适当之历程，莫如“儿童还他一个儿童，少壮还他一个少壮，老年还他一个老年”，当为儿童或少壮与老年之时，须确切做一儿童或少壮与老年。福禄培尔氏(Froebel 1782—1852）有言：“人生每一时期，必得乎每一时期之全，而完全之长足，必基于早岁之全。”方其为童一全乎童也，及其成人乃能为一完全之成人。然则儿童时代之生活，非特有独立之可能，亦具有继续性转变生长之努力也。明乎此，则儿童之生为生思过半矣。

曷言乎儿童之心为心乎？往昔遗习，鄙夷童年，故辄以童子为无知之流，而“童心”“孩气”每用于浅量成人不满之辞。庸知“童心”之内涵，有其意识，有其想象，有真情之流焉。“孩提之气”实统勇敢、冒险、好奇、快乐种种伟大成功之要素而言之也。儿童不识忧愁，只爱欢娱，刹那刹那，征逐游戏，终日嘻嘻，别无心计，破涕而笑，乃其常事。以视成人，萦思于产业，结想于得失，神劳于奔竞。三百六旬，能得几许安闲；一十二时，几回开口大笑，天真之乐，再无分于成人，则心境有别矣。儿童饥也思食，渴也思饮，疲也则息，欲也则争，生杀予夺，喜怒爱嗔，一惟本能，不识道德，莫知品行。在成人视之，或佥以为弃礼悖义，失道不德，实则儿童心界，初不知有道德之责任。盖道德之观念，缘群居生活之经验而日彰，彼黄口小儿，无多经验，心境又当不同也。然则儿童之生若心，发于文艺之思想与表演者，又乌可粗鄙，我人当了解儿童而儿童之，“大人者不失其赤子之心”，自是儿童文学研究者之惟一适宜态度也。

儿童文学之意义果何居乎？文学以表人生，然人生非即文学整体也。儿童之人生，表现于儿童文学者，亦自有其地位。研究儿童文学者，实不能舍文学在儿童期之位置，与儿童在文学上之价值而立义也。故浑言之，则：“儿童文学者，研究儿童与文学相互关系所形成之文学及其价值者也。顾立名之义，不贵浑而贵析，亦贵乎包涵充实也。自儿童文学之称，译自西欧，我邦士彦群趋攻攀，亦当纷纷发其立名之义矣!”

或者曰：“儿童文学便是小学校里的文学。”——周作人

此可与黎锦熙《文学的国语教材之分类及支配篇》所言——“现在

要编正式的国语课本；运用教材，总要合于文学的体式，总要是现代国语的儿童文学。”——互证，皆指小学校文艺教育为儿童文学，而非其全也。

或者曰：“儿童文学是专为儿童用的文学，他所包涵的，是童谣、童话、故事、戏剧等类，能唤起儿童的兴趣和想象的东西。”——严既澄

此所揭橥，重在“专为儿童用”，并列举其具体作用者。

又曰：“儿童文学是一种‘顾全儿童现在，而不破坏他们的将来’的发展儿童精神生活的药剂。”——严既澄

又或曰：“儿童文学就是要引起儿童的感想，活泼儿童的情绪，增进儿童的兴趣。”——陆秉乾

是均偏于儿童文学为用之义，而能补充前说者也。

或者曰：“儿童文学是表现儿童生活和批评儿童生活，思想高远，有情感，有想象，用艺术的织组把他发表出来。”——魏寿镛　周侯予

此依据文学界说而言也。

或者曰：“儿童文学是建筑在儿童生活和儿童心理的基础上的一种文学，以适应儿童自然的需要的。”——朱鼎元

此其陈义，兼文学与儿童而明其关系，诸说中最健者也。默察诸说，或仅及其体，或但言其用，或谓系自外供给之物，或太拘泥于文学之科律，鲜有顾及儿童自己自有之文学，并鲜得文学之精髓者也。苟以文学见解，以论儿童文学，则尚别有说，盖欲得儿童文学之义蕴，当先考文学究竟之界说。今世论文学者夥矣！往尝博览众搜，见其得乎近理可采，付之归纳者九。

曰：“文学者，美丽之文字也。”此郝胥黎（Thomas Henry Huxley 1825—1895）之说，论文学外形者也。

曰：“文学必有固定之形式，且具好体裁与美学质量者也。”此英文学家兼美术家推氏（Richard Tell 1841—1905）之论，只及文学外形，而其说较为详备者也。

曰："文学为知识与想象之写述。"此胡氏（Worcester）之言，乃注意文学内容之知识想象矣！

美散文家、诗家兼哲学家爱默生（Ralph Walds Emerson 1803—1882）则曰："文学为最好思想之记述，亦人群一切情感之结晶。"彼所论者，虽仅及于内容之事，而确认思想与感情为文学之要素也。

培乃德氏（Benett 1807—?）则曰："文学以扩大人群之喜悦、同情与思想之容量。"此论及文学之作用矣！

其兼论文学之内容与外形者，则有演说家商氏（Frederick SauncLers 1807—1902），其言曰："文学之要质为体裁与论述也。"

其能兼及文学内容、外形与作用立言者，则有法文学评论家圣培氏（Charles Augustin Sainte-Beuve 1804—1869）"文学名著，必具有新颖思想，使人群进化一步，深厚情感入于人心"之说也。

有英文学大家白氏（Sroppord Augustin Bronk 1832—1916）"文学为世界男女写述之情思，布置妥善，而使读者愉快"之说也。

至于论文学三条件，较为详备者，则曰："文学乃写述之思想之表现，有想象，有感情，有风格，有艺术之体裁，而能使普遍人类心里感得有趣者也。"是英诗人、散文家、文学评论家亨得（James Henry L. Hunt 1784—1859）之论也。

吾就诸家学说，絜长补短，为一度综合之研求；更参以现代文家"文学即人生，与表现人生批评人生"之论，而集成文学之总义，曰："文学者，具有思想、想象、情感之实质与体裁、美质之艺术，所以表现指导与批评人生，应人性最高部分之要求，丰富生活兴趣、扩大喜悦同情者也。"

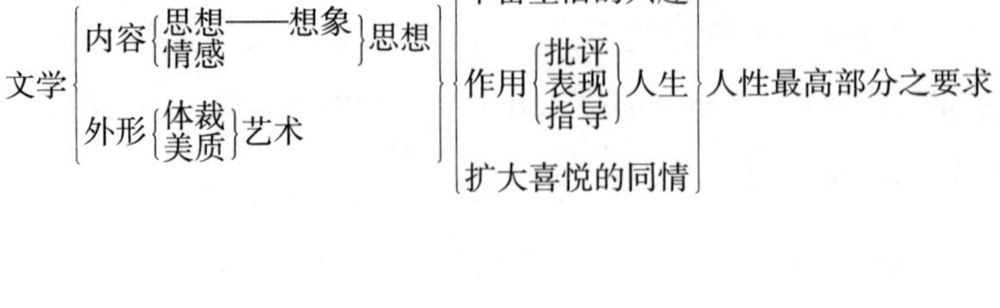

夫儿童既为人生独立之一阶段，儿童时期之文学，复为儿童人生之表象，则夷考儿童之思想，特富想象与情感者也。儿童之艺术，自有其原始美质也；最富兴趣，最能博得喜悦之同情者也。其意味为尽力表现，具指导性；至于批评之用，则可谓绝少。于是吾得凭儿童自己之文学与文学之要义而定一界说，曰："儿童文学者，表现儿童想象与情感之生活，应儿童天性最高部分之要求，扩大人生之喜悦、同情与兴趣者也。"

【研究题】

一、何谓儿童文学立于诸凡人文科学基础之上？

二、儿童文学在文学上之地位与价值何若？

三、文学意义与儿童文学意义界限究何若？

四、试再搜求他家儿童文学之学说并讨论之！

五、儿童文学研究从何处着手？

六、假定一研究儿童文学之方法及步骤！

七、能述发见儿童纪元之事实与学说否？

八、儿童为成人之预备说、附庸说、缩影说，其来历如何？又如何辟之？

九、据君所知，儿童生活与心境如何？

十、儿童文学一学科如何成立？

第二章　儿童文学之起源

间尝观夫赤子在抱，含乳而歌，咿噢呕哑，吐乳而舞，且歌且蹈者，即文学意味之表象，谣之所由起也。其或慈母催眠，业余调笑，顺口呕唫，每能微拊弱小心灵而逗之顽笑，甚且导之深入睡乡，此儿童最早感受文学之征也。儿童入世，智慧日启，物物试探，正如狸猫之初达于室。惟儿童处处出以情感，物物皆爱，一若此广漠世界，全凭情感造成，其生活情态，亦当富有文学意趣也。

吾一儿生十一月，成有音无字有节奏之腔一，得意时每作“h-gɑ-h-gɑ-；n-gɑ-……”，或作“ɑ>-n，ɑ>-n，ɑ>-n，ɑ>-n……”，吟喁之声，其腔则文艺之原始声调也。一儿当第二十六月，能唱儿歌七种；而每值傍晚，夜色渐上，则知唱归鸦之歌：“天夜了，老鸦归窠了，宝宝还家了。”睹轻舟容与，则歌“摇摇船”。见流萤闪烁，而唱“夜夜红”。可见儿童实有领解其时代之文学之能力也。

不特此也，儿童且有组织文学之能。吾儿于二十四月有半发见之——某日自苏回江，乳母抱儿以车代步，余以驴行。儿则曰：“宝宝坐车爹骑马，一同回到吴江来。”颇喜其语句饶文学意趣也。

儿童并有修改文学作品之能，吾儿在第二十六月又十日发见之——唱“摇摇摇”歌：“摇摇摇，一摇摇到外婆桥。外婆买个鲤鱼烧，头弗熟，尾巴焦，盛在碗里别别跳，外甥吃了迷迷笑。”把“盛在碗里”句，随其意思高兴，改作“盛在盆子里跳一跳”。说罢大笑。

由是综观儿童初期生活，已具文学之意味与情态。考儿童文学之起源，谓之自有生以始可也。严格言之，则一龄左右为其发端，而二三岁时乃其勃兴矣。

大抵儿童之有文学，可作两面观，一曰儿童，有其自己所有之文学也。发于“啊哟咿嚶”有音无字之腔，随心顺口，演为歌谣，纯为自由独立之发表。一曰儿童需求自外供给之文学也。前者主于情感之表达，意之所动，情之所缘，虽欲自秘，不容自已。后者应于想象之探求，童子对认事物，往往追问到底，凭其想象世界，不许些微缺陷。故前者导源于情感为多，而后者发始于想象为多也。文学之要素三，曰：思想，情感，想象，而情感、想象合化之成分，独富于儿童文学与原始文学也。

我今且申言儿童思想、想象、情感之原始情状：夫吾人一生，想象最富时，莫过童年。孩提之初生也，脑经构缔，未尽会合成用；只是天造朦昧，混沌未凿，凭其稚弱之感官，容受投隙而入之光明；于时虽无思潮之起伏（Stream of Thought），却积渐而成一片光明活跃之海洋(Sportful Sunlit Ocean)。及其思想伏流，一脉出谷，则全为相连相续包涵一贯之影象；各就其关系之点而联念，而类推，而自然联结。此即前文所言，儿童对认事物，往往追问到底之原因。儿童见临风招展之花，即联想舞衣翩跹之蝶；又缘蝶之光明色彩，复连结于花，而成花飞之幻想；星光凝眸，谓是母亲颈饰；月容微笑，爱作玩耍圆球。赋自然以人格，呼草木而共语；物我同情，人天交感，文杰诗豪可贵之性格与人世赋有生命之好文学，孰谓非胚基于儿童原始之想象。观于其时想象之自由活泼变动无方，理知——推理思想——不能控，情感不敢驭，抑且为儿童内在生活——推理、思想、想象、情感等精神生活——之核心。举推理、思想与情感而为之附丽矣。然则儿童内在生活之种种活动，实儿童文学之星宿海；而缘之汇注者，则原始想象之飞腾也。

其次则游戏者，儿童之生命也。饥食渴饮而外，奔腾跳掷快其身，欢唱啸呼快其心；土饭尘羹，以资顽笑；纸鸢竹马，以取游乐；即笑言哑哑，初何知练习语言之大用；举手试扑，更不识世间有万恶之斗争。其一切言动，表自游戏，而其视一切事物，无非游戏之资，娇稚之心坎中，一若此生之来，游戏人间焉耳。虽然，此儿童之游戏，儿童之本能也，原始艺术之冲动也。艺术冲动为人类本能之一。广言之，生活即艺术；精言之，艺术为高尚之生活。析而言之，则胼手胝足，春耕夏耨，工作也，而艺术也；担簦负贩，舆台走卒，业务也，而艺术也；朝飧夕餐，薰香盥沐，生事也，而亦艺术也。生事于人为必要，而业务为生计之本职，其始初冲动，诚不异乎游戏。Immannel Kant（1724—1804）与 Shilles 皆以为“必要”与“本务”之间，当有自由游戏之一境也。于斯境界，个人性情，全体呈露，无遮无碍，尽力发表；亦惟斯境界，乃得为一全人。Herbert Spencer（1820—1903）于少年及动物之游戏中，见得同于艺术家最显著之精力，余裕之消费者不少。然后知游戏与艺术，确为同一自表之努力状态，而游戏实后于生事，且为艺术冲动之发端也。儿童文学，亦惟凭此原始之艺术冲动——游戏——形成于外矣。

儿童者，人之幼稚时期也。原人者，人类——种族——之幼稚时期也。埃及人以火为兽，印第安人以燃烧现象为火之嚼木，儿童视火焰之升腾四射为手，其不能领解火之为火，而偏凭其自己之想象，以自答其疑猜者一也。Andrew Sang（1844—1992)谓：“苍天广被，红日高悬，与夫溥博之洋海，幻变之风云，野人视之，不仅以为人类，抑且以为亦野人也。”以言儿童思想，何尝不若是观。心理学家苏里谓：“假如儿童居室，有一列青山，淡远美妙，当其门户，则其丰美之幻想，必指示之，以为个中有奇妙之境界与人物也。高旷天空，苍碧无垠；或星光云影，自相摩挲，可爱之明月，时而圆缺晦明，则弱小心灵，自然幻想涌现，以为大空之中，异人生之，怪物居之。”以言原人，又何尝不作若是。观以至掷石为戏，连臂蹈舞——粗率而浪漫者——原人与童人之情状一而已矣。然则人类心灵之阈，原始之想象与原始之艺术冲动，即发生儿童文学及原始文学岂不明显哉。虽然，自两种文学之发生原素观之，儿童文学，即原始文学也。自其原人亦必经过儿童时代之一阶级观之，则儿童文学者，原始文学之原始矣。

【研究题】

一、君于弟妹间审察得儿童文学之意味与情状如何？

二、试问君之弟妹，去考察儿童文学起原情状，并依年龄实录之！

三、文学起源与儿童文学起源有何分别？

四、幻想与想象的分别如何？试就儿童文学作品中举例明之！

五、能证明儿童游戏合于儿童文学意味否？

六、试举原始文学代表作品以示与儿童文学之区别！

七、君之弟妹有追问一事物到底之事实否？试实录之！

八、游戏、工作、艺术、业务、生事，其分别如何？并言其关系！

九、君有何法以证明原人与儿童生活情状之相类？

十、从儿童文学起源上认识儿童文学在文学上之位置！

第三章 儿童文学之特质

儿童文学虽草创也，自其始型赋有全生命与真性灵观之，则虽谓之天地间之至文可也。《诗序》云："诗者，志之所之也，在心为志，发言为诗。情动于中，而形于言；言之不足，故嗟叹之；嗟叹之不足，故咏歌之；咏歌之不足，不知手之舞之足之蹈之也。"斯言文学——诗为纯文学之一，中籍之言诗者，每能以解释及代表文学之意义与价值者——发生之原力，及生长之现象，一何生机蓬勃，呈热烈迸发之观——其热烈迸发之时代，竟属之儿童矣。G.E.Wood Lerry 曾言："诗人像是特来表现一个趋向原始方面活动发展心灵之现象。"盖人之原始时期——儿童与原人——全生命在努力涌现也。Macasulay（1731—1791）以为"文明进步，诗就必定退化"。则原始时期之真性灵，被利欲熏染，虚妄锢蔽，汩没剥蚀，仅存者不知其几也。其能保有儿童文学之特质，童真与生悠久者，即大诗人大文家之所由作矣。

初型文学——儿童文学——之价值，即如彼其可贵，曷进求其性质乎？人亦有言："立文之道，其理有三：一曰形文，五色是也；二曰声文，五音是也；三曰情文，五性是也。"刘勰《文心雕龙·情采篇》又言："文学之要素三，曰思想，曰声调，曰纸墨之形色。"陈达材《文学之性质篇》："盖目接之而为形，有笔画之间架与形体之变化，有词句之结构与写述之行列，有符号之缀饰与朱墨之描绘，诚哉其为文也。

耳遇之而为声，有字音之组合与音色之变化，有声调之抑扬与气脉之流转。口与音相应，心与调相成，亦不可谓之非文。至于心得之而兴乎情性，发为思想，自是文之本质矣。”本质者何？对媒质而言之，譬彼雕刻绘画，为空间之美术；其籍以表出作品之空间美者，为体、面、线，黑白诸色之媒质；而体、面、线，黑白诸色，非本质也。论文学之性质，本质为重，媒质为轻，宜分辨之。求文学本质者，知原人与儿童之心理，相差不远，于两种文学性质共通之点自不在少。但原人文学之基石，尚奠定于儿童时际，儿童文学自必有其自己之特质在也。

夫儿童挟自然之心以来人世，其初与有生之伦通款曲者，即堕地呱呱之声也。从知人类心意宣达，未有文学，先有文字；未有文字，先有语言；未成言语，先发声音。韩愈有云：“人声之精者为言，文辞之于言，又其精也。”（《送孟东野序》）此可谓文学初型只有时间性也。善乎姚永朴谓：“天地之元音，发于人声也。”有此音也，而自表与人接物赖之。音虽粗噪，而情感意思，固无不宣。劳役担重，邪许合步，匠工筑础，杵歌相应——都属有音无字有节奏之腔。以至今世所谓文明诸邦，群众欢呼，宣泄快感之声腔，如“迟蓬拍，刺刺刺”“和啊和啊乌”表情表意之幼稚，犹是儿童文学之境界也。文明为野蛮之修正者，而野蛮之天性，必遗留一部分于文明生活间，此其一证。与夫大诗人、大文家所用描绘万汇万事之音声，如“水之汩汩，砲之隆隆”“扑刺刺宿鸟飞腾”“淅泠泠是风透疏棂，忒楞楞是纸条儿鸣”等，当谓中国文字，纳之六书实际，状声（天籁人籁）之字，似另成一系，其系中尚多有音无字者，皆是也。儿童初期之文学，即其元音简单之组合，亦含文学之意味。浸假而由元音会合两词单句而成之，如“雷轰轰”“鼓逄逄”“小叭狗，带铃铛，西咧哗喇到集上”，将元音配合，以补助语言中情意未尽之处——浸假而全凭谣词——即成文之音之组合，都在儿童尚未认识文字，或尚未能运用文字时，传诵之。综之，儿童初期，纯将口音以流传文学者。是种文学，特利于口传也。故口传为儿童文学之特质一。

儿童乍离襁褓，四体和舒，含哺以熙，鼓腹而游。兴感所至，吐属成章，非必有绵密之思想也。发自天籁，非必有繁复之音节也。大自然之物象，接触于文化稚弱之人心，感受最粗，反射特速，故发表尤轻率简易，出乎自然。彼山夫田妇见夫“山之高，云之浮，鸟兽鱼之遨游”，动其灵感；樵歌渔唱，虽都鄙词俚句，亦其陶写率真之心灵，与自然和谐，固未必“江山如此一句无”耳。故儿童发于自然音节之中者，必为率情适性之物，可见其生活之背景，而绝少特意描写生活之情状。只有开拓胸怀，努力向外，幻极作乐，如“三岁老小快活多，出门要唱好山歌。手里拏个金弹子，百花园里打鹦哥。打着鹦哥恼起来，芙蓉花留我吃三杯。芍药牡丹相陪坐，金雀花筛酒海棠陪。”匪伊所思，顺着心想，连续拓展，其意境可谓纯任自然，决无无病呻吟之时。顺着事实，写述过去，只是自然流露，白描淡写，更非人工斧凿雕饰之品，如“月亮亮，大家出来白相相。白相相，白相相，拾着一串小爆上。乒乒乓，乓乓乒，放完爆上看月亮。”是故自然为儿童文学之特质二。

儿童率情适性，吐口成文，简单纯朴，绝无做工。然其简单之文义，与艺术之手段，亦自有其价值。大抵童心所感，一经粗率发表，出之于口，便算毕事。如“排排坐，吃果果，小小肚皮吃勿多。”“吃橘子，剥橘壳，橘壳抛在屋角落。”“矮一矮，一肚乖。”“鸡鸡斗，哄哄飞。”可谓单纯矣。顾单纯之中，亦妙有变化，如“长须老人有一根杖。长须老人肚里饿了，用杖一竖，变了一棵果子树，长须老人吃果子。长须老人走到河边，用杖一横，变了一座桥，长须老人过桥。天下雨了，长须老人用杖一撑，变了一把伞。天夜了，长须老人用杖一摇，变了一盏灯。长须老人要住宿了，用杖一指，变做一间小屋子。长须老人在小屋子里住了一夜，骑了杖去了。”其文好似峰回路曲，引人入胜者。又如“大鱼不来小鱼来，小鱼不来虾蟹来。虾蟹来了小鱼来，小鱼来了大鱼来”四句，仅十个不同字耳，而回环竟如辘轳，倍多旨趣。古诗“江南可采莲，莲叶何田田！鱼戏莲叶间。鱼戏莲叶东，鱼戏莲叶西，鱼戏莲叶南，鱼戏莲叶北。”（梁武帝《江南美》）亦原则单纯，而变化复出。实根于联想幻想之事实，显其单纯之妙，故单纯为儿童文学之特质三。

情感为文学要素之一。故寻求心灵上之慰藉者，必于文学也。人类感乐慰苦之情，发为文学艺术；儿童文学表现之情感，却有异乎成人。人生有情，莫不知感。花开鸟语，融合畅适之时，即感愉快；愉快之至，必思表现。刻画之事，上古具其粗型；讴歌忭舞，文学由此进展。《康衢谣》：“立我蒸民，莫匪尔极。不识不知，顺帝之则。”《击壤歌》：“日出而作，日入而息，凿井而饮，耕田而食，帝力于我何有哉。”是其例也。——此感乐之说也。草昧之民，饮啄维艰，危险环伺，鸷鸟猛兽，恶虫巨蛇之相与处，异族之相残杀，疾痛之所侵袭，在兴其苦情，苦不能胜，则呼吁呻吟以求解脱。《伊耆氏蜡辞》：“土反其宅，水归其壑，昆虫毋作，草木归其泽。”献歌祈祷，以邀景福。——此慰苦之说也。感乐慰苦，毕现于文情，古初已然，近世愈甚。儿童真情之流，正如在山泉水，苦痛之感，付之一哭，泪未干而瞬逝。其于文学上所表达者，惟欢娱喜悦之强烈情感，自然流泻于外。如“小弟弟学哥哥，哥哥行他也行，哥哥坐他也坐。哥哥读书他不会，拉着歌喉唱山歌。”词虽平淡，而饶有乐趣。如“小板凳，你莫歪，让我爹爹坐下来。我代爹爹捶捶背，爹爹叫我乖宝贝。我进爹爹一杯茶，爹爹赏个玉虾蟆。”满口兴味，写得又热烈又流利，且能见其每在枯静淡寂干燥之事物间，找寻其自生之快乐来。如“老雄鸡喔喔啼，吃饱饭哄哄飞。”“天上星，地下钉，丁丁当当挂油瓶。油瓶破，两半个。猪衔草，狗曳磨，猴子挑水井上坐。鸡淘米，猫烧锅，老鼠开门笑呵呵。”“小老鼠，上灯台，偷油吃，下不来。吱吱叫，奶奶抱下来。”“一把芝麻洒上天，肚里山歌万万千。南京唱到北京去，转来再唱二三年。”都是自寻快乐之语，无中生有，写得更光怪陆离。所谓爱恋、贪婪、嫉妒、患得患失，诸种情感，不稍夹杂。厥后知能日扩，人欲渐展，反感人世无往非痛苦。天地之大，人犹有憾；无病而呻，岂非无因。“识字忧患始”一语，显见惟童心实不知有忧患，与人类至复杂之心理，生为何来，心不自私，发于至情，求其真乐，儿童有也。一切沉淀在人欲横流之渣滓性，尚未经磨阻而崩解于其间，无以状之，名曰纯情。是故纯情为儿童文学之特质四。

儿童者，想象之黄金时代也。每于业余教儿唱《小山歌》：“小人小山歌，蚌壳里摇船出太湖。燕子衔泥填满海，鳑鲏鱼跳过洞庭湖。”及《真英雄》：“太阳出来一点红，哥哥骑马弟骑龙。哥哥骑马上山去，弟弟骑龙游水中，哥哥弟弟真英雄。”或讲“长须老人”“梅花仙子”等故事，则喜跃欲狂，觉其和舒爽适，恰合其想象。想象即心灵之眼，亦可称肉眼之副体，当肉眼在休息或停止作用之际，心灵之眼就睁开来。此人生第二眼光（Second Light），十分自由明了，确似有先见之明，其所凭缘而生者，为一切感官，而到底能高过于感官。在早年，感官所经验，最能涌上心灵，以成其想象之天地。儿歌中甚有喜作颠倒、想为颠倒歌者，如“月亮白光光，贼来偷酱缸。瞎子看见了，哑子喊出房，跛子追上去，瘸子也来帮。一把拉住头发，看看是个和尚。”“姊在房中头梳手，耳听门外人咬狗。狗来掷砖头，砖头咬了手。”在童心中，偏想将残废之感官，一一还其大用；以无为有，弥其缺陷。William Shakespeare（1564—1616）有言：“诗人、情人与狂人，想入非非莫与伦。”非非想确为儿童想象活跃之境。吾谓“想入非非，莫与伦”者，乃“诗人、情人、狂人与童人”也。童人之环境中色声香味触气候诸觉，何者为多，何者最有变化，大抵即异日为诗人者想象独富之资。如杜甫富于视觉想象，吟月诗十八首，属视觉想象者八十七，见占百分之八十。白居易富于听觉想象，《琵琶行》属听觉想象者五十一，见占百分之六十五。屈原富于嗅觉想象，《离骚》属嗅觉想象者四十一，见占百分之四十二，为最多。虽不暇一考三人童年环境之究竟，然此推理非全无所据。

英文学家Charles Lamb（1775—1834）曾言："当我七八龄时，每晚入睡，即相信必眼见可怖的幻象。"Percy Bysshe Shelley（1792—1822）亦谓："彼之童年，实受庄严之幻觉，与光明银白之梦境陶养。"足见诗人文家想象之原，出于童年幻想为多。童年想象，本偏于幻想方面，其感觉界、智识界之经验，不逮成人。不能多作同类事物之联想，且"仅在处理肤浅形似的事物"，不若"想象与事物所包涵之更深之真理有关"，此Leslis Stephen语。William Wordworth（1770—1850）以为："幻想与想象之区分，只在程度之浅深，实同有修改及创造之能力。"人生果有运用其深度之联想，求其想象之生活，结果反不获实现，而反本复始酷嗜幻想以殉其生。李杜醉死，醉为入于短时间之幻想世界之一幕。屈子自沉，不尽文人多慨致之也。儿童幻想出神奇，水中可以捞月，鸡犬可以飞升，安琪儿之翅膀，优莱赛斯之伴侣，安保乐之弦琴，以至刖鳌维地、炼石补天等，无一不在儿童之幻想界，为创造之解释。——某君曾见一孩童游戏于花园，忽一阵风刮震得花枝上下颠动，回身诉说"彼花向我点首，邀我讲话。"——而且无不带有神奇意味。故神奇实为儿童文学之特质五。

儿童周龄以后，每爱攫物掷地，听其声音；稍长则喜作回响，喜击小锣鼓，此儿童领解音乐之进程也。其所发表，则为歌谣，带有乐性。

一、摹拟物类声响，以为叶音者。如"猫咪咪，猫咪咪，小官欢喜你。""门里小锣响当当，门外小狗汪汪汪。""小白鸡，鸡鸡鸡，高高山，吃白米。"

二、取叠用字，叶他句者。如"月亮光光，打开城门洗衣裳。洗白白，洗净净，打发哥哥上学堂……""鸦鹊鹊，肚下白，杀倒请老伯。"——借着字音为叶是。

三、顺口编造，漫无定境，特取以叶音者。如"麻雀生蛋屋上滚，又说哥哥不买粉。买得粉来不会擦，又说哥哥不买麻。买得麻来不会绩，又说哥哥不买笔。买得笔来不会写，又说哥哥不买席。买得席来不会用，又说哥哥不买钟。买得钟来不会打，又说哥哥不买马。买得马来不会骑，又说哥哥不买皮……”凑着字音编造转辗为叶是。——是皆吐属自然，调节成音。

Wacter Pater 所谓“一切艺术趋近音乐”。乐性于文艺为特富，在儿童文学中尤见其浓厚也。儿童领解色彩之能力，始于红绿，既则辨析较复而淡之色泽也。其初表现于艺术，亦属深红大绿之漫涂，既则渐知施染调和之理。其在文学作品，喜运用色彩。就歌谣言，可谓十九有直接间接色彩渲染之句。如“小黄狗，你看家，我到花园去采花。一朵鲜花采来了，双双客人到我家。”“青布鞋，白里子。”“绿豆子，开黄花。”“花红轮车就地滚，我是舅舅亲外甥。舅舅让我家里坐，舅母见我黑忿忿。”或属写生，或属象征，要之喜为色彩之美也。

文学原始作品，实为谣舞，举手投足，有声有色，假如与儿童以可舞之歌、表情之曲，则喜跃若狂。吾儿初入幼稚院时（四岁三月），保姆口授《入学歌》：“我早晨起身进学堂，妈妈教我理书包。捧牢我的面，闻闻香。好宝宝，路上慢慢跑。”教之表演，于是每晨醒来，在床上为之，朝食前为之，临入院时复为之。其快美和乐之小心境，不知如何发越也。既而又授得一《小猫歌》：“小猫小猫满身花，困在凳上，昏盹呼呼。猫猫咪咪叫醒你，袅乌袅乌摇尾巴。”归来表演，肢体运用之活泼入情；呼唱“猫猫咪咪”“袅乌袅乌”，音调之和美可爱，是种心能，端推儿童独富矣。Moultor 尝谓：“文学之初，只有舞歌。”舞歌实包有歌辞、音乐、舞蹈而言。歌辞道事，音乐宣情，舞蹈状形。成人尽量表演人生之最实现、最酣畅之戏剧，亦不是过尔。是故，儿童文学之美质，富有乐性之时间美，富有色彩之空间美，富有舞蹈之节奏美。不有感受，不有发表则已，有则一切唯美，故儿童文学第六特质可名之曰酣美。

儿童心境之灵活转变，即可观于《碰碰门》一歌：

> 碰碰门，那一个隔壁张小徒做什么？点一个火。点火做什么？寻引线。寻引线做什么？补叉袋。补叉袋做什么？摆石子。摆石子做什么？磨刀。磨刀做什么？劈篾。劈篾做什么？做蒸笼架。做蒸笼架做什么？蒸馒头糕饼给阿母吃。阿母在那里？阿母在天上。怎样上去？一步金车，一步银车，以里阿拉车上去。怎样下来？乘着一朵彩云荡下来。可有什么？回盘里有的烂橙子烂橘子。烂橙子烂橘子呢？吃去了。核子呢？种了树了。树呢？做了扁担了。扁担呢？前后门撑撑撑断了。扁担头呢？换糖老老换去了。换糖老老呢？爬墙头看戏跌死了。什么棺材？厕缸板。那一个哭？蚊子翁里翁里哭。那一个带孝？白头公公带孝。那一个敲木鱼？老母鸡谷谷。那一个抬棺材？长脚蚂蚁。

此为儿童半解人事之作，全首材料只是连续思想，不绝拓展，随拓随了。自“烂橙子烂橘子”起，至“看戏跌死了”，件件以“了”字了之，儿童便再不进问矣。小儿注意力转换极易，可于其伸手索甲非常急切时，苟与以乙，随即持乙，不再索甲。李代桃僵，朝三暮四，于儿童固不成问题也。不稍粘滞，爽快伶俐，正如其眸子之明敏。原来儿童求知之急，好奇之切，想象之快，胜于成人。儿童观于电影必多欢喜者，亦缘秋蕾冬花春孕夏实，必历四季而成功者，片刻阅得见于银幕也。花都钜邑，冰岛蛮荒，非足迹履及不得见者，此则映射于尺幅间矣。缩地缩时，不出户而吾身亲见，得偿须臾之满足，天下快美之事，孰逾于此。无怪其于儿童心理，䜣合无间矣。但须臾过往，即不复恋想，久且淡焉忘之。故儿童所发表所感受之文学，往往在某一时期，特喜某种故事歌谣；而过此以往，虽欲强之反想复演，不可能也。然则儿童心境，极为流动，某时代之文学质素与价值，对于儿童之关系，一瞬即逝。故儿童文学第七特质为瞬变。

儿童文学于儿童之个人关系，诚为瞬逝。然人莫不有儿童之一时期，在儿童时期之心理，决不有所歧异。其文学表演在心理之领域，更不能逸于上述诸种特质以外。故凡为人者，必经儿童文学之陶养——人之得为文学家者盖无几，而文心之萌芽发于童孩则一，惟日后萎折或不健全之发展多耳。儿童文学，遂弥古今盖中外矣。就事实言，古代神话至今已为谭助，时俗谣谚，大都由来自古。例如《九九歌》：

> 夏至后，一九至二九，扇子不离手。三九二十七，吃茶甜如蜜。四九三十六，争向路头宿。五九四十五，树头秋叶舞。六九五十四，乘凉不入寺。七九六十三，夜眠寻被单。八九七十二，思量盖夹被。九九八十一，家家打炭墼。
>
> 冬至后，一九至二九，相唤不出手。三九二十七，篱头吹笔篥。四九三十六，夜眠如路宿。五九四十五，太阳开门户。六九五十四，和尚不出寺。七九六十三，布被两头摊。八九七十二，猫狗寻阴地。九九八十一，犁耙一齐出。

此不过明代之作。至今南京《九九歌》为："一九二九不出手，三九四九凌（即冰也）上走。五九六九，沿河看柳。七九河开，八九雁来。九九八十一，家里做饭地里（即田里也）吃。"

又如："三岁娃娃穿红鞋，摇摇摆摆上学来。先生说我年纪小，回去吃点奶奶来。"此四川巴县歌也。其在武昌则为："三岁孩穿红鞋，摇摇摆摆上学来。'先生先生莫打我，我回家吃点馐馐（音蔗，乳也）来'。"

尚有流传各地歌谣材料相同，题目则异者，如山东峄县《山老鹳》有云："一碗芝麻两碗油，大姐二姐梳油头。大姐梳了蟠龙髻，二姐又梳看花楼。落了三姐没得梳，梳了个狮子滚绣球。”

湖北武昌则在《三岁娃》中有同样材料焉：“……石榴肚里一盆油，乡里大姐梳油头。大姐梳的盘龙髻，二姐梳的走马楼。三姐不会梳，一梳梳个狮子盘绣球，一滚滚到黄鹤楼。”

余如《正月正》《十月谣》《十二月》《喜鹊儿》《小老鼠》《天上星》《三岁娃》《火萤虫》《新媳妇》……往往各地有之，大同小异。即言世界开化最古民族创世纪之传说，何尝非神怪荒诞，如出一辙。苟以希腊、罗马或其他民族之神话谣谚，授我国之儿童，儿童亦必乐从也。故儿童文学之流动，无地不到，无时不在。各以其地方色彩、时代情状，而求其流转之向、蜕化之迹可耳。故儿童文学第八特质为能普化。

【研究题】

一、试将儿童文学八大特质归纳为数个要点！

二、举儿童文学“自然”“单纯”各例！

三、举儿童文学“神奇”“瞬变”各例！

四、举儿童文学“纯情”“酣美”各例！

五、举儿童文学“普化”之例！

六、言儿童文学与自然主义！

七、言儿童文学与唯美主义！

八、儿童文学“口传”特质之根本原理何在？

九、儿童文学“神奇”原质之根本原理何在？

十、从儿童文学特质上认识儿童文学在文学上之价值！

第四章　儿童文学与人生

文学，即人生之表现也。故个人之文学，与生俱生；人群之文学，非群亡不灭。儿童文学，代表人生——代表人生系 Newman 语——之一断片耳！因儿童生活有继续性生长之努力，而此一断片之文学，遂占重要之地位。试一游于儿童文艺之林园，精神之花，漫天匝地，新鲜之生意，活跃之幻想，和乐之节奏，浓郁之纯情，酣美之表象，其簇拥而成之瓣也。宜乎当其境者，含英咀华，陶醉其间，而每动过来人之回恋矣。夫人世间扰扰数十万万众，继继绳绳万千有余年，所谓人生，实莫不颠倒于苦乐之中，能超然于其外者不易见。苦则悲生，乐则喜发，悲喜之来，若环无端，然乐尝先苦。孩提之童，嬉戏为多，故苦乐二名，虽似对举，实有后先。

文学之原，原于感乐与慰苦者，孰若谓其原于感乐更确乎？儿童文学，只有感乐，为其原也。且苦乐生于比较，比较生于分别，分别原于知觉，故成人所知日多，分别比较之力愈强。而物至不齐，不及者求及；欲至难满，已得者求多。于是感苦渐多，而趋乐避苦之心，又凡人所同，遂因趋避而生是非。是非之间，又至无准的，于是苦乐遂能颠倒夫人生。文学者，即悯人生之颠倒，思有以增进其乐于无穷也。谓文学以供感乐与慰苦之用者，不如谓其为人生求乐之更真乎。儿童文学，尤在求乐，又其证矣。感乐即托纯情而发，亦藉纯情幻想以求娱乐。儿童之天国，果乐园也。人生鹄的，首在自存，与自己享乐。其智者，则知存人即以自存，乐人之乐为尚矣。其尤智者，则以存多数人与存物，为存己之伟大，乐众人之乐为至乐也。然知者与尤智者少，力争自存，力求享乐者，务尚斗很，放恣淫佚，人已权界不顾矣，剥复消息不喻也，结果甚者自沉于颠倒虚妄疾痛忧伤，无复人生乐趣，至可哀已！儿童文学之真用，却能暗示人生还味童年乐园之乐，以赤子之心自处，以纯情率真处人，以生命性灵赋物，实有无量之意义与价值也。返老还童，脱胎换骨之想，固不仅专为身体言之。《马太福音》有言："若非更形换骨，而且复成孩提，汝侪不能登天国矣！"此宗教方面之儿童与人生观也。"自然之恋爱者，即内外感官，犹能互相真正调整之人，彼虽已践入于成人之国，而保持有童真精神。"此诗人爱默生（Emeson）之儿童与人生观也。吾辈成人互相款洽，虽若盛情，非常恭谨——虚伪而做作者——实随带有观察其人言动之心理，绝少真情流露。惟一见儿童，则无论识与不识，必能表示好感，并有真正情感之声调对之。儿童所唱之歌谣，颇愿倾听；儿童喜欢之故事，亦喜讲述。文学作家，乐为采择创作焉。抑且如 Daudet 谓："能以儿童眼光观人者，诗人也。"Bandeloirs 谓："天才非他，即能恢复其童年之自由耳。"文学家之诗人天才观，推崇儿童，致于如此。

夫成人赖有潜在之一点童心，感受儿童文学之暗示，消释不少暴厉之气，惨酷之事，烦闷之心。如《天方夜谭》之传说，以一弱女，讲一千零一夜之故事，卒能使暴君回听，消除其暴行。我国自宋仁宋以后，国家闲暇无事，每令臣下日进一奇闻轶事以为娱乐。《泰西五十轶事》都为进闻君王之作。寓言神话，迂诞怪异之论，荒唐无稽之谈，每为说客所资——桃梗土偶蛮触鹬蚌等是——于我国周秦为盛。泰西各国，亦莫不然。淳于、东方之流，以滑稽名，犹是童性之征象。鬻熊九十而自称年少，老莱七十而舞彩衣，安徒生（Hans Christian Andersen）七十而以老孩子自居，是亦童性遗留之代表。大抵快乐之感，裨益身心；恼怒之事，实能催人白发。美某科学家言：人发怒一次，体内分泌毒质一次，其质为鸢尾色，若以注射小动物体即能立毙之，可知怒之毒质妨害生活机能。谚有之：“一恼一老，一笑一少，讵非无因。”善恼怒者，其怒之质液分泌已惯，一触即发，直接伤其生，间接丧及其社会，丧及其国。一切与人斗狠，仇恨争攘，毁坏两般文明——物质与精神、有形与无形——之损失，不知其几。古来君主，凭其一己之喜怒以治国家，以处人民，鲜有不毁坏人生者也。夫人生果莫不好生恶死，趋乐避苦，此求生之心，全生之心也。顾知养生者，实鲜矣。遗留之童性，善保之，即养而全之之总诀也。

Corl Ewald 所著《两条腿》（*O.Reven-thow*）小引中，叙述故事一则云：

> 许多年前，真理忽焉躲开了世界，人民觉察时，大为惊恐，立推智者五人，分投寻觅。越了十年之久，各自回来，在遥远之处，举手挥帽，大叫真理找着了。甲宣言：“真理即是科学。”未曾毕其辞，早被乙推开，指为说谎，谓：“真理是宗教。”当甲乙争吵时，丙来了，用美巧的语句说：“真理即爱情，是毫无疑义的。”丁来了，十分决绝地说：“真理在他袋里，即是金钱，以外都是无意识的。”最后戊来了，两脚站立不住，噎呃地笑着说：“真理即是酒，走遍天涯无觅处，竟在酒中找到了。”于是五智者开始攻驳，继之殴打，状极可怕。人民各就一方，有就科学的，有就爱情的，高声狂叫着。但遥远地，在地球尽头寥寥的几人生着悲叹，他们想真理已裂为碎片，再不成为整个了。其时，一位小姑娘跳跃而来说，她寻到真理了，设使他们愿意同她去，真理并不在远，正坐在世界的中央，在一片碧绿的草地里。于是酣战之中，有了片刻的停顿，因为小

> 姑娘是极可爱的，起初有一人同她去，随后渐渐增多……最后，他们都往草地里去了。见一人状貌为前所未见，分不清是男是女，是成人还是儿童，他的额上极光纯，像是不知道罪恶的；他的眼深沉而严厉，像是深知全球的心……还有大而柔软的翅膀，像晚间飞翔的鸟儿。他们站在那里注视时，这人站了起来，发出响亮的声音喊道："我是真理。"科学家说："那是一个童话呵！"宗教、爱情、金钱和酒也齐声道："那是一个童话。"于是五位智者，同他们的党徒都走开了，去继续战争，直到震动地球的中心。但是有几个年老而疲倦的男子，有几个热诚的青年，还有许多妇人，和整千万大眼的儿童，都留在"童话"所在的草地里。

于此故事中，著者实表白多方之意义焉：人类心理，实不可一日无所皈依——真理的把握人生的意味——假定一旦真理泯没，人类之渴求，竟如彼之热烈，此一义也。

仁者见仁，智者见智，人类各如其所见所乐，固执以为真理在是，至于非攻无已，孰若一小女儿之天真，足以消释盲目之酣战（此种境界为人类感情顷刻连锁之象，亦惟儿童能找寻得之），此又一义也。

童话——儿童文学之代表人生——所处和乐之境地，所表纯化之风仪，智慧之深心，以及是男是女，是成人是儿童之性格，实为儿童文学之人生的象征，所以指示人类求真理于儿童之天真为便。因其涵容人生意味无始无终——留在草地里的不只儿童——至大至精也。此爱氏表像儿童文学与人生关系亦云至矣。即言《两条腿》之为作，以明原人利用自然为生，智慧进化之迹，可得而寻。其指示人生意味，自较生物科学，偏于理智为多兴会，且能普植于人生之早年。

复次试读奥大利童话《柯伊》一则叙述：

青儿在山谷间，细想有许多事情要做，几至于一件事情也不能做。常听其父说山林中间，有草木之神名柯伊，为一非常有趣的孩子。所以她在无意识间，试叫了一声，即有回声应答，屡叫屡应，屡问屡答，青儿就被回声引入山谷中去，而且迷途于夜幕间了。遇一兔窟，见一人化的小孩，青儿即识他为柯伊，于是互相问答人世间事。说到火车，柯伊就说："大概很像樵夫的驴车吧。唉！讲起樵夫，我真恨他，他用大斧把我们美丽的树木斫倒，把他们拿来当柴烧，并且把树林中的许多可爱的生物都驱逐走了。你看现在有许多森林中，已经不能找到'更格卢'或是琴鸟了。如果有许多樵夫到这里来，我知道所有的树，都要被他们斫下；可爱的鸟声，将要永远听不见了；溪流也不再唱着歌，从从容容地流着了，他要干枯了，因悲戚而死去；一切美丽的花，鲜明可爱的绿草，都要萎谢消灭了。这座仙国似的可爱的森林，也就永远摧毁了。我真不爱你们人类，他们只是破坏风景。"青儿说："不要紧，亲爱的柯伊，我是一个人类的孩子，我回去一定要叫他们不要再来斫树。"后来遇见松树、溪水、小熊、白鹦鹉，由蜥蜴导着出山谷回来。当青儿要求小熊引路时，小熊走到三叉路口，停步不走，说道："我怕人类，不能再往前走了，你自己一个人去吧。"当青儿要求白鹦鹉引路时，白鹦鹉要求青儿："叫人类不要从鸟巢里取鸟卵，不要用鸟枪打鸟，不要斫去树林，叫鸟类没地方住。"当青儿要求大蜥蜴指路时，蜥蜴也要求："请你告诉人类，不要捉着我，打死我，我不是一个有毒的害人的东西，乃是吃人类之敌如虫、蝇、蛇等害物的。"末了，青儿同父母住在一起了，但她的小小的心，总紧紧地悬念着美丽的森林和柯伊，和许多亲爱的小朋友。

此首故事，写述人类征服自然后自然反抗之呼声，一义也。自然暴露其怨而不怒之情感，力求与人类亲善以全其生，特假天真饱满之儿童，再三致意于人类，又至可耐味之义也。是种儿童文学作品感人之力，浅言之，则修正儿童好杀之心性；深言之，则人生物我地位之观念，亦得藉此普植矣。是故，安徒生之早岁，实熟闻《天方夜谭》者。教育上少年读物之成为问题，亦以此尔。

人情果多老大伤嗟，回恋少年时日者。曾忆唐僧隐峦有《逢老人诗》云："路逢一老翁，两眉白如雪。一里二里行，四回五回歇。"此其龙钟状貌，宜乎令人作还童想。故杜甫《百忧集行》诗有"忆年十五心尚孩，健如黄犊走复来。庭前八月梨枣熟，一日上树能千回……"之句也。白居易《观儿戏》诗有"……一看竹马戏，每忆童騃时。童騃饶戏乐，老大多忧悲。静念彼与此，不知谁是痴"之句也。回味童时之乐，抒发人生之感，我国文学中于古为多，如鲍照《代少年时至衰老行》、王建《短歌行》、陆机《百年歌》前三首等。至路德延《小儿诗》五言排律五十韵、严维《咏孩子》、倪谦《童戏图》、高启《戏婴图》等，大致描绘儿童外貌行径，绝少写入小心灵内，间有及之者，都缀以主观意想，如寄其感念君王、伤嗟名器之类。次者则为投赠之作，如张祐《赠宝家小儿》、李涉《赠友人孩子》，及欧阳詹《酬裴十二秀才孩子咏》等，其所描写，无非玉树骊珠，其所表达，都为凌云追风致贺之辞，尤未足以语儿童之人生。其有主观太强者，则卢肇有《嘲小儿诗》云："贪生只爱眼前珍，不觉风光度岁频。昨日见来骑竹马，今朝早是有年人。"路德延《小儿诗》有句云："……项橐称师日，甘罗作相年。明时方任德，劝尔减狂颠。"虽曰作者寄托，亦见不能了知童心者矣。惟乐府中有《孤儿行》，每藉孤儿境遇，以为讽刺，不失为儿童人生表示同情耳。是故儿童之人生，在我国古昔，都仅为人生半途回忆之余味，并不明许儿童天真在文学上之地位。

人生而永葆童心，上也；半途回恋童年，次之；其能了解儿童之人生以为人生者，则其至矣。初出母胎，骤为人世之冷隽高空气直扑将去，未尝不藉声带之颤动，急呼我我——兀尤之声——一若即时宣告我来人世，我将轰轰烈烈做番人世事业来，是多少意义。为之父母及父母之亲故者，闻之多少安慰。人生果真有意味乎？然不识人世颠颠倒倒、醉生梦死之何多乎？此人生立足大地之开宗明义也。儿童富于欲求而不执着，富于想象而想象中绝不伴有无厌之欲。一切可爱，一切可乐，实耐我人玩索不止。安徒生氏以窭人子，早岁孤穷，无资求学，无地安身，贫苦颠连，疾病相迫。加之学诗不成，为剧员不成，为傀儡戏不成，山穷水尽，至于此极。卒以创作童话，受儿童之欢迎，遂愈勤制作，愈研求，愈得儿童之欢心，成为名闻盖世之儿童文学大家与老孩子。安氏之成功，成功于儿童，成功于儿童文学，成功于儿童文学之创作，则亦儿童人生成之也。推此以求一切人生——理想之人生与世界——以儿童为发轫之始，以儿童为文学培养发轫之儿童，乃为亟要之图，岂不深切著明哉？

【研究题】

一、汝在文学上领会到的人生是如何的？

二、儿童人生为人生之根本义及究竟义能申说其理否？

三、从人生哲学上见得儿童的人生如何？

四、儿童文学与人生之关系何在？言其概要！

五、在现代情势之下将以儿童文学指导何种人生？

六、就见过之儿童文学作品中言其表述何种人生！

七、试继续搜集中国文学中之儿童观！

八、试继续搜集中国文学中之儿童文学材料！

第五章　儿童文学与现代

夫自有人生，即有文学；自为儿童，即有相缘而起之儿童文学，前既言之详矣。儿童文学抑何独被注意于今之世乎？适异邦者怀故土，丁衰老者忆盛年，得毋斯世乃为人群总回恋之时际乎？虽然，何为而致此？溯自 August Comte 实证哲理兴，而物质科学遂为百年来时代精神之支配者。达尔文（Darwin）唱导物种由来，而生存剧竞，遂为现代唯一之色彩。于是科学神圣，黄金万能，非不引起享乐者广大之讴歌。于是急激攘取，饥渴不耐，非不引起苦闷者无限之呻吟。德人某谓：“近代之社会问题，胃之问题也。”约翰勃郎谓：“现代主要罪恶之一，为一急字，如俗说落后者，将被恶魔攫去者然。”是二语，足尽现代人生之描写。同一生活也，在轮机轧轧里，再听不到如山农村妇自然之心曲，反证郁伊强笑之色，分明为彼苦闷之象征。于是全群内在之生活，每被紧张之思虑悲愤，锁住寻欢求乐之倾向，相嘘相对，成为时代全体共有之情调，此所以有“世纪末”（Fin de Siede）——指十九世纪末受物质生活文明之结果——之称也。吾人现生，虽当换一世纪，顾何尝非世纪末之余生乎。夫“人穷则呼天，疾病则呼父母”，有思羲皇、唐虞之治者，回向于已不可全知之古昔——人治支配下之治——者也。有思简易生活，返真归朴者，回向于自然——客处对象下之治——者也。然而古昔之再现不可能，自然实又居乎客体，故最近人心之向，都不复眷恋古昔陈迹，不复托想纯任自然，而独追求真实可靠躬亲经验之儿童人生，是亦不回可为非实证精神之所赐与矣。

于此实证精神之时代，实诱致不少寻求儿童天国之动机。超人论之哲家尼采有言："我爱我儿童之国，此国今尚埋没在堙波荡漾之中，未曾发现，我当操我舟楫以寻求之。"（见《察拉图斯忒拉》中《文化底国土》篇）——其代表也。一八八九年，美 Witmer 氏，既注力于儿童心理之研究，组心理演讲会，对于身体不健全之儿童特加研究救济之法。一九〇九年，华盛顿城开始有儿童幸福会议，召集者为 Rovsevelt，将儿童之劳动法律，及他种事实，都加改良。嗣后世界各地，传播关于儿童之科学智识，而世界确乎与儿童以优越之位置。学术界、思想界，早已尽力于儿童之研究。如此倾向儿童价值之认识与推崇，实为近代之新趋势也。然现代对于儿童见解，各派各异，亦几于十人十色，不遑枚举。吾请约众说而述其有力者：

一曰："儿童者，自我永存之一种手段也。将欲使自己之精神、思想、品性，以灌注之手段，移植于儿童之天国。使自我不朽，自我永生。"此易卜生（Ibsen）、August、Ptrindberg、郝卜德曼（Huptmann）诸家之儿童观也。人之繁衍子姓与乐育英才，自我之精神、品性，植于儿童，至少男女各得其平，而施之教者，亦必有多少精神，得以遗留于儿童者也。

一曰："儿童者，人类保存与进化之唯一手段也。"此自我永存之扩大与精进之事，儿童不仅为所以永存之自我，并为种族之自我，求永存不死——根据性的生活之唯一目的，即种族保存——乃世界意志之发动也。此为 Shopenhourr 性欲哲学——其发动之力，即生之力（Life Force），导之向于超人。萧伯纳（Bernard Shaw）之超人见解，系比较更清高的人间是近人间的超人——使超人不绝于世，而世界乃连绵进化。此萧伯纳之儿童观也。

一曰："儿童者，性之更新作用之产果也。"Copenter 谓爱之意义的解钥，为因了补足作用之更新。Ellen Key 谓："爱即结合，不但为要创进新的存在，乃为男女各因其独自可以成功新的存在，且能比独自的时候，可以更伟大故。"二氏性的理想主义之代表也，性的理想主义之祖尼采氏之言婚义谓："为欲'创造'更伟大的东西，两个意志合一的活动。"彼等各以儿童自己为目的，不复以为达到目的之手段。儿童根于性爱而产生，负有高尚之更新作用，谋自己与种族向上之责者也。自诸说以观，儿童之地位与价值，实居人世永久之原。现代人感于现实所起种种之苦闷，似已臻无法处理与排解，在反始功夫上，得此儿童之新认识，乃有无量之欣慰，是又可在此新趋势下观察得之矣。

有现代之儿童新认识与新欣慰，于是有伴此而起之文学思想。世间不少有情感之男女，努力于文学之儿童倾向。为最可宝爱之将来设想，似乎无过于赶紧收集宣传与创作儿童文学之作品矣。试一究夫儿童文学进展之历史，二百年前法人 Charles Perrault（1628—1703）之在童年也，集其父所讲之童话，记述成帙。中包故事八篇，即现在视为古典作品之《小神仙》《虾蟆和钢口》《树林中之睡美人》《蓝髯》《小红骑巾》《穿靴的猫儿》《辛兑立拉》《大拇指》等，附有图画，一六九七年出版，风行全国，尽叹其奇异多趣，几至无人不爱读。据说其《猫皮》一桩故事已经流传很古，讲述了不知多少年代，流传的区域遍全世界。Andrew Sung 曾分析得有三百五十种不同的本子，其中最好的为《玻璃鞋》，此儿童文学集成大著之始，出于童年之心手，弥可宝贵者也。其后有德国格林兄弟 Jacob Ludwig Karl Grimm（1785—1863）和 Wilhelm Karl Grimm（1786—1859），从事于收集童话之工作，采村人老妇之传说，耗十三年心血，而后成书，即今流行之《家庭童话集》也，出版于一八一二年至一八一五年际，其国已重版五十次，受读者欢迎可以想见。Edgar Taglor 英译，第一集出版于一八二三年，第二集出版于一八二六年，订正于一八三七年，中包《家庭童话集》二百余篇中之五十余篇，有著名艺术家 George Cruikrhank 所绘之插图，一八六八年复出新本，附有德国本中之图画，并有罗斯金为序，称“格林的通俗故事”。自此书出，而从各国许多故事中，发见童话间所表现之人物，其思想、谈话、行为都相同或相近，果然引动全世界之儿童视为恩物，亦导衍不少之成人在儿童文学上得有更多之发见也。当格林兄弟童话集杀青之时，世界童话之王安徒生（Hans C. Andersen）尚十龄左右之童耳。既秉其童真，复启导以故事之家教，更穷窘其少年之时日。其在公花园隅，吞黑面包皮之际，或许即为构想绝妙童话一百三十余篇之动机。其所著者，不论老少皆喜之，各国国王亦喜之，诚以其作品易于感兴同情也。凡分两种，一是将幼年所闻，加以重新描写与叙述，如《天鹅》《火绒盒》《皇帝的新衣》；一是全由自己创作者，如《乐园》《缝针》《丑小鸭》《女人鱼》——第一集一八三五年出版，详《小说月报》十六卷八、九号安徒生号——儿童文学史上，有此三人之伟绩，则近代儿童文学之演进于此为盛矣。故近代诸文学大家——尤为世界的文学家，因儿童文学之性征富有世界之意义——于其作品中，多少寓有儿童之问题，与贡献于儿童之恩物。前者如易卜生（Ibsen）、萧伯纳（Bernard Shaw），后者如托尔斯泰（Tolstoy）、王尔德（Wilde）、爱罗先珂（Vasely Eroshenko）、太戈尔（Rabindranath Tagore）是。Sevnid Anbdreyeu（1871—1919）之《残花》，有一六岁之犹拉（《东方杂志》十八卷十一号），Tayvre《归家》里十四岁之童子巴的克为其主人公（见《东方杂志》十八卷五号），Hermann Sudermann（1857—1928）之《欢乐家庭》中，描写几个小儿女之印象（见《东方杂志》十八卷二号）。是种描写儿童内部生活与外部生活之小说，为近代最流行者。

我国之以童话供给儿童者，实始于二十年前孙毓修氏所译之《无猫国》，及林纾所译之《伊索寓言》。自民国初元，上海《时报》刊载歌谣，而北京大学旋有歌谣研究会之发起。复缘北京大学组有风俗研究会，而方言谚语均在采搜之列，谚语研究亦从此始。民国九年，周作人《儿童的文学》一文出（载《新青年》八卷四号），小学教育界文艺教育号称革新，本校附属小学与东南大学附属小学，均为革新儿童文艺教育之劲旅。本校《中国儿歌集》，民国十二年一月出版，实为《中国近代歌谣集》之第一部。至今则文学界、教育界、思想界，无不致力焉。

儿童文学之在现代，其进展不可向迩，亦既言其原由与概况矣。再请以欧西今日之变态之儿童文学尽此章。欧洲大战以后，艺文之坛，有“大大主义”（Dadaism），或译为“达达主义”之新帜焉。德人许尔善伯、法人亨斯埃尔普，罗马尼亚人得里司坦酌拉、麦舍尔杨，可为“大大主义”之创作者，瑞士邱里西市有文人富戈佩尔所开设文人音乐家俱乐部之珈琲店，为“大大主义”之发源地。“大大”之名，取自法德小儿学语时“马马”（Mama）、“大大”（Dada）之音，可谓返于儿童之证矣。以打字机、锡罐、小儿玩具、镬盖，合成一种骚音，谓为表示“首都之醒觉”（L’Veille de la Capitae）之音乐也——是种音乐原属未来派酌拉与未来派马利尼克相联络。绘画之上，粘附砂粒、毛发、碎片、新闻纸屑，以为此古所未有之现实之象征也。佩尔和许尔善伯为积极宣传表现主义者，埃尔普与立体派领袖批客梭勃拉克交好，取材于同时间锐敏之感觉。如忆起跑过某老妇前，和一时间前洗手的事，是时市街电车掣动机之锐音，和相近屋瓦落下之声，此同时性有多大意趣，即人生急过之义，有布为讴歌生命之同时诗也。又复鼓吹原始文艺，伪作黑奴诗，模仿小儿语，以为其文学之本色。观其艺术表象，无非以退向儿童为快慰。然考其致此者，实受大战之穷蹙，陷于缺乏饥饿绝望丧胆之悲境，发为亡命生活中之反响——“大大主义”之运动在一九一九年至一九二〇年行于巴黎、柏林、利俾瑟、马德里地、芝加哥、智利，亦经传到——乃欲投入儿童时代之母怀而失恋者。儿童文学研究者甚为悯焉。

【研究题】

一、现代人的儿童观与文学影响何若？

二、现代文学趋向儿童文学化何故？

三、现代人生之新欣慰何以在儿童？

四、在文学上见得人生之回向有几种？

五、试搜求儿童文学进展之史料若干！

六、何谓现代的变态的儿童文学？

七、试寻出易卜生著作中之儿童问题！

八、试寻出郝卜德曼、萧伯纳著作中之儿童问题！

九、试寻出托尔斯泰、爱罗先珂著作中贡献儿童之恩物！

十、试寻出王尔德及太戈尔著作中贡献儿童之恩物！

十一、从文学上见得世纪末之人生如何！

十二、从儿童文学特质上研究儿童文学在现代之价值如何！

第六章　儿童文学与改造

“要是天公换了卿和我，该把这糊涂世界一齐都打破，要再磨再练再调和，好依着你我的安排把世界重新造过。”此胡适译波斯诗人Omolr Khayyam《希望诗》也。现在代人生疲乏之余，闻此朗吟，谁不谓为实获我心者乎？彼文人之心，犹人之心，创造之心也。在理想之世界里，创造出现实世界所缺少之事物，不以表现自身之实在为满足，兼欲表现在理想中所欲完成之人格。诗人、哲人、思想家，何代蔑有？时代反感，托之想象，以改造思想，指示人群而慰自己，更何代蔑有？

我国标示改造思想最著之第一人，实为李耳。“小国寡民——使有什伯之器而不用，使民重死而不远徙。虽有舟舆，无所乘之。虽有甲兵，无所陈之。使人复结绳而用之。甘其食，美其服，安其居，乐其俗。邻国相望，鸡犬之声相闻，民至老死不相往来。”其理想乡也。

墨翟亦有其改造之计划。“堂高三尺，土阶三等，茅茨不翦，采椽不刮。食土簋，啜土刑，粝梁之食，藜藿之羹。夏日葛衣，冬日鹿裘。其送死，桐棺三寸，举音不尽其哀。教丧礼，必以此为万民之率。使天下法。”是皆返于淡泊生活之理想也。

厥后有若陶潜之“桃源”，陆游之“东篱”，戴名世之“意园”以至不少“醉乡”“睡乡”“饿乡”之作，不可为非理想之人生与世界，惟所表现有健全与否之别耳。“醉乡”托之于酒，“睡乡”托之于梦，徉狂恣肆之余也。

其在西欧，后于我国李耳不百年，有 Plato（公元前 427—公元前 347）著《理想国》，书凡十章：

一、财产、公道、节制及以上三者之敌对。

二、个人、国家、教育。

三、教育中之艺术。

四、财产、贫困、善德。

五、婚姻、哲学。

六、政治哲理。

七、教育之实在与影响。

八、四种政治。

九、正当之政治与不正当之政治，二者之乐趣。

十、生活之酬报。

借苏克拉底、克拉根、哀地孟德、派拉麦拉、塞弗拉、斯拉雪麦格、克立托芬诸人问答之辞，表示希望新国之理想。

近世有英人 Thomas More（1478—1535）之《乌托邦》（*Utopia*）——寓意小说，谓“乌托邦”为普通选举之共和国，一夫一妇，信仰自由，不用货币，凡政治上、社会上各种制度无不完备之国也。有英人 William Morris（1834—1896）之《理想乡》（*News from Nowhere*）——泰晤士河风景全变，机械工厂烟囱都化乌有。人以劳动为天职，不复取金钱报酬。Westminster 寺之大建筑，于百年前大扫除时除去。到会议堂，今为肥料储藏所。无贫乏，无战争。无论男女，有非凡美术之本领，绝无往昔奴隶及机械所做的作品之粗杂。

何莫非改造理想世界之要求与提示乎？文学思想当然影响于改造者甚大。贵约所谓“文艺常为新社会之创造者，旧社会之改造者”也。举世而对于儿童有新认识矣，则儿童文学之发展，或且为改造之普遍运动植其始基耳。

古来改造思想中，能瞩目于儿童者，亦推李耳。曰："我独泊兮其未兆，如婴儿之未孩。"曰："常德不离，复归于婴儿。"曰："专气致柔，能婴儿乎。"曰："德信圣人在天下，歙歙为天下浑其心，圣人皆孩之。"义在返归婴儿，且以为发轫之始，惜后世未尝昌明之者。越王勾践生聚教训之策："令壮者无取老妇，令老者无取壮妻。女子十七不嫁，其父母有罪；丈夫二十不取，其父母有罪。将免儿乳者以告，公医守之。"——亦犹儿童公育。"非其身之所种则不食，非其夫人之所织则不衣，十年不收于国民，俱有三年之食。"自己彻底改造而后谋人，改造自儿童始也。今苏维埃政府对于儿童特加养护，有所谓儿童公育，工作之男女，尽可从事工作，子女由公育院保抱喂哺也。有所谓儿童殖民地，设于皇室邸宅，一切牛乳食物均备，且有蔬圃花园，带入玩具、图书、家事器具、农业品、医药品、衣服等类，供儿童用。儿童十人至十五人，由管理员一人率领之，共同工作，一切经费由国家担任也。在鲍尔希维克主义支配之下，行此制度，其用心亦远大矣。

太戈尔（Tagore），大诗人也，其"山铁柰克当（Shanti-Niketan）学校"，意为House of Peace，改造文明之发动所也。彼鉴于欧西今日不卫生之文明，称之为孕育于城市墙壁之间。凭己之倾向大自然主义，实施儿童教育，使与大自然接触，慕真，爱美。儿童每日工作，为破晓前，一组歌队，促醒。群起相和歌，沐浴，玩赏晨光。自备早餐。七时半始授课，除试验室外，无教室，各以草席设树下行之。每一教师教十人，皆不用书本。十时半下课，唱歌，休息，沐浴，唱歌。十一时半，午餐。午后读书阅报，至二时休，更讨论文学，批评时事，喂鸟，饲家畜，采植物标本，观察幼虫等。大的儿童，学太戈尔，举行露天演讲。九、十时间就寝。所著《新月集》，其儿歌也。较深者有《园丁集》《拾果集》《迷途之鸟》等，其学生讽诵其作，受化甚深，虽至六岁小儿以学诗请。氏之全人格，潜移于儿童之心灵中，并有其“平和”“互助”“相爱”“节俭”“自由”诸再造文明之德性也。其校创办至今二十三年，虽此时未能见再造之事迹，种瓜得瓜，实现于将来，敢谓断然不疑。太戈尔氏为再造文明之实行者，其自“山铁杰克当学校”儿童始。其好例也。

“石田千顷，不如无田。愚民百万，不如无民。”欲改造者，徒爱视儿童以为生聚之计，浅矣。未可与语文明之再造也。根本之计，要使儿童实受改造思想之支配。儿童文学实支配儿童改造思想而培养之者也。若太戈尔之事迹如彼显明而外，当代儿童文学创作家，亦多不绝努力于反现代人生与反现代文明之作品。于 Vasely Eroshenpo 之《我的学校生活的一断片》，其反对专制，不满意于人种差别、强弱问题。若其《为人类，为跌下而造的塔》，均讽刺人生之苦迷。余若 Wilde 之《安乐王子》，写救世之心；Solgule 之《平等》，写弱肉之惨，均足提示改造之思想也。

【研究题】

一、儿童文学与世界改造关系如何？

二、利用儿童文学何种特质以谋改造？

三、试评老墨之改造思想！

四、试评“桃源”“东篱”“意园”，“醉乡”“睡乡”“饿乡”诸作思想！

五、试评《理想国》《乌托邦》之思想！

六、试评《理想乡》之思想！

七、从《新月集》《园丁集》《拾果集》及《迷途之鸟》找出改造思想！

八、述自己之改造思想！

九、从见过儿童文学作品中看改造意味如何！

第七章　儿童文学与教育

儿童文学，拥护者之盛，莫小学教育者若矣。诚以小学教师之于儿童也，分别师而谊兼慈母。慈母虑儿之食不给，则节己以喂之；虑食之不化，则选精以畀之；见食之不饱，则察其好而投之。教育者之心，何莫不然？儿童文学之供给，在今日已为必要之教育事件矣。虽然，何为而致此？则儿童文学，一切教育之本也。文字操练，为学习一切学科之工技，毋待赘言；而文艺陶冶，则为学事之性格、智慧，于斯培植，教育上认为适宜之教育手段之一。

昔前人知，视儿童价值仅在其为成人之萌孽，以为能早脱此时期则愈妙。父母之期望子女，如此最饶乐趣。故每以成人之理想、之目的、之标准、之举止、之方法，横加于儿童之生活，强迫领受，惟恐不亟。儿童生活之表现，能如成人则善，否则顽劣。彼时之教学，即以成人所需之材质——《三字经》《女训》《四书》为训蒙之书，《千字文》《百家姓》《神童诗》等，差有文艺陶冶之意。其在西国，未有为儿童特编教科书前，亦用《圣经》材料，或教拉丁课本，喂哺灌注之者。顾目的方法，洵可訾议，而以文字或文学教育为一切教育之本，其皆未之或悖。近世教育原理，发觉儿童中心、儿童本位，于其生理心理之根据，既确核而无疑。又复就儿童生活自身之积极价值，创造许多适应之发展之设施。于是所谓新教育者，得以确立。儿童文学，发现自儿童心理之所爱好，即其爱好精神之产品，以为营养，最适应最扼要之教育手段莫此若矣。吾前不曰：儿童者，有其丰富之想象，有其灵敏之思想，有其浓厚之感情者乎。即论此，则想象为智识之基，儿童想象之力，发始于婴儿后期之末。

学术上人类儿童时期之年限甚长，大约成长到和产生己体之父相同，始脱离儿童时期之称，约成五期：

一、胎儿期：前期三个月，后期三个月至十个月。

二、婴儿期：前期一岁，后期一岁至三岁。

三、幼儿期：前期三岁至七岁，后期七岁至十岁。

四、少年期：前期十岁至十二岁，后期十二岁至十五岁。

五、青年期：前期十五岁至十八岁，后期十八岁至二十五岁。

而盛于幼儿时期，Irving E.Miller 所谓想象之黄金时代也。于儿童想象游戏中，凡天壤间万物，皆可纳诸儿童支配之下。彼于其所睇睨，有支配之无上全权。时间与空间，不能限其境域。彼之所欲，无不得者。铜鼓、兵士、铺肆、机器，以及沙漠、丛林间之野兽，莫不可以意致之。自从伙夫，以至帝王，莫有不可为者。其想象倏忽变换，流动不定。一竹竿也，而儿童或以为车，或以为马；时以为刀戟，时以为水龙。于此假设想象间，欲使之多获经验，而是种经验，因儿童最喜获得之者也。故说天然物之神话，足以取悦童心，因其解释事理浅近，即能就儿童所有之经验中，扩展其想象智识，使其晓然于日月星辰、雷电风雨之为物，而且有随时弥补其不能以智识体验时之想象解释，如日升于东而匿于西，明晨则复现于东方，彼之想象中便不满意于经验中之一缺陷。爰有一种神话，谓于明日乘一舟，自西徂东也。此神话即足以填补其缺，使其经验中孤立之事实，得以一系联贯，为继续再造之预备——基本知识——神怪之故事，就事物为迷离变换之改组，亦投其想象之隙耳。迨其年龄较长，约在小学三四五年，彼时则想象力之流动不居，视前略有控制，亦渐能明辨事之实在与假设，有订正之能力，则智识扩充而思维能力渐著矣。

思维教育，全凭人之经验发展之。儿童自两岁始，渐见思想之萌芽，但缘其经验不富赡，无显著之思维可言。儿童初期之智慧，不能辨别影像与影像所代表之实际。只凭影像引起之兴味愈浓，则其发表之势亦愈强。观其作画，画一电气工厂，铅笔几挥，妙工立就。因忆及电闪，则加入电击之象，其后因电闪而忆及雷鸣，则直画雷——用一随心所得之代替形状表出之——画人只具面脚，画梨见其贯穿之梨柄，画墙而见墙内什物。盖彼方被此意想所感动，便不问其事实之能否，意来有必借笔表达之势。故儿童之思维多偏富于想象性质，为兴趣所鼓励而致之。其进展生动，不能有间歇之停留。于获得之新影像、新经验，其思想绝难暂止，一为考察、权量、判断之事。

幼稚园时期之儿童，或收集佳美之花叶、图画、玻璃片、钉、石、竹头、木屑等，贮满一匣，而不嫌驳杂。彼固视为皆具兴趣者而已，别未有思想上意知之抉择为之类聚也。在儿童时期，嫩稺之思维力，最宜注意者为勿抑制，为给以充分之思维机会，为扩充其观念、意义及组织。此亦惟儿童文学为能给与是种之适应。杜威在《思维术》尝言："我人之思维，不能平常无故发生，必定在遇见新问题新动境时，才能发生。"儿童文学有不绝供给儿童思想上之新问题新动境者也。又言："近者或素知者，其自体不能激发思想，或为思想之报酬，必其施诸新奇而远者之了解而后可。"儿童文学材料采取每在儿童经验之外，且为丰富新奇趣者，诚裨益于儿童思维者也。由上观之，儿童之思想、想象、情感、兴味，诸种教育，确以儿童文学为唯一适当之陶冶。故遍求诸小学教育者，对于儿童文学之意见则莫不公认：

一、有文学趣味之材料，才能引起儿童读书之兴趣也。谓："美国H.E.Sandder、P.T.Maclintock著有儿童文学甚富，彼等以为儿童读物，不可仅恃书贾杜撰之作，应读文学。读普通所谓读本为识字习语用，却不能读书，因未有引起读书要素之兴趣也。"谓"Bagley言'兴趣为学习之紧要工具'，儿童智识，大部分须在书本搜求，如果儿童未有兴趣，便不愿读。惟有读文学书，乃能趣味浓厚，孜孜不倦，读书能力，将于是养成也。”

二、儿童文学为发展儿童想象之工具也。谓儿童想象，生动，活跃无已。儿童文学，可为适应及儿童想象之正当营养，指导之有正轨之趋向，而又满足其想象之需要。Briggs、Coffman 有“小学校儿童，最宜利用彼等活泼泼之想象于读书”之语也。

三、儿童文学为发展儿童思想之工具也。谓儿童亦能思想，观其玩物之后，听话之际，有凝神之态而知。惟其思想，少经验，无系统，不正确。儿童文学亦思想之结晶也。儿童读之，浸淫渐渍，则趣味浓而思想途径得矣。

四、儿童文学为培养儿童感情之资料也。谓美国 J.R.Jewell 言：“感情教育为教育之新门径。”又言施菊野博士称：“本能为支配教授法之要素。”然本能实根植于感情，设无感情，则游戏、建设、模仿、争胜、尚奇，诸本能，无一可得快乐之结果，亦无有留存之价值。

儿童文学实具有美善之感情元素者。Mc Murry 所以谓：“小学课程中欣赏之要求，当以文学为最有势力。因其不仅益人以智慧与理性，如其他科目者然。而犹能益人以高尚之感情与艺术道德宗教诸情操也”。又谓：“儿童文学为培养儿童感情唯一之物。因为儿童文学乃作者有感情之思想，儿童读之由同情心接受其感情之浪花，自己亦起感应，若和平、博爱、义侠、勇敢……诸感情，不知不觉于此养成。读记述风景之文，便生向往之情；读滑稽小说，便生快乐之情；读救人故事，便生博爱之情；喝打倒列强之歌，便生革命之情。磨练之可使成德性也”。教育者提倡儿童文学之理由，大率如此。不论其体验若何，倡说若何，佐证若何，要皆确认儿童文学实有操练儿童思想、情感、想象、兴味之可能与效益。谓儿童文学陶冶，为一切教育之本，谁曰不宜。

虽然，吾尚有言者，儿童文学陶冶，亦为一切教育之始也。历史学者，考察任何国之先民，其人之具有特性凡五，曰起疑，曰求真，曰感乐，曰慰苦，曰解纷。又任何国之先民，无不率此五性以受原始之教育，即宗教之陶冶也。视其民族宗教性之丰富与否，而宗教或较完备，或仅具雏形于一时期，移时有他种教化代起，而即衰微，不即生长。起疑者，草昧之世，人类智识太浅，耳目所接，自然界一切变幻，如迅雷烈风高山大川巨蛇猛兽，皆生畏惧而起惊疑也。求真者，人类又见一切生死成毁之无常，因思必有常存不灭者在，欲发见此长存不灭之真物。宗教家即以为物外有神，其力无量也。感乐者，含情之伦，随在可感。春花秋月，流水高山，怡情逸性之际，则愉快心生。愉快之极，则每付之表现，讴歌、蹈舞、雕塑、绘画等艺术之所起也。慰苦者，洪荒初启，饮啄维艰，居处不安，毒蛇、猛兽、鸷鸟、恶虫、病菌，时加侵袭，生活殊感苦痛，力求所以慰藉者也。宗教于时设物外有神，可以拯苦救灾，而安慰不幸之人，遂有祈祷之事。解纷者，人类群居，不免争斗。草昧之世，饮食男女皆所必争。争而不息，则起祸乱。智者力求规定法则以息忿平争者也。

初民逸居无教，乃有神道设教，为之化育。其实起疑求真之心，扩充之则哲学科学发达之所由。感乐慰苦之心，即文学艺术之所胚胎。而解纷之心，尤为政治法律道德成立之基础也。人秉天性以生，率此五性，以长以养，而文化兴焉。儿童时期——为时较长者——不能外此五性。其表现可得而见者，与初民同科。此 G.S.Hall 所以有“儿童为人类之复演”之说也。且儿童所有初民之特性，分外显著，即如起疑求真之心。据 G.S.Hall、T.L.Smith 以间接问答法研究之，收得答案一千二百四十七件，中有四百七十七件——占全数百分之三十八点二五，几占五分之二——属于疑问者。按其问之性质约为六种，即：

一、天然之势力；

二、机械之势力；

三、生命之来源；

四、神学与圣经故事；

五、死亡与天堂；

六、专为好奇之问语。

在其报告中，有不少之例，如：

1.女孩三岁半时：为何太阳会发光。谁将这些明星放在天空？

2.女孩七岁：雪从何处来？太阳晚上何处去？

3.男孩六岁：鱼能到岸上来睡眠否？

4.男孩八岁：指与看新月，要问旧月何处去？

5.女孩五岁：汝为女孩时我在何处？

6.男孩八岁：我未生以前在何处？

7.男孩六岁：耶稣为婴儿时，知道得与上帝一样多否？

8.女孩七岁：人为何会死？埋在地下，为何彼永远住在地下，抑能他往否？

9.女孩六岁：现在还有神仙否？汝曾见之否？

儿童想望之心，及求解决之思维，亦有明显之好例。T.L.Smith 又曾以间接问答法，研究得儿童之梦想。谓自十七岁至二十五岁之师范生四百六十九件，七岁至十六岁之小学生九百八十件，外成人二十三件，老年人三件，共一千四百七十五件。其间惟有五人无有梦想。梦想内容，约为财富、神仙、运动、旅行、职业、名誉、结婚、成家等。

1.有女孩十岁，谓："我之梦想，是一次在可爱的城寨中，吃珍馐果蔬，化为神仙，执一笏杖，有房屋数百间，满贮二十元之钞票，带一串金刚石花。我想要有无数的洋娃娃，立刻就有了洋娃娃，穿丝衣，置小车上。一年均为夏日，我更有白水、红蓝、轻灰等颜色衣服，男女孩伴与我游戏，并有很好之故事书。”

2.女孩十三岁：梦想为女著述家，漫游欧亚各洲，著述关于各种民族之书。

3.女孩十八岁：常梦想着故事小说。

4.女孩十八岁：梦想结婚，有美满家庭，图书装饰，养育最可爱之红颜卷发儿女。

梦想者，想望之心出于潜在意识之下者也。又据 Browin 所著之 *Study of Children's Reasoning* 中有调查儿童思维之事也。谓：

1.甲三岁，思种小银币于花园，望其生长而富。

2.乙五岁，见树枝弯曲，曰看此树坐下。

3.丙七岁，翻看美人画背面，以为其衣纽当在背上。

4.丁七岁八月，见烟囱黑烟成云，以为次日必雨。

5.戊十二岁又三月，埋小猫甚浅，闻一猫鸣，以为喊救，愈加闷塞住，不使再活。

然则即此以观，儿童心意中，实包藏无限之好奇、求乐、想象、解释诸热忱；与足以求知一切哲学、科学、文学、艺术、政治、道德之学问，正其趋而纳诸轨，俾其发育成长，舍儿童文学莫属矣。原民原始之教训，托之宗教，即利用惊疑、慰苦诸心理，而为神道设教。其承乏一时之教化，功力自不可没。同时人文渐兴，起为代替。人类五性，乃传受人文主义之陶冶，而日进于人类自创之文明。其人文主义之普育，即恃文学之伟力，故人类之始有真正之教育者，惟有文学。惟有文学能导之于人文。由今观之，儿童时代，宗教性虽不若古昔之富有，而宗教上可以利用之惊疑诸心，终不可灭。故儿童初期教育，亦因势利导，而给与丰富之儿童文学，以整饬儿童之精神界。

儿童文学，应儿童心理自然发达顺序，开濬心灵，在德国教育界认为非常可贵。其他欧美日本，亦甚重视。且多以童话，画成本子，以供幼儿玩嬉。德国小学教育者，每以《格林童话集》中《狼和七小羊》之故事，引起儿童母子感情。假借童话中之本事，暗示道德。有主利用童话所叙简单之社会生活，使儿童因而略知世故，为处世导线。有主利用童话中超自然思想，养成儿童之宗教心。有主给儿童记忆鸟兽草木之名，使晓微言大义，补助读书能力。凡此运用儿童文学之主张与事实，是早已认识儿童文学确有为一切教育之始之可能耳。

或者曰：儿童文学，取材神仙以为教，结果将不免于养成迷信，此过虑之谭也。儿童之生，维续转变生长者也。儿童在某一时期，与以某一时期之滋养，瞬焉过去，再不回恋。故幻想没而思维兴，儿童即有脱离游戏生活而入于现实严整工作之倾向，对于事事物物，都取思考评估之态度。于时再有为津津乐道神仙故事者，则不值其顾盼矣。因神仙故事，只以激起儿童想象力，换取兴味，未能发其信仰者。故遗留于明敏易变之脑海，印像甚浅，不致牢牢铲蚀儿童之记忆，使永不能泯灭。反证儿童心境，将由此转变成为考求人类真实原史之兴味。因讲神仙故事，亦必虚构一种模样、动作行为与时地，此历史法也。欲无形间，已被习得而乐之。又神仙决不真实，仅为拟人。既曰拟人，则必其为描绘近人者。

儿童思想，从拟人故事之赏识，而进于人之历史，一转念耳。于时授以《树居人》《穴居人》《野人记》《鲁滨逊漂流记》，实为适合之材料也。至于神仙故事，所述神仙本身，及其作法之变幻，不久亦能使儿童心灵自起怀疑。如流传甚盛之《小神仙及其视觉》《食物与神仙国》，且有巨人、巨神、巨鬼，半动物半人、风神、雷神、仙草、飞行、帽子、隐身法之类，每欲探求其真实之存在。探求不可得，次即推思略可凭藉以为研究之实体，转入于浅近之自然研究。获一青虫，详察其形体与生活；得一玩物，如机车、音琴之类，必拆视其内容构造。将以谛究而与神仙传说相证。神仙传说之间，固具指引儿童接触自然、理会自然之力者也。且人类以学术解释宇宙一切，至于分科别术，至精至析矣。然所以解释之者，无非属于假定。所谓真理，决无准则，只能假定为真理，或逼近真理。儿童以假定之思想，解释一切，犹之成人。

苟一察童话所载，有科学假定，每不如童年幻想者。夫格致学者飞行之试验，近代始有之，其成更属最近事实。法兰西飞艇之发明，距今仅二十年上下耳，而童话中飞行之想，已发现于三四千年以前。希腊神话及北欧神话，以至我国、印度、波斯之传说，关于飞行空中之幻想，挺生亦甚早也。海底游行，龙王之居，水遁之术，为今之科学者之潜艇思想所由也。空谷传声，为电话、无线电报之思想所由也。夜光明珠，伏魔宝镜，在古昔童话荒唐不稽，孰知今世有金刚石、五光雷、电母、Radium诸物之意外成果欤。是则引导儿童入于科学研究者，亦莫若儿童文学能自然多趣矣。

《两条腿》为科学童话之一。或者又曰：神仙传说童话之类，仅能训练幻想。其训练与实际人生远相离绝，乃徒费无益者。将来不能凭此训练，使儿童了解生活及职业等问题，此又似是而非之论也。夫所贵乎教育者，为能就实际生活之现状，继续导人于理想之更善之一境也。如泥于杜威氏“教育即生活”之说，则凿井而饮，耕田而食，制衣服，兴宫室，亦即生活矣，何讥乎逸居而无教。近代震骇于机械，醉心于唯物，迷溺于互竞，于是人之生活问题，全仰托于所谓现代之教育，且大倡实用、高呼职业也。就欧美往事，如大战之酿成，无产阶级之增多，以及文明大都会间所发生之最不人道事件推测之，必无佳果。盖人生实际生活以外，自当有精神之教育，使较有理想。从单个之人生（家族主义个人主义之产物），偏狭之人生（贵族专制、资本专制、无产阶级专制之下之产物），进于世界化。世界化之教育，全人类中心主义之教育也。我人久久渴想之广大之人生，将于此教育陶冶之初，未可以执近因以求近果也。

儿童文学之所教导富于幻想者，长育其幻想，引而启之于理想之途。有理想而实际人生，殆无干枯之虞；有理想而实际人生，能渐有进展。实际生活上之供养，尚属精神教育之产果。儿童文学，又为人生教育之始，不亦显著哉。在儿歌、童话、物语、寓言之中，有述动物相处之道，人与动物互处之道、历史人物之模范事业、成败之德性等，暗示道德规范，并与以理想余地。不尚教训形式，全以故事等具体材料，有意无意使儿童于此，引纳至于潜在意识之下，习焉而化，道德教育之良法发轫在此。是故综言之，则儿童文学之陶冶，实为语学、文学、哲学、科学、道德、艺术等一切教育之始也。

居今而言社会事业、世界文化者，辄曰改造。试思改造之入手与其手段，孰若教育为适宜与根本者乎？而实施之教育，又孰若儿童文学陶冶能为之本为之始者乎？是故为教育者，首当认识惟儿童文学乃为儿童教育之主要原素，能将全人格、全理性，陶冶儿童。慎加修养，慎择教材，所谓改善人生，再造文明，原动在此。尚有可注意者，则儿童在家庭间之文学陶冶，实为家庭唯一自然之教育。积极言之，则家庭间对于儿童实际生活之教导，与其他教训、督促、消极训练，皆不足以言适当之教育。家庭间儿童文学之陶冶，则惟为母者是赖，为其尤亲切而自然也。然则一切教育之本之始之儿童文学，首任实施者，其责职尚在母性矣。

【研究题】

一、试略言儿童文学为一切教育之本！

二、试析言儿童文学教育与心理之关系！

三、试言文艺教育与文学教育之别！

四、试言儿童想象界之各态及教育之法！

五、试言儿童思维教育之进展程序！

六、各教育者对于儿童文学教育之意见，试归纳之！

七、试例证儿童为人类复演说！

八、汝之弟妹曾有何种之梦想？

九、汝之弟妹曾有何种之疑问？

十、汝之弟妹曾有何种可以研究之思维？

十一、汝之弟妹阅读儿童画报有何种反应？

十二、汝之弟妹阅读童话故事等有何种反应？

十三、试言文学上宗教教育观与人文教育观！

十四、试略言儿童文学为一切教育之始！

十五、童话故事在教育上之效用如何？

十六、原始人五种特性在心理上之地位如何？

十七、原始人五种特性在文化上之地位如何？

十八、试述儿童文学教育之历史观！

十九、儿童文学教育开始，宜于何时？理由何在？

第八章　儿童文学之体制

儿童文学之领域，即文学领域之一部也。旁枝挺茁，抑较有扩展者在。文学之流播，系乎书本，儿童文学为其口述者也。书本文学利于经久论定，而不失真，口述文学妙在自然蜕化，以求普遍也。人之文学心理，不外传述经验、智识，发表意念，抒畅感情。儿童心性于原民为近，其文学材质与体制却不便悉形从同。材质之论，前文粗具概略，兹就体制而探讨之。

童话一词，如今流行最盛，译自日本，原意虽为对儿童谓语，今成术语，作为 Marchen 之译名。为根据原始社会之思想与礼俗所成之文学。乃自人类学研究上定义，其间包含儿童与儿童智识程度相等之蛮民乡人，含有娱乐性质之故事。然若孙毓修氏之《童话集》，乃包括一切寓言、小说、神话、历史故事与科学故事，可谓儿童文学之又一名称。

真实之童话材料，莫过于儿童自己，或其相等程度之人所口述之事，由其简质之心理，感受天人间种种事象而发生者。盖吾人在保抱孩提之岁，智识发达与原始人类同在一级。最初启发之者厥维鞠育之慈亲，或喂哺之乳母，而乳话（Nursery tales）实为滨沦儿童之唯一入手，故童话又称 Nursery tales 也。至于乳话材料犹之原人不明物理，对万汇及所谓天神地祇人鬼物妖之类，概有动作生气——拜物教起因——或演之为神话(Fairy tales）以授之，则欢跃愿听焉。其后传讲是类事实，使人信而不畏，则变成传说（Saga Legends）。再后将其事实使为文学化，乃成所谓童话。故童话之构成，尚为神话传说之演进，而童话中又含有神话与传说者也。

是以辨认童话，并无一定体制。自其较狭之义言，则为神话传说之文学化，而根据则在原始社会儿童社会之思想想象。世界各种人类之进化，迟早虽有不同，原始礼俗，总属一致。因此各国流传者，每有相似，或异材而同旨，或同材而异趣。若动物变化人形，掠妇人以为婚，季子少女必定贤良，且能成功。牛或鱼等动物，能默助善人，被人害死者，能变物类报仇。

研究者综括之，定为“物婚”“季女”“灰娘”“故妻”……诸式。灰娘为Cinderella之意译。Cinderella——安徒生之《辛头拉与玻璃鞋》中言：继母宠爱自己儿女，而恨前妇之幼女，使之睡在灶下。后得死母之默助，反占优胜，而继母之女失败。因其有灶下睡觉之事，名之曰“灰娘”。又因各需流传是类童话甚多，故以为一种定式。至于“季女”式，童话中间为少女者，一定优秀。在人类子女经验上，大致青年期未曾脱离时，或首次诸胎所生子女，每嫌资性粗鲁，而特爱少子季女之明慧。是亦有学理之根据。但考之人类学历史学之昭示，则欧洲古代，且有以季子少女，明慧才干，为父母者传以产业，著为风行，迄乎中世之“季子权”也。然则苟将儿童文学分析研究，确能得原始社会之背影，而所谓诸式者，又不仅于童话见之，比类究诘，凡故事、小说、诗歌所载孰能外此。

童话通行之分类为：

一、纯正的，都自原始人类遗传下来或从世说转变而成。有：

1.代表思想，乃举一种天然物，用原人思想，想象其种种灵怪之变化复活等。

2.代表习俗，则举人事传说，其备极变幻，视若荒唐，但确有原人礼俗之根据者。

二、游戏的概为后世文人之造作。有：

1.重复故事。其类甚多，农民社会每多传述。

2.趣话。多为形容愚人行事剌谬，以逗人笑。

3.物语。系假借物类习性，演成故事，若狐猾狼贪等。

要之童话之渊源，即在原始社会之风俗习惯。现今学者常离童话本身，而利用其材料，以研究他事。如以之研究方言，为语言学者之参考。选童话作寓言讽刺，可供辩士之采取。有由童话中，寻绎原始思想，以与现今欧美两洲以及各处野蛮民族为比以便行政，成为政治家之参考。有从童话中原始思想，以与儿童思想切实比较，去其背谬现代心理之事，选供儿童阅读，则又为教育者之辅助物。其法多门，其用甚广，吾人研究，自当先就童话本身确切研考，参证儿童心理，以为化育之具也。

吾国童话易收集者，尚在儿童和乡人口述之中，至于书本所载，惟视其有无显然造作之痕迹。若其含有娱乐性质者，多分属于童话。即传说神话之所讲述，倘以为随便消闲取乐者，犹属童话之范围也。我国搜集固有之童话，成书者殊少，颇难具体研究也。今之流行最著者，概为迻译之本。如安徒生、王尔德、爱罗先珂，及黄洁如《童话集》，郑振铎《天鹅》之杂译。惟王尔德氏及托尔斯泰、梭罗古勃等，果属童话作家，但可谓之童话体之作品，而非其纯者，是又不可不知也。

神话（Mythology）之义，含有“寓言”，荒唐无稽之谈，神怪物语诸性。若就 Mythology 语源考之，则有沃哈茂氏，公元前四世纪希腊哲学家谓：“为历史事迹上比较之，物语神祇，都指世上布仁政或起人敬畏之帝王英雄。”史宾塞（Spencer）谓：“神话中之神祇，原为地上之人，后来崇奉之如神明，然不及天上之神。”十九世纪若英之马克思蜜拉，德之孔思，法之米希尔，从语源上证明，谓 Mythology 初为指自然界之大现象而言，不外诗之寓言。神话中之神祇，指物理界重要现象，不可思议之原动者而言。神祇名称，仅为此等现象之形容词耳。最近神话学者郎格氏，将神话始原，归之想象，以为太初人民智识偏狭，故表现之神话，都属粗鄙。路爵氏以神话始原，归于古代人民之心理状态，以为古代人民经验甚浅，而又缺乏论理头脑，无论何事都从直观感觉上发表意见，所以有人神同形之想。此则从思想解释神话之意义也。总括言之，则神话为含有超自然神、自然神、人神——即地上之神后为崇奉如神明者——之上古民间故事。

神话之发生说，以 Andrew Lang 为最备，其言曰："神话为原始人信仰及生活之反映。"谓原人思想有可举之特点六：

> 一曰，万物皆有生命、思想、情绪，与人类同。
>
> 二曰，有呼风唤雨、变形魔术之迷信。
>
> 三曰，信死后灵魂知觉与生前无二。
>
> 四曰，信鬼可附于有生无生各物，而灵魂常可脱离躯壳，变鸟兽以行其事。
>
> 五曰，信人类本可不死，乃为受仇人暗算而死，此限于少数民族有之。
>
> 六曰，觉自然现象生死梦睡之奇怪，就其蒙昧思想造作故事以为解释。

凡原人对于宇宙间森罗万象，误信具有独一无二之精神之真宰，真宰所辖，横被四海，弥漫六合，上天下地无所不到。但物换星移，无形中神灵所有之管理威权，无有表现，乃转于凡百有形之物象，悉赋以神灵，驯致天地山川田园都市地狱善恶学艺富贵……无不有神。故罗马著作家佛尔洛氏（公元前 114—公元前 126〈疑有误，编者注〉）研究神话，谓有三万神；而日本传说宇宙之间有神八万也。

D. A. Nackenzie 尝言："神话为信仰之产物，而信仰又为经验之产物。"人类经验之多少精粗，及其特富或绝无者，均各有异，概以地域之位置形势气候而别。

以农业立国日进于文明之民族，其神话亦呈现农业特色。就王嘉《拾遗记》中记载，如："春皇者，庖牺之别号，所都之国，有华胥之洲。神母游其上，有青虹绕神母，久而方灭，即觉有娠。历十二年而生庖牺。""以木德称王，故曰春皇。其明睿照于八区，是谓太昊。昊者，明也，号曰木皇。"大致农业民族，恃春令而播种耕耘，故于春神最为崇敬，奉之为特惠之神，以与稼穑之神，著明关系。若希腊神话谓稼穑之神，乃春神之母。我国农作神话，古史家称神农教民稼穑，继伏羲而有天下。仿佛伏羲为春神，而神农为稼穑之神，颇有相关之痕迹。

至于印度地域，年受若干月之酷热与干旱。其民以为旱魃将肥田之水，藏入山谷。迨世界将旱死时，雷神音达拉始挥动雷锤，诛戮旱魃，乃作云霓，溉注化雨，百草复苏，五谷丰登矣。巴比伦神话中，有水妖地阿麦跑入幼发拉底河，使水泛滥，水妖被墨洛达西所杀，使世界仍复旧观，农民方得播种。埃及神话有尊神拉将害人妖怪除了，收回尼罗河泛滥之水，于是农民得丰植五谷。盖印度、巴比伦、埃及或有旱令，或有潦季，故发生旱魃水怪之神话，若雨旸时若之地，则无之。山乡民族，畜牧为生，不知稼穑，则亦无之。

统观世界民族相传之神话，若开辟天地，为原人究诘宇宙来源之思，我国有盘古氏开辟天地、女娲氏炼石补天等。希腊有混沌神 Chaos 与其妻夜神 Nyx 之统治最初世界，子为黑暗神，孙为光明与白昼神。又从其子孙，造海、造天，生草木百花鸟兽之传说也。若日月风雨及其他之自然现象，有羲和驭日、羿妻奔月、Apollo Diana 为孪生姐妹之日月神、天空之后为 Hera、火神为 Hephaectus、海神为 Poseiton 等。若生事发始，有庖牺、神农、蚕神及 Juptier 为人间秩序与和平之保卫者，Plato 为死亡与财宝之司命，以至亚麻、蛙盐等，均有故事。若人事神化，则都为民族英雄之武功神话，如黄帝征蚩尤，颛顼代共工，及战争之神有 Nars。即司文艺者，亦有九女神云。理想神界，有记载神仙居处，如《山海经》《十洲记》所载，及“蓬莱”“幽郡”等。惟此种神话，原人思想分量甚少，在我国更都为道教或佛教化。

近世科学发达，凡研究人类初期历史故实，及民俗学者，多取资于神话。为其传说，确为初民经验之渐展，与想象之所搀入也。故实际太古史事，与神话殊无二致。古代历史家，且以神话为历史影写者，则如我国民族历史之首页，有盘古氏也。至于我国历来神话主体之神话传说上，与文辞上迥异。文辞上传来者，由于道家。其神仙仅为辟谷长生得道者，从不参预人间事故，如刘晨、阮肇等。后来诗人文士，常将神仙名词咏入词章，以为修道长生遗弃世务之象征也。传说上之神仙，如笔记、丛谈所载，不仅象征，乃至其神如何福善祸淫，如何参加人世事务，流传民众间颇广，如吕洞宾等是。《酉阳杂俎》《聊斋志异》，叙述神仙事迹，几与凡人无二，惟能使法术而已。泰西神仙故事（Fairy Tales）中，所述神仙同此。有小神仙 Fairy Elf、矮仙人 Dwarf、樱黄小仙 Browning、丑仙 Goblin、地底仙 Guome、小魔 Puck 等。小魔常做坏事，小神仙有时助人，有时与人顽笑，好意居多。而 Tairy 常为善，爱助人。彼方描写神仙，固心性近人，福善祸淫处，与我邦亦同。然则神话之为文学，其合于儿童思想者，确为适当之资料，有利无弊。惟当视神话为一段故事，因其有些微特异情形，超越自然，儗似人类，其间另有思索不到之意义也。

我国神话之丰富、美丽，本不弱于西土之希腊。特以丧失过多，仅存零星事件。说者谓有二故：“一者华土之民，先居黄河流域，颇乏天惠，其生也勤，故重实际而黜玄想，不更能集古传以成大文。二者孔子出，以修身齐家治国平天下等实用为教，不欲言鬼神。太古荒唐之说，俱为儒者所不道。故其后不特无所光大，而又有散亡。”然仅存之零星，又以佛老化与传说思想之变易，研究搜求者，不可不知也。

传说（Saga-Legend）一词，原为民间口口相传之事，与神话同隶于童话范围之内。但初民文学中所谓神话，所谓童话，所谓故事，皆系乎传说而传。则传说似又只少可概儿童文学一部分言之矣。然析言之，则神话所述属于神仙，传说所述属于人事，有宗教性与历史性之差别，形式虽同，而实质异也。传说有时讲述半神英雄，而故事讲述均为世间名人，形式虽同，而一为史话，一为传记也。又以神话、传说、故事，均人与事并重，且时地都有着落，与重事不重人之童话，俨然有相对之势，故传说亦自有其成立之地位。其记述都为英雄，虽杂有想象，比较近于现实。

传说之材料，大都尚在民间口中。民间相告之说，讲授儿童之话，如为非神话非故事者，殆当其选。我国若《孟姜女望夫石》等，撰述为文字流传者，尚不及口传之广，且各地各有其地方之传说。现今之平话，确有传说之性质。演义小说，乃其有原有本著之文字者也。此类资料，应用于儿童文学者，尚有利于表演也。

故事（Logos Anecdote）亦为传说之一，其异者所传都属传纪性质。其与小说亦相类，为其记实而外复搀入假想也。惟其结构全顺事实之自然，别无艺术上特著之章法，不如小说显然有经营结想之迹。近世写实作家自然主义之产品，实同其源也。故事之流行，亦以口传为主，近今都布之篇章矣。

故事对于历史记载可使之通俗化，于宗教伦理可使之理想化，于科学观念可使之浅易化。故历来宣传史事、宗教、科学、智识于常人或儿童者，除原有自古流传外，复以故事体作品述之。有历史故事（Story）、神仙故事（Fairy Tale）、奇怪故事（Wonder Tale）、科学故事（Scientitic Story）、天然故事（Nature Story）等，是皆出之富有兴趣之记述，以投儿童爱好兴趣之心理，其功效较之全以知识学科教授之为大。

搜集故事材料，谅较传说为易。因其仅就人生事实言，积几千年史所不及收之人事，记载必多。观于笔记、杂著、类典、掌故等之宏富可知。凡此著作，均故事也。特古未有专为儿童搜辑者，三四年前，商务印书馆始有中国故事之辑——儿童文学丛书之一，但其间选自本国旧有书籍，于民间口述殊鲜。而选译自他国者，编辑人创作者为多。此则尚拘泥于道德教训，与锻炼思想之范围，未能将常识、科学等纳入之之故也。

寓言（Fadles）之作，本亦假于物类，乃由动植物材料，编造故事而成。取讽谕之旨，达教训之事。其取材平实处如故事，亦即所谓物话也。其寄意耐味，使人自由领悟处，亦即取譬相喻之喻言（Apologues）也。人类辨析事物，宣达意思名物而外，自有状形，形容事状，有时而穷，则不能不引喻以济寓言之妙。编造故实，以彼喻此，可以起兴趣，可以传讽刺，于儿童初民文学至为合宜而应用。搜集寓言材料于古书中亦多，坊间已辑有《中国寓言》，而《伊索寓言》原为流行于我国最普遍最早之书。托尔斯泰亦有《寓言集》，今刊于其儿童文学类编中。

谐谈（Humorous）即滑稽之言，系借事物谈论，以资取笑，亦属编造故事性质。隽言冷语，妙有机括，谑而不虐，无伤大雅。以为趣话（Drolls）之材者，除特为编造外，若顽童愚人，或狡黠之人、急智之人，其言行间，均能有逗人顽笑之资。操练儿童知慧，与增添其生趣者，此为最善。各国文学作品中，固无不有谐乘笑林者，取其简明雅洁无伤童心可也。

谜语（Riddles）之制，编语成文，隐射物象，开发心机，以取娱乐。有物谜、字谜之分。用于儿童文学者，当以物谜为主。且须编造韵语，佐以图画，使之可歌。猜不中者，亦得按图索物，全出自己智力之领悟，益增兴趣。有可注意者，编造取其自然，隐喻勿致晦涩或费解。此固与寓言都含教训殊致，而情味当与趣话仿佛，其特色在需人猜想而后自得之。已搜辑成书者，有儿童文学丛书中之《中国谜语集》。

谣谚（Proverbs）发源甚早，初民积有生活经验，辄以熟练之成语，依自然声韵，编造而成谣谚，为其利口诵而传述经验较易也。在原始社会中，以之解释事象，判断是非，几视为格言科律。至今社会间，何地无通行之谚语，传述史事者有之，占验天时者有之——农业国多天候占谚，农民渔子之口，最为丰富——问休咎者有之，当引用之时，与作家引经据典，其用无异。惟进化民族之谚，不尽可歌如谣。儿童所适用者，确为谣谚，动听易记，且多兴趣也。今北京大学风俗研究会，正收集谣谚，粗有头绪云。

诗歌，综童谣与诗言之也。童谣（Ballad Dance）兼带蹈舞徒歌者也。至于歌（Song）则有章，介于谣与诗之间；诗（Poem）则全章更有节奏格律矣。故严密区别，则可曰：童谣是谣，儿歌是歌，民歌是歌。即原民之且歌且舞者，犹是谣舞之绪余也。今论我国诗歌之起源者，莫不曰滥觞于歌谣。且以“葛天氏之乐，三人操牛尾，投足以歌八阕：一曰《载民》，二曰《玄鸟》，三曰《遂草木》，四曰《奋五谷》，五曰《敬天常》，六曰《达帝功》，七曰《依地德》，八曰《总万物之灵》”——为引。葛天氏之歌，亦谣也。前代藐远，征纯乎为谣者，其必于六洲蛮荒之族乎？今之浑称歌谣，或曰童谣，或曰儿歌，宜矣。古籍所载童谣类，皆寓为君国大事，欢颂预言，且其口吻不属儿童者。如尧时闻之《康衢儿谣》曰：“立我蒸民，莫匪尔极，不识不知，顺帝之则。”欢颂者也。晋国《取虢之童谣》曰：“丙之晨，龙尾伏辰，均服振振，取虢之旂，鹑之贲贲，天策焞焞，火中成军，虢公其奔。”越人《沼吴之谣》曰：“梧宫秋，吴王愁。”预言者也。今采取儿童歌谣以为文学者，自异乎是。

然儿童非能自作歌谣也，间有作歌之端与动机，完成之必恃乎成人。况成人社会，其思想情感，多由此假托乎。故析言儿歌之质，有得自自然物象者，有得自人事者。而人情蕴结之余，家庭琐屑之常，借着黄口小儿导泄之者，亦复不少。如将儿歌鉴别，一一绳以定式，则“新妇”“恶妗”“恶嫂”“委女”“灰娘”……诸类，固不独童话中有之。抑其音调铿锵，足以舒唱导泄郁勃之功，远出于童话之上者。刘经《楚编歌谣》与《妇女》二其一例，在儿童含哺以歌，只需词句顺口，声调动听，含意多趣，便可使斯须不去诸口，利其游戏本能，怡情养性，为之纯文学陶冶者固莫尚也。

儿歌材料，本甚丰富。大致从其环境与经验，渐渐扩大。歌体原无定则，而变化多门，有不可以通行文理事理论。而各地有其共通之性，有其特异之所，今搜辑成集刊行者已复不少。若再加以内容之整理，精选为用，则所谓温柔敦厚之教，将亦基于是矣。

继儿歌而敷教者，以诗。诗之道，固若未可与语儿童也。特浅近文言之诗，古体乐府之诗，语体新旧诗，就其爱美自然，激发志气，启牖性灵之作，为儿童意境所有所近者，使之欣赏。则于其兴观群怨之余，亦可免不学无言之弊。况诗本属人生之表现，实德谟克拉西之文学也。精神方面，事理叙述真切，足以表人类真正之思想。情景优美，足以引起人之同情。形式方面，声调合自然之节奏而谐声韵。文词之描写自然，而有情感色彩。儿童之于人生意味，且依次而领悟冥契也。

传记游记，皆属散文（Essaies）。传记记叙历史事迹，游记叙述地方形胜。传记描写个人事迹，能将其声音、笑貌、性格、事功具体毕写，整个人生涌现读者之前，儿童每喜谈英雄义侠之传说也。游记随地赋形，引人入胜，如同亲历其境，不出户而神游四海，其扩充襟怀之功莫大，亦儿童之所爱读。如或多志新奇，则尤善矣。

散文，亦包论文说理文而言之。儿童所需，皆为物理、事理、叙说、论评，浅近之作。求其合其经验与意境，而其文又清浅有序，富有美术性质者，以之磨练思考，使知文学批评人生，指导人生之用在此。

小说（Novel）者，扩充之故事也。包罗童话——可兼民话言——故事、史话、传记、游记、论说……之材料。或以事实，或属虚构、假设。要能绘形绘声，有首有尾，情致淋漓，能使读者全神贯注，如置身其间。盖小说之作，乃为有结构有情思者，其工力自较童话故事为进。而描绘事实足以尽事实之隐微琐屑，更能虚空结想理想之境界，以慰藉夫现实之人生也。儿童小说之要求，本基于爱好故事心理之进展，而小说本体，新奇之结构，变异之繁复，描写之生动，均足以强度刺激其心，而坚其文学反射之功者也。小说种类殊多，历史、侦探、义侠……诸作，于儿童尤为合用。

剧本（Drama）内容近于小说，而务取适于表演者，此盖谣舞之进化也。谣舞具有歌辞、音乐、舞蹈三者。歌辞宣其事，音乐表其情，舞蹈象其形，戏剧之雏形也。咏歌之不足，不知手之舞之足之蹈之也。剧能表诗文小说所不能表，能举抒情记事写景说理，一一现实表白，能发时间空间节奏诸艺术美，而为同时性之美。初起无非游戏，故戏剧于各民族间发生甚早。文学艺术与时演进，而剧之为学为用日臻美备。儿童富表演性，爱好游戏。文艺表演，本其所长。故剧本亦为儿童文学中之主要材料，于历史剧、故事剧、趣剧，独幕剧等最相宜。

吾言儿童文学体制备矣，不能不惊叹儿童文学之领域，若此之广。盖其包罗于文学之全体，为之发源，为之原型。举凡文学所有之体制，无不割取其儿童意境之一席也。言文学起源论者，莫不以人类发于内力，乃为文学之表演。人类工作之后，精神余裕，则藉乐歌以自遣；操劳过甚，则乐为故事趣话以相慰，此游戏性也。不朽之心，人性俱有。叙述先民遗烈，传播往古胜事，一以崇德报功，因企慕而生步追之心；一以尊己抑人，发扬种族精神，不欲使可传之事，湮没无闻，此历史性也。已有所感，乐与人共；播之诗文，以博同好；或不平之情，非泄不安；感物而动，不能自秘，此自表性也。文学多门别体，而形成之原，实系乎此。故于儿童文学体制之研究，亦可得其梗概，并以示三者之于儿童，孰为丰富。反证儿童文学诸体之于儿童，需量几何也。请汇前论而表以明之：

儿童文学体制上，尚有可附带说明者，则书本形式是也。书本形式足以助儿童文学兴趣，宜装订美洁，封面新颖，字之排列，画之装点，均有可以研究。且图画实为儿童文学辅佐要件，若故事画，若谜画，若剧幕画，甚至童谣儿歌……无不宜画。于儿童幼期文学读本，更不可少。故有画无字之图画故事，与有腔无字之乳歌，同为儿童原始文学之主要材料也。

【研究题】

一、儿童文学与文学之比较如何?

二、童话之意义及由来如何?

三、神话之原始发生者有几类?

四、君能记忆童时所闻之神话否?试述之!

五、传说与童话、故事、神话，其别何在?

六、故事与小说之别何在?

七、寓言与故事何别?

八、谐谈之功用为何?

九、谜语之发展观如何?

十、乡里间熟闻流行之谜语为何?

十一、谣谚之功用如何?

十二、谣谚之发展观如何?

十三、乡里间习闻之谣谚为何?

十四、试将《儿歌集》所载儿歌归纳为若干定式!

十五、诗与儿童之关系如何?

十六、传记、游记与儿童之关系如何?

十七、散文在儿童文学上之地位如何?

十八、小说与故事之别何在?

十九、剧本之效用如何?

二十、剧本在儿童文学上之地位如何?

二十一、儿童爱好剧本之原因为何?

二十二、儿童历史性之表演为文学者为何种?举一例!

二十三、儿童自表性之表演为文学者为何种?举一例!

二十四、儿童游戏性之表演为文学者为何种?举一例!

第九章　儿童文学之教材

儿童文学材料，诚如前章所述，亦既富赡矣。用以教导儿童，何虑不给。然为教材者，何可不经选择乎？近今教育者，于选材之论，实验之方，颇有可资准绳者，请先述之：

周邦道《儿童文学之研究篇》，述儿童文学取材之标准，分形式内容两方面。

一、形式方面

（一）用字由浅入深。初年级用白话，高年级文言白话互用，但宜相题行文，不必拘泥。

（二）初年级文句宜短些。因小孩脑筋单简，句子太长了，念起来，便很困难。但从不合语言自然的单字单句开始，也是不好的。

（三）文字要和言语的自然次序相吻合。白话可用口语直接的讲说出来，文言可用口语直接的译述出来。

（四）层次要清楚。使儿童阅读以后，或谈说以后，里面大意了如指掌。

（五）行文要活泼畅利，不是呆板、平直、干燥、简短的通俗文字。

（六）初年级韵文多些，散文少些。高年级则韵文、散文并重，因韵文是文学的起源，便于记忆，又便于儿童的口语。

（七）不宜堆砌典故，或矫揉雕琢。

（八）生字反复次数要多。因为儿童认识一个字，而且要牢牢记得，是很困难的。除非反复次数多些，使他有重习的机会。

二、内容方面

（一）合儿童的心理，而儿童可以欣赏的，可以想象得到的。

（二）有吸引的能力，使儿童发生隽永之趣味，而且很欢喜去读的。

（三）有刺激性，能促儿童自然而然注意的。

（四）合儿童的见解，而投儿童之所好的。

（五）合时代精神的。即平民的，和平的，而无专制贵族气味的。

（六）富有感情的色彩的。感情有三种，即作者之感情，书中之感情，与读者之感情。然读者之感情生于书中之感情，书中之感情从根本上推测，以作者之感情为最要。英国十九世纪第一小说家赛侃勒（Thackeray）说，他叙牛卡姆少佐（Newcomes）之死，曾痛哭数日，即是一例。故儿童的文学，作者宜有赤子之心，自己入于婴儿的世界，即庄周所谓“彼且谓婴儿，亦与之为婴儿”之意也。

（七）含有美感的要素的。文学是美术之一种，故当然要有美感的要素。卡特氏（Charters）谓：“文学最特异之点，即是遵循‘美感律Law of Beauty）’盖文学者，除智识与理想外，又加上一层美感也。”

（八）须废弃种种可惊可怖之名目。诗人所用以描摹死后者，如地狱、黑河、恶鬼等是。又凡古事传说中之令人闻之而战栗者，亦不宜选录。因此种作品，不特于儿童有害，即成人看了，亦将因是而胆怯气馁也。

其论儿童发育之程序，与文学的材料之分配，言之綦详。谓：“儿童发育的程序，与文学的材料之分配，有密切之关系。不明白前者，则后者无由施行，则是浅而易见的道理。”但儿童发育的程序，这一个时期和那一个时期，都是继续的互掩的，并没有什么崭然绝然的界限。所以分的时期各人不同，有的分为：

一、乳儿期（Early Infancy），从初生到两岁或两岁半。

二、幼儿期（Later Infancy），从前期之末到六七岁。

三、童年期（Childhood），从六七岁到十二三岁。

有的分为：

一、婴儿期从一岁到三岁。

二、幼儿期从三岁到十岁。

三、少年期从十岁到十五岁。

华特尔（Waddle）与密勒（Muller）二氏所分者，比较更为相近。

华氏分：

一、幼稚期（Infancy），生至三岁。

二、儿童初期（Early Childhood），四岁至七岁。

三、儿童末期（Later Childhood），八岁至十二岁。

密氏分为：

一、未入学校之时期，生至三岁。

二、幼稚园与小学初年级之时期，四岁至七岁或八岁。

三、小学高年级时期，约八岁至十二岁。

现在依密勒氏所分之时期（除去未入学校之时期），略将儿童之心理叙述一下，并将儿童的文学之材料，做一个“假定的”分配。

幼稚园与小学初年级之时期

这个时期的儿童，其心理上的特征如下：

一、想象——此时期精神现象之最著的特征，即其想象发达之锐敏，称为儿童想象之黄金时代。但其所想者，都是幻想（Fancy），与实际无关。脑士华色（Norsworthy）谓其只可与成人晚间所作的梦相比较。

二、好奇心，非常之盛。盖心意的大部分，已由“感觉级”而进于“意想”或“观念”的一级了。

三、意志，未定。很容易受暗示，一刻儿这种感情，一刻儿又变为别种感情了。

四、记忆，据斯维德雷（Swedley）说，这个时期，听觉的记忆，比视觉的记忆来得强。

五、注意，散漫的，不能集中。

幼稚园里的儿童，要想叫他们读什么文学的材料，是很困难的，并且不合心理的。但我们可利用其想象力、好奇心，及听觉的记忆力，将故事讲给他们听，将诗歌唱给他们听，以养成文学的嗜好，发达文学的欣赏，预备做将来文学的起点。材料约略如下：

一、诗歌，声调要好听的，可合乐谱弹唱的。如南高暨南附小小学校用音乐集里的《摇篮》《国旗》《老师你早》……此外儿歌亦可用，但要简单一些的，如《申报·家庭周刊》所载："红鸡公，尾把拖，三岁孩儿会唱歌。不是爹娘教我的，是我自己聪明会唱歌。"

二、童话，神话及仙人故事多些，但神话不可过于离奇古怪，免致儿童恐怖。

小学校初年级的教材，宜口述的多些，阅读的少些。其大意如下：

一、诗歌，儿歌复杂一些的可以用。诗歌宜声调和意义兼重。叶韵的新诗之佳作者固可取，浅显白描的旧体诗亦可选。

二、童谣，例如："月儿光光，下河洗衣裳。洗得白白净净，拿给哥哥穿了上学堂。""学堂满，插笔管。笔管尖，尖上天。天又高，一把刀。刀又快，好截菜。菜又甜，好买田。买块田儿没底的，漏了二十四粒黄瓜米。"

三、寓言，形式取白话做成功的，内容取儿童可以想得懂的。

四、谚语，例如："若要好，问三老。若要穷，睡到日头红。""三日打渔，四日晒网。""公有公理，婆有婆理。""未曾做过亏心事，半夜敲门不吃惊。"（以上数则就是我家乡瑞金所习用的。）

五、谜语，少用字谜，多用物谜，因其容易猜想的缘故。我记得我家乡的儿童，有个常说的物谜"天星"："青石板，板石青，青石板上生鱼鳞。”比喻不大好，聊举作一个例子罢了。

六、谐谈，宜简单浅近，《中华英文周报》上有一个隽语，可引来作例——母亲说：“琼旋（他的儿子）！现在你的面儿很是洁白，但是你两双手为甚弄到这样的污垢呢？”琼旋道：“这是因为我把他们去洗面，所以才弄到这样的。”

七、童话，神话、仙人故事、动植物及天然故事等等，但想象和现实，应比较接近些的。

八、故事，平常谈谈的故事，只要有一个完全的单元者便好。

九、传记，古今名人传记，如孔子、蔡锷等等。

小学高年级之时期

这个时期的儿童，其心理上的特征如下：

一、想象，有控制的能力，失去幻想的性质。客观的比主观的好。影像于实际可以分清。

二、好奇心，据葛尔拜缺立克（Kirkpatrick）对好奇心的研究，谓：此时期儿童的兴趣，在于理解推想及费人玩索之问题（Puzzles）上。

三、意志，有实用的性质，“如我”亦渐由流动的而趋于稳固的。

四、记忆，据斯维德雷说，十二岁以前的儿童，视觉的记忆比听觉的记忆来得强。

五、注意，稍能持久，亦能集中。

这时期的材料宜利用儿童之自觉的记忆，阅读的多些，口述的少些。所叙述的东西，亦不可与实际太分离。其大要如下：

一、诗歌，民歌如《孔雀东南飞》一类的，可用。儿歌则恐没兴趣，不用为是。古体诗，如陶渊明、白居易等所著老妪能解之诗，很可采择。近体诗中音调和谐，而关于社会生活之作品，亦可选录。

我搜集了两首近体诗，觉得很有趣，拿给小学高年级生读当是欢迎的。兹录于后：

张士一先生的《卖油条》（《南高日刊》五百零五号）：

（一）“油条！油条！”到处地叫。提了篮儿，东走西跑。那儿来的温，那儿来的饱。我的母亲这样老，我的儿子这样小，还有那我的妻子这样好。那儿来的温，那儿来的饱。就是我这个东走西跑，到处地叫“油条！油条！”

（二）“油条！油条！”到处地叫。提了篮儿，东走西跑。随你是穷人，随你是阔老。肚子总是要饱，花钱总是要少。你看煮饭，那儿有这样早。随你是穷人，随你是阔老，都要我这个东走西跑，到处地叫“油条！油条！”

王德玺君寄给王德熙君的诗：

你是南京高师的王德熙，我是北京高师的王德玺。你也不认识我，我也不认识你。现有两份《民治》，从四川省寄给你。封皮上明明地写着：南京高等师范王德熙。谁知道邮差看错了，将南京当作北京，王德熙当作王德玺，把两份《民治》送到这里。我拆开一看，十分诧异。后来才知道，里面的委曲。所以把两份《民治》，亦然转寄给你。

二、谜语，字谜，物谜，均可用。

三、寓言，文字深一些的，亦可以用。如林译《伊索寓言》，材料很好。中国子书里面亦有许多很好的譬喻，只要抽割出来就是了。如《庄子·逍遥游》中有一节：“宋人有善为不龟手之药者，世世以洴澼絖为事。客闻之，请买其方百金。聚族而谋曰：‘我世世为洴澼絖，不过数金；今一朝而鬻技百金，请与之。’客得之，以说吴王。越有难，吴王使之将，冬与越人水战，大败越人，裂地而封之。能不龟手一也，或以封，或不免于洴澼絖，则所用之异也。”拿来做“同材异用”的寓言，非常之妙。

四、谐谈，无论隽语巧言，能引人入胜，令人发噱者，均可采用。如《周报》“利口捷给”一则：“英国三一大学校场之中心，有草地数方，学生例不准任意行走地上。惟犯此禁令，实繁有徒云。校中某师，每见一生，出此捷径。一日又见之，因启窗呼曰：‘我每启窗眺望，必见君在此草上行走。’生应之曰：‘我每行草上，必见师之推窗眺望也。’”

五、故事，注意写实的，如《鲁滨逊漂流记》《儒林外史》之类。

六、传记，本国、外国英雄之传记及言行录，均可用。密勒氏谓这个时期，为崇拜英雄之时期，但宜免却不适当之崇拜。

七、记叙。

八、剧本。

九、小说。

十、论说，这个时期均可采用。

朱鼎元《儿童文学概论》述儿童文学材料之分类与选择标准，简明扼要，可与上说互相参证焉。其原文为：

儿童文学材料分类的方法，从来各家的说法不同。Macclintock 的主张，分成八类：

一、神话。

二、民间传说和神仙故事。

三、动物故事和自然故事。

四、寓言。

五、英雄故事和传奇。

六、实际生活故事。

七、诗歌。

八、戏曲。

比较的要算妥当了，但还不如归纳出下面三大类来。

一、故事：

A.神仙故事，神话荒唐话。

B.实际生活故事，寓言、传记、小说、游记、笑话。

C.科学的故事，物话。

二、诗歌，儿歌、谜语、新诗、旧诗。

三、戏曲，历史剧、故事剧、趣剧。

这个分法，似乎比起 Macclintock 的要来得简明合用一点。以下就照这个分法，每类按着“选择标准”“解释”“功能”“分目和适用的时期”等四项，加以说明。

一、故事

（一）选择标准，Macclintock 的选择故事标准，大概可以选用。就是：

1.内容要切合一般儿童的心理和嗜好。

2.要变动多一些，描写少一些，与其用平淡的材料，不如用冒险或英雄的故事。

3.句法和风格，须美丽精密。

4.描写宜重主要人物。

5.动作要连续不断。

6.不要带太凶恶、太恐怖的色彩，倘使因此引起儿童残忍的本能，非常危险。

7.取材须要庄严，滑稽虽然可以引起儿童的兴味，但须忠厚，不可刻薄。

8.内容要简单，要描写“做”什么的事情，不要描写“是”什么的事情。

9.不妨碍道德。

10.要留儿童以想象的余地，否则亦须有美满的结局。

（二）解释。分三项说明：

A.神仙故事，这里所说的“神仙”是什么？是能够做非自然的事情的拟人的东西，不是道教信徒口里所说的神仙。所以故事里边，凡有这个东西参加其间的，就变成神怪之谈，叫做神仙故事。此外带有原始人的野蛮思想的，也属于这一种。

B.实际生活故事，这里所谓实际生活，意思就是供给儿童以和事实离得不大远的想象，并非完全的实际生活。所以实际生活的故事，都要“美化”过，然后适用。还有所用的材料，最好采集各国的材料，使儿童知道人性共通的地方，免去偏见。

C.科学的故事，这一项包含自然故事和动物故事。把死去的不开口的无情的东西，“美化”到生的开口的有情的，就是所谓人格化。

（三）功能。分三项说明：

A.神仙的故事

1.原始人逢到见闻力无从索解的地方，就归之于神的主宰，而发生神话。生物学家的“回复原则”，证明儿童的心理状态和原人的心理状态相同的。所以神仙故事，是最适合于幼儿心理的。

2.儿童于五六岁时，最喜欢想象些奇怪空虚的事物。他已经约略明白世界上简单的事物和情形，便想跑入幻想的世界里去，所以神仙故事是最合他的脾胃的。

3.这种故事，能够满足他的好奇心和游戏心，并能引导他们文学的趣味，发达他们的想象力。

B. 实际生活的故事

1.儿童的幻想，到了八九岁，辨别力渐强的时候，渐渐与事实分出界限来了。寓言一类的东西，便是能适应这种自然的变化的。

2.十一二岁的时候，自我意识、团体精神渐渐发达起来，崇拜英雄的心也渐渐旺盛。传记一类的文学，所以为这时最好的东西。

3.现实的状况，只要没有夸张或伤感的气味，而能奇异有趣，真切而合于人情的，九、十岁的儿童也十分欢迎，游记小说就是最好的东西。

4.笑话，是培养滑稽的欣赏的一种文学。八九岁的儿童，滑稽的欣赏功夫，也逐渐地增加起来，所以合用。

C.科学的故事

1.儿童的求知心渐渐发达。他对于自然界的种种现象，生物界的种种状态，要明白他一个究竟。最好的法子，就是用假托的故事，来引导他们入于智识之门。

2.人格化的故事，容易使儿童感到身历其境的一种情景，热烈的同情，充分的想象，是极容易引起的。

3.还有他们对于牧畜及园艺，非常热心。所以要借此引到他们记述天然之著作上去，也很容易。

（四）分目和适用的时期，仍分三项来说明：

A.神仙的故事分二目：

1.神话，仙人故事，妖怪故事等，是应注意不惹起儿童的恐怖心。五六岁至十一二岁。

2.荒唐话，凡不可信的民间传说，或书本上的记载等，都是应注意免去残酷的行为，和过于哀伤苦痛的事实。五六岁至九、十岁。

B.实际生活的故事分五目：

1.寓言，内容带有教训意思的假说故事。八九岁起。

2.传记，见于史册而实有其事的名人故事。十一二岁起。

3.小说，有优美的结构，有想象的描写的小说故事。九、十岁起。

4.游记，描写自然景物的短篇游记。事实的或假托的（如《苍蝇旅行》《蚱蜢旅行记》等），均可适用。九、十岁起。

5.笑话，使人喜笑快乐的滑稽故事，应注意不流于粗鄙。八九岁起。

C.科学的故事分一目

物话，借自然界的东西来做成的假托故事。七八岁起。

二、诗歌

（一）选择标准，除适用上面所述故事选材标准十条外，尚有：

1.音节和谐而自然。

2.字句的组织要优美。

3.感情已失中正和平的态度的，不宜选。

（二）解释。唱歌吟诗，是人类的本能，儿童生来就喜欢这个的。我们听见小孩咿唔呜哑的声音，往往合于自然的音调，就是一个有力的证明。这种文学音节和谐而自然，最足以引起和激动儿童的感情与想象的。

（三）功能

1.幼儿最喜欢唱声调好听的儿歌，意思却不大注意的。所以民间通行的无甚意义的儿歌，是他们最欢喜的。到了七八岁时，他们不但喜欢声调的好听，并且注意到有意思、有趣味上面去。那么就适用较有意义的儿歌了。

2.九、十岁的时候，他们还喜欢唱叙事的诗歌了。他们就要读新诗，或浅显的旧诗，这种东西是这时适当的供给品。

3.在七八岁的时候，他们还喜欢看一种把意思隐藏在诗歌里面的东西，谜语就是满足他们这个需要的。

（四）分目和适用的时期

1.儿歌，有普通性和合于儿童心理的儿歌，有地方性质的材料，由所在地的教育者自由选择采用。二三岁至十三四岁。

2.谜语，须有普遍性而合于儿童心理的，同儿歌一样。七八岁起。

3.新诗，有自然而和谐的音节，有合于本国语言的语法，有写景或寓言等具体的描写的。具备这三个优点的，都适用。九、十岁起。

4.旧诗，本有的旧诗里，有具备上面新诗里所列的三个条件的，当然可以适用的。此外，浅近的文言，只要同语言离得不大远，也可以采用。十二三岁起。

三、戏曲

（一）选择标准，除适用上面所述故事选材标准十条外，尚有：

1.谈话的内容和形式要很普通的。

2.凡语言动作，都要简单一些，使儿童容易表演。

3.材料的结构，最忌杂凑。要有条理，有组织，有中心的线索。尤其要免去牵强附会的弊病。

4.要有含蓄，留儿童思考的余地。

（二）解释。儿童的游戏中，本来还有戏曲的原质，所以戏曲是儿童文学中应有的东西。不过，不合儿童心理，而为成人社会的，或感慨时事的，都不宜取。

（三）功能

1.就欣赏方面说，儿童的谈话，很喜欢模仿剧中人的口吻。因为剧本里的口语，最容易引起他的注意。

2.就表演方面说，第一，因为借各器官来表演出各种现象，是人类的本能。儿童时代，这种本能最旺盛。戏曲是发展他们这种本能最好的东西。第二，在他们手舞足蹈的时候，不期然而然得到许多实际的智识与技能。第三，他们把自己做剧中的主人公，既然身历其境，便格外亲切而有味。凡是剧中的悲欢离合，仿佛都是他们做的事。所以历史上的事实，故事中的情景，他都能体会入微。这就是能够发扬模仿的及构成的想象作用，得到团体游戏的快乐。

（四）分目和适用的时期

1.历史剧，把传记的材料，编排而成的。十二三岁起。

2.故事剧，把小说或寓言等，变化编排而成的。九、十岁起。

3.趣剧，把笑话一类的材料，变化编排而成的。八九岁起。

综前以观，儿童文学教材之选择，当以儿童为本位，材料为客体。视其年龄为各类文学之配当，一也。察其智力，为各类文学内容之相当供给，二也。此心理之事也。审知各类文学之性质，估度其对于儿童之功能，三也。别文学内容外形之积极标准，如滑稽材料之易陷于欠忠厚，即非可言积极，以为取舍，四也。此材料之事也。要在审查明辨焉可耳。惟尚有言者，则教材之中心主张，不可不立。此于教育方针，人生改进，所系实大。吾人欲世界为何如之世界，人生为何如之人生，在教育者不能不先有其素养。儿童之真情，丰富流露，即是人类今日渴望于人类间者。今日人类在文学上所表现，乃为新浪漫思想之趋向。儿童好奇、想象、勇敢、争胜诸性，可使长养于浪漫精神之中；爱群、仁慈、天真、爱好、自然诸性，可使调剂浪漫思想而扶植之使倾向于现实。是义也，儿童文学教材之核心，不可不知也。

选择方法，本依经验。能重客观，而少搀主观，为惟一要诀。其选择之确定，尚须经历多次，多人，从其问答发表中，考查而后得。自测验行而客观方法于以详密。故儿童文学亦可应用默读测验，以为选择。兹举普通所用儿童文学读本材料——以本校附属小学出版者为较善，经数年试验成之——约示其尺度。且例以明之，为本章之结束。

第一度：小学初级第一年第一学期

小人在草底下躲雨，老鼠在香蕈底下躲雨，老鼠去了小人撑了香蕈回去，大人就知道做雨伞。

第二度：小学初级第一年第二学期

三个黑矮人，身上穿了黑衣裳，住在山洞里。黑矮人走出山洞，看见三只黑羊。黑矮人骑了三只黑羊，走走看见三只黑狗。黑矮人丢了黑羊，去骑三只黑狗。黑矮人骑了三只黑狗，走走看见三只黑仙鹤。黑矮人丢了黑狗，去骑三只黑仙鹤。黑矮人骑了三只黑仙鹤，走走看见三只黑兔子。黑矮人骑了黑兔子，走到黑兔子的家里去。黑兔子请三个黑矮人吃黑饭、黑果子。吃罢了，黑兔子请三只黑老鼠，送黑矮人回去。

第三度：小学初级第二年第一学期

昨天去，今天来。今天去，明天来。一天一天过去了，我种的花儿开不开。花不开，不要忙，等到那时自然香。姊姊的身体压不短，妹妹的身体拔不长。

第四度：小学初级第二年第二学期

帮助人的矮人

从前有一个穷苦的老太太，她住在树林旁的小房子里。一天晚上，她和自己说："怎么好！我橱里没有东西可以吃了，我的钱也用完了。我又病，就是房子里的事也不好做了。地上好几天没有扫了，碗筷也不能洗，我怎么好！我是老了，穷了，又病了。"

这是冬天，老太太不能去弄柴烧，所以房子里很冷。她盖了一条被，她的床就在小房子的角里。

明天早上，她醒来时，听得屋面上雨滴滴地响，房子很亮。

老太太说："那是什么火光？我听得雨声，我却看见墙上好像有太阳光。"

她撑了手，四面看看，房子里没有太阳光，火炉里有火了。地上扫得很清洁，碗筷也洗好了。火炉旁有桌子，桌上有白桌单，有很好的早饭。火炉上还有一壶水。

老太太说："各件东西都很亮，很暖，很清洁！谁做的？这里近旁没有人的。"

她慢慢起来，吃早饭。味道很好！她好久没有这种东西吃了。

她看见架子上有一扎东西。她拿下拆开一看，包里有白绒线，还有针，还有一张条子。条子上写："坐在火炉旁，用绒绳做一双手套。做完了放在桌子上，我卖了，把钱给你。"

"在橱里有很多的东西可以吃。不要做什么事，只要空来坐坐，做做手套。今晚我再来帮你做事，预备明天的事。"

老太太说："这好朋友是谁？我照了条子上做。"所以她坐在火炉旁边，做她的白绒手套。到晚上，她把手套放在桌上。到早上，手套没有了，有一块钱和绒绳在桌上。

冬天里，每天晚上，老太太的朋友常来做事，送东西来给她吃。老太太常常做绒手套。手套常会去的，钱常会来的。

到了春天，那看不见的好朋友，替老太太弄了一个园。有一天，她看见园里有牛舍、鸡棚，还有一只牛、几只鸡。老太太何等快活！她身体已经好了，可以自己做事了。她有钱、花园、牛和鸡。

有一夜，她坐在房子里，高声说："我要想看看谁是我的好朋友！"

"哈！哈！哈！"有快活的笑声来。老太太又听得有小声音唱："矮人矮小，又忙又好！夜里做工，日里睡觉。"

有一个矮人坐在架子上。他的眼睛很亮，他的嘴唇角翘起的，他的衣服是灰色的。

老太太说："哇，谢谢你，灰色小矮人，我很感谢你。"

矮人说："我很愿帮助你。那天你有病的时候，我也坐在这里。我听得你的话，我来帮助你。矮人总是这样，矮人是帮助别人的仙人。此刻你不必帮助了，我和你再会了。倘使你再要我时，我再来。"说完，矮人从架子上跳下，在房里跳舞，再唱："矮人矮小，又忙又好！夜里做工，日里睡觉。"

矮人不见了，去帮助别人了。老太太很快活地过日子。

第五度：小学初级第三年第一学期

小孩子和小雀子

"啊，老母雀！请告诉我，为什么不快意？为什么在窠旁乱飞，啾啾啾叫个不息？"

"我的小宝贝不见了，不知道在那里？有谁保护他们过夜？有谁给他们吃？"那小孩子听见这话，他心里过不去，他飞也似的跑回去，跑回去到家里。他快快拿了小雀子，重新放在窠里。"啊！老母雀，请原谅我！小宝贝在这里。"

第六度：小学初级第三年第二学期

宝箱（剧本）

第一幕

布景：山野（堆些桌子，插些树枝等。）

人物：克仁，甲樵，乙樵

克仁：叫我打柴，又没有东西吃，好饿呀！（克仁打柴很疲倦，甲樵、乙樵挑了柴走来。）

甲樵：克仁！时候不早了，好回去了。

乙樵：我们回去罢，克仁！你家的大门也要关了。

克仁：哥哥和嫂子都要打我啦，他说，“打不满五十斤柴不许回去。”我现在不满五十斤，怎好回去？

甲樵：你不回去，我们先回去了。

乙樵：我们先回去罢。（甲樵、乙樵都回去了。）

克仁：啊呦，天夜了，我不好回去，就睡在这里罢。唉，饿呀！（克仁躺下去睡着了，仙人走来。）

仙人：克仁醒来，克仁醒来。

克仁：好哥哥，我，我……不，不……了，饶了我罢。

仙人：不要怕，我不是你的哥哥。

克仁：好嫂嫂，我，我……不，不……了，饶了我罢。

仙人：我也不是你的嫂嫂。我知道你很饿，所以来看你的。你肚子饿吗？

克仁：饿呀，饿呀！早上到现在，一些东西也没有吃着。

仙人：我给你一个宝箱。你要什么，只要在箱盖上拍三下，嘴里喊，“宝贝，宝贝，变些什么出来。”就可以开箱拿出来的。（仙人去了，克仁开箱子看，是空的，克仁拍箱盖。）

克仁：宝贝，宝贝，变些饼出来！（克仁开箱，拿到几个饼。）

克仁：唉！好奇怪，是做梦吗？（克仁吃饼。）

克仁：我想决不是做梦，一定遇见了仙人。天亮了，回去罢！

第二幕

布景：农夫的家庭

人物：克仁，哥哥，嫂嫂

嫂嫂：克仁这两天好像得到了什么秘密东西，躲来躲去，不给我们看见。

哥哥：是啊，这两天他不吃饭，怎么不饿呢？现在不知又在房里做什么，你去看看看！（嫂嫂轻轻走到里面去，又出来。）

嫂嫂：我在门缝里看见，他向箱子里拿东西吃。

哥哥：什么箱子呢？

嫂嫂：一只小箱子，不知里面那里来的东西。

哥哥：你去抢他出来。（嫂嫂进去，拖了克仁出来。）

嫂嫂：你看，这只箱子，他说是仙人送给他的。

哥哥：有什么用？

嫂嫂：他说会变东西出来的。（哥哥开箱子看，是空的。）

哥哥：空箱子，会变什么东西？

克仁：要什么，就变什么。

哥哥：我要他变些银子出来。（克仁拍箱盖。）

克仁：宝贝，宝贝，变些银子出来。（克仁开箱拿到银子。）

嫂嫂：宝贝，宝贝，真是宝贝，这东西我们要的了。（嫂嫂抢宝箱，哥哥赶克仁。）

哥哥：克仁，滚出去罢！这宝箱，你哥哥要的了。（克仁揩着眼睛去了。）

嫂嫂：我们来变东西罢！（嫂嫂拍箱盖。）

嫂嫂：宝贝，宝贝，变些珠子出来。（嫂嫂开箱拿着一张纸。)

哥哥：不是珠子，是一张字纸。(嫂嫂把字纸给哥哥。)

嫂嫂：上面写的什么字?

哥哥：上面写的，“好人开箱，珠白金黄。恶人开箱，眼泪汪汪。”

嫂嫂：咦！是什么话？让我摸摸看，箱子里有什么。(箱盖一动，箱子里一响，飞起来一蓬烟，哥哥嫂嫂都掩眼睛。)

哥哥：啊呦！眼睛痛呀！

嫂嫂：啊呦！眼睛痛呀！

第七度：小学初级第四年第一学期

我们走到寒冷地方去

今天我们去拜会住在冷地方的兄弟姊妹们，他们都是因纽特(Inuit)人。他们的家在世界上的地方，我们一看地球仪，就知道了。

我们要怎样才可以到得那冷的地方呢？那地方距离我们很远，谁也不能步行到那里！加之那边没有铁路，海洋又差不多终年结冰，我们虽然有汽车、汽船，也是枉然。那么，我们就只好穿上冬衣，驾一只飞艇，向北方飞去。不久的功夫，我们仔细一看，这冷地方就到了。那里的天气真冷呀！我们身上穿了皮衣，上下的牙齿还敲个不住，霜雪打在鼻子上怪痛的，吐出来的气息，霎时间就变成了汽水。虽然也有太阳照着，可是他那青白色的光，射到身上，一点儿也不觉得温暖。我们抬起头来望着他，眼睛也不觉得什么难受，而且一天没有多久的时候能看见他。这不是一个很奇怪的地方吗？并且无论走到那里，都是冰雪满地，好像一个银子造成的世界。平地上既都是被冰雪遮蔽着，那自然不能看见一点泥土。还有这些被风吹过的地方，都露出一层银灰色的厚苔。苔底下结的冰，至少也有八尺厚。不过一到了夏天，冰雪都渐渐地融化了。于是出生一些草木来，但是这时期是很短的。

第八度：小学初级第四年第二学期

北朝民歌（古诗）

敕勒川，阴山下。天似穹庐，笼盖四野。天苍苍，海茫茫，风吹草底见牛羊。

第九度：小学高年级第一年第一学期

三 问 题

古时候有一个王想道："人做事情，必定有三个法子才能够永操胜利。第一个，事情开始，应当知道那是适合的时候。第二个，应当知道，那人用得着，那人用不着。第三个，应当知道许多事情中间，那一件为最要紧的？"他想到这里，认为这三条是很要紧的。就通令全国，解决三条问题，答得好就有重赏。

许多有学问的人，从四处到来朝见王子，回答这些问题，可是没有说得相同的。

回答第一个问题。有人说，做每件事情，知道适合的时候，应当预先做出日程表来，把所定的严守着去做，那时候就都有适合的时候了。又有人说，预先决定做什么事情是办不到的，最要紧的就是不要无谓的游戏，来荒废有用的光阴，并且还要注意所发生的事情，那时候就做什么都合适的了。还有人说，王一个人怎么能够都把各项事情顾到呢？所以要知道什么事情，在什么时候做，先要有智士的谋划，才能合适。又有人说，也有许多事情，不必询问谋士合时不合时，都要自己当机立断的，但是须要预先知道所发生出来的事情，才能够这么办，那卜者就不可少的了。所以每件事情，要知道适合的时候，就应当去问卜者。

回答第二个问题，各人说的很不同。有些人说，王最用得着的人，就是宰相、群臣。有些人说，王最应用的人是祭司。又有些人说，王最需要的人是医生。还有些人说，王比那一种人都需要的就是军队。

回答第三个问题，那一件事情要紧。有些人说，世界上最要紧的事是学问。又有些人说，最要紧的是军术。还有些人说，最要紧的是敬神。

许多回答都是不同的。王也弄得不知所可，索性一个都不睬他们，也不给他们赏金。那时国里有一个高尚贤哲的隐士，很享着大名。王就想去见他，解决这些问题。隐士住在深林里头，独居不出，所应接的人，不过是一些渔夫樵子，凡人俗客。王也穿了平常人的衣服去，离开隐士的住所很远，就叫侍从的人止住，自己下马，一个人走过去。

王到了那里，隐士正在屋前掘畦，见王来了，同他行过一个礼，又在那里掘起来。隐士是一个瘦弱的人，用全力把铲子插入地里，只松动了一小块土。王跑到他面前说道："我有一件事情奉求你，我有三个问题，请你回答我。那一种时候，是我应当紧记而不能错过的？那一种人，是我应当和他共事的？那一种事情，是我所做各种事情中最要紧的？请你回答我！"

隐士听了这话，也不回答。在手里头吐了些涎沫，重新掘他的地。王说道："你乏了，给我铲子，我替你掘罢！"隐士道了一声谢，把铲子交给王，自己就坐在地上。王掘了二处畦，就止住。又去问他，隐士还不回答。站起来用手抓住铲子，说道："现在你休息会儿罢！让我自己掘。"王却不给他铲子，还勤勤恳恳地掘土。到了薄暮时间，王把铲子插在地里，说道："我来这里，是恳求你回答我三个问题的。假如你回答不了，你就和我说，我要回去了！"

隐士忽然说道："看罢，那边跑来一个人，这是谁呢？"王往远一看，果然从树林那边跑来一个生胡子的人。那人一边跑，一边用手捧住他的肚子，从手里头流出来几多血来。刚跑到王那里，就倒在地下，闭着眼睛，不省人事，直在那里微微地呻吟。

王和隐士二人，赶紧解开那人的衣服。见他肚子上中了一处很大的伤。王就竭力给他洗血，用自己的手巾替他扎好。血还流得很多，王几次解开满染着血的布，洗了一洗，又把他裹住伤处。后来血慢慢地止住，那人醒过来，张嘴要喝水，王就去拿清水来给他喝。

太阳已经下去，天气觉得很清凉。王同隐士抬受伤的人往屋里去，放在床上。那人闭着眼睛，只管躺着，也不言语。王白天走了许多远路，又做了半天的工，实在累乏极了。刚走到门限旁边，坐在地下，就睡熟了。整睡了一夜，到第二天早晨才醒，张开眼来一看，不知道自己会在这里。看见那生胡子的人，正躺在床上，眼睁睁地瞧着他。

那人看见王醒了，就对他说道："请你饶恕罢！"王道："我也不认识你，我有什么可以饶恕你呢？"他说道："你不认识我，我却认识你。你我是仇敌，你杀了我的兄弟，夺了我的财产，我与你誓不两立。每天想着报这大仇，侦得你独自一个到隐士那里去，等你回来的时候，我就要刺杀你。却不知道，过了半天，你还没有回来，我焦急得了不得，就从埋伏的地方出来，想侦查一下子，恰巧遇见你的守卫军。他们本来认识我，把我弄伤了。我赶紧逃走，不知不觉地到了隐士屋前，流血过多，我就昏过去了。承你的情，给我包住了伤口，所以能够不死。我本来打算刺死你，你却救了我的性命。现在我如能有一天活着，很愿意永远做你忠诚的仆人，并且叫后代的子孙都伺候你，请你饶恕了我罢!”

王很喜欢，他竟同他的敌人轻轻易易地讲了和。所以不但赦了他的罪，还允许发还给他财产，并且要派自己的奴仆和医生看治他的伤。

王同那人别了，从屋内出来，到院子里头去找隐士。因为他未回去以前，还要得他那三个问题的回答。隐士还在昨天做工的地方，俯着身子，蹲在所掘的畦上种菜。王走到他面前，说道：“贤哲的人，现在我第末次求你回答我这些问题!”隐士也不站起来，抬头向王看着，说道：“不是已给你回答了么?”王道：“怎么了，已经回答了我么?”

隐士说道：“怎么没有呢?假如你昨天不怜惜我的衰弱，不替我掘毕，却一个人跑回去，你一定要遇险，受那少年的攻击。那时你就要后悔，为什么不和我在一块儿。所以最适合的时候，就是你替我掘畦的时候。最用得着的人，就是我。最要紧的，就是给我做的好事。后来那人跑来，最合适的时候，就是你服侍他的时候。因为你不给他裹伤，他就死了，也不和你解这怨仇。最用得着的人，就是他。最要紧的事情，就是你对他所做的好事。所以你应当记得最要紧的时候，就是一个立刻。因为不过这立刻的时候，你才能够宰制了你自己。最要紧的人，就是立刻遇着的人。因为谁都不能知道，那人到底对了我，将有什么样的关系。最要紧的事情，就是对于那初遇见的人做好事。因为人到世间来，也不过是为这个目的罢了。”

第十度：小学高级第一年第二学期

安乐王子

一个城里立着一座很大的纪念碑，碑上立的是安乐王子的铜像。铜像的外面，全用金叶包裹着。眼睛是用光亮的碧玉做的，剑柄上又镶了一块大红宝石。城里的人看见了这个像，都赞赏不止。

一天晚上，有一只小燕子飞到城里来。他的朋友们，六礼拜以前已经到埃及过冬去了，只有他因为恋着一棵好看的芦草，独自留在这里不去。他最初遇见这芦草的时候，春天方开始走来。他正在河面上追捉一个大黄蛾，看见这颗芦草，就爱她的细腰，停下来同她谈话：“我爱你，可以么?”小燕子说。芦草对他只低低地鞠了一个躬，他就绕芦草而飞，翼膀点着水面，起了涟涟的银波。

如此地过了春天，过了夏天。

许多小燕子对他说道：“真是可笑的事，她是没有钱的，亲属又有非常多，你为什么爱她?”真的，河里的芦草，真是非常的多。

秋天到了，别的燕子都飞到埃及过冬去了，只有他留在这里。

六个礼拜慢慢地过去了，小燕子因为一个同伴没有，觉得非常寂寞。对于芦草也不大高兴，因为她不会说话，又常对风鞠躬。燕子最后问她道："你能同我一块走么？我要到埃及去了！"芦草摇头，小燕子遂飞去。

小燕子飞了一天。晚上的时候，飞到了城里。心里正在想住在什么地方好，忽然看见了安乐王子的铜像，遂飞到铜像旁边，睡在安乐王子的足上。

正在他要把头摆在翼膀里，预备睡觉的时候，有一大点的水，忽然滴在他的身上。他觉得非常奇怪，因为头上天色清明，星光灿烂，绝对不是下雨。

第二点水又滴来了！小燕子自语道："铜像遮不住水点，我要睡在他足下做什么？还是再来找一个好地方吧！"他一面说，一面伸开翼膀要飞。

第三点水，又滴下来！他抬头一看，奇怪呀！安乐王子的眼睛里，正满盈盈地包着眼泪呢！一滴一滴的热泪，由眼睛中透出。经过他金色的脸上流下来。小燕子不觉又可怜他起来，问道："你是谁啊？"

"我是安乐王子。"

小燕子说："那么你为什么哭呢？你的眼泪湿了我一身。"

安乐王子答道："我活的时候，我有一副人心，我不知道眼泪是什么东西，因为我住在皇宫里，什么忧愁都是进不去的。日里我在花园游戏，夜里我在大殿里跳舞。他们都叫我做安乐王子，我那时候真是快乐。我死了以后，他们把我高高地立在这座碑上。我整日整夜地，看见许多人间悲惨事。虽然我的心现在是铅做的，却忍不住要哭了。"

安乐王子又低声说道："在离此很远的一条小巷里，

一家穷人家。我看见有一个女人坐在桌旁，脸非常瘦白，手上都是针痕。她是一个缝妇，正在替宫女做绣衣。在屋角床上，有一个病孩躺着。他害的是热病，嚷着要橘子食。他母亲没有钱买橘子，只给他水喝。他正哭着呢！小燕子，你不能把我剑柄上的红宝石，拿去给他么？我的足站在碑上，不能移动一步。”

小燕子说道：“我不能去，因为我的朋友正在埃及尼罗河上等我呢！”

安乐王子说道：“你不可以多住一夜，把这件事情做完么？孩子正渴着，母亲心里不知道多少难受呢？”

小燕子答道：“我不喜欢小孩子。今年夏天我住在河上的时候，有二个小孩子常常拿小石子掷我，虽然打不到我，究竟是很可恶的举动。”

但安乐王子的愁容，终于感动小燕子。他决定再住一夜，替安乐王子办了这件事。就从剑柄上取了红宝石，飞到缝妇家里去。飞过宫中时，宫中的人正在星光下立着，骂缝妇偷懒。

到了缝妇家里，缝妇已经睡着了。孩子在床上呻吟着，总是睡不着。小燕子把红宝石摆在桌上，他又飞到床边，用翼膀来扇了孩子的额头。孩子说道：“真凉快啊！”说时，他睡着了。

小燕子于是飞回去，他对安乐王子说道：“真是奇怪，天气虽冷，我现在反到觉得暖热了！”安乐王子说道：“这是因为你做了好事的缘故。”

小燕子很舒服地睡着了。

第二天早上，小燕子到各处去游逛，月亮上时才回到安乐王子那里去。他向安乐王子告别道：“我要走了！”

安乐王子说道："小燕子，小燕子，你不能再住一晚么?"

小燕子道："不能，不能，我的朋友在埃及金字塔上等我呢。"

安乐王子说道："小燕子，小燕子，离这里很远的地方，有一个少年，住在楼上。他手靠在桌上，正为一家戏园做剧本。但因为大冷，屋里没有火，已经不能写下去，腹里又饿，人已是非常虚弱的了。"

小燕子的心肠很软的，听了这一段话，立刻说道："我就再住一晚罢，你能再拿一粒红宝石给我么?"

安乐王子说道："哎呀！我现在没有红宝石了。把我的碧玉的眼珠，拿一只给他罢。他有了这个东西，可以把他卖掉，换来柴米，把他的剧本做完。"

小燕子哭了，说道："亲爱的王子呀！我不能这样做。"

"燕子，燕子，小燕子，请照我的话做去罢!"

于是小燕子取了王子的碧玉眼珠，衔在口里，飞到那位少年住的楼上，把他摆在桌上。少年一眼看见了碧玉，喜欢极了。他叫道："我现在可以把剧本做完了!"

第二天傍晚，小燕子又向安乐王子告别道："再见！亲爱的王子，我到埃及去了。"

安乐王子道："小燕子，小燕子，你不能再住一晚么?"

燕子道："冬天到了，雪要下来了！埃及的同伴，正在暖和日光中等我呢，我不能再住了。"

王子道："下面路上有一个卖火柴的小女儿，站在这里。她的火柴，掉在沟里去，全弄湿了。她的父亲，见她不带钱回家，一定会打她的，所以她现在正哭着。她是赤足的，头上也没有戴帽子。你把我剩下的一只眼珠，取出给她罢！”

小燕子道：“我可以同你再住一夜，但却不能再取了你的眼珠去给人。你的两只眼睛全去了，不是瞎了么？”

王子道：“燕子，燕子，小燕子，请照我的话做去罢。”

于是小燕子，就把王子剩下的一只碧玉眼珠，衔在口里，飞到卖火柴的女儿身旁，把碧玉放在她手里。小女孩看见了碧玉，惊奇道：“那里来的这样好看的玻璃？”就笑着回家去了。

小燕子回到王子那里去，说道：“亲爱的王子，你现在瞎了，我永久同你住在一起了！”

王子道：“不必，小燕子，你一定要到埃及去。”

小燕子道：“不，不，我永久同你住在一起了！”说完了这句话，他就睡在王子足上。

第二天，他一天都坐在王子背上，讲所见的奇事给他听。

王子道：“亲爱的小燕子啊！你不要告诉我这奇事。天下的奇事，还有比穷苦的男女人所受的痛苦更奇的么？请你在城里飞行小燕子，告诉我你所看见的事。”

于是小燕子就在城里飞来飞去，看见富人们坐在大房子里嬉笑，乞丐们却坐在门外受饿受冻。又看见有两个穷小孩睡在桥下，搂抱在一块以求暖和，嘴里嚷着饿。守桥的人，大声地驱逐他们道：“起来！不要睡在这里。”他们只得起来，走入雨中去。

小燕子回去，把所看见的事，告诉给安乐王子听。

王子道："我身上披的都是金叶，你可以一叶一叶地把他取下来，分给他们穷人。人类都以为金子是能使他们快乐的。"

小燕子照他的话做，把他身上的金叶，一叶一叶地取下来，分给穷苦的孩子们。孩子们现在有饭吃了，一个个脸色都非常好看，笑着，跳着，在大街上游戏。但是因为金叶全被取下的缘故，安乐王子却变成非常难看了。

不久雪来了，道路全成白色，家家的檐头都挂着冰柱。可怜的小燕子，渐渐地受不住冷。但他因爱安乐王子的缘故，仍旧不肯飞走。他飞到面包铺，啄食面屑，又时时拍翼取暖。

但最后他自己知道快要死了，竭力跃上安乐王子的肩上，向他告别道："亲爱的王子，再见！再见！"

王子道："你现在到埃及么？"

小燕子道："不是，不是，我是到死神之家去！"

他渐渐支持不住了，一失足，就跌在王子足下死了。

这个时候，安乐王子铜像的心中，忽然响了一下，他的铅心裂成两半了。

城里的人，看见安乐王子身上，没有金色，两只碧玉做的眼睛也不见了，剑柄上的红宝石也没有了，都觉得非常地讨厌他。大家集议把安乐王子再铸一个别的铜像立在石碑上面。他们看见安乐王子足旁，有一只死燕，就把他掷在垃圾堆里。

铁匠把安乐王子的铅心，放在熔炉里烧，经了许久不曾熔化。铁匠觉得奇怪，就把他掷在垃圾堆里。在这个垃圾堆里，死燕也正躺着。

上帝对一个天使说道："你把城里的两个最宝贵的东

西，带来见我。”天使就把安乐王子的铅心与死燕，带来见上帝。

上帝说道：“小燕子，可在乐园里唱歌。安乐王子，可在金城里替我诵诗。”

小燕子与安乐王子，从此就很快乐地住在天堂里。

第十一度：小学高级第二年第一学期

在海滨上

在无穷世界的海滨，孩子们集会着。

无穷的天空，是在顶上不动的；不宁静的水，却狂动着在无穷世界的海滨上。孩子们叫跳着相会。

他们用沙来造他们房子，他们用空蚌壳儿玩耍，用枯叶儿编他们的船，还笑嘻嘻地把他放在广大的海上。孩子们有他们的玩耍，在世界的海滨。

他们不知道怎样游泳，他们不知道怎样投网。取真珠的都为着真珠下水，商人都在他们的船里航行。那时候，孩子们把些小圆石儿堆集，再把他折散。他们不搜寻隐藏着的宝物，他们不知道怎样投网。

海笑着起了大浪，海滨的微笑，发青白色的光。致死的波浪唱着没有意思的小曲儿，向着孩子们，恰好像一个母亲在摇着她宝宝的摇篮一样。海同孩子们玩耍着，海边的微笑发青白色的光。

在无穷世界的海滨，孩子们集会着。暴风雨回走在没有道儿的天空，船都破在没有轨路的水上，死在泛滥。孩子们却玩耍着。在无穷世界的海滨上，是孩子们的大集会。

第十二度：小学高级第二年第二学期

卜来敦记

卜来敦者，英国之海滨，欧洲胜景也。距伦敦南一百六十余里，轮车可两点钟而至，为国人游息之所。后带冈岭，前则石岸崭然。好事者凿岸为巨厦，养鱼其间，注以源泉，涵以玻璃，四洲之物，奇奇怪怪，无不毕致。又架木为长桥，斗入海中数百丈，使游者得以攀援凭眺。桥尽处有作乐亭。余则浅草平沙，绿窗草屋，与水光掩映，迤逦一碧而已。人民十万，栉比而居。衢市纵横，日辟益广。其地固无波涛汹涌之观，估客帆樯之集，无机匠厂师之兴作，杂然而尘鄙也，盖独以洁静胜。

每岁，会堂散后，游人率休憩于此。方其风日晴和，天水相际。邦人士女，联袂嬉游，衣裙杂袭，都丽如云。时或一二小艇，棹漾于空碧之中。而豪华巨家，则又鲜车怒马，并辔争驰，以相遨放。迨夫暮色苍然，灯火灿列。音乐作于水上，与风潮相吞吐。夷犹要眇，飘飘乎有遗世之意矣。

予至伦敦之次月，富绅阿什伯里导往游焉。即叹为绝特殊胜，自是屡游不厌。再踰年而之他邦，多涉名迹。而卜来敦未尝一日去诸怀，其移人若此。

英之为国，号为盛强杰大。议者徒知其船坚炮巨，逐利若驰。故尝得志海内，而不知其国中之优游暇豫，乃有如是之一境也。昔荀卿氏论列国，惟坚凝之难，而晋栾针之对楚子重，则曰好以众整，又曰好以暇。夫惟坚凝，斯能整暇。若卜来敦者，可以觇人国已。

【研究题】

一、试将周邦道氏儿童文学取材标准概括为表解！

二、试评周氏儿童文学取材标准！

三、试将朱鼎元氏儿童文学取材标准概括为表解！

四、试评朱氏儿童文学取材标准！

五、儿童本位之儿童文学教材标准应如何？

六、何谓儿童文学教材中心？

七、现代儿童文学教材之中心何在？

八、试照标准尺度各选一例！

第十章　儿童文学制作法

儿童文学之制作，材料所由取给也。论此问题者，曰收集，曰创作，曰翻译，惟此三途而已。收集之事，从儿童自己为上，从搜集者自己之童时次之，从民间口传再次之，从旧有书籍最次之。儿童感受自然之美景，或人事和舒畅乐之境，每能随口谈吐，兴起讴歌。虽不能必为完好之作，亦所以宣泄其性灵者也。其较长之年，薰习文学陶冶之余，矢口讴吟，试作故事，谐谈寄意，表演抒情，发乎热情迸裂之物，度亦必有可取者焉。儿者，儿童文学精当良好之作品之制造所，亦视其营养供给适宜而优美可耳。儿童自己而外，儿童文学材料之最可靠者，则须吾人自己回忆童时所得，大致能忆起者，必有其价值而深印于心，虽至老而不易忘，必其真确至好之物也。彼工余饭罢，一室团聚，为父母兄长，所以教其子弟者，必其童时熟习之歌谣童话，犹留遗于脑际而未忘者，此好文学之所以流传而不致淘汰也。至于民间口述，书籍流传，必有不少能适合儿童心理，而极有艺术价值之文学，或潜隐于平民心底而未发，或已发而未经写定，或流露于无名编著之间。我人尽力探索，行见珊瑚铁网，荟集儿童之珍玩矣。朱鼎元《儿童文学·建设篇》中说有具体方法，为收集时选定方法。举之如下：

一、选集之例

譬如："月儿光光，下河洗衣裳，洗得白白净净，拿给哥哥穿起上学堂。学堂满，插笔管；笔管尖，尖上天；天又高，一把刀；刀又快，好截菜；菜又甜，好买田；买块田儿没底底，漏了二十四粒黄瓜米。”

此首童谣，中间是何世界？人人不唱就罢，一唱就觉得新月光里，晶晶流着之河畔，有一年青女儿，手提洗衣之筐而行。且走且歌之幽妙情景，又像展着一幅女儿心理之活动电影，在有意无意，无意有意中间，将联想心理流露，有形容不出之妙。像此种旧有材料，非甚好而应选者乎？但选集必以方耳。

二、有范围之征求

有志搜集者，可以用征求方法。但征求时，并非笼统是儿童文学，使人无从捉摸。应该指定范围，为儿歌，抑为寓言。应征者可以从极小范围内，探求出真正作品，不致耗费不专一的时间和精神，就是个人自己之搜集亦然。

三、极严审之批判

在未搜集之前，当然要定严密的标准。即以儿歌为例：

正面，当提出下面几个要点，并且举个例。

（一）有普遍性的。例如：

“明星照烂地，天亮落弗及。”（读如其去声）《明星》

（二）合于儿童心理的。

1.以无生物为生物。例如：

“小板凳，你莫歪，让我爹爹坐下来。我代爹爹捶捶背，爹爹叫我乖宝贝。我进爹爹一杯茶，爹爹赏个玉虾蟆。”《小板凳》

2.以动物人格化。例如：

“老牛老牛快起身，南山有地未曾耕，你我出些力，养活许多人。”《老牛》

3.适合儿童的好奇心而能发生愉快的。例如：

“稀奇稀奇真稀奇，麻雀踏杀老母鸡，蚂蚁身长三尺六，八十老翁坐在摇车里。”《真稀奇》

4.具体的记述，并且可以直观的。例如：

“摇摇船，起破搭（摇船声），一摇摇到外婆家。外婆娘娘无啥烧，买个鲤鱼来烧烧，烧得头弗熟来尾巴焦，放在碗里跳三跳，阿官吃了迷迷笑。”《摇摇船》

反面，当提出下面几个要点，并且举个例。
（一）受时间支配，已成过去，不合现代状况的，不取。例如：

“高山顶，庙门开，三个学生进庙来。一个装香一个拜，保佑学生中状元。状元骑马马头高，珍珠洋伞紫绫袍。手执马鞭十八节，读书之人节节高。”《高山顶》

（二）阻碍儿童进取锐气者不取。例如：

“七合升箩八合命，满了升箩要生病。”《命》

（三）不类儿童口吻者不取。例如：

“目今时世，浪荡当道。纺绸长衫，棉绸夹袄。四喜搭裢，独剩当票。走到烟间，老枪拣好。走到饭店，三分烂糊，四分小炒。碗半羹饭，吃得每饱。临时会帐，押只毡帽。卖脱田地房屋，差人嗤笑。卖脱家小，譬如爷娘匆讨。无啥念头，关了房门上吊。”《浪子歌》

（四）无趣味之占时歌不取。例如：

“岁朝宜黑四边天，大雪纷纷是旱年。但得立春晴一日，农夫不用力耕田。”《立春》

（五）无谓之俗谚不取。例如：

“惧妇千年富，欺妻一世贫。”《惧妇》

（六）戏谑太过，不宜于儿童者不取。例如：

“雨洒灰尘地，钉鞋踏烂泥。虫蛀白菜叶，翻转石榴皮。”《麻子》

（七）感情失度而表示极愤怨之言语者不取。例如：

“千里草，何青青？十日卜，不得生。”后汉《怨董卓》
“饿死莫当当，气死莫告状！”《死》

等到把搜集的东西整理的时候，就要依据原定标准，加以精审之批判，的确合适者选用，否则宁可割爱，以免将来贻害儿童。

“收集者可取多途别择，而置身儿童文学出产之所，具有不懈之热诚，丰厚之情感，精审之鉴辨，尤其必要之态度也。既选集矣，原文完整典雅，合于儿童文艺者，直记之可也。其有或属俚俗之谈，或属古奥之作……则改译之事尚矣。”《儿童文学·建设篇》

一、改译语体之重要

有许多文言之作，只须译成国语，就可适用。本来是简括而抽象的，一译就成具体而有趣之事实，此种功夫，须加注意。

（一）事实之表出，适合儿童口吻，有时再相机插入游戏唱歌等有趣的事情。

（二）事实要注意积极的。

（三）行文要自然而活泼，明了而正确。

（四）文法要合于国语的语序。

（五）要有明晰的层次。

（六）时代观念，只要记明“几千年前”或“几百年前”……不必明定某朝。

（七）以前的地名，应改用现在适用的名称。

（八）用新式标符号、点符号，来记明各种句读形式。

（九）有人名的可以沿用。

（十）加入图画，表出文字的主要点，要对于当时的景物和装束，适如其分。

以上十点，译成国语时，最宜注意。现在举一个例在下面。

愚公移山（文言见《列子》）

北山愚公，年九十。以太行王屋二山，方七百里，出入迂曲，欲平之。或笑阻之。公曰：“我死有子，子又生孙，而山不加增，何苦而不平？”操蛇之神闻之，告帝。帝命夸娥氏二子负二山，一厝朔东，一厝雍南。

九十岁的老公公（国语）

在山西河南两省的交界，有两座山连接着，周围很大，妨碍交通。住在这山附近的人，常常说：“讨厌的山啊！你几时会平呢？”

山北有位九十岁的老公公，名叫愚公。一天，他召集了家人，指着两座山说道：“我想铲去这山，你们看好不好？”大家都拍手道：“赞成。”

一个西邻的老公公，听到这个消息，赶往愚公家里，向他说：“看你的力量，不能平一座小山，怎可以平这两座大山呢？况且许多泥土石头，没有安放的地方。我看这事，万万做不成功的。”大家说：“这个不要紧，我们只要把泥土石头，抛到海里去就得了！”从此掘的掘，挑的挑，大家做得很忙。

西邻的老公公，看他们十分勤苦，不耐烦地又来劝愚公道：“老兄！你也太不聪敏了！这样的年纪，要搬去这样的大山，怎么能够成功呢？”愚公大笑道：“你也太顽固了！你要知道山是不会长出来的，我尽管死，还有儿子，儿子可生孙子，孙子可生曾孙子，子子孙孙，一直搬下去，不怕他不平的。”

这话被山神听见了，去告诉天帝。天帝差两个大力的仙人，背着这两座山，搬到别处去。这里就变成一片行走便利的平地了。

二、如何采用未经改译之作

浅显之文言作品，只要他不违背儿童文学本质，自然有采用之可能性。不过解释时候，要有相当方法，儿童便容易会悟，欣赏作用亦自然感发矣。其有无关紧要之处，尽可删节。今举两例如下：

谁谓（节自《诗经》）

谁谓河广？一苇杭之！谁谓宋远？跂予望之！谁谓河广？曾不容刀！谁谓宋远？曾不崇朝！

此篇教学时，应有适当说明。

第一，这诗是宋人之作，因彼隔一黄河，想起祖国，不禁说几句话。

第二，彼如何推想当时宋人之意思？是：“谁说黄河很阔？实在只要预备一束芦苇，放在河里一浮，也可以渡过去的。谁说宋国路远？只要颠起了我的脚，就可以望得见的。谁说黄河很阔？还容不下一只小舟呢。谁说宋国很远？要去起来，还不消一朝晨呢。”

第三，他说完了这几句话便怎样？猜想起来他一定接着叹一口气，说道：“只可惜我不能去啊！”

新丰折臂翁

白居易

新丰老翁八十八，头鬓须眉皆似雪。
玄孙扶向店前行，左臂凭肩右臂折。
问翁臂折来几年，兼问致折何因缘。
翁云贯属新丰县，生逢圣代无征战。
惯听梨园歌管声，不识旗枪与刀箭。
无何天宝大征兵，户有三丁点一丁。
点得驱将何处去，五月万里云南行。
闻道云南有泸水，椒花落时瘴烟起。

大军徒涉水如汤，未过十人二三死。
村南村北哭声哀，儿别爷娘夫别妻。
皆云前后征蛮者，千万人行无一回。
是时翁年二十四，兵部牒中有名字。
夜深不敢使人知，偷将大石捶折臂。
张弓簸旗俱不堪，从兹始免征云南。
骨碎筋伤非不苦，且图拣退归乡土。
此臂折来六十年，一肢虽废一身全。
至今风雨阴寒夜，直到天明痛不眠。
痛不眠，终不悔，且喜老身今独在。
不然当时泸水头，身死魂孤骨不收。
应作云南望乡鬼，万人冢上哭呦呦。”
老人言，君听取！
君不闻开元宰相宋开府，不赏边功防黩武？
又不闻天宝宰相杨国忠，欲求恩幸立边功。
边功未立生人怨，请问新丰折臂翁。

教学此篇，第一，须将“黩武主义为什么非人道”一个问题，尽先说明。大概是：“因为牺牲了千万人的性命，来供皇帝一人的指挥，实在太无意义。况且战争是兽类的本能，高等的人类应该崇尚和平，驱除这‘战争’的恶魔的。”

第二，须说明新丰折臂翁是一千一百多年前，因畏惧战争而牺牲其身体之一人。白居易将此事记给后人细看，我们要知道么？

第三，白居易怎么说？他说：“新丰县的地方有一个八十八岁的老翁，头发鬓眉都像雪人一般白。他两条臂膀，只有左臂完全，右臂是折断的了。我问老翁：‘你那条臂膀折断了几年？为什么会折断的？’”

第四，老翁怎么说？老翁说：“我是新丰人，小时候过惯了太平日子，刀箭旗枪，一概不识。等到天宝年间，云南閤罗凤造反，杨国忠到处募兵，前往征讨。凡是有三丁的人家，就要抽出一丁。人家听到云南多瘴气，去的人大抵性命不保，一个个顿足牵衣，抱头痛哭。做儿子的舍不得爹娘，做丈夫的抛不下妻子，那一种凄惨情形，就是铁石心肠也不免流泪。我记得那年是二十四岁，招兵簿上也有名字。我想不用一条苦肉计，断不能侥幸偷生。就趁着夜深人静，将一块大石，把自己的右臂捶断了。他们看见我成了废人，才把我招兵簿上的名字除去。我当时并不是不怕痛苦，无奈要保全一身，不得不舍去一臂。如今计算起来，这条臂膀，足足断了六十四年。每逢阴雨天气，就隐隐作痛，通宵不寐。但是我毫不懊悔，因为不是这样，早已身死他乡，连尸骨都没有着落，只好在万人冢上，做一个无主孤魂了。”

第五，白居易听了怎么说？他说：“我听了折臂翁的一段话，觉得黩武主义实在是一种非人道主义。我因此想起开元初年，宰相宋璟不赏边功的一件事。老成谋国，真是不错。杨国忠他懂得什么！只为明皇好武，所以要建立武功，保持自己的禄位，谁知道武功没有成就，倒弄得怨声载道了。你若不信，只要问问新丰折臂翁就知道了。”

第六，你们对于这件事的感想怎样？现在时代的黩武主义，比一千一百多年的时代怎样？

照此两例，选集文言文学材料，供给高年级儿童欣赏，似可无困难矣。

翻译之事，所以补本国儿童文学材料收集之不足。积极言之，则取全世界民族儿童文学之有合我国性者，亦即以取儿童文学之具有世界性者也。翻译之工力，系乎通习两国译者、被译者之文字。而翻译之材料，亦尚有讨论选择之必要也。论者举有五项注意之点：

一曰共同性。

地方色彩太浓厚之作，甲国甲地之儿童，虽然适宜，译到乙国乙地，未必适用。如耶稣圣诞诗，当然适合于西洋。

二曰适合国情。

文学习惯，如语法、字句、组织等，各国未必尽同。儿童心理，虽说同为儿童不致相差过甚，但因环境与遗传关系，各国容有不能迁就之特点。所以在文学习惯和儿童心理两方面，宜十分注意。

三曰想象得到者。

使中国儿童读关于风车故事（这是为荷兰国的儿童熟知的），恐彼连风车都未见过。即先生亦不知，如何使之想象。某童话集译本中，颇有许多中国儿童不易知之地名人名，如“迪克是一个冷加希尔的苦孩子”“他要开船到勃拉克麻尔贸易的时候”等是。此宜设法改其障碍，如果要用，用注音字母代替，为比较适用之法。

四曰删改和增补。

假使有大部分合用之外国作品，准备翻译中间，有一小部分不合前三项则无用。或不明显处，尽可加以相当删改或增补，使成比较适用之本。

五曰翻译诗歌之特别注意。

翻译儿童文学故事或童话，还不甚难。儿歌民歌，便不容易。因为不但要注意上面几项，尚须注意音节与腔调。

大致第三项所言，为儿童心理之事。四五项属于艺术之事。而一二项全乎文学内容之主意矣。此为我人致力世界之所应特加注意者，沟通全世界各地，以处之民族情感之根本，致力在此。促进改造人类世界之根本工作亦在此。安得一生谙列国语，一一介绍各民族之儿童文学，以与我国儿童为精神上之契友乎。今日主要之工作，采取世界性之儿童文学作品，译以享我国之儿童，固也。亦宜勉力创作，收集我国固有之世界性儿童文学，译之以享世界儿童也。

创作之事，《儿童文学·建设篇》中亦有精要之论。约言曰：儿童文学中，从前所无或甚少，而现在急需之作品，除于可能范围内选集翻译外，不得不有待于作家之创造。但创造非易事也。选集翻译，都有几分依据。至于创造，第一要有文学天才，第二要研究儿童心理，第三要彻底明了儿童文学本质，第四要汇集儿童文学作品，加以深切研究。至少具此四种特点之作家，乃可以言创作。否则不免遗害儿童，牺牲儿童。文学的创作本难，儿童文学之创作尤难。虽然，若有相当机会，如儿童剧本一类，简直无从选集。翻译外国作品，又多不适用。又如儿童诗歌，正在改造路上，的确为现在十分需要。只要自信有创造能力，不妨随时创作试验。但此工作有两点不可忽略：

一、体裁之革新

要有与从前不同的体裁，或改良从前千篇一律的体裁，而加以革新。例如：

白大郎

（鼓词见《吴县教育月刊》二卷三号）

冬冬冬，当当当！堂锣花鼓闹开场。一不唱羊故事，二不唱中山狼，三不唱兔儿巧把驴儿救，单唱“虎吃恩人白大郎。”

一条猛虎在笼中，作揖连连喊白兄。“白兄啊！我从前本在山中住，却被猎人关入笼。如今骨瘦威风减，不及东家的猫公公。你可能开笼放我回家去？我终不忘你恩人老祖宗。”

白郎听，软了心，把虎轻轻放出门。不想出笼恶虎无情义，反要把白郎一口吞。

白大郎，心不甘。口口声声喊着冤。没有法儿挡恶虎，只得央虎去同参五判官。（“参”字和“见”字的意思差不多。）

第一判官是老榕，他说："人心实在凶！靠我乘凉却又砍我桠枝去，谁说虎吃恩人理不通？"

第二判官是老骡，他说："虎吃恩人理性多。好比如今主人虐待我，忘了我以前吃苦把人驮。"

第三判官是老鹰，他说："如果老虎吃人不理应，那么人们何故装枪来打我，我在高山也不太平？"

第四判官是老鱼，他说："老虎该把恶人除！否则铁网钢叉捞打我，我在水里也不安居。"

虎儿听，心喜欢，喊声："白兄啊！你真是一个肉团团。四个判官都说了，再见第五个判官也徒然。"

白大郎，泪汪汪，作揖连连喊虎大王："大王啊！再等第五个判官说一句，你就吃我也不妨。"

第五个判官是孩童，他说："下判词最好不凭空。请两兄先把前情演一遍，好叫我谁是谁非判得公。白兄呀！你以前是否站在牢笼外？虎哥呀！你以前是否在笼中？"

猛虎听了跳入笼中间，抖擞擞的白郎也走近前。孩童吩咐白郎忙动手，关了笼门下了闩。他说："畜生呀！如今仍旧请你笼中住，关上笼门不再开。"这叫做"落坑的恶狗不该救，逃难的豺狼救不该。"

二、创作批判之提倡

创造之作，体裁是否合宜，究竟在儿童文学上有多少价值，这须集合许多有研究兴味者建设一个"儿童文学批评会"，实行公开批判。创作方面的进步一定可惊，否则作家创作之兴味不能提起，创作范围不能扩张，于儿童文学前途大受损失。且建立批评会以后，不但是创作方面受到利益，就是选集、翻译方面，也自然跟着进步。

夫创作自较收集、翻译为难，非素有研究者不可。以余观之，儿童文学之创作，与儿童合作为上，陶冶儿童心境而独造者次之。合作者纯取儿童心境之所产生，与之完成。或与儿童对话游戏，及逗其创造之动机而得之，皆最良善之法也。对于较长儿童，则可于其自由创造时，助之制作。此种机遇，在为教师者每易得之也。我友圣陶曾述其学生某，所作夜景诗，改不多字，而意趣极佳者。

吾家小庭里，夜景最美丽。到了有月期，清光无边际。偶然仰头看，明星满天际。好比无数萤，靠着天上飞。

我家大门前，树高三四丈。吾庭亦能见，枝随风飘荡。影子亦随荡，搅碎明月光。

立在小庭中，四围寂无哗。俄闻狗吠声，呜呜渐高起。行人加呵斥，连路吠过去。

由此亦可知儿童苟有文学适宜之营养，必能吐为精华而成良好制作者也。陶冶于儿童心境而独造者，则常加入于儿童之群，摄受童心之感化尚矣。创作之后，亦得使儿童歌诵，察其宜否，以资取舍与修正。如白居易之作诗，每令老妪解之，如不可解，则重作之可也。近顷心理学发达，儿童研究，遂为教育之核心。研究儿童文学者，欲创作儿童文学者，又孰能舍此。故创作者首宜有文学之素养，人生之了解，儿童之渐化，次于儿童心理之研究，于人文科学有相当之程度，乃能丰富创作之内容。更于普通文艺而外，应当明了国音字母（可于有腔无字拼音当之），国际语——英语有代替世界共通语言之势，法德次之，及世界语。Esdranto所以广创作之宣传。我人生今之世，化今之俗，既以儿童文学为改造教育，则此伟大之成功，实有赖于伟大之儿童文学作家，搜集全世界儿童文学共通性之作品，自由转译，遍享全世界之儿童，亦制作之事也。

【研究题】

一、试于汝弟妹间取儿童文学材料制成作品！

二、选集故事、童话、神话各一则！

三、试拟征求科学故事及实际生活故事条例！

四、审定材料消极标准如何！

五、试改译中国故事三则！

六、试于古诗中选译儿童文学教材三则！

七、试翻译外国故事三则！

八、试制作谜语三则！

九、试搜集乳歌三则！

十、试取故事编一短剧！

十一、试审定趣话材料十则！

十二、试制作寓言三则！

第十一章　儿童文学教学法

文学教学，教者读者之关系事件也。其目的在教者使读者领受作者所作，而起表演或反射之作用耳。教者以教材给儿童，不如儿童向教师索教材，儿童无索取教材之意时，则宜逗之使发动机，此教学之第一要义也。其教学原则与具体方法，在《儿童文学概论》之教学法篇述之甚备，先照录之：

教学儿童文学有三个原则：

一、顺应满足儿童之本能的趣味和嗜好。

二、培养并指导那些趣味。

三、唤起已失去的或新的趣味和嗜好。

根据原则，应行注意之点有七：

一、增减合度：教材应适宜于儿童之性情和习惯，而加以适当的增减。凡儿童欢喜的，不妨加入，否则定要减去。

二、注重直观：凡教材里的地名人名，最好为儿童可以直观的，不得已时亦当佐以图画。

三、新奇而不费解：新奇而不费解释的事物，不妨多量采用。譬如动物故事里的《鸵鸟和袋鼠》，并不费解，儿童虽然不容易直观，但能迎合他们的好奇心。只要辅助图画就行。反是很费解的材料，要加上很费事的解释，才能明白，宁可不用。

四、勿道破包含的教训：凡含有道德教训的故事，所包含的意思，千万不可道破，要让故事自己去告诉儿童，教师好像立于第三者的地位。他们能够欣赏故事，自然能够赞美故事中的人物，本来用不到教师强制执行的。倘使他们察破了教师是借故事来教训他们的，是不有趣的，那么他们对于故事的趣味就要减少，甚至连信仰的心也都消失了。但是教师要知道并不完全处于旁观地位，要和儿童热心共同欣赏，以暗示他们，引起他们的想象和兴趣。

五、有适当的图画和模型：这一层在教学时，应该想法利用，使图画和文字结合起来，让儿童欣赏图画时，引起阅读文字的需要；阅读文字时，引起对于图画的趣味，因此获得一个明确的概念。图画应分两种：一种是插在书里的，要活泼而有趣味，低年级最好施以相当的色彩；一种是画在黑板上的，要简单而显明。还有模型，比图画格外容易直观，在低年级应充分地利用。

六、使儿童的文学有进步之机会：他们到得欣赏的时候，最愿意把美丽的结构和很好的句子抄起来；又往往欢喜用自己的文字来节约或敷畅所读的故事。这两点在儿童对于文学的进步方面，很有关系，教师应该相机利用。

七、注重表演：读过以后，自编剧本，比现成的来得好。因为表演起来，容易真切一些。所以教师要充分利用教学时指导自编剧本的机会，还要充分利用表演的机会。

以上是教学儿童文学的原则，和根据原则而生的共同注意点。以下就是各类的注意点了：

一、故事方面

A. 神仙故事与实际生活故事。分“口述”和“文字”二种。

（一）口述的，不用书的。

1.用问答缓缓引入正题，以启发儿童的思想。

2.用平常的口语。

3.谈话的态度，宜自然，要和平时一样，不要有意做作，也不要没精打采。

4.要四周注视儿童的眼睛，引起他们的注意力，仿佛暗示他们说："我正为着你们谈话，你们要倾听呢。"

5.临时觉得与儿童心理相合的材料，当相机增加。

6.随时让儿童猜想（如问"后来怎样呢?"），或加入自己的意见。这样教师、儿童、故事三者，都混化在一起了。但不宜过多过长，因为难免要割裂故事，减少儿童的兴味。

7.要用直接谈话法，譬如说"王家的小孩说：'他是……'"，不如改为"王家的小孩说：'我是……'"这样，儿童便无异身入其境了。

8.言语动作，要很热心地随着故事里的言语动作，表演得合度。

9.绝对不可用传道式的口吻。

10.讲完以后，让儿童自由批评，以入于欣赏明了之域。附带还有两个好处，第一儿童有充分发表的机会，第二教师可以明白儿童的主张。

（二）文字的——用书的和口述相同，不过 5、6、7 条不适用，此外还有：

1.文字的解释，应明了而不啰唆。

2.练习文字的机会，应充分利用，并且要有有趣而效力较大的方法。

B. 科学的故事

1.分开一节一节地教学。

2.每节前列几个问题，先有教师问，儿童自由地回答。

3.答完了，不必断定。用疑问的口气，例如说："我们看这里怎么讲"，然后讨论正文。

4.正文以后，要加上一个练习。就是出几个问题，让儿童去做。做的方法，大概不外作文、画图、到外面去参观，几种。

（按：Dr. K. E. Dopp 的《巢人》*The Tree Dwellers* 一书，就用这种教法的。）

二、诗歌方面

（一）诵读时要有优美的声调，把文字里面的神情，都表演出来。

（二）最好谱入曲里，抑扬顿挫，格外可以正确。

（三）一面唱，一面表情，把两种动作联合起来，儿童自然格外有兴趣。

三、戏曲方面

（一）都要讨论表演的方法，然后实地表演，至于表演的时间和地点，可以不拘。

（二）有不便表演的，可以用“对话”来代替。

我们知道了原则和注意点之后，就可采用设计教学法的文学教学过程。怎样叫设计？就是自己筹划最经济、最合效率的方法，学得整个的智识、技能、经验。怎样叫设计教学法？就是引导各个儿童，自己很高兴地筹划最经济、最合效率的方式，学得整个的智识、技能、经验的一种方法。凡用设计法来教学的，事前有目的有计划；事后有判断，有证验，儿童自己觉得是一种有趣味的新生活，他因此高兴学习，活泼泼地向上生长而发达了。文学教学的适用这种设计教学法，就是这个原因。

这种教学法的活动，中间均有过程。大概可分四种：

一、欣赏的过程。二、练习的过程。三、思考的过程。四、建造的过程。这四种过程，详细教学法，可以全用，否则至少用欣赏的一种。

文学教学以欣赏为时，所以无论何种文学，应用欣赏的过程。

（一）动机：怎样引起儿童的学习动机？（暗示或指导）

（二）目的：决定要做什么事？

（三）研究：怎样的明白这件事的大概？（口讲或概览）怎样认识文字？（诵读）怎样解释内容？（质问应答）怎样熟读？（朗读）怎样把这件事得到个概念？（总括）

（四）体味：怎样使儿童有想象的机会？（假设问题）怎样使儿童欣赏而愉快？（表演、吟唱）

研究的时候，假使有人觉得新学到的文字，还不十分熟，就发生新问题，要练习才能满足儿童的欲望。得在别一时期，用练习的过程。

（一）动机：为什么要练习？

（二）目的：决定要练习的是什么？练习到什么程度？

（三）计划：用什么方法来练习？

（四）实行：依据计划尽力的做。

（五）判断：和原定的计划符合么？符合的地方是什么？要改良的是什么？

研究的时候，假使有人觉得这里面有许多事实或文法要讨论，就发生新问题，要详细讨论，才能满足儿童的欲望。得在别一时间，用思考的过程。

（一）动机：为什么要讨论？

（二）目的：决定要讨论的几个问题？

（三）搜索资料：某一个问题，要参考什么书籍？某一个问题，可以用回想的方法来解决么？某一个问题，要调查事实么？

（四）推理：依据所搜集的资料，解决一个个的问题。

（五）证验：答案是不是错误？应改正的是什么？

体味的时候，如果有人说，应该要把欣赏的材料来表演，就发生新问题了。要表演才能满足儿童的需要，就适用建造的过程。

（一）动机：为什么要表演？

（二）目的：要表演的是什么？表演到什么地步？

（三）计划：怎样表演呢？在什么地点？时间要多少？怎样布景呢？人物怎样装扮呢？……

（四）实行：依据计划实行。

（五）批评：表演的成绩怎样？同原定的目的有没有违背？要怎样

改良？

现在就拿《小孩子和小雀子》的教学过程来，举一个例（教材见第九章）：

一、欣赏的过程

动机：假使他们新近发生摸鸟巢的事情，本教材的动机已经有了。假使没有这动机，就有两种方法：

1.暗示——把这故事画成一张图（最好彩色），挂在教室里。

2.指导——用问答法，如："鸟住在什么地方？你们见过鸟巢么？你们喜欢摸鸟巢么？这里有一段故事，你们要听么？"

目的：分"教师内定"和"儿童要求"两种。

教师内定的：1.要教儿童欣赏一首诗，激动他爱护动物的感情，并且使他自发地觉得摸鸟巢是件不道德的事。2.要教儿童识得"巢、啾、谁"等字，明白"快意、宝贝、过意、飞也似的、重新、原谅"等词的用法。

儿童要求的：1.明白这故事诗的意义并且会唱。2.表演研究。

(1) 教师口讲这段故事（敷畅成功长篇的话，头上要加一段捉的情形），让儿童欣赏。讲完，叫他们概览课文。

(2) 教师读一遍给大家听。

(3) 你们有不懂么？（以下便是质问应答。）他们就要提出"怎叫老母雀？怎叫小宝贝？怎叫过夜？……"假使在这时候，有个儿童提出"雀子是怎样一个东西？"那么就有了思考的动机，适用思考的过程。教师想法引导他过去（关于文法的也可以）。

(4) 怎样可以熟起来？（诵读）假定这时候有几个儿童说，要把生字练习，要多唱，就有了练习的动机，适用练习的过程。教师应想法引导过去。

体味：

1.吟唱几遍。

2.教师提出想象问题："你们想有人保护小雀子过夜么？有人给他吃么？老母雀寻到小雀子，他心里怎样？……"

3.假使这时，儿童有了要表演的动机，就适用建造的过程了。

二、练习的过程

动机：见前。

目的：讨论出来，假定为："练习生字，要写得多；吟唱几遍，要字不差，声调好听。"

计划：讨论出来。假定的"练习生字用'五分钟间抄写法'，就是在同一时间起，同一时间停，五分钟内那个抄得多。吟唱用'一次的分列轮读法'，就是分列比赛，方法同上面差不多。"

实行：教师做指导员（或推出儿童来），照计划实行。

判断：报告结果，将来练习起来，有没有应该注意的地方？

三、思考的过程：

动机：见前。

目的：决定要讨论："雀子是怎样一个东西？"讨论结果，假定要分出："雀的嘴，雀的翼，雀的尾，雀的足，雀的习性，雀和人的关系……几种。"

搜集材料：讨论出来。假定为"捉一只麻雀来看（用后放去），再用小学理科书数种。分为六小团，各团认定一个题目，各到某书里去参考。"

推理：让各团各自解决，产生出答案来（教师指导）。

证验：决定答案的对不对，应否补正，大家工作时，有没有缺点，应该下回注意的。

四、建造的过程

动机：见前。

目的：表演到别人看得明白，自己顶要紧的目的，是练习话法的快慢。

计划：1.分幕。假定为A.小孩捉雀。B.老雀动气。C.小孩还雀。2.地点。假定在教室里。3.布景。假定用假做的树和巢。4.人物。假定用假做的雀子（一老一小）。老的说话起来，要另外有个人伏在旁边代替，观者的视线不能见的。5. ……

实行：预备和实行。

批评：互相批评。同原定的目的合么？有应改良的地方么？

上面的例，是一个假定。实际上教学时可以利用儿童方面发生的动机正多，千万不可拘泥。做教师的，要能活用，多变化，才好。

此外教学儿童文学，附带文字教学，列有程序者，亦不可不知。如：

第一步，教室里的东西、学校里的地段、学生们的姓名……一一用文字标记，使儿童识许多单字名词。

第二步，用文字代言语，发命令，指导儿童的动作，由儿童知道许多日常用语。

第三步，童话故事……挂图上一部分重要处，用文字记载。使儿童看图识字。

第四步，已经能口诵的儿歌，用文字记载，使儿童复看文字。

第五步，童话故事……上半段口讲，讲到紧要处，忽然中断。下半段的却用文字记述，继续上半段。使儿童注意看下半段的文字。

第六步，读文学方面字句多反复的童话传记。

第七步，读文学方面有韵而简短明了的新诗。

第八步，读文学方面字句不必反复，而内容简单，有趣味的童话传记。

第九步，读文学方面的小说。

第十步，读旧时最明了的古体、近体各诗歌。

第十一步，读小说剧本。

以上各步骤，是双轨进行，一步一步逐渐递加的。不是完了第一步，然后方进行第二步的。此外还有几个要点，辅助文字教学的。

（一）到图书室里读书，大概在第六步以后，加上这一个辅助。

（二）各科多用故事体的读本，例如社会、自然等科，苟其有故事体的读本可用的，就用这类读本。也大概在第六步以后，加上这一个辅助。

（三）文字练习，每天限定几分钟。用种种方法——例如：将读过的字或词写在纸片上，闪烁（疑为反复，编者注）练习。或改难识易误的字，揭示在教室壁上。诵习，书写，或用识字测验法，比赛测验——练习文字。这一个辅助，最适宜低年级。中年级高年级可以少些。

大致儿童文学之教学方法，根据教学原理，施行设计为最新颖合用者。此适用于学校时期，幼稚园小学校为多。前而在未入学校之家庭，为儿童文学教育之开始。后而学于初入社会之地方图书馆，为儿童文学教育之继续。亦应有相当之教学法也。家庭间教学儿童文学，首宜造作环境。家有庭园之美，花木之荫，果为良所。即庭除之际，宴寝之居，亦莫不以整洁饰观为要。能为儿童特辟游戏之处，陈以几席，缀以画图，佐以杂玩。慈母保姆，相机为教。则日夕陶冶之于艺术环境之中，收效必宏也。儿童图书馆之设置，或在学校，或在地方图书馆中，另辟一部，亦当定有标准，依据儿童心理、学校课程，选择书籍。其于文学方面，尤宜测定文学程度，丰富搜集，以便多量供给，使自由取读，亦适应儿童蓬勃兴起之文学倾向之心理也。然则儿童文学之陶冶，凡儿童之母、学校教师、儿童图书员，均负其责。儿童文学之教者乎！此伟大成功，愿与儿童文学作家共之。

【研究题】

一、儿童文学教学原则如何？

二、儿童文学教学普通注意点为何？

三、儿童文学各类的注意点为何？

四、设计的儿童文学教学法四种过程如何？试表以明之！

五、道尔顿制的儿童文学教学法，比设计的如何？

六、试拟一道尔顿制的儿童文学教学法纲要！

七、儿童文学对于文学教学之位置如何？

八、儿童文学教学与各科教学法之比较！

九、家庭间儿童文学教学设施应如何？

十、儿童图书馆对于儿童文学教学之设施宜如何？

十一、试搜集各校儿童文学尺度作一统计研究！

十二、试搜集各校儿童图书馆儿童读书统计，作综合或分析的研究！

附录 儿童文学教科实况调查

一、目的

(一) 儿童文学教科实况调查第一种，调查各著名小学校。

(二) 儿童文学教科实况调查第二种，调查各师范学校。

(三) 儿童文学教科实况调查第三种，调查曾经选习本学程毕业生。

二、方法

填表调查，表式如下：

(一) 儿童文学教科实况调查第一种

1.贵校儿童文学与国语教科是否分列？ 分列 合并

2.分列始于何年？ 年 月

3.分列之理由何若？

4.每周授若干分（或时）？ 分 时

5.合并之理何若？

6.文学材料约占国语教科几分之几？ 分之

7.教材选择标准如何？

8.材料种类上选择何种为多？ 最多 次 次 次……

9.学级程度上选择何种为多？

一二年级：最多 次 次 次 次

三四年级：最多 次 次 次 次

五六年级：最多　　次　　次　　次　　次

（请示全部教材一份或赐目录大纲。）

10.教学方法如何？

（如有印品请示一份。）

11.儿童读书统计所得如何？

（如有印品请示一份。）

12.儿童图书馆重要之设施如何？

组织上：

读书指导上（请惠书目一份）：

13.儿童领受儿童文学后所起之反应如何？

一般状况：

特殊状况：

14.贵校对于坊间发行儿童文学材料之概评要点。

（二）儿童文学教科实况调查第二种。

1.贵校增设儿童文学教科始于何时？　　年　　月

2.此学程定为若干学分？　　学　　分

3.列入第几学年（或学期）学程？

又属选修科或必修科？

4.如未增设者，其理用何在？

5.教科用书采用何种？　　书名　　著者　　出版地

（如用讲义，请检惠一份或示章目。）

6.教学方法如何？

7.设置此学程后，学者兴趣及研究状态如何？

学者兴趣：

研究状态：

8.毕业者应用儿童文学教学成绩如何？

（三）儿童文学教科实况调查表第三种

1.君现在是否担任国语、文艺教科？　　是　　否

2.君对于儿童文艺教科计划如何？

3.君对于儿童文学继续研究否？状况如何？

4.君对于儿童文学或国语教科有无心得或困难？

心得：

困难：

请将附奉调查表第一种，就贵校情形调查见复。

三、结果——以数量统计择要归纳

（一）第一种各著名小学校之儿童文学教学实况

1.儿童文学与国语教科不分列。

理由：

（1）文艺为国语中最重要之一部分。

（2）两者无绝对界限可分，儿童读物注重有欣赏价值之文艺教材。

（3）国语科职能：（甲）欣赏文学。（乙）认识和练习文学。（丙）练习语法收此。三效非选适合儿童兴味之文学的国语不可，称文学国语科。

（4）文学与非文学在小学读文教材里不易分开，毫无文学意味之读文教材，应在排除之列。

（5）所用国语教科书及选读之书，大部含有文学趣味，事实上国语几乎是文学。

附识一：小学儿童文学与国语教科不分立为多数趋势，亦有主两者分列者。其理由为：

（甲）文学的陶冶，最有影响于儿童个性之发展与人格之锻炼。

（乙）要调剂儿童的精神生活，全赖富有生趣的儿童文学。

（6）学科目在小学方面不宜分立太多，性质相近之教材，以归并为是。

(7) 新学制课程标准上并未分列。

2.每周教学时间

(1) 各级不同，最少 180 分，最多 220 分。

(2) 388 分—489 分。

(3) 一二年级 180 分，三四年级 180 分，五六年级 300 分。

(4) 一二年级 300 分，三四年级 240 分，六年级 270 分。

(5) 一年、二年级上 270 分，二年下、三四五年级 320 分。

附识二：将儿童文学与国语科分列者，其所定教学时间，总数为 280 分—360 分，文学约占其五分之一。

3.文学材料约占国语教科分数

(1) 百分之百

(2) 十分之六

(3) 五分之二

(4) 五分之一

4.教材选择标准

形式：

(1) 字句要浅显合度。

(2) 语句要简洁活泼。

(3) 语句组织适合儿童学习口语过程，兼多变化。

(4) 生字生词排列匀称且多反复的。

(5) 合乎语言的自然。

(6) 文词优美，描写入情，对于儿童想象引人入胜的。

(7) 受过国语的洗礼。

(8) 段落要明白清楚。

(9) 音调要出于自然。

(10) 篇章要多变化。

(11) 行文活泼。

(12) 不雕琢。

(13) 不用典故。

(14) 多有生趣之插图，文字大小适合儿童之自力者。

内容：

(1) 有情绪能吸引儿童爱读。

(2) 能帮助儿童理智的发达。

(3) 能适应儿童生活之需要。

(4) 能涵养美感，有欣赏价值者。

(5) 旨意积极，不背平民精神。

(6) 能鼓舞儿童的志气。

(7) 要有陶冶优美感情的价值。

(8) 要有启发纯洁思想的价值。

(9) 要有培植读书兴味的价值。

(10) 要有开拓想象力的价值。

(11) 用寻常的事变做不寻常的。

(12) 能启发智慧并引起快乐、仁爱等情感的。

(13) 有冒险、勇敢、浪漫等兴味的。

(14) 多变化的。

5.各类教材之分量

(1) 童话最多，次故事，次诗歌，次传记。

(2) 童话最多，次诗歌，次剧本，次寓言，次传记游记，次谜语、谐语。

(3) 记事文最多，次故事，次小说诗歌，次剧本，次说明文，次议论文、游记。

(4) 故事最多，次诗歌，次寓言，次戏剧。

6.各学级各类教材之分量

(1) 低年级：童话，故事，儿歌，笑话，谜语。

中年级：童话故事，传记儿歌，剧本，谜语。

高年级：传记，小说，诗歌，故事，剧本。

(2) 低年级：故事， 童话，歌谣，其他。

中年级：故事，童话，诗歌，其他。

高年级：记叙文，说明文，议论文，诗歌，剧本。

(3) 低年级：故事，诗歌，戏剧。

中年级：故事，寓言，诗歌。

高年级：小说，传记，故事，诗歌。

(4) 低年级：童话，歌谣，谜语，谐语。

中年级；童话故事，剧本，诗歌，寓言，谜语，谐语。

高年级；故事，剧本，诗歌，传记，游记，寓言，谐语。

(5) 低年级：儿歌故事，剧本，记事。

中年级：故事歌谣，剧本，记事。

高年级：记事文，小说，故事诗歌，剧本说明，议论文，游记。

7.教学方法

(1) 低年级从口语入手，次讲述，次深究，次表演。高年级先自学，次读讲，次深究，次整理。

(2) 自由阅读练习，利用儿童竞争的兴味，养成读书写字的习惯。团体研究，分朗读研究与文字游戏。

(3) 欣赏过程注重研究体味。建造过程注重表演。思考过程注重统觉原则。练习过程注重反复。

(4) 内容：概览，质问讨论，阅读深究，体味，表演，速阅提纲。形式：字片练习，抄写，默字，填字，辨同音同义字，句变化练习研究，句法摘默，成语解释。

8.儿童读书统计所得

爱好：故事最多，诗歌最少。

附识三：各小学对于儿童读书，尚少调查统计。其已披露者，有江苏一师附小儿童阅读书统计报告，详该校《廿周纪念刊》中。

9.儿童图书馆之设施种种

组织上：

(1) 将儿童图书照深浅区分度数。

(2) 各级组织学级图书馆，依程度分成阶段，自由取读。

(3) 低中高年级分设三阅书室，编定相当程度书目。

读书指导上：

(1) 每遇正课中，特定一小时为指导阅书时间。

(2) 四五六年级每周有固定数十分钟的指导，课余使自由阅读，载在笔记，每天交教师批阅。一二三年级暂无固定时间指导。

(3) 各图书室各设指导教师一人，每周分组举行谈话一次，并举行读书比赛，提倡家庭阅读。

(4) 指示儿童适宜读物，规定课外阅读的最少限度，考查成绩。

附识四：儿童图书尺度，东大附小、江苏师附小均有测定；苏八师附小，亦有全部分为三个程度，相当低中高各年级书目，俾儿童应用。关于儿童图书研究，有尚公学校报告一份。关于儿童图书馆之组织，有苏六师附小之图书馆组织法，甚详备，并刊有儿童课外读物登记表及阅书记录表。

10.儿童领受儿童文学后所起反应

(1) 满足儿童心理，表示愉快。

(2) 读书兴味浓厚。

(3) 想象力较前丰富。

(4) 发表时常含文学兴味。

(5) 遇适宜之材料，欣赏满足。

(6) 欢喜读书，欢喜自由选读新材，阅后同学间喜欢互相讲述。

(7) 动作：每喜效法书中人物。

(8) 有趣之故事，好听之诗歌，辄要求再讲再教。

(9) 对书中人物善恶，每起一种爱憎喜怒。

11.对于坊间发行儿童文学材料之概评

(1) 低年级教材之编制，尚觉不合儿童心理。用正式教本以前，须先编制联续的图画故事，以画来记载故事，代文字记述故事。

(2) 一书之前后，课文甚少联络，因此生字无复习机会。

(3) 各课生字之支配，根据作者之意见，并非科学的调查之结果。

(4) 文学丛书、杂志，少适合各学年学习程度之编辑物。例如商务印书馆之《图画故事》，很适合于一二年级，而此外大多杂乱无组织，不是文词艰深，便是印刷不良。五六年级犹可用，三四年级最感缺乏。

(5) 缺乏普遍性，不类儿童口吻。

(二) 第二种各师范学校之儿童文学教科实况

1.儿童文学学程之设立

(1) 最早设立者为江苏一师，时在民国十年 (1921 年)。

(2) 列入后期师范三年级第一学期，此占多数。列入后期师范三年级。列入后期师范第二学年第一学期。列入旧制师范本科四年级，及新制讲习科三年级。国文科内添设儿童文学研究教材。

(3) 为必修科或选修科。

(4) 作三学分或二学分或一学分，二学分为多数。

2.儿童文学学程教材

(1) 自编。

(2) 朱鼎元《儿童文学概论》，中华书局。此书采用较多。

(3) 魏寿镛、周侯予《儿童文学概论》，商务印书馆。

3.儿童文学学程教学方法

(1) 学理探究都采讲演式。

(2) 教材教法研究都采讨论式。

(3) 指示参考书籍。

(4) 指导创作。

4.学者兴味及其研究状态

（1）了解儿童文学之价值，颇饶趣味。

（2）爱好文学，由于爱好儿童文学。

（3）热诚搜集儿童文学材料。

（4）集合同好，编辑儿童文学，为儿歌集、谜语集等。

（5）翻译国外儿童文学材料。

（6）练习创作。

（7）参考书籍及索引摘记。

（8）喜阅读儿童文学作品以为消遣。

附识五：调查各师范儿童文学教科所得，大都认为儿童文学为小学教育中一个重要问题，师范学生极应注意研究。故各校渐由国语教学法外，增设儿童文学学程。又于调查表中，都表示现在我国儿童文学作品，虽日增多，而于研究儿童文学各种问题与原理之著作绝少，故极宜研究儿童文学上各种共通的基本原理，为审别作品、改进作品之标准指导。我友王天任君曾说："研究儿童文学的，一定要具备儿童学的知识、文学的知识，并且要研究二者的关系。"此言实中覈要循，是以行研究指导，庶皆有济尔。

（三）第三种选习儿童文学学程各毕业生教学状况

1.对于儿童文学教科之计划

（1）将国语教科书及儿童文学读本，二书并用，略加补充读物。或自由作，或译自英文。

（2）儿童原喜阅读《封神榜》《白蛇传》等小说，现改指导适当材料。

（3）规划儿童图书馆。

（4）搜集作品，准备区分尺度。

（5）依照在母校研究所得，以为试验。

2.对于儿童文学继续研究之状况

（1）课后流览中外著名作品。

（2）翻译外人著作。

（3）征集谜语谣谚。

（4）从事儿童图书馆之研究。

（5）根据《儿童文学研究》方法继续研究。

（6）审查坊间儿童文学材料。

（7）搜集吾国神话。

（8）续抄儿童文学论著索引。

（9）在家庭中施行儿童文学教育于弟妹。

（10）刻方纠集同志，拟组一研究会。

（11）同事中渐知儿童文学教育之重要，共同研究倍有兴趣。

3.对于儿童文学或国语教科之心得与困难

（1）教童话故事，比教科书为易见效。

（2）教科书本中之诗歌都不自然，其编造者常嫌字句艰深。

（3）学校中无图书馆，自己搜集材料为难。

（4）儿童图书馆之设置，儿童缺乏阅读机会。

附识六：选习儿童文学研究学程之学生，前后两级，计四十许人，每届毕业后半年，辄以此项表格着手调查。惟担任国语教科者，约其半数。故此种调查应征不多，然即上文总括各条以观，可窥见一斑矣。

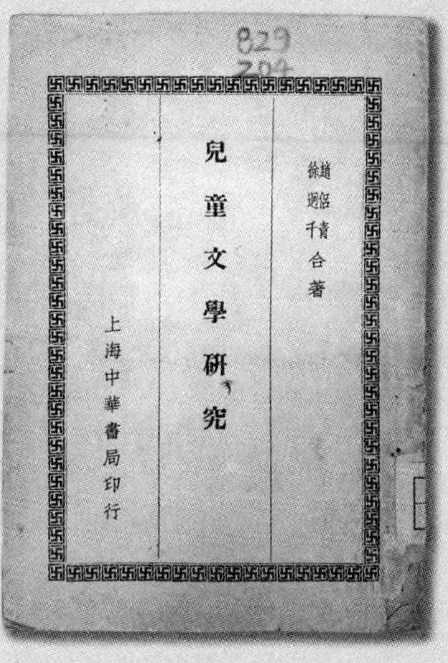

《儿童文学研究》

赵侣青、徐迴千 合著

中华书局 1933年出版

序　一

儿童是将来世界的主人翁，儿童教育是一切教育的基础。国难日急，国内一般国民多数是醉生梦死，处处令人失望与悲观，所以我们不得不移转念头到儿童身上。因为儿童是中国最后的救星，假使儿童也使我们失望，那就是中国没有希望了。儿童教育是值得我们注意的。

吾友赵、徐二先生，早见及此，十余年来，无日不在儿童队里作先锋，他们不但富于教育经验，且有文学天才，所以也是儿童文坛的健将！

此次一·二八国难发生，淞沪危在旦夕之际，二先生却在敌人炮火飞机下面，编著了一册《儿童文学研究》，这种努力于儿童教育的精神，更是令人佩服！

脱稿之后，曾对我说："此书是炮火下的产物，恐将无甚精彩，不足以公同好。"我因为已经拜读一遍，感到字里行间，到处充满着热情与血泪，且句句扼要，举例详明，想必大有益于儿童教育界，所以极力促其早日出版，以应时代的要求。

我也是很想努力于儿童教育的一个，对于他们这种工作，当然表十二分同情，所以很乐于写几句话来介绍，希望儿童教育家、儿童文艺家都能认识这本书的价值。

民国二十一年（1932年）十一月，郑坦

于民国上海市教育局第三科

序　二

关于文学起源的学说，自来就有好几种。依英人史宾塞的见解：文学的起源是在于人类之欲发泄余剩的精力。质言之，即游戏本能为之根源是也。这个说数，在一般现代文学的制作看来，或者并不确实，但就原始文学而讲，却具有相当的真理。说到儿童文学，实与原始文学相通，因为人生的儿童期，就好比人类的原始期，一切思想、情感、想象，都和原始人的相彷，爰是由他们反映出来的文学，有共同的素质与特点。明乎此，可知从事儿童文学著作的人，应求吻合儿童游戏心理而创制有趣味的作品，以开展儿童的想象力、思考力，不要徒事教训，弄得枯燥无味，反把原有的目的也丧失了。但统观现在的儿童文学的作品，很少能达到趣味的程度，除一部分为有价值的作品外，大抵是“劝人为善”“因果报应”等陈说，一毫也不能使儿童在趣味中领略人生的意义、生活的认识，这种现象，很为可虑。自然，要改革它，须作家的孜孜不倦的努力，但理论的确立，儿童文学本身的认识，亦可作种种有益的指示，使作者、教育者，有所依据。所以本书的出版，无论在现在或是将来，都是一件极有意义的事情！

胡叔异　民国二十一年（1932 年）九月二十三日，

叙于民国上海市教育局

序　三

谈到儿童文学的本身，似乎只有儿童们知道得最真切。成人们在成人的地位，以成人的观点，去谈儿童文学的本身，总不外，一、回忆自己儿童时代的经历，二、推想所观察到的儿童的现象。这样说来，真正的儿童文学，必为儿童自己所创作，而又为儿童所乐意欣赏者。谈到儿童文学本身的真价值，也只有儿童知之最为真切，在儿童以外的任何人谈儿童文学，难免有隔靴搔痒之讥。但揆诸实际，儿童处处须成人的指导和作育，对于文学的创作和鉴赏，亦自不能例外。且人生是绵延不断的，初无儿童与成人截然的界限。故成人亦非绝无谈儿童文学之可能，只以能愈接近儿童生活为要件。徐、赵二君从事儿童教育十余年，日与儿童共生活，对于儿童的一举一动，一言一语，观察精微。对于儿童文学创作与指导，经验俱富，故谈儿童文学，别有见地，自非浮泛者可比。本书共分十大段，前五段就儿童文学的本身，详加论列；后五段则详述儿童文学之教学及儿童文学与他科之关系。振声于本书尚未付梓之前，得获先睹，谨赘数语以为之序。

民国二十一年（1932 年）五月

盛振声于上海

第一章　介绍本书我们预备研究的几个焦点

孩子们自从投进了这个世界，快活了，就手舞足蹈，拉着喉咙唱歌。稍长，能够行动，同伴相遇，自然会想出种种游戏。有时，还要讲故事、猜谜语，来消磨他们黄金般的光阴。如果你去接近他们，就会有“请你讲个故事!”“请你唱个歌!”“请你说个笑话!”等等要求，向你提出。你如果接受了一次，就会有“再唱一遍!”“再讲一个!”的呼声发现。他们心目中，常常以为草木也能行动，猫狗也会说话，世界上的确有仙人。他们的言动，有一大半，在成人看来，是十分可笑的。所以，就儿童们的实际生活看来，未达学龄或已达学龄而尚未学得阅读本领时，他们已有欣赏和需要儿童文学的倾向。

自从认识了代表言语的符号——文字，或虽不够做阅读的工具而已有看图的本领时，只要是你手里有书，他就要抢去看书中的图画。你如送他些小礼物，像图画故事、儿童画报之类，他就说不出的欢迎。的确，香烟片、月份牌等，这时由他们眼里看来，比他们自己的性命还要重要，有时竟会因此而发生剧烈的战争。稍长，运用文字的能力扩大，那么所有儿童读物，不论笑话、故事、谜语、诗歌，他们一律欢迎。泥块、石灰、树枝、竹片，随在是他们写字的笔，到处会给利用着画出些奇形怪状来。所以，就这一方面的事实看来，已进学校或未进学校而已受看图识字训练的儿童，他们欣赏和需要儿童文学的程度，格外增高，同时更有自我表现——创作的尝试。

为了上述的缘故，儿童文学给教育家之注意和推重，至今已历数十寒暑。由注意而研究，由推重而扩大其教育上的领域，于是有课程的改造，有教学方法的革新，有各书局儿童文学书籍的编印和发行。现在像什么《儿童文学丛书》，什么《小朋友丛书》，什么《小学生丛书》，什么《图画故事》，什么《故事画》等等，真是名目繁多，不胜枚举。在这种情势之下，我关心或实施小学教育的同人，自不得不分出些时间与精力，来从事于儿童文学的研究。

有人说："天灾流行，外侮叠至，我们目前急需的，是筑堤、开河、赈济，是军舰、飞机之购置，是枪炮之发明、制造，是金钱，是物质，是科学，而不是文学！"是不错！这话诚然有一部分的理由，可是一谈到百年大计，除迎头去追求科学之外，不得不同时有求于文学。因为文学足以调济人生，足以使人生活得更加良好，更加丰富，更加深刻，足以弥补物质崇拜的缺憾。而最最根本的努力，还须我们着眼于初等教育时代之儿童文学。

以上可说是我们所以要研究儿童文学的理由，以下便是本书我们预备研究的几个焦点：

一、儿童文学究竟是一个什么东西？

二、儿童文学在初等教育段应占怎样的地位？

三、儿童文学的体裁与举例。

四、儿童文学应有些什么条件？

五、怎样指导儿童阅读儿童文学？

六、怎样指导儿童创作儿童文学？

七、儿童文学与注音符号的关系怎样？

八、儿童文学与常识科的关系怎样？

【问题练习】

一、试就未受看图识字训练的儿童，举几个证明他们需要儿童文学的例！

二、试就已受看图识字训练的儿童，举几个证明他们需要儿童文学的例！

三、各就过去研究儿童文学的经过，作一个简单的报告。

四、确定今后研究儿童文学的方法！

第二章　儿童文学究竟是一个什么东西

在前面，已将“我们为什么要研究儿童文学”和“我们将怎样研究儿童文学”这两个问题，给诸位解答了一下，现在再补充几句，一方面用来结束上文，一方面就接讲“儿童文学究竟是一个什么东西”这一个问题。

原来我们之所以要研究儿童文学，是因为儿童天性需要这种文学，而我们自己又都愿为儿童的指导或教学者。我们在本书所以要将儿童文学分八项来研究，是因为分析儿童对于文学的需要，根据教育家关于儿童教育的理论，以及我们自己儿童文学方面的一点小小经验归纳而成。虽不能说儿童文学的研究，即此八项而已足，但对此八项而有彻底的了解，举一反三，凡儿童文学方面的问题，大概都可以迎刃而解。况且我们还预备在八项研究结束之后，即在本书最后之一章，作一个总结束，将以前未及讨论的事项，搜罗而论及之。

我们根据前面的一段话，对于“儿童文学究竟是一个什么东西”这问题，就可以这样来解答：

一、儿童文学，是儿童自己需要的一种文学。

二、儿童文学，是教育家公认为最适宜于教学给儿童的一种文学。

我们把这两个答案，细细思辨，对第一答案，就可说：一种文学，给与儿童，儿童不接受，或接受随即弃去的，不是儿童文学。必也那种文学，儿童自己发现，或要求给与，不但接受，且十分欢迎，并能由此而得到满足的，才配称为儿童文学。（注意：在这里，当然给与的方法及儿童当时的生理、心理与环境等，都为重要原因之一。）对第二答案，就可说：这里所说的教育家，除教育原理、教学经验外，至少对于儿童学、文学，都有相当的研究与认识。一种文学，经这样的教育家研究试验，而认为教学给儿童，最是适宜的，那才配称为儿童文学。

就上面两个答案而分析之，儿童文学的来源，也可区分为二：一为儿童自已发现或创作的，其来源属于儿童自身；一为别人代替儿童发现或创作的，其来源属于成人。这样，就来源讲，“儿童文学究竟是一个什么东西”这问题，也可这样来解答：

一、儿童文学，是儿童自己发现或创作的文学——儿童的文学。

二、儿童文学，是别人代替儿童发现或创作的文学——儿童化的文学。

至于就儿童文学的本体与作用，而要下一个儿童文学的定义，那须得分两步来说明：一、文学是什么？二、儿童文学是什么？

先讲文学是什么！我们须明白，这是文学家文学论的问题。关于这问题的讨论，中外文学家，也颇不一律。张圣瑜先生，曾将诸家学说，截长补短，为一度综合的研求，更参以现代文家“文学即人生与表现人生批评人生”之论而集成文学之总义如下：

文学者，具有思想、想象、情感之实质，与体裁、美质之艺术，所以表现、指导与批评人生，应人性最高部分之要求，丰富生活兴趣，扩大喜悦同情者也。

他恐怕人家还不十分明了他这样解释，更就这解释的内容，接着列表表白如下：

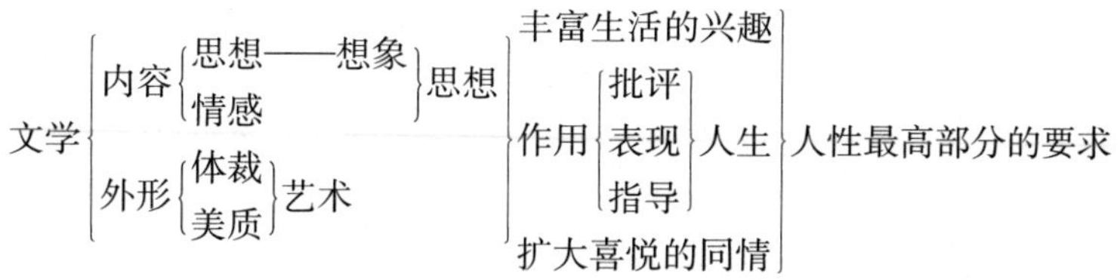

看了张先生的这定义和表，对于“文学是什么”的一个问题，我们有了相当的了解。我们再进一步把儿童二字略一讨论，就可来下儿童文学的定义。

由许多学者的研究与讨论，和许多事实的证明，人类的个体发生和系统发生颇相似：胚胎时代，经过生物进化的历程；儿童时代，经过文明发达的阶段。所以儿童虽然是人的一期，却并不是成人的缩影。儿童的生活，是独立的，是自成一段落的，并非即为成人世界之附庸。

前述文学定义，是概括文学全部而言，儿童文学自然也包含在内。可是儿童文学，不即是文学，儿童文学，自有异于非儿童文学者在。此中相异之处，我们须再一度检查儿童生活与成人生活而比较之。

在前条定义中，所谓思想、想象、情感云云，都是心理方面的表象。儿童时代，特富想象与情感，与成人略异，这是关于文学之内容方面的。至于外形，在儿童发表时，未必冀其一定要合于体裁与具有美质，但发为天籁，一任自然，其组织方面，亦有足述者。以言作用，则既同为文学，自彼此出入无多。总之，凡为儿童，其生理、心理，尚不绝变化，涉世既暂，经验自浅，视听言动，一秉至诚，在成人看来，认为幼稚，实在随时随地、无往而不流露其“天真”二字。于此，我们得肯定儿童文学的定义说：

儿童文学，是表现和批评儿童的天真，特富想象与情感，具有艺术的组织，足以丰富儿童生活兴趣，扩大儿童喜悦同情的一种文学。

【问题练习】

一、试说出本章最先两个答案所根据的共通原则！

二、试举儿童自己发现或创作文学的例！

三、代替儿童创作儿童文学数则！

四、拟一代替儿童发现儿童文学的方案！

五、试就儿童文学与文学、非文学的关系，作一简图或简表显明之！

六、试列举儿童们流露天真的事实！

第三章　儿童文学在初等教育段应占怎样的地位

我们看了前面儿童文学的定义，就可知道儿童文学与儿童教育关系之密切。我们可以说：儿童的生活，有肉体和精神两方面。肉体方面，要富于营养的饮食物，如牛乳、鸡蛋等，不绝供给，不绝让其吸收，这才可维持滋长，这才可逐日改观；否则虽不至即时凋谢，终必要有面黄肌瘦之一日。精神方面，亦何独不然。精神方面的滋养料，我看只要是为小学校课程方面的一科目，都可当之而无愧。不过儿童文学，最精、最纯，其地位与营养肉体的牛乳、鸡蛋等，可称之为最好或上品的精神滋养料。

儿童文学既为儿童精神方面最好的滋养料，那么，“它在初等教育段应占怎样的地位”之一问题，我们自不得不加以研究和确定。

在此，我们得先将已往之事实，向我们的经验界，作一回普遍的搜求与断片的叙述。

最先，科举时代，只有家塾。蒙童入学，先授方字，字各分离，不求连贯。在教者只以能读、能认为满足，在受者亦不问其是何意义。认字数百或数千之后，才读书本，于是《三字经》《百家姓》《千字文》等等，即为当时唯一的教科书。教师读一句，学生学一句，跟读数遍，即令自习，不加解释，却要背诵。接着教授“四书”——《大学》《中庸》《论语》《孟子》，或仅诵习，或稍加解释，亦不问是否能理会。总之，在那时，从六七岁至十余岁之儿童，天天在认、读、记忆莫明其妙之字句上做死功夫，无所谓课程，亦无所谓文学。

科举废，学校兴。所谓小学生，大抵已属青年，或且有已“于思于思”者。日课表上，虽有好几种科目，揆之实际，历史也，地理也，修身也，读经也……无一而非国文。其国文课上，则用《古文观止》《古文辞类纂》《东莱博议》等为课本。渐后，学生年龄渐小，国文程度降低，坊间乃有所谓教科书者出。最早为南洋公学之《蒙学课本》，次之有文明书局之《蒙学读本》，入后有商务印书馆之《最新国文教科书》及学部之《国文教科书》，再后有中华书局、中华新制等国文教科书及商务印书馆之《共和国教科书》，再后有商务印书馆之《实用国文教科书》及中华书局之《新式国文教科书》。以上种种，统为文言，始则全用现成，程度高深，其一部分实为成人文学；继则渐有创作、改造，关心及儿童程度，然亦未闻有专就儿童生理、心理这两方面，特编付印，以备应用者。所以总括一句，此类读物，大半非以儿童为本位，因之名义方面，亦未便称之为儿童文学。

民国九年（1920 年），民国政府教育部公布改国文科为国语科，商务印书馆之《新法国语教科书》，和中华书局之《新教育国语读本国语课本》，应时而出，形式由文言改为语体，材料仍与前无多出入。

于此，须得加以郑重的声明：在此时期，苏沪著名小学，很有自编儿童文学，作国语科教材，油印分发，在各年级班上教学者，惟事属草创，而名义也还是试验性质。

民国十一年（1922 年），民国政府教育部公布改革学制，小学课程纲要也予以确定。中华书局有《新小学国语读本》之编印，商务印书馆有《新学制小学国语教科书》，世界书局有《新学制小学国语读本》之发行。同时中华书局、商务印书局有《儿童文学读本》《儿童文学丛书》及儿童周刊——《小朋友》《儿童世界》之编印和出版。可说是顾及儿童生理、心理而特编之读物，虽其间，有少许或不免属于例外，然就大体讲，已不妨称之为儿童文学。是为儿童文学在初等教育段得到正式地位与名义的开始。

民国十八年（1929 年），民国教育部颁行中小学课程暂行标准，二十年加以修订，于是儿童文学在初等教育段之地位益加巩固而确定。在新学制课程纲要，小学国语科只列“毕业标准”与“课程简表”二项，至此而有“目标”“作业类别”“各学年作业要项”“教学方法要点”与“最底限度”之规定。幼稚园方面，也有课程范围订出，虽其间所说不尽为儿童文学，然大部分确为儿童文学说话。在此时期，编印国语读本以备小学校采用的，除原有三家外，更有民智、儿童两书局。同时，各种儿童文学专集，以及周刊、半月刊、月刊、特刊、丛书等专为儿童设想而编印发行者，除种类增多、质量增高外，更有划分阶段、确定年组与标出“分年”字样的；对于幼稚园儿童，也有识字课本、图画故事等之编纂。这个时候，儿童文学之于出版界，真可说是雨后春笋，蔚为大观。

以言小学国语科每周教学时间，则以修订后之课程标准，与新学制课程纲要，两两比较，除第一、二学年为前者较多于后者外，其余都是前者比后者为减少。此盖由于科目总数、教学总分，前后已有变动，而文字的探讨，不一定要完全在课室里师生相对时举行。最最有效之努力，还在课余及休假日之自修，以及校内校外，随时随地，儿童自己之心领与神会。所以最后一句话：儿童文学，在初等教育段，实在应占着十分重要的地位不过。所谓重要，有时的确可以用数字来标明，然而也不一定要靠呆板的数字。只须我们大家负责，只须我们多方地、继续地给与儿童们以阅读或修养儿童文学的方法与机会，让儿童们不绝去追求，在日课表上规定时间内努力，固然很好，即在日课表上未规定时间内努力，也未始不好哪。

【问题练习】

一、贵处附近，有家塾否？如有，调查他们所用之读物而加以评语！

二、任举一种小学国语读本，指出其中非儿童文学的部分！

三、试向非国语读本中，找出数则可作儿童文学的材料！

四、列举本章未曾提及的小学国语读本的名称！

五、列举课程标准小学国语项目下关于儿童文学的条文！

六、指出课程标准幼稚园课程范围内儿童文学的地位！

七、调查贵地小学校国语科的现状，作一简单的报告，指出其中儿童文学的地位！

第四章　儿童文学的体裁与举例

看了前章，我们就知道儿童文学，在初等教育段，实在应占着十分重要的地位。不过，初等教育，为期甚长，就我国现行学制讲，有幼稚园和小学校，为专门实施初等教育之机关，而小学校复分为初级、高级前后两期。其修业年限计幼稚园二年，小学校采四二制，初高级共六年，合幼稚园、小学校而并计之，前后凡八年。一个儿童算他四岁入幼稚园一年级，由此而幼稚园二年级，而小学校一年级、二年级……以至六年级毕业，循序渐进，期期升级，本来只有四岁的，毕业时当已十二岁了。四岁起，踏进初等教育机关，十二岁上，修了初等教育段各项学业，四岁前与十二岁后，虽不涉初等教育范围，然因与初等教育段紧紧衔接，其各项活动，与表现于初等教育段者，定然无多分别，所以未入幼稚园之儿童，已可酌量施与儿童文学，而毕业于小学校之儿童，更须有儿童文学的熏陶。

于此须得加一说明：儿童之意义，历来学者解说不一。学术上人类儿童时期之年限甚长，从成胎起，一直成长到和产生自身之父母相当，始脱离儿童之名称。此种主张，分儿童时期为五个阶段如下：

一、胎儿期

前期：成胎至三个月

后期：三个月至十个月

二、婴儿期

前期：初生至一岁

后期：一岁至三岁

三、幼儿期

前期：三岁至七岁

后期：七岁至十岁

四、少年期

前期：十岁至十二岁

后期：十二岁至十五岁

五、青年期

前期：十五岁至十八岁

后期：十八岁至二十五岁

此外更有将儿童时期缩短而划分为三阶段者，如第一种分法，为：一、乳儿期，从初生到两岁或两岁半；二、幼儿期，从前期之末到六七岁；三、童年期，从六七岁至十二三岁。第二种：一、婴儿期，从一岁至三岁；二、幼儿期，从三岁至十岁；三、少年期，从十岁至十五岁。第三种：一、幼稚期，初生至三岁；二、儿童初期，四岁至七岁；三、儿童末期，八至十二岁。第四种：一、未入学校之时期，初生至三岁；二、幼稚园与小学校初年级之时期，四岁至七岁或八岁；三、小学校高年级时期，约八岁至十二岁。

统观前后，以第四种解说为最便于我们引用，因初等教育，包括幼稚园与小学校前后两期，而我国法定学龄（入小学校第一学年第一学期之年龄）为实足年龄六岁哪。现在将一未入学校之时期除外，而就二、三两时期申论之。

在此时期，儿童之心理状态，前后变化甚大，因之儿童文学之适用于初期者，未必适用于后期，而后期适用之儿童文学，在初期教学，也必有许多不合呢！

儿童心理状态，在幼稚园与小学校初年级时期，大致如下：（一）想象很发达，为儿童想象的黄金时代，不过多与实际无关之幻想和空想，可与成人晚来之梦境相比拟；（二）好奇心非常旺盛，因心意之大部分，已由感觉级而进于意想或观念的一级了；（三）意志未定，很易受暗示，对于事物，一会儿这样表示，一会儿往往要换一种表示了；（四）记忆不发达，听觉的记忆，比视觉的记忆来得强些；（五）注意散漫，不能集中。

儿童各时期之心理状态既不同，那么，其心理发展过程中所需之营养料——精神的滋养料（儿童文学），自然应该随时有所变换。诸家学说，大概认为在幼稚园与小学校初年级时期，宜利用儿童的想象力、好奇心与听觉的记忆力，多用口述的、简短的、多变化的材料，以养成他们欣赏和爱好儿童文学的习惯；到了小学校高年级时期，宜利用儿童自觉的记忆力，养成他们一切善良习惯，所选的材料，宜接近实际生活，要阅读的多些，口述的少些。魏寿镛、周侯予二先生，曾将儿童各时期适用的各项儿童文学，列表表明。（见下页。）

表中各项儿童文学，是就儿童心理发展过程，排列先后，虽同材料有时可撰成各项体裁，而同一体裁，有时可撰成程度深浅各别之数种，然就大体讲，仍出入甚少。表中又将初中时期，一并列入，此可见得小学校五六年级与初中生所需要之儿童文学，共通之点甚多。依此类推，未入幼稚园之儿童，其所需要为如何之儿童文学，亦不难由想象而得其梗概。

儿童文学的体裁，共分几种，主张各各不一。看了前表，可见魏、周二先生分类的一般，现在把吴研因先生的分类法，作为根据，参照各家主张，分别说明、举例于后。

一、故事

分童话、自然故事、历史故事、实际生活故事、传说、笑话六种。其中童话，包括神话与物语。前表中之神仙故事，可并入神话；其寓言

儿童时期 儿童文学	幼稚园	小学 一二年级	小学 三四年级	小学 五六年级	初中
儿歌					
民歌					
神话					
神仙故事					
动植物故事					
谚语					
童谣					
谐谈					
寓言					
故事					
传记					
新诗					
剧本					
小说					
游记					
旧诗					
论说					
词曲					

一项，可并入物语；自然故事，即动植物故事之异名，笑话即所谓谐谈者是。至于小说，因集合许多故事而成，故不另立专条。现在每种各举一例，以见一般。

【例一】神话——《司月之神》

有个樵夫，背了刀斧入山采柴。天神问他道："今天是日曜日，你为什么不在家休息？"樵夫道："一天不采柴，就有饥饿之忧。我不知有日曜日，但愿天天为月曜日。”天神道：“这样，好极了！我就派你做司月之神吧！”到现在我们所见那月中的黑影，就是那愿意天天为月曜日的樵夫。

【例二】物语——《老鼠的计划》

老鼠开会，商议防猫的方法。有一个老鼠说：“在猫的颈上挂一个铃，猫来时，铃一定响，我们听到铃声，就可以躲开。”大家听了这话，都很赞成，一齐称赞道：“好主意！好主意！”一会儿主席问道：“谁去给猫挂铃？”众老鼠瞪着两眼，一个也不敢作声。

【例三】自然故事——《山羊捕鼠》

山羊失去了豆，不知是谁偷的，和猫去商量。猫说：“你的耳朵不灵，听不出偷东西者的声音，我借两只耳朵给你，今晚自然会知道了。”山羊带了猫的耳朵回去，晚上果然听见“悉索、悉索”的声音，但是看不出什么东西。明天又去和猫商量，猫说：“你的眼睛不能在黑暗中看东西，我的眼睛借给你，今晚自然会看见了。”山羊带了猫的眼睛回去，晚上果然看见一只老鼠偷豆吃，要想追上去，一声蹄子响，老鼠吓跑了。明天再去和猫商量，猫说：“你的蹄子，不如我脚底的肉块来得轻巧，可以走路没有声音，今晚借你去试用吧！”山羊带了猫的蹄子回去，晚上看见老鼠来了，马上跳过去捉，但是爪牙不利，老鼠又逃跑了。后来猫又借给他全副锐利的爪牙，才把老鼠捉住。山羊捉住了老鼠，送给猫说：“这种东西，不配我的胃口，还是请你吃了吧!”

【例四】历史故事——《孔融让梨》

孔融四岁的时候，有人送给他父亲一篓梨。孔融和五个哥哥，都在父亲旁边。父亲说：“融儿！你先取一个去吃。”孔融拣了一个最小的，他父亲很觉得奇怪，问他道：“你为什么拣小的?”孔融说：“我年纪小，应该吃小的，大的留给哥哥吃。”

【例五】实际生活故事——《帮祖母穿针》

祖母坐在窗子前缝衣，年老眼花，手又颤动，向针孔穿线，好久穿不进。兰儿在院子里玩耍，看见了，连忙跑到祖母面前说：“我来帮助你!”祖母笑道：“兰儿！你能替我把线穿进去吗?”兰儿把针线拿在手里，用她最尖锐的眼光，望着针孔，只见右手向前一送，线已穿进针孔了。祖母看了非常欢喜，不住声地夸奖，并且说：“若是你不来帮我，恐怕再过半天，我还没有穿好呀!”

【例六】传说——《当当赌》

许多年前，有一个青年，欢喜赌博，常常和他妻子淘气。他把所有的钱财都输完了，就变卖田产家具，以供挥霍。后来甚至妻子没有衣服遮身，身上只用一条破棉被裹着。一天，他又要到赌场里去赌钱了，看看再没有东西可卖，就仗着他的气力大，将妻子裹身的那条破棉被抢下来，预备去当了作孤注。妻子力小，不能抵抗，被打倒地上，还用一只盛谷的大木桶罩住。后来，那青年赌好回来了，揭起木桶一看，不见妻子，却有一只赤身裸体的鸟，很快地向天空飞去，并不住地嘴里叫道："当当赌！当当赌！"

【例七】笑话——《一只黑一只白》

母亲说："三儿！你看你穿的袜子，一只白的，一只黑的。真粗心！赶快去换一换吧！"三儿慌忙走到卧室里，一会儿出来说："母亲！换不了！那一双袜子，也是一只白的，一只黑的！"

二、诗歌

分谜语、急口令、谣谚、儿歌、民歌、歌曲、诗七种。歌曲包含乐歌、词曲两项，配有乐谱，可以歌唱，歌唱时，可伴奏风琴、三弦、梵华林等乐器。诗分新诗与旧诗两项，有所谓散文诗者，实为无韵之新诗，故事诗为故事之演成诗体者，亦是新诗中之一种。谣谚包含童谣与谚语两项。现在每种举例如下：

【例八】谜语——《瓦片纸头》（用具）

瓦片纸头，椽子竹头，竹头下人走，纸头上水流。（谜底：雨伞）

【例九】急口令——《高高山上一条藤》

高高山上一条藤，藤条头上挂铜铃，风吹藤动铜铃动，风定藤停铜铃停。

【例十】童谣——《一尺布》

一尺布，尚可缝。一斗米，尚可舂。兄弟二人不相容！

【例十一】谚语——《光阴》

一寸光阴一寸金，寸金难买寸光阴。

【例十二】儿歌——《萝卜白》

萝卜白，萝卜黄，萝卜甜又香。种萝卜，种萝卜，种些萝卜大家尝。

【例十三】民歌——《农夫苦》

五月天，六月天，那有闲人在路边。人人都有把秧在手，口唱秧歌手插田。

【例十四】乐歌——《总理逝世纪念歌》（曲谱略）

1.今天我们在此，纪念总理逝世。总理逝世日子，三月十二。总理未完素志，已离我们逝世。我们失了导师，不幸之至！

2.我们必须如此，继续总理遗志、努力奋斗不止，有终于始。我们若能如此，革命成功易事。牢记到底坚持，大家一致。

【例十五】词曲——《寒衣曲》(曲谱略)

1.寒风习习，冷雨凄凄，鸟雀无声人寂寂。织成软布，斟酌剪寒衣。母亲心里，母亲心里，想起娇儿，没有归期。细寻思，小小的年纪远别离：离开父，离开母，离开姊妹兄弟们，独自行千里。难记难记，腰围粗细，身段高低，尺寸无凭难算计。望着那灰线空着急，望着那剪刀无凭依，望着那针儿只好叹气，望着那线儿没有主意。记起记起，哥哥前年有件衣，比一比，弟弟。

2.琴声阵阵，笑语殷殷，课罢欢娱欢不尽。绿衣人来，送到包和信。仔细看清，仔细看清，看罢家书好不开心。是母亲，亲做的寒衣寄远人。一千针，一万针，千针万针密密缝，穿来软又轻。对镜对镜，不短不长，不宽不紧，新衣恰好合儿身。穿起了新衣不离身，穿起了新衣记起人；记起了人来眼泪零零，记起了人来不能亲近。亲近亲近，且把新衣比爱亲，亲一亲，母亲。

【例十六】新诗——《灯蛾》

灯蛾呀灯蛾！你为什么扑着小翅，自投网罗？恋着一分儿势焰，贪着一些儿热度，便当是你的安乐窝。你可知热度愈高，祸殃越多；越有势焰，越多风波。灯蛾呀灯蛾！眼见你向死路上跳跃，叫我也无可奈何！

【例十七】散文诗——《石头和竹子》

莹净的石头，幽雅的竹子，他们在一块儿，一般的可爱，分不出什么高下。但有时，竹子的秀拔，还胜过石头的奇峭。风来了，竹子都拜到风的脚下了。不拜的是石头，他头上的细草，摇摇吹动，越显出他轩昂的态度。接着一阵的雨，欢喜冷浴的是石头，竹子倒可怜得不像样子。翻了晴了，太阳出来了，他们又都抿着嘴笑了。

【例十八】故事诗——《木兰从军》

平地风波起，君王大点兵。花家有兵役，花老爷愁眉苦脸，预备登程。花家有女名木兰，一闻此事心悲酸："阿爷年纪老，如何走远道；我弟弟太小，又不能代劳。这事怎得了！——呀！有了有了！我何不女扮男装，代父前往？万一打胜仗，也落得百世流芳。"木兰把这个主意，告诉爷娘，爷娘连忙说："你这个主意很不妥当！你一个小小的女儿，怎么能上阵？怎么能冲锋？怎么能打仗？"木兰道："女儿的主意已定，只要代父从军，无论什么事情，我都不问！"木兰意气豪，东门去买马，西门去买刀。脱去罗裙换战袍，急忙忙拜别爷娘，说一声："爷娘珍重，孩儿去了！"黄沙滚滚，千军万马奔腾，将军号令传："进！进！进！"妻子爷娘都不管，舍死忘生。功成一旦，红旗报捷，沙场白骨已如山。花木兰身经百战，幸得生还。"呀！女儿回来了！可怜你出去时青年美貌，如今是瘦骨伶仃，形容枯槁。不知你身体可好？我两口子从你出门，就废寝忘食，天天祝告：但愿你平安无事，早日回朝！""爷娘呀！女儿远离膝下，于今十二年了！爹爹的头发没有了！娘娘的牙齿也脱落了！不知近来的身体是否安好？从今以后，女儿再不出门，情愿侍奉爷娘，终身到老！"

【例十九】旧诗（一）古体——《石壕吏》

暮投石壕村，有吏夜捉人。老翁踰墙走，老妇出门迎。吏呼一何怒！妇啼一何苦！听妇前致词："三男邺城戍，一男附书至，二男新战死。生者且偷生，死者长已矣。室中更无人，惟有乳下孙。有孙母未去，出入无完裙。老妪力虽衰，请从吏夜归。急应河阳役，犹得备晨炊。"夜久语声寂，如闻泣幽咽。天明登前途，独与老翁别。

【例二十】旧诗（二）近体——《夏日》

梅子金黄杏子肥，麦花雪白菜花稀。日长篱落无人过，惟有蜻蜓蛱蝶飞。

昼出耘田夜绩麻，村庄儿女各当家。童孙未解供耕织，也傍桑阴学种瓜。

三、剧本

分话剧、歌舞剧二种。俗有所谓趣剧者，实与独幕剧、历史剧等，同为话剧之一，歌舞剧亦简称歌剧。凡剧本大抵刊印专集，篇幅冗长，不便举例。现在举短剧一种，以作话剧的代表，此外每种各举剧名，以节省地位。

【例二十一】短剧——《剃光头》

地点：一间精致的小书房。

陈设：靠窗放一只书桌，桌上放着文具，四壁挂着书画镜框之类，另有靠椅数把。

人物：张三、李四——两个年青爱国的学生

（开幕）二人很忧愁地坐在那里。

张：经济绝交，这个办法真凶，真的能致日本人的死命！

李：这个办法，虽然能致日本人的死命，但是恐怕难以实行！

张：真的！昨天我到理发店去剪发，只见他们用的轧子，都是日本货。我便问他们道："你们为什么用日本货？"他们说："只因国货贵，又要轧痛，日本货非但贱，货色又妙。我们为经济便利两方面计，不得不买日本货！"你想！这几句话听了痛心不痛心？

李：我看抵制日本轧子的好方法，莫如大家剃光头！

张：好！那么我们就去实行吧！

李：好！决计如此！（说至此，二人手摸头发，作起立去剃发状。）（闭幕）

又：话剧有各书局之儿童剧本集，歌剧有中华书局之《麻雀与小孩》《葡萄仙子》《月明之夜》等。

四、普通文

分记叙、说明、抒情、议论四种。记叙文可分游记、记事、传记和日记，议论文即前述之论说文，现在每种各举一例如下：

【例二十二】游记——《游西子湖记》

晓雾充满了整个的空间，加上潇潇的细雨，把一切都埋藏于迷漫之中。我们起来洗了面，吃了粥，就从事游湖了。

远远的青山，尽被烟云笼罩着；层层的白雪，从山岭上慢慢浮荡起来；黑阴阴的大树，在烟云之间，微微地摇动。那美丽的西湖，好像兜着一层薄纱，羞得得地不肯透露真面目来。这种迷离惝恍的湖山景色，真是天地间的奇观了。我们因为游湖心切，急切地雇了许多小艇，一直向湖中进发，不多时，到了郭庄。郭庄里面的一切建筑和布置，都很清雅得宜，面湖而筑的大厅，异常幽静而可爱。再过康庄，沿途有无数的苍松翠柏。到了庄上一看，只见几间简陋的房子，没有一些俗气，这也就难得了。那时正在中午的时候，云收雨散，显出碧青的天空，温和的阳光，给大地一个柔爱的接吻，使得湖山景色，越显得鲜艳光明。远见苏堤两旁的绿柳，好像一条绸带似的倒映在湖中，丝丝的柳影，跟着浪花动荡着。闲适的小鸟，在湖山深处，蹁跹地飞舞。那白鹅般的小舟，在浅平的湖面，任意飘浮着，将西湖风景，增加了不少的美妙。山上的绿树，和庙墙辉映，分外鲜明美丽。宝石山上的保叔塔，逍遥自在地孤立着，俯瞰西湖，很是得意。我在小亭中，远远望去，将西湖风景，尽收在眼底。

【例二十三】记事——《参观爱国活动成绩展览会记》

二十年（1931年）十二月十二日至十四日，民国上海市教育局举行中小学爱国活动成绩展览会，会址在西成小学和务本中学两处。

我便在十三日，跟着父亲，带了妹妹，一同去参观。先到西成学校的会场里去，走进大门口，拥挤得不得了。到了里面，见有许多玩具，如火车呀，飞机呀，大炮呀，很多很多。还有抗日歌、抗日作文、抗日图画，以及中日货物对照表等，更是不少，而且布置得非常整齐。在参观的时候，见有许多别校的学生，拿出铅笔和笔记簿来，很用心地抄写，可是秩序不免有些紊乱。为什么呢？因为他们遇到了好玩的东西，便你抢我夺地争前去看，还有几个却在那里大喊大叫哪！

我校陈列成绩的地方，是二乙教室。大家进来看我校成绩的时候，面上都很满意，大概我们的学校，也可得到很好的结果吧。

看完了西成学校里所陈列的成绩后，因妹妹走不动了，于是就回去。可惜啊！那务本学校所陈列的成绩，我竟一点也没有看到。

【例二十四】传记——《总理传略》

总理孙中山先生，名文，字逸仙，民国纪元前四十六年（1886年）十一月十二日，生于广东省中山县之翠亨村。

先生幼时，在本乡读书，闻太平天国退伍老兵讲洪杨故事，便以洪秀全第二自任。后到广州、香港，结识志士郑弼臣、陈少白、尤少纨、杨鹤龄、陆皓东等，天天讨论、研究革命的理论与革命的问题。

二十岁时，先生已立定“推翻满清，创造民国”的志愿。以后一方面从事宣传，一方面即实行起义。十余年间，失败十次，先生并不灰心，到底得到了辛亥年（1911年）十月十日的成功。

民国成立，先生功成身退，更计划进一步的建设事业。那知帝制余孽未清，国本时现动摇，先生因此又劳苦了四年的讨袁，七年的护法，这是何等悲壮而值得纪念的事呀！

六十岁的那年，先生亲到北平，想召集国民会议，解决一切国事。谁料风尘仆仆，心力交瘁，肝病复发，终成不治。于民国十四年（1925年）三月十二日，就成了先生的逝世纪念日了。

啊！先生的生，为了革命；先生的死，也为了革命。先生所手创的“三民主义”，不但在求中国之自由平等，还在进世界于大同，先生真是全世界的救星呀！

【例二十五】日记——《两天的日记》

六月二日，月曜，天晴。

今天国语课，教的是一课《晏子使楚》。原来晏子是齐国最长于辞令的人，他到了楚国，无论楚国怎样为难他，他终能靠他的口和舌头，说得楚国的君臣，都没有话讲。哦！晏子的本领，真不小呀！

六月四日，水曜，上午阴，下午晴。

早晨上学的时候，在路上走，看见一个车夫，拉了一辆很重的车子，额上的汗像雨一般掉下来。忽然他头上一顶草帽落下来了，我忙替他拾了起来，再好好地交给他，他就谢了我一声。

【例二十六】说明文——《笑》

笑的种类，可分为二：一是自动的笑，一是被动的笑。自动的笑，或则由于心中的快乐，或则由于突然看见了可笑的事情。被动的笑，一种是被人呵痒，一种是被人逗引。笑的声音：有哈哈的，有呵呵的，有哧哧的，有嗤嗤的，也有无声的。笑的益处很多：在生理方面，可以消除烦恼，活泼身心，而且确是延年益寿的神方；对于事业方面，能吃力而不觉苦，能进行而不畏艰难，也是功成名就的秘诀。我们如能每天大笑三次，得益一定不小呢！

【例二十七】抒情文——《哭东北殉难同胞》

东北的殉难同胞呀！你们是和日帝国主义奋斗的，你们是为国家牺牲的，你们都是我中华民国的革命家。现在你们死了，永远和我们分别了！怎叫我们不悲伤呢？东北的殉难同胞呀！你们这次被杀得凄惨，为从来所未有，但是终不能感动日人之心，以减杀他们屠杀我同胞的次数。所以我未死的同胞，仍继续和日帝国主义者决斗，誓必恢复我中华全民族的自由，以贯彻你们的壮志，安慰你们的幽灵。唉！东北的殉难同胞呀！你们生为英雄，死为烈士，你们大无畏精神，已足够我们的钦佩了！你们为国牺牲的壮志，也足以使我们崇拜了！

【例二十八】议论文——《昨》

“昨”是已过去了，现在是“今”了。但“昨”虽已过去，却和“今”有莫大的关系。有什么关系呢？就是昨天未完的事，要在今天去补足；昨天有不妥适的事，要在今天去补救；昨天有不正当的行为，又要今天去反省改善；昨天所有的心得，今天又必须要保存。否则有了“昨”而“今”已无用，“今”也便不如“昨”了。

“昨”是“今”的根据，没有“昨”就没有“今”。积许多有心得的“昨”，就可得到善良的“今”；如积许多不善良的“昨”，那么“今”也必是为非作歹的了。所以我们要爱“今”惜“今”，更须保存那善良的“昨”！

五、实用文

应用最多的，有书信和条告，此类文字，文学化而意义浅显的，亦足供儿童阅读欣赏。其例如下：

【例二十九】书信——《给外祖母的信》

外祖母：

光阴如箭，分别以来，已有两月。在这两月中，我天天想念大人，不知大人的身体康健否？

外祖母！外孙女的校里，在本月十八号，曾到吴淞旅行过一次，是坐火车去的。那边的风景比上海好得多。吴淞也有学校，大学、中学、小学都有。我们玩到下午七时半，才回到上海。

现在天时不正，各种的传染病，都将发生。这种传染病，都是自己太不注意卫生而染到的，所以我很留意，望外祖母自己也保重些。别的话没有了，祝你永远康健！

你的外孙女　兰珍上

四月二十五日

【例三十】条告——儿童图书馆启事

天气一天暖一天了，白昼也一天长一天了，功课完毕之后，不去运动，不去散步，未免太无聊吧！每天去运动，每天去散步，又不嫌太单调吗？诸位同学中，如有感到课后之无聊与单调者，即日起，请驾临敝馆。因为我们这里，新到的许多杂志，新购的许多图书，正等候着你们，每天来翻看，每天来欣赏呢！

益智图书馆谨启

四月八日

以上三十个例子，有的录自国语读本，有的录自儿童文学丛书，有的是儿童的作品，此外便是由作者临时写成。程度深浅不一，目的仅在示例。至要讨论到何年级需要何项材料，仍须翻看魏、周二先生前表，斟酌活用。

例一的神话，例六的传说，迹近荒诞，揆诸事实，天地间决无此种事情，所以有许多学者，主张此项材料，儿童读物中，还是以少用为宜。对于神话一项，经学者研究的结果，知道各地共通之点甚多。分析归纳，可得“物婚”“季女”“灰娘”“故妻”等各种公式。这是由于原始社会、儿童社会之思想想象，世界各人类之进化迟早，虽有不同，而原始礼俗，统属一致。因此各地流传之神话，每有相似，或异材而同旨，或同材而异趣，如：动物变化人形，掠妇人以为婚；季子、少女，必定贤良，且能成功；牛或鱼等动物，能默助善人；被人害死的，能变物类报仇，等等是。

细察例一与例六，其不近事实处，似无甚分别。说例一是传说，例六是神话，似亦未尝不可。这是由于传说原为民间口传之事，与神话同属童话范围；而所谓神话，又大抵来自彼此传述。不过我们可这样来分别：神话所述，属于神仙；传说所述，属于人事，有宗教性与历史性之不同。此外各例，如发现有类似上述情形者，可就实质一方面，再加一度研究而辨别之。

前举例子，共有三十，似已甚多，宜可包容儿童文学全部而无遗。可是事实并非这样，因此，我们更须进一步来说明。

文学上更有好几种体裁，似不宜划入儿童领域，然经作者一度儿童化而改造之，未始不可供儿童欣赏，前例之所以不能包容儿童文学全部，此其一。幼稚生及未入幼稚园之儿童，他们识字很少，或竟全不识字，不能看书，只能看图，或只能听人口讲，是有需于图画故事及口述的儿童文学。最小的儿童，只会唱有腔无字的儿歌。此项图画故事及口述的儿童文学，例中尚付缺如，此其二。低年级儿童，因识字少的缘故，须用多量插图，此项插图，前例中又都未备；又诗歌的排列法，宜与散文有别，不宜一行到底，宜就文意及句式，排成高低行或长短行齐备之式样，以增高美的成分，此其三。

此外，儿童文学，可以程度深浅为根据，用教育上各项量表的制造方法，将各类各体，或混合，或分别，以学期为单位，制成小学校一年级第一学期至六年级第二学期分全距离为十二度的儿童文学量表，备作实施教育者选择或编著儿童文学教材时之参考。不过此项工作，须有多人长时间之努力，非咄嗟所能办到。商务印书馆《儿童文学研究》，载有这种量表，可资参考，这里从略。

【问题练习】

一、就贵处附近小学校之儿童，调查其实足年龄而作一统计表，以示各学年儿童年龄之最高或最低限度。

二、就君所熟识之儿童，说明其心理活动之表现于行为者！

三、就君所熟识之儿童，调查其需要儿童文学的情形！

四、就本章儿童文学分类法，列成一表！

五、就本章举例之儿童文学，每类每种，再举一个例！

六、试说明“物语”与“自然故事”之分别！

七、试说明“儿歌”与“民歌”之分别！

八、试说明“散文诗”与“抒情文”之分别！

九、试说明“童谣”与“谚语”之分别！

十、试说明“实际生活故事”与“记事文”之分别！

十一、就本章三十例，以程度为根据，重新排一次序！

十二、就本章未提到之文体，举例说明，并设法使之儿童化！

十三、将本章诗歌各例，写成最美之形式！

十四、就商务印书馆《儿童文学研究》所载之儿童文学量表，加以意见！

第五章　儿童文学应有些什么条件

看了前章所举的三十个例子，我们对于儿童文学的体裁，就有了相当的认识。现在再把儿童文学应有的条件，从事讨论，藉作选择或译著儿童文学时之参考和依据。

关于这点，历来儿童文学研究者，已有不少的叙述，其中有所见相同的，也有彼此稍有出入的，现在择要录在下面。

张圣瑜先生，对于儿童文学之特质，提出八点，举例说明，十分详尽，节录如下：

一、口传：儿童初期，纯将口音流传文学，因此儿童文学有特利于口传者。

二、自然：顺着事实，写述过去，只是自然流露，白描淡写，更非人工斧凿雕饰之品。

三、单纯：率情适性，吐口成文，简单纯朴，绝无做工；然单纯之中，亦妙有变化，足以引人入胜，倍多兴趣。

四、纯情：童心不知有忧患，一切沉淀在人欲横流之渣滓性，尚未经磨阻而崩解于其间，感苦痛则付之一哭，泪未干而瞬逝。其于文学上所表达者，惟欢娱喜悦之强烈情感，每能于恬静、淡寂、干燥事物间，找寻快乐。

五、神奇：儿童幻想之神奇，莫可比喻。水中可以捞月，鸡犬可以飞升，安琪儿之翅膀，优莱赛斯之伴侣，安保乐之弦琴，以至刖鳌维地、炼石补天等，无一不在儿童之幻想界，无一不带有神奇意味。

六、酣美：儿童文学，富有乐性之时间美，富有色彩之空间美与舞蹈之节奏美。不有感受，不有发表则已，有则一切惟美。

七、瞬变：儿童所感受之文学，在某一时期，特喜某种故事歌谣，过此以后，虽欲强之反想复演，亦不可得。所以儿童心境，极为流动，其时代之文学质素与价值，对于儿童之关系，一瞬即逝。

八、普化：各地谣谚，往往大同小异，苟以希腊、罗马及其他民族之神话谣谚，授我国之儿童，亦必乐从。

张先生在他著的《儿童文学与教育》一章，更就儿童文学之作用，提出“引起读书兴趣”“发展想象”“发展思想”“培养情感”四点。

朱鼎元先生，把儿童文学分成故事、诗歌、戏曲三类，定有简明扼要之选择标准如下：

一、故事选择标准

（一）内容要切合一般儿童的心理与嗜好。

（二）要变动多一些，描写少一些。与其用平淡的材料，不如用冒险或英雄的故事。

（三）句法和风格，须美丽精密。

（四）描写宜重主要人物。

（五）动作要连续不断。

（六）不要带太凶恶太恐怖的色彩，倘使因此引起儿童残忍的本能，非常危险。

（七）取材须要庄严。滑稽虽然可以引起儿童的兴味，但须忠厚，不要刻薄。

（八）内容要简单。要描写“做”什么的事情，不要描写“是”什么的事情。

（九）不妨碍道德。

（十）要留儿童以想象的余地，否则亦须有美满的结局。

二、诗歌选择标准

（一）音节和谐而自然。

（二）字句的组织要优美。

（三）感情已失中正和平的态度的，不宜选。

三、戏曲选择标准

除适用上面所述故事选材标准十条外，尚有：

（一）谈话的内容和形式，要很普通的。

（二）言语、动作，都要简单一些，使儿童容易表演。

（三）材料的结构，最忌杂凑，要有条理，有组织，有中心的线索，尤其要免去牵强附会的弊病。

（四）要有含蓄，留儿童思考的余地。

周邦道先生，述儿童文学取材标准，分形式内容两方面如下：

一、形式方面

（一）用字由浅入深。初年级用白话，高年级文言白话互用，但宜相题行文，不必拘泥。

（二）初年级文句宜短些。因小孩脑筋简单，句子太长了，念起来，便很困难。但不合语言自然的单字单句开始，也是不好的。

（三）文字要和言语的自然次序相吻合。白话可用口语直接地讲说出来，文言可用口语直接地译述出来。

（四）层次要清楚。使儿童阅读以后，或谈说以后，里面大意，了如指掌。

（五）行文要活泼畅利，不是呆板、平直、干燥、简短的通俗文字。

（六）初年级韵文多些，散文少些，高年级则韵文散文并重。因韵文是文学之起源，便于记忆，又便于儿童的口语。

（七）不宜堆砌典故，或矫揉雕琢。

（八）生字反复次数要多，因为儿童认识一个字，而且牢牢记得，是很困难的。除非反复次数多些，使他有重习的机会。

二、内容方面

（一）合儿童的心理，而儿童可以欣赏的，可以想象得到的。

（二）有吸引的能力，使儿童发生隽永的趣味，而且很欢喜读的。

（三）有刺激性，能促儿童自然而然注意的。

（四）合儿童之见解，而投儿童之所好的。

（五）合时代精神的，即平民的、和平的而无专制贵族气味的。

（六）富有感情的色彩的。

（七）含有美感的要素的。

（八）须废弃种种可惊可怖之名目。

魏寿镛、周侯予二先生，就儿童文学之要素，列表表明如下。

- 儿童文学之要素
  - 内容
    - 富想象的
    - 富情感的
    - 思想纯正的
    - 切合环境的
    - 内容积极的
    - 不违背时代精神的
    - 意义简单而多变化的
  - 形式
    - 韵文
      - 音调自然的
      - 字句清浅的
      - 美感充足的
    - 散文
      - 言语合自然次序的
      - 层次明晰的
      - 叙述活泼的
      - 用字由浅入深的
      - 用字日常应用的
      - 生字发见的次数多的

（以上各项）表现具体印象
构成组织全体

吴研因先生于民国上海市教育局举办之第二届暑期学校，演讲儿童读物之研究，内容方面，提出选择、排列，应根据的条件如下：

一、选择

（一）三民主义化

1.多取中山故事、革命故事，不取崇拜英雄主义和含有封建思想侵略性质的故事。

2.思想应积极、前进、乐观、解放，而非消极、退缩、浪漫、悲观的。

3.提倡合作、互助、勇敢、劳动、规律的精神。

（二）儿童化

1.以儿童为主体。

2.切合儿童的经验和环境。

（三）艺术化

1.配合情形须新奇。

2.低级须反复而多变化。

3.中高级须敷畅、曲折而有描写。

4.注意材料内容之是否完美。

（四）科学化

1.力避可怕而无寓意之神话。

2.多取自然故事和歌咏自然的诗歌。

3.不取违反自然法则的故事。

4.注意标准音和标准语，不用土语。

二、排列

（一）以时令纪念日为纲，便于设计教学。

（二）各文错综，散文之后，间以诗歌。

（三）顺应儿童程度和心理——低级可从连续故事图入手，次以连续故事，次以普通故事，图则先多后少，诗亦先多后少。

（四）课数不宜太多，篇幅宜长。

形式方面，对图画和文字，提出条件如下：

一、图画

(一) 图画故事的图——最好不用文字，看图自明。

1.色彩鲜明。

2.意义简单。

3.连续图宜自然明显。

(二) 其余的图

1.图与文字并重。

2.连续图如活动电影与文相应。

3.明显而多变化。

4.有简单的背景。

5.低级彩色的图宜多。

6.封面最好用彩色图。

二、文字

(一) 采用简笔字。

(二) 低级用头二号字。

(三) 中级用二三号字。

(四) 高级用三四号字。

(五) 书写须工整。

以上所录，在抽象的原则方面，有张圣瑜先生提出的八点，可资依据。选材标准，各家意见，互有出入，然大体分形式、内容讨论，尤以吴先生之演讲为最新最备。兹以吴先生演讲作根据，归纳、斟酌定为儿童文学选择标准如下（见下页）：

书籍的装订，为形式方面重要条件之一，美国彭勃格氏，曾实地试验三个学校的一、二、三年级儿童，其所得结果，约略介绍如下：

一、低年级儿童最欢喜的书，其尺寸是七寸半长，五寸阔，一寸厚。

二、蓝、红、黄三种颜色，最为小孩子所欢喜，在这三种颜色中，蓝色最为小孩子欢喜，红色次之，黄色又次之。封面的颜色，宜鲜明而

- 儿童文学选择标准
  - 内容方面
    - 1.三民主义化：须不违背时代精神。
    - 2.儿童化：须富想象情感适合儿童生理心理。
    - 3.国语化：是标准语，而非方言、土语或古文。
    - 4.艺术化：备新奇、曲折、反复、变化、含蓄之妙。
    - 5.科学化：力避荒诞、迷信等反科学的材料。
  - 形式方面
    - 1.图画：见吴先生提出各条。
    - 2.文字
      - 组织：见朱、魏、周各先生形式项各条。
      - 形体
        - 低年级用楷书，高年级用宋体字。
        - 参用行书，余见吴先生提出各条。
    - 3.排列：见吴先生提出各条。
    - 4.纸张：须洁白、无光而坚韧。
    - 5.装订：须坚固耐用，余详后。

为小孩子欢喜的。

三、书的标题，必定要是：（一）描写小孩子的经验的。（二）叙述一种动作的。（三）文字要生动的。

【问题练习】

一、根据张圣瑜先生提出的八项特质，各举一例！

二、将朱鼎元先生选择标准各条，归纳为形式、内容两项！

三、试比较周、魏二先生选材标准之异同！

四、归纳周、魏二先生选材标准，列成一表！

五、试就选择标准各条，与前述八项特质，说明其相关之点！

六、试就选择标准内容各条，来批评现行国语教科书之内容！

七、试就选择标准形式各条，来批评现行国语教科书之形式！

八、试就各种儿童文学书籍，指出其标题之是否合适！

九、试归纳各家意见，就选择标准各要目，定出子目来！

第六章　怎样指导儿童阅读儿童文学

在本章，我们要讨论的，有两个问题：一是儿童文学的教学问题，一是儿童课外阅读指导问题。前者有各家国语教学法及各书局国语读本教学法，可供参考或应用，这里仅就原则方面，加以叙述。后者在国语读本教学法上，间有讨论及此，然大抵语焉不详，或竟付之阙如，所以要讨论得比较具体些。

阅读两字，在此先得加以说明。普通分阅读为精读、略读二项。此种动作，文学术语，谓之“观照”，实即“欣赏”二字之又一说法。我们对艺术品的认识，常称之为欣赏。文学为艺术品之一——间接艺术，其媒质为文字，具有时间美。文学作品引起人们的情感，不是文学的本身，而是文字所引起的观念。换句话说，文学所用的媒介，实在是人家脑子里被引起的观念，而文字又是引起人家观念的媒介。再换句话说，文学是由文字引起人家的观念，再由这观念引起人家的一种情感。以上是就文学欣赏的历程说话。至欣赏二字之意义，潘梓年先生说得最透辟，现在摘录于下：

“……时间美艺术品的感动我们，正如肤痒时之受着一阵抓擦。我们的观照时间艺术，也像酒杯的在承受自上注下一滴一滴的葡萄酒，最初的一滴要到最后的一滴注入时，还未漏卮，那杯子才能满足。真正美妙的时间艺术品，当他尚未扣动我们的感官时，我们还无可无不可。等到一扣动我们的感官，我们就万不容许他中止。我们观照那种艺术品的时候，往往开始观照时的第一口气，要到观照终了后，才有功夫转过来来抽那第二口气。正如肤痒时的一受抓擦，就闭眼停息，契而不舍，到抓擦满足了时，乃张开眼来叹了一口气，所谓‘欲罢不能’……”

阅读二字的意义既明，请进而讨论儿童文学的教学问题！

教学儿童文学，其目的在教者使学者领受作者所作而起表现或反射之作用——经过欣赏的历程，所以与其由教者把教材给与儿童，不如让儿童自动向教师索教材。如儿童不起此种需要时，为教师者，可逗之使发为动机。这点在教学上十分重要。至教学原则，有三条如下：

一、顺应满足儿童本能的趣味和嗜好。

二、培养并指导那趣味和嗜好。

三、唤起已失去的或新的趣味和嗜好。

根据上述三原则，可定为教学九要点如下：

一、参照实情，适量增减教材。

二、注重直观，佐以图画、模型、标本。

三、新奇而不费解的事物，要尽量采用。

四、阅读步骤，要先全体而后分析，先内容的吸取而后形式的探求，先理解而后记忆。

五、低年级默读朗读并重，二年级以上，侧重默读。

六、要设法训练增进读书之速率和读书之组织力，如分段落、寻求要点等。

七、勿道破包含着的教训。

八、与儿童以节录、伸长、缩短所读文字的机会。

九、注重设计表演。

文学教学，适用设计法的过程。设计法教学过程，有欣赏、思考、建造、练习四种如下：

一、欣赏过程：（一）发生动机，（二）决定目的，（三）考查内容和形式，(四) 体味。

二、思考过程：(一) 发生动机，(二) 决定目的，(三) 搜集资料，(四) 推理，(五) 证验。

三、建造过程：(一) 发生动机，(二) 决定目的，(三) 计划，(四) 实行，(五) 判断。

四、练习过程：(一) 发生动机，(二) 决定目的，(三) 计划，(四) 实行，(五) 判断。

上面四种过程，文学教学，都须用到，不过欣赏过程，用得最多。魏寿镛、周侯予二先生，曾将欣赏过程表列如下：

- 欣赏
  - (一) 发生动机
  - (二) 决定目的
  - (三) 考查
    - 内容、形式
      - 口授、口述、阅读、诵习、读讲、解释
        - 耳感、目击、身历、心领、神往
  - (四) 体味
    - 研究
    - 吟味
    - 表演

儿童文学的教学问题，略如上述，现在来讨论儿童课外阅读指导问题！

关于这点，最好由学校设置儿童图书馆，或分组分级组织组图书馆、级图书馆或阅书会，尽量搜罗各项儿童书籍，让儿童们课外来浏览或借去阅读。其图书须经精密审查，参照各校儿童图书馆成案，依据程度深浅，编为各阶段必读书目与选读书目；并定奖励办法，以提起儿童阅读的兴趣。

儿童图书馆之设置与管理，另有专书讨论，现在举要说明于后。

设置儿童图书馆，须有适宜的地点、合用的屋子、相当的经费与设备，更须有馆长馆员，司选书、购书、编目、借还、整理，以及庶务、会计、统计等事。图书分类，以采用杜威十进法为宜，因杜威十进法，活动、简括，便于记忆，世界各国图书馆，都已采用。至图书登记，或用目录簿，或用目录片，视情形而定。图书既备，可用贴广告、开演讲或展览会、揭介绍笺、制阅书成绩表等，以引起儿童阅书动机，或与各科连络，逢疑难问题，由教师加以介绍，使各自向图书馆中去找求答案。在演讲会里，须向全体儿童，对设置意义、馆内组织、图书种类、借还手续以及阅览须知等，作普遍的有力的介绍。阅览须知，可规定如下：

儿童图书馆阅览须知：

一、阅书时间，上午自某时至某时，下午自某时至某时。

二、除正式借出外，各项图书，不得擅自带出馆外。

三、走动要轻。

四、移用物件，勿使作声。

五、除指导员特许外，勿出声朗读。

六、勿随意谈笑。

七、勿污损图书。

八、阅书时须坐得端正。

九、自备字典，以备随时检查生字音义。

十、一人不得同时取阅两种以上图书。

十一、多使用阅读笔记簿。

十二、阅毕须立刻将图书交还管理员注销。

十三、所借图书，如有损坏、遗失，须负赔偿责任。

十四、须服从管理员的指导。

阅读笔记，可用有格簿或练习簿，记载项目，视儿童程度而定。现在假定应记项目如下：

一、书名或篇名。

二、起讫页数。

三、阅读时日及地点。

四、生字新词。

五、段落大意。

六、精彩处。

七、感想及心得。

关于阅读奖励，可定期举行阅读报告会、朗读会、阅读测验、阅读成绩展览会、默读竞赛等。事先规定评判标准，置备奖品、锦标，请定评判员。届时公开比赛，所得结果，在校内公众阅览处，揭示公布。

【问题练习】

一、自述欣赏文学作品的经验！

二、根据教学九要点，制一儿童文学教学详案！

三、任择一种现行国语读本教学法，加以评语！

四、试述四个设计法教学过程的应用机会！

五、调查贵地儿童图书馆之现状，作一报告！

六、根据各校现用儿童图书目录，拟一以学期为单位，分全距离为十二阶段的儿童图书目录！

七、调查儿童爱读书籍，作一统计！

八、就假定阅读笔记要项，令儿童试作阅读笔记，加以考查，作一报告！

九、拟订阅读心得报告会、朗读会、阅读测验、阅读成绩展览会、默读竞赛等各项办法！

十、就前拟各项办法，试行而记载其经过！

第七章　怎样指导儿童创作儿童文学

“怎样指导儿童创作儿童文学”，这一个问题，与前面的“怎样指导儿童阅读儿童文学”、后面的“儿童文学与注音符号的关系怎样”“儿童文学与常识科的关系怎样”，这三个问题，有密切的关系。在本章和下章的一部要讨论的，为儿童文学的作法，就是怎样叫儿童应用词句来发表他们的意思和情感，也即是用那些词类那些句法来构成或代表他们要说的话，大半为使用工具的技术问题，即所发表的意思或情感形式方面好不好的问题。而还有几章讨论的，为怎样使儿童所作的文字或所说的话，都是充实的、正确的、完美而没有缺憾的，大半为实质方面的问题，即内容好不好或意思对不对、情感真不真的问题。因为离开形式实质无由表现，而没有实质形式也不能成立，所以实质方面的讨论，也十分重要，所以实质方面的讨论与形势方面的讨论，同为文学作法重要因子之一。

我们要希望我们的儿童，有正确的观念，有丰富的情感，有公正的态度，我们对于阅读指导问题，不得不郑重提出讨论。因此，“怎样指导儿童阅读儿童文学”，成为我们讨论的一个焦点。然而在那里讨论的，还只是方法问题，还只是指导儿童阅读儿童文学方法方面的一种讨论，“至于阅读的对象应当是些什么”“阅读对象能影响于儿童文学创作者又安在”都还没有讨论到，因此，“儿童文学与注音符号的关系怎样”

“儿童文学与常识科的关系怎样”，这两个问题，还须我们提出，作为最后讨论的两个焦点。

前后四个讨论焦点的关系，既交代清楚，现在专门来对“怎样指导儿童创作儿童文学”这一个问题，加以分析和说明。

“怎样指导儿童创作儿童文学”，这一个问题，加以分析，可得下列二个小问题：一、怎样指导儿童说话？二、怎样指导儿童作文？

说话和作文，有连带的关系，作文好的，虽未必一定长于辞令，然而口才流利的人，作起文来，每能胜于说话迟钝者。又人类发表情意，普通应用唇舌，演为言语，至为时间空间所限，而言语失其效能时，不得不藉文字，以济其穷。用文字发表情意，即是作文。因文字本身，质量有限，人类要发表的情意，变化无穷，于是不得不从事于文字使用方法方面去讨论。文字与语言，既同为发表情意之工具，教学之初，彼此自宜有所先后。考人类之应用文字，其时代远在应用言语之后，即就个人立论，孩提之童，未习之无，对于日常应用的语法，大概已有相当的认识，所以我们教学儿童发表情意，说话应先于作文，及既教学作文，同时还须不断地练习说话，这样，自易收事半功倍之效。

现在所有小学，日课表上，只列作文，其说话教学，名为纳入读法，然而按诸实际，真能于读法课上，对言语使用，作充分之练习者，恐怕是凤毛麟角。这实在是现今国语教学方面急应讨论而纠正的问题。所幸训教并重，对于故事演讲会、演说会、辩论会等，训导部方面，总是认为应做的工作，因而儿童于说话、作文二方面，得到不少的帮助。

说话作文之应并重，略如上述，现在分别讨论其指导的方法。

一、说话：教学说话，有矫正语音，指点声调，改变态度，选择语料，组织文法等等步骤，而欲收效之宏，更须多听多讲。关于此点，最好造成国语环境，不论课内课外，上自校长，下至校工，每逢开口，必说国语，如有口操土语，当即纠正，或即予以惩戒。退一步讲，亦须国语课上，师生讲解问答，全用国语，禁用方言。如再不能，那么惟有于日课表上，规定说话教学时间，聘国语娴熟之教师，专司其事。关于练习说话的组织，如国语练习会、国语会话会、故事演讲会、演说会、辩论会、国语留声机听习等，愈多愈好。惟须注意严厉实行，勿徒视作应付参观人问答的资料。更须利用机会，请校外人来校演讲，或率领儿童出席别校或别团体各项集会，多多给与耳听口说的机会。教学时之注意，宜多积极的鼓励，到必不得已时，才用消极的限制。教学方法要点，课程标准规定有五，如下：

（一）学习的程序，要先用耳多听，后用口多说。

（二）语料，初学开始，就要用完整的语句，后乃用成段的话。有定式的演进语料，每套要有一个题目，每句要单说动作的一步，但不要太繁琐，要从一个主位说起，并且要容易看、容易做。每套的句子不要太多，会话的语料，要集中于一件有趣味的事情上，而且有一个有趣味的题目。故事的语料，要含有儿童文学趣味。

（三）语料要用自然的口语，并且要注意儿童语和成人语的不同。

（四）说话要生动而有情景；教学和动作，要结合表演；已经讲过的故事，要使儿童表演……在实际的动境中练习，可以增进儿童的努力。

（五）凡容易错误的话，要格外说得清楚，听得多，练习得多；意义不明显的话，要用实物、图形、动作、说明、翻译等表示意义。

二、作文：教学作文，实质方面，有取材、剪裁、布局等等问题；形式方面，有造句、遣词、用字、标点等等研究。对全篇文字的写作，更有标题、文体之斟酌。在初学作文之儿童，虽不必语以高深，然最低限度，亦须使之免去误用、芜杂、辞不达意、文不对题等等弊病，又须养成说自己话的习惯，以充分发挥其个性。练习步骤，可分助作、共作、自作三级。其方法有听写、视写、填充、正误、联句、笔谈、日记、笔记，以及撰拟布告、新闻、信件、演讲稿等等。程度稍高，更可作修饰、节录、缩短、伸长、仿作、变换文体等练习。至文体之试作，宜最先为记叙文，次之为说明文，又次为议论文。指导事项，徐子长先生，定得最详细，节录如下：

（一）教师初入教室，第一要使儿童心神安定，集中注意力于作文。

（二）在没有决定文题以前，儿童即将笔墨纸本，预备停当，以待出题，这种习惯，要注意养成。

（三）自作的时候，虽不加讨论，但文题不妨多出，使儿童有自由发表、自由选择的余地。

（四）助作的时候，在搜集材料后，教师应和儿童讨论材料的取舍轻重及组织法等事项。

（五）儿童各自记述时，教师要本着儿童各个的思想所取的路径，加以相当之指导，尤应特别注意低能儿之记述。

（六）教师当备一指导簿，随时记载儿童所作文章中的谬误，相机指导。个人误点，宜个别指导；共同误点，宜提出讨论。

（七）儿童书写时，要养成敏捷整齐，及合法的技能和习惯。

（八）要养成儿童不起草稿而起腹稿的习惯。

（九）儿童各自记述时，如文字不能达意，可鼓励他们用插图表明。

（十）儿童奋笔直书时，忽遇有写不出的字，使他们暂用注音符号代替，免误文机。

（十一）教师指导儿童作文时，也不宜多加干涉，乱其心思，如儿童发问，便走到他座位旁，轻轻回答。

（十二）须注意儿童于一定范围内，抱定题目不作支蔓之辞，较高学年，尤须注意儿童所记述的文字，合于文法、逻辑的原则。

（十三）书写时，每段开头低两格，全篇写成，再加标点（注：此条曾经改动，已非原文）。

（十四）儿童文章做成后，应使儿童自己细心校正一遍。

（十五）在较高学年，还须不时引诱儿童采用排笔、叠笔、反笔、曲笔、虚笔、衬笔等各种笔法。

（十六）教师还可制一作文纲要，专供高级儿童本着纲要去记述。这样可以免去重复、遗漏，或前后不一致的毛病。

以上所述，对于说话、作文的指导方法，大致已备，至要再求详细，则请参考专书。若谓儿童所说、所作，未必语语入彀，篇篇可供欣赏，则我们所提出的，原属最高之希望，取法乎上，仅得乎中，以此相衡，或能有儿童文学家由此渐渐养成，初不必冀其凡所教学，个个成为演说家或儿童文学家哪！

以上是就“儿童文学是儿童自己发现或创作的文学”一语立论，至“儿童化之文学”，则为成人代替儿童发现或创作者，究应如何发现或创作，附带说明于后。

一、创作：成人而要代替儿童创作儿童文学，其本身须备下列各个条件：

（一）研究过文学和儿童学。

（二）熟谙儿童心理。

（三）实施过儿童教育。

（四）现任儿童文学教员。

（五）对各项儿童文学及儿童文学论，有相当的研究。

（六）欢喜生活在儿童队伍里。

（七）有相当的儿童文学的创作经验。

二、发现：成人替儿童发现儿童文学，可分为搜集、选译两大纲。从事搜集，可指定范围，确定原则，托由儿童或同志共同进行。搜集途径，或调查民间传述，或检阅旧有书籍，或取材近时刊物，都无不可。搜集所得，须严订标准，加以审核，合则留，不合即归淘汰，其形式为文言方言，而实质可取者，在使用之先，更须译成国语。

以言翻译，除前项由文言方言译成国语外，更有由外国文译成我中华国语之一法，所以得分别说明。

文言方言译成国语，大抵因原文俚俗或古奥，欠普遍性，直接用来教学，不能打动儿童的心灵，不能显出文学本身的价值。一经翻译，文字障除去，或默读，或朗诵，对于儿童的视神经或发音机关，即可无扞格不相入之弊。不过翻译之时，须注意下列各条件。

（一）事实之表出，须适合儿童口吻。

（二）行文要自然而活泼，明晰而正确。

（三）时代观念，只要说明“几千年前”或“几百年前”……不必明定某朝。

（四）地名，须改用现在的名称。

（五）人名可以沿用。

（六）不能直译时，用意译。

（七）加入插图，表出文字的主要点，要对于当时的情景和装束，适如其分。

翻译外国文学，其作用有二：一、用外国文学给儿童欣赏，藉以培养儿童的世界观念；二、在外国，儿童文学的发达较早，富彼此传诵、百读不厌的作品，开了翻译之门，无形中增加了儿童文学的殖民地，来源方面，也就越发广大了。不过译者本人，第一须对于儿童文学有相当的研究，其次对于外国文字之修养，也须在水平线以上，还有对于外国的风俗、人情及国民性，须有相当的认识。三者自问不成问题，然后可从事翻译。最好集合同志，组织儿童文学选译会。未着笔之先，共同搜集审核；审核既定，彼此商量，何者宜省略，何者宜补充，使能适合国情，适应事实；一文译成，先实地试验，修正后，宣布而公之同好。翻译时注意事项，除地名、人名，宜用注音符号对译，以减少困难外，其余可悉照前条由文言方言译成国语之例。

【问题练习】

一、试就儿童作文成绩，指出“文不达意”的例！

二、试就儿童作文成绩，指出“言之无物”的例！

三、自述对于作文教学的主张！

四、如曾教学过儿童说话，根据事实，作一报告！

五、如曾教学过儿童作文，根据事实，作一报告！

六、调查贵地小学国语科说话、作文教学实况，作一报告！

七、拟订国语练习会、国语会话会、故事演讲会、演说会、辩论会等各项办法！

八、就前订各项办法，试行而报告其结果！

九、自述学习国语的经过！

十、仿照说话教学的例，定作文方面儿童可有的组织，并逐一为之拟订实施办法！

十一、就前订办法，试行而报告其结果！

十二、自述作文的经验！

十三、就儿童作文成绩中，选出儿童文学若干则！

十四、试从事创作或翻译儿童文学若干则！

十五、拟订儿童文学选译会会章，照章组织一儿童文学选译会！

第八章　儿童文学与注音符号的关系怎样

注音符号，原称注音字母，在更改名称之时，曾将原有数量，略事删减，由四十减而为三十七。从原数变化应用者，谓之旧国音；从三十七符号变化应用者，谓之新国音。实则同为国语，彼此出入甚微。此项符号，由读音统一会制定，民国七年（1918年）由民国政府教育部正式公布，其主要功用，在拼注汉字的读音，实在为供给我们解决汉字读音的唯一工具。自有此工具，而我国数千年来无法解决的汉字读音，得一解决的途径；自有此工具，而我们学习汉字的时间与精力，可十分节省。惟其如此，所以从事儿童文学教学者，如能尽量运用注音符号来教学，其所得成绩，当可高人一等。

汉字为代表中华国语的一种符号，在创制之初，虽有一定的根据——六书，然在今日，已成为非科学的，因此予我人以学习上极大的困难。准此困难，加以分析，得构成此困难的方面凡三，即读音、形式、意义三者。有注音符号而读音上的困难得解决，学习时只须注力于形式、意义二方面，至少可节省精力三分之一。换句话讲，一个汉文的学习者，如能费少许的时间，来熟习注音符号的书写与使用，即得一以简御繁之道，可由四十或三十七符号的变化，识得全字典盈千累万的汉字。如于儿童文学汉字之旁，附注注音符号，则凡识得注音符号者，可由注音符号的媒介，而获得内容物之欣赏。注音符号，足以帮助儿童文学阅读方面便利有如此者。儿童文学与注音符号的关系，此其一。

没有注音符号帮助，汉文之阅读，多一困难，已如上述。此种困难，在作文方面，一样成立。排除此困难之唯一方法，只有乞灵于注音符号。我们不论作文写信，遇有情意要发表而一时想不起代表该项情意的汉字之形体时，即可用注音符号拼注而代替之。此项方法，在前章徐子长先生教学作文注意事项下，曾经说到。事后如能记起汉字，则即改正。否则亦无多大问题。用注音符号来代替汉字作文，一面可免掉文思中断，一面即所以减少误字别字，少闹笑话。儿童文学与注音符号的关系，此其二。

欧美各国之地名人名，意译则易生误会，音译则有时简直无法觅相当的汉字。最最妥当的方法，为全用原文，但不习欧美文者遇之，即难了解，况且事实上亦万万不能尽人而懂得全世界各种的文字，所以华译之事，无法避免。无已，惟有请注音符号先生来担任此项工作。查注音符号总数，比欧美文字母总数为多，所有音素，大概已备，所以用来音译欧美文，虽不能完全符合，却可以译得十分近似或竟相同。又宇宙间的声音所谓天籁者，千变万化，色调繁多。此种声音，实为文学家生命所寄托，如能节取而描写之，可使其文生动，所谓有声有色，活龙活现者是。可是汉字的活动力，实在不够，一般人批评汉文不如欧美文，我看状声字之缺乏，其亦重大原因之一。况且儿童欣赏故事，最喜声音的摹拟，如能于讲述之际，插入呼声、鸣声以及开窗、闭户、吐痰、咳嗽、走路、拍掌等声，则“废寝”“忘食”“不知肉味”之境界，不难复演于今日。声音之足以改变儿童态度，其效力有如此者。我们正担心由注音符号来从事此项工作，其活动力或者要尚嫌不够，然而除注音符号外，在今日尚无更适用之工具，那么岂可因噎废食，连已有之注音符号而亦摒弃不用。用注音符号来摹拟声音或音译欧美地名人名，其效力可远胜于汉字。儿童文学与注音符号的关系，此其三。

还有汉文之中，独富双声叠韵之词，熟谙注音符号，不但读音正确，且可由声韵之类似，从甲词联想到乙词，更从乙词联想到丙词、丁词……如用到“褴褛”，可联想到“流利”“伶俐”“料理”“雷厉”“冷落”“笼络”“懔慄”“论列”“劳碌”“履历”……用到“巧妙”，可联想到“懊恼”“吵闹”“糟糕”“牢骚”“骚扰”“逃跑”“唠叨”“料峭”“窈窕”……此种联想，在作文方面，有极大的用处。又诗歌一类，差不多全部为有韵文，创作此项儿童文学，作者除须完备创作别项儿童文学应有的本领外，还须懂得协韵的方法。以言协韵，从前须翻检诗韵，现在可直接求之于汉字注音符号拼注，尤须注力于声韵之联想。此项修养，重在平日阅读时之努力，非临时抱佛脚可以奏效，然而小学儿童，须读正国音，同时要熟习注音符号的拼注，已可不辨自明。儿童文学与注音符号的关系，此其四。

儿童文学与注音符号的关系，如上所述，大致已备。然则我们从事国语教学之际，对于注音符号的拼注或运用，将怎样注意呢？关于此点，条列如下：

一、一年级国语教学，入手即读正国音。

二、有机会可利用时，即将注音符号，让儿童认识、书写，其开始时愈早愈妙，勿拘泥于“某年级太早”的一句话。

三、日常讲述问答之际，将重要字句，应用注音符号，拼注黑板上，让儿童译出。

四、利用机会，作注音符号拼注、译述之游戏或竞赛。

五、校中各处标题，如路名、室名……所有汉字旁边，统统附注注音符号。

六、学校新闻，时常列入汉字注音符号互译之悬赏。

七、各项集会记录，奖励儿童用注音符号速记。

八、儿童图书馆，多备附注注音符号的儿童书籍。

九、向儿童提倡用注音符号来作文、写信。

十、多与儿童以使用国音字典的机会。

以上十条，如能切实实行，熟习注音符号的益处，儿童自能逐渐获得，愿我研究儿童文学的同志，注意而使之成为事实！

【问题练习】

一、自述对于注音符号的态度！

二、如曾教学过注音符号，根据事实，作一报告！

三、试具体说明“新国音”与“旧国音”差异之点！

四、调查贵地小学教学注音符号情形，作一报告！

五、试说明注音符号的拼注法！

六、实地试验应用注音符号来作文，看儿童有何表示！

七、试用注音符号音译欧美地名人名各若干个！

八、试用注音符号来拼注各种声音！

九、试就双声、叠韵、联想举例说明之！

十、举汉字注音符号彼此互译之例！

十一、创作一首协韵的诗歌！

第九章　儿童文学与常识科的关系怎样

常识一词，有广狭二义。广义的常识，文学方面的术语、习惯、作法等，通常称为“文学常识”者，也可包含在内。狭义的常识则不然，为纯粹的科学方面的常识，文学成分中的理智质素，即属此类。单称常识，意义含混，容易使人误会，本章特在“常识”二字下，缀一“科”字，称之为“常识科”。

常识科的内含，照小学课程标准所列，为自然、社会二门。再分析之，有自然物、自然现象、自然生活、历史、地理等各项。实在在这里，我们须得另外加以解释，因本章常识科所处地位，其范围较小学课程标准所列为广，较广义的常识却要狭些。换句话说，本章所称常识科，其地位在广义的常识与小学课程标准上的常识之间，其内含除自然社会外，再可容纳卫生、园艺、商业、农业各科。常识科的范围既定，请进而讨论儿童文学与常识科的关系。

常识科的教学，为智识的授受，常识书的阅读，足以弥补课内学习之不足。不过一部书而以常识标题，其内容充满理智，缺少思想、想象、情感等要素，其形式大抵为说明文，间有采用记叙及议论的笔法，亦多崇尚客观，不易引人入胜。所以儿童图书馆中，尽多置备此类书籍，然而往往不能得到儿童之青眼一盼。我们如欲改变儿童们对常识书的态度，惟有应用文学的手段，将是项书籍，重新编述，尽量掺入主观的成分，使之经过一回儿童文学化。

常识书而经过一回儿童文学化，即受了儿童文学的洗礼，其受儿童欢迎的程度，必能十分热烈，于是儿童的常识，得因此而格外丰富。常识丰富，积久自能与蕴藏于儿童神经中的情绪，发生关系，构成联系。联系既立，纵横活动起来，可以得心应手，无不如意，于是作品中的思想，得益加发展；作品中的想象，得益加扩充；作品中的情感，亦得益加浓厚。换句话说，即所作文字的内容，得益加充实而完美。是项成绩，追源报本，不得不归功于儿童常识书的阅读。儿童阅读常识书，其影响于作文有如此。儿童文学与常识科的关系，此其一。

记叙文有记叙文的笔法，说明文有说明文的笔法，议论文有议论文的笔法，儿童文学化的常识书，却可完备各样笔法。各科有各科的专门术语，各科有各科的特殊字汇，惟儿童文学化的常识书，能冶万有于一炉，如合五味而烹调食物。儿童文学化的常识书，具备上述二项特点，儿童多多阅读，一面可扩张字汇，一面得熟习各项句法、章法，对于作文技术方面的补助，自亦不小。儿童文学与常识科的关系，此其二。

近世教育，着重“做”字，实因“双手万能”“真学问从经验得来”这两句话，确是至理名言。因此，我们对于儿童，一方面要代为设法，使多阅读常识书的机会，一方面更应千方百计，造出机会，使儿童去实习、体验常识书中的记述。此项实习体验，一面在反正别人作品的真实性，一面即在作增大自己作品真实性的预备。所以这样一讲，儿童文学，不但与常识科有甚大的关系，即与常识科以外之音乐、美术、劳作、体育、珠算、笔算等科，其关系亦不小。我们要希望我们的儿童，不变成空论的文学家，即在将来不做一个“只能坐而言不能起而行”的文学家，我们须使他们在修养之初，即从多读、多看、多写、多做四方面入手。

读、看、写、做的功夫做得深，一到融会贯通之境，作文时自能左右逢源，文思汩汩而来。兹就联想再行举例说明。

儿童多阅读了自然、园艺，则构思之际，由发芽可以联想到长叶、开花与结果；由收获可以联想到施肥、除莠、灌水、捕虫；由花的繁荣，可以联想到果的盈实、栽培的不易、流光的易逝，以及农夫的辛苦；由稻可以联想到豆、麦、蔬菜；由茶可以联想到柴、米、油、盐、医、醋；由喂鸡可以联想到饲蚕、养蜂、放牛与牧羊……那么，多阅读了自然、园艺以外的其他常识书，儿童思潮之将如何发展，不难想象以求。

儿童多努力了唱歌、画图，则握管行文之际，对于声音的摹拟，凡音阶、音色、音势、拍子等等，自然都能顾到；对于景色的描写，凡色彩、距离、光线、背景等等，自然也能理会……换句话说，一定可以将当时的情景，记述得音容毕肖，活跃跃地流露在书面上，使增加其作品的生动力。举一反三，多努力了劳作、体育、算术等科，其能影响于作品细腻、深刻方面者，亦可不言而喻。

话说得够了，现在来定几条条文，作指导时之参考：

一、将坊间发行之儿童艺术丛书及文学化的常识书尽量给儿童阅读！

二、编订小学各年级常识科阅读书目！

三、就常识科材料，编成儿童文学，供儿童欣赏！

四、编著取材于劳作、体育、美术等科的儿童文学，备儿童欣赏！

五、定期举行常识科及技能科测验、竞赛！

六、定期举行常识科及技能科演讲会！

七、定期举行常识科及技能科展览会！

【问题练习】

一、调查贵地小学常识科概况，作一报告！

二、如曾教学过常识，根据事实，作一报告！

三、试就常识科材料，举联想的例！

四、试就技能科材料，举联想的例！

五、试举文学化常识材料的例！

六、试举文学化技能材料的例！

第十章　现在来结束我们的研究

在第一章介绍给大家的八个研究焦点，统已讨论完毕。现在来综合事实，说几句概括的话！

前已说过，儿童文学，为儿童精神方面最好的滋养料，所以儿童文学教育，在初等教育即儿童教育段应占着十分重要的地位。我们如把儿童来比做一棵植物——一株可爱的花，那么学校就是长养这花的园地，教师就是培植这花的园丁，儿童文学就是维持滋补这花的生命的最适合的肥料与及时的雨露和水浆，儿童文学教育，就是园丁利用园地来培植扶持这可爱的花前后必须做到的各项工作。园丁栽培花卉，须煞费苦心；教师教学儿童，要鞠躬尽瘁。教材编得好，就是肥料之精选；教学得其机，就是灌溉施肥之得时。花之长养，要经过发芽、排叶、添枝、蓓蕾、开花、结实等等步骤；儿童的文学发展，也有用耳听、用目视、用口念与用手写等等一定的顺序。教师本领高，熏陶感化，儿童吸收营养料的时间充足，脑筋成熟，发为文章，自然洋洋洒洒，有滔滔不绝之势。这又无异于花卉受园丁的爱护备至，经过秋冬的蓄积，一旦东皇驾到，到“春色满园关不住”时，自然“一枝红杏出墙来”了。

以上是一个譬喻，譬喻得并不十分好，这是因作者自小缺少儿童文学教育之故。关于此层，现在暂时抛撇不谈，且来谈作者的“儿童文学教育，此后应如何注意”。

“上一回当，学一回乖”“前人的经验，即是后人的秘诀”，人类之能日进于聪明，人类生活之能日进于完备，其原因在此。以言教育，何独不然。今之研究教育者，对于特殊教育，动辄提出天才教育，民国上海市教育局，更有天才儿童教育的实验。我不知其对于富有文学天才的儿童，作何态度？更不知其实验的结果，于文学天才方面，已得者有多少，未知者更若何。作者非文学家，亦非教育家，然甚希望此后教育行政当局与文学家教育家，取联合战线，对文学天才教育，特设专科来研究讨论，更以研究讨论所得，演成事实，使我中华之儿童天才教育，更得切实的解决，使我中华之初等教育机关，有文学天才儿童专校的列入或特设文学天才儿童实验班！

以上是一个意见，是项意见之所以提出，因作者感到现今的儿童教育，对于儿童个性，太不注意，也不妨说对于儿童个性，忒个摧残。一面把低能儿一笔抹煞，差不多置之不理，一面又将天才生多方压迫，压迫到没有活动余地。在此种制度之下，我富有文学天才的小朋友，因境遇之不良与学校教育之不善，而怀才抱屈而终身埋没者，不知有多少。唉！谁说二十世纪之儿童，而尚有含冤莫白以至于此者。愿我同人，尽力为之昭雪，并谋所以解救之道！

【问题练习】

一、试就儿童文学教育，再举一个综合的譬喻！

二、试就作者提出的意见，加以批评！

三、拟一文学天才儿童教育实施方案！

四、发表研究儿童文学的心得！

五、替本书作篇书后！

民国二十一年（1932 年）三月十八日写完于沪南四焉斋

《儿童文学概论》

吕伯攸 著

大华书局 1934年出版

编辑旨趣

这一套教科书，是供给简易师范学校、乡村师范学校、县立师范学校、师范讲习所等而编辑的。师范课程中应有的科目，大致具备。

本局同人鉴于各书肆所出的师范教科书，大都仅合于高中师范，而没有注意到上列的各项学校，即有一二种出版的，也已成为陈迹，不适于现时的应用，所以本局特邀请各专家，编辑此项教科书，以应时需。

现今教育界，又注重师范教育了。可是为国民教育之母的上列各项学校，所用的教科书，或勉强应用高中师范课本，或以别种教育参考书杂凑之，实为教育界的矛盾现象，因此本局特编辑此项书籍，以贡献于师范教育界。

本局立意编辑这套教科书，为时已久，务使各书的内容，材丰而辞约，文浅而义深，俾教者有发挥之余地，学者得应用之机会。但疏漏之处，或所难免，还望教育界明达之士，进而教之，则本局幸甚，教育界幸甚。

大华书局编辑部谨启

中华民国二十二年（1933 年）五月

编辑大意（1934年）

一、本书除供师范学校教学或参考外，并供小学教师及儿童文学作家等参考之用。

二、本书共分十二章，理论和实际并重：除儿童文学的认识和价值，以及选择、分配和制作的具体方法以外，于分类、举例、作家的介绍、现今的趋势等，也有详尽的论述。最后更研究到教学原则和书本形式，尤为实施上所必须注意的。

三、本书于实际诸问题，处处以最近民国政府教育部颁行的《小学国语科课程标准》为法则，一部分参以编者十余年来从事编著儿童文学的经验，理论上则博采名家学说，绝无向壁虚构之弊。

四、本书论述，纯用简明的语体文，以期减少文字上的障碍；每章于必要时，又分若干小节，使学者可以一目了然。

五、本书每章之末，都附有习题，以便教学或参考时应用。

六、本书所用中西参考书，凡一百数十种，于论述时，已尽量说明来历，但因分量过多，对于全部书目，只得暂付缺如。

第一章　从文学说到儿童文学

儿童文学是什么?

在我未曾动笔以前，这个问题，似乎已经知道得很清楚，很能够明白地回答出来，但是，要把他开始写到纸上的时候，却又觉得渺渺茫茫的，不知道从那一句话说起才好。没有办法，我想，还是换一个方向，先从文学说起吧!

那么，现在应当先提出“文学是什么”这个问题来讨论了。

自然，这一样是一个不容易解答的大难题，若是要把“文学”两个字下一个定义。好在，人家替文学做注解的话很多，尽可抄几则下来看看再说:

“文学者，以有文字著于竹帛，故谓之文。……”——这是章太炎的话。

“文学是世界的男女写下来的思想感情，合乎法则，可以使读的人愉快的东西。”——这是美国文学史家勃鲁克（S. Brooke）的话。

“文学这个东西，是智识与想象的结果，而被保于文字以上的学问。”——这是美国 Warcester 的话。

“文学就是美丽的文字。”——这是英国自然科学家赫胥黎(Huxley)的话。

“文学是一种文字的艺术。”——这是法国著述家高考尔(Gawckler)

的话。

"文学是个很广博的名词，一切写出来，印出来的文字，都包括在内。所以像游克理的《几何原本》（*Euclid's Elements*）和牛顿的《学理之原》（*Wewton's Principia*），都是文学。"——这是英国近代第一批评家亚诺尔特（Mathew Arnold）的话。

此外如我国旧集中所记载的"文学子游子夏。"——《论语》，这是拿他来代表学问的；又如"汉兴，萧何次律令，韩信申军法，张苍为章程，叔孙通定礼仪，则文学彬彬稍进。……"——《史记·太史公自序》，这又是以一切法制礼仪来代表文学了。

我们在这许多文学定义中研究起来，虽有许多是笼统的，广泛的，或是片面的，偏见的，而找不出一个比较切实的说法，但是，我们要是把他们归纳起来观察一下，便可知道文学的范围，总逃不了"文字""思想""感情""想象""艺术"这几种要素。现在分说如下：

一、文字。的确，我们要是随意抓一篇什么文学作品来看，不论诗歌也好，小说也好，戏剧也好，那一行行写在纸上的，那一篇能离开了文字？即使有些仅仅是流传在人们的口上的，我们看不到他的文字，可是，那荡飏在空气中的声浪，我们不能不认他是无形的文字。不过，像上面章太炎先生所说的话，未免太偏狭一点。试问我们每人身边带着的名片，也是用文字来表示的，这种可不可以算是文学呢？商店中写着某某货品大减价的招贴，也是用文字来说明的，这种可不可以算是文学呢？还有车票哪、帐单哪……上面也都写有文字，这种可不可以算是文学呢？我知道，这是谁都会摇着头回答说："不是，不是的。"那么文学这东西，究竟还应该具有些什么条件呢？且看：

二、感情。上面说过的那些名片、招贴等等之所以不能认为文学，就因为他们只是简单的文字，并没有一种感情含蓄着，所以使人看了这些文字，仅能了解他的意思，不能激起热烈的感情来。要知道，文学是表同情于人生的，而和人生最有密切关系的，便是感情；如《诗序》上所说："情动于中，而形于言；言之不足，故嗟叹之；嗟叹之不足，故咏歌之；咏歌之不足，不知手之舞之，足之蹈之。"实在的，我们有时读了雄壮的诗歌，心里便会感到上阵杀敌的急切；读了悲哀的小说，又会无缘无故地滴下眼泪来。由此，可知文学的存在，断然少不了这些活泼的情感。换句话说，就是：无论一篇怎样的文字，总要使人读了，立刻会激起可歌可泣、可惊可喜情绪的，那才算是有了生命；有生命的文字，才和死板板的帐单等等不同。不过要能激动别人的感情，自然要兼顾到：

三、想象。因为我们用一篇文字来叙述一件故事，要是不能把真切的情景写出来，还是不能激起多大的情感，所以感情可说是文学的生命，想象又可说是感情的生命。原来，想象并不是一种空洞的幻想，而是一种记忆的再现。一篇文字中，必定要有了深刻的想象，才能使他所表现出来的，格外生动，才能使他具体化而激起感情来。譬如：我们要叙述一幅飞机表现得呆的画片，我们若是仅仅把那画面上的景象，照着说明一下，这是无论如何不能使读者激起感情来的，这和一张死板板的帐单，有什么两样呢？所以，我们一定要把飞机在天空怎样地盘旋着，怎样的变化花样，驾驶术的怎样巧妙，飞机师的态度怎样，看的人感觉怎样……一一把他从想象中描写出来，务使读者历历如在目前，仿佛看到了一件真实的事情，然后才不自知地会把感情激动起来。不过，同是用一种题材写的有想象的文字，有时这个人写出来的，会使人读了觉得悚然而怀畏怯的心意；那个人写出来的，却会使人引起一种冒险的精神。这又是什么缘故呢？那就应该归结到：

四、思想。人各有自己的人生观，因此，写出来的文字，所表现的思想，也就各不相同，这简直可以说，和各人的个性、环境、智力等等，都有关系。譬如：李后主要是没有经过亡国的惨痛，一定写不出"往事只堪哀"和"多少恨"的词句来的；陶渊明的脑筋里要是没有想过恬淡的生活的影响，也决计写不出那篇《归去来辞》。这样看来，可见一篇文学作品的完成，思想也是其中的一个要素。否则，纯粹凭着客观的描写，想象一定不会深切，情感一定也不会热烈的。说到这里，必定有人要问：有了思想、想象、情感，为什么作品仍旧有巧有拙呢？这就因为描写的形式，有美不美的缘故，所以，我们还当注意：

五、艺术。这就是说，一篇称得起好的文学作品，总是合于艺术的构造的。就是文学家利用了艺术的手腕来辅助他，使他格外增加了美的形式。譬如：那一段文字要加以特写，那一段文字只要略略点缀一下就够了；那些材料是必要的，那些材料是不必要的，都得在下笔以前，加以考虑。现在，手头齐巧有一首孙觌的《吴门道诗中》，我们就拿这首诗来看吧："数间茅屋水边村，杨柳依依绿映门。渡口唤船人独立，一簑烟雨湿黄昏。"他在道中所见到的，一定不止这些"茅屋""杨柳""唤船的人""烟雨"等等，而他仅仅采取了这几件东西，便形成了一首美丽的诗，这就是他能够利用艺术的手腕，抓住了剪裁、布局、描写的中心罢了。

现在，我们既已明白了文学所含的要素，那么，不妨把他归纳起来，写出一条比较接近的定义来看看。当然，在这里，我自己还是不敢承认所下的定义一定是对的。就是：

"文学是一群文字，具有正确的思想，通过了感情和想象，而用艺术方法表现出来的东西。"

拉拉扯扯地写到这里，对于"文学"的界说，总算已交代了一个大概。现在我们应得把开首那个"儿童文学是什么"的问题，提出来解决一下。可是，要解决这个问题，似乎还得把儿童和成人的区别，先来考察一个清楚。要知道，儿童和成人，虽然同样地具有五官、四肢，形体没有缺点，但是，我们决不可拿他来当做是成人的缩影，以为一切都和成人一样需要，我们只要看初生的婴儿是不会吃饭的，他们所需要的，却是母乳、牛乳或代乳粉等，到更长大一点，也决不会像成人一样地拼命搜括钱财，而个个却欢喜玩弄泥娃娃和橡皮狗一类玩具。所以，我们如果只是拿了成人的文学，不管三七二十一地硬灌输给儿童，这和剥夺了他们吃乳和玩玩具的权利，强迫他们吃饭或收藏银元和钞票，有什么两样呢！虽然，话又得说回来了，儿童在生理和心理上，固然和成人有些不同，可是，我们也不能因为他们和成人有着不同之点，就一笔抹煞，当他们是一个不完全的小人看待。要知道，在儿童的环境里，自有他们独立生活的意见，自有他们的意义和价值，我们要是不顾这些，完全把他蔑视，结果，徒然是耗费了儿童的时间，摧残了儿童的生活，简直可以说是戕害了儿童生命。我们即使不把艰深的《离骚》《楚辞》去供给儿童，就是拿我们成人所认为很好而容易了解的文学作品，像《西厢记》《红楼梦》给他们阅读，他们也未必能引起感情来。这是什么缘故呢？就因为这些作品的内容，和儿童的生活没有关系，不能迎合他们的心理。换句话说：他们实在根本不需要这种东西。反之，我们不论说一篇《老虎外婆》或是《蛇郎》等童话给他们听，他们便会津津有味地接受着，这便可见那老虎和蛇的会说话，会演出离奇的事实，在儿童看起来，完全相信他是真的了。不过，这些口头传述的《老虎外婆》等，只是一种儿童的文学材料，所以更得把他用文字发表出来，使他文学化了，才可算是儿童文学。于此，我们便可概括地写出一个答案是：

“儿童文学，是适应儿童的生活和心理，为儿童所需要的一群文字，通过了想象和感情，具有正确的思想而用艺术方法表现出来的东西。”

【本章习题】

一、自来对于文学定义有怎么几种说法？

二、文学有几个要素？

三、文学为什么离不了文字？

四、没有感情的文字，为什么不能算文学？

五、文学上的想象，和感情有什么关系？

六、文学为什么必须有思想?

七、好的文学作品，为什么总是合于艺术的构造的?

八、成人的文学，为什么不能供给儿童?

九、儿童文学的定义和文学的定义，有什么区别?

十、儿童文学在文学上的地位怎样?

第二章　儿童文学的起源

文学的起源，大概是先有歌舞，这是因为古代的原人，对于自然的畏惧与好奇，凭了想象，构成一种感情思想，便借了言语动作表现出来。正如前面说过的《诗序》上的话："情动于中，而形于言；言之不足，故嗟叹之；嗟叹之不足，故咏歌之；咏歌之不足，而不知手之舞之，足之蹈之也。"厨川白村在他的《苦闷的象征》里，也曾说到文学的起源，他说："在原始状态的人类，欲望极其简单，表现也极其单纯。先从日常生活上的实利欲望发端，于是成立简单的梦。譬如：苦于亢旱，求雨心切的时候，偶然望见云霓，则他们便祈天，祈天而雨下，则他们又奉献感谢和赞美。谷物牲畜为水害风灾所夺的时候，则他们诅咒这自然现象，但同时也必至于非常恐怖和畏惧。因为他们对于自然力，抵抗力量很薄弱，所以无论对于地、水、火、风，对于日、月、星辰，只是用了感谢、赞叹，或者诅咒、恐怖的感情去相向，于是星辰、太空、风、雨便都被诗化被象征化的梦而被表现。尤其是在原始人类幼稚的头脑里，自己和外界自然物的差别是很不分别的，因此就以为森罗万象都像自己一般地活着，而且还看出万物的喜怒哀乐之情来。殷殷的雷鸣，当做神的怒声；瞻望着鸟啼花放，便以为是春之女神的消息。是将这样的感情，这样的想象，作为一个摇篮，而诗和宗教这双生子，就在这里生长了。"

原来儿童的精神生活，本和原人差不多，周作人先生曾说："照进化说讲来，人类的个体发生，原来和系统发生的程序相同：胚胎时代经过生物进化的历程，儿童时代又经过文明发达的历程，所以儿童学（Paidologie）上许多事项，可以借了人类学（Anthropologie）上的事项来作说明。"

他们相信草木能思想，猫狗能说话，正如波格达诺夫（Bogdanov）在《新艺术论》中所举的例证，以为原人们无论对于什么自然现象，都会把他人格化——"太阳在天上行走，在早晨他起来，在晚间他去睡觉，在冬季他害病而单弱了，在春季他又复了原"一样。古代未开化的民族，他们看到了什么，便会歌咏什么，看到了云的流动，他们便唱出关于云的歌来；看到了水的潺湲，他们便唱出关于水的歌来。

再看儿童们的文学意味的表象怎样呢？这是谁都可以相信的，当婴孩在他母亲怀抱里的时候，便能咿咿哑哑地唱他的有音无字的歌；等到自己渐渐地会说话了，那是尤其会凭着他的想象和感情，随意发表他组织文学的能力。我的大女儿肖君，去年满足五岁时，看见了邻家初生的小鸡，她便会对他唱起"黄的毛，白的毛，小小鸡，我欢喜，你到我们家里来，好不好"的歌来。后来进了幼稚园，因为有了正式唱歌的机会，不独组织文学的能力突然增高，并且又获得了一种改窜文学的能力，例如：学校里教她唱一首"ㄏㄧㄚㄨ ㄏㄧㄚㄨ咪咪猫，穿着一件黑皮袍，身上摸摸尾巴翘"。她便会随着自己的意思，对着她的小妹妹改成了一首"未秋、未秋（小女儿的名字）小妹妹，穿了一件花花衣，没有尾巴不会翘。"

有的人说："文学的起源，是由于游戏的冲动。"主张这种学说的，以德国大哲学家康德（Kant）和诗人兼剧作家雪勒（Schiller）为最早。而英国的大儒史宾塞（Spencer）也附和他们的意见，他说："无论是人间或动物，精力若有余剩时，就随着自己的心意，想往外泻出，这就成为模拟的行为而游戏以起。我们因为每天将精力惯用于日常必要的事件，所以一有余力，就是尽少的刺激也可起反应，想活用这个精力。像这种时候的活用，不是实际的行为，是行为的模拟。在没有自然的活用力的时候，不作直的行为，想以模拟的行为来发散他的力量的。像这种人为的力之活用，便是游戏。”

说到儿童的对于游戏，实在是他们的本能，也可说是他们的生命。他们除了饮食以外，终日跳跃，终日追逐。有时且模拟一种事实，加以想象的虚构，成为戏剧式的表演。他们用泥土做成了盘子，一定又会拾取枯枝来当做筷子，拿树叶青草等来当做肴馔，宴会的形式既备，于是不期然地会接续演出一幕结婚的仪式，归结到宴请宾客为止。这可说是儿童戏剧文学的起源。他们偶然发现死了一只蟋蟀或是小鸟，他们便又会去做着埋葬的游戏，这时候因为受了感情的激刺，至少要发表出“啊呀！蟋蟀（或小鸟）呀！你怎么一动不动，不会叫了呢?”的哀悼辞来，这和原人文学的起源，也可说是由于同一种冲动的。

更有人说：“文学的起源，是由于劳动的冲动。”如伊科维兹在他的《唯物史观的文学论》中说：“人当集合着劳动时，为要使工作容易完成，在初时只发喊声和不清楚的声音，可是渐渐便变成有调子的歌声了。”这种说法，好像也很有理由，但是，儿童对于劳动，大都是不明白他的意义的，在他们的环境里，只要做得有兴味时，劳动和游戏，几乎是分别不清楚来。

厨川白村对于成人文学的起源，曾在他的《游戏论》中，加以调和，他说：“劳动和游戏的中间，在他们自身的本质上，是没有差别的。靠种植过活的人，终日汗流浃背地栽种花木，在他们说起来，这是工作，是劳动，可是，在有钱的隐士说起来，却是很好的一种游戏。”这样看来，劳动可说是一种有目的的游戏，而和儿童环境里的观念，正复相同。所以，我们可以断定，儿童文学的起源，实由于儿童的游戏冲动。

【本章习题】

一、原人文学的起源，为什么先有歌舞?

二、儿童和原人相像，试举一例!

三、文学的起源，通常有几种说法? 理由怎样?

四、游戏说和劳动说的调和者怎样主张?

五、儿童文学的起源和文学的起源有什么分别?

六、试于儿童游戏中采集合于文学意味的实例!

第三章　儿童文学和教育

要明白儿童文学在教育上的价值怎样，我们应该先来研究儿童有没有享受文学的需要。我们已经知道儿童文学的起源，和原人文学的起源是一样的。但是，儿童在一方面虽有自己创造文学的能力，一方面却又有享受文学的需要。我们常常看到婴儿每在他们不适意时，便发生了激烈的哭闹甚至经历较长的时间而不止；母亲遇到了这种情形，只要略略加以爱抚，幽幽地随口唱些儿歌给他，渐渐地，他的哭声便一变而为咿咿哑哑的歌声，跟着母亲呕吟起来。在临睡的时候，母亲手摇摇篮，口唱一首催眠的歌，也会很容易地引导他入了睡乡。可见儿童在最初期，便有享受文学的需要了。我们在业余闲暇，晚饭以后，家人团聚谈话的时候，如果这个集团里有儿童在着，他们便会缠着你，强要你讲一个故事，这又可以证明儿童对于文学享受的需要了。

实在的，儿童需要文学，不啻是他们精神上的食粮。我们知道，对于儿童肉体方面的需要，要供给他们些富于营养的饮食品，那么，对于他们精神方面的需要，我们应不应该尽量供给他们呢？

有人觉得儿童文学和原人文学很相像，有许多还是原始社会的遗物，我们要是拿了这种荒唐乖谬的思想灌输给儿童，结果一定不堪设想。照他们的论调看来，似乎教育者是应该绝对禁止儿童享受儿童文学的，其实，大谬不然，这是因为他们不明白儿童生活的缘故。原来，儿童除了上面说过的独立生活以外，却还有一种转变生长的现象，如约翰飞司克（John Fiske）所发表的童龄（Infancy）说，大意是："童龄越延长，智慧越增高。童龄时期，又有一种可变性，是进化的基础，因为藉此可以争胜前人，发明创造。"他所说的可变性，就是转变生长的现象，我们根据了这种学说，便可知道儿童对于文学的嗜好，也有时时转变的趋势。在他们相信草木能思想，猫狗能说话的时期，我们便拿草木能思想，猫狗能说话的儿童文学供给他们，等到他们的生活转变到另一个时期，对于这些不相信了，而要知道草、木、猫、狗是什么东西，我们便可以再拿自然科的智识供给他们。

关于这个意见，讨论过的人很多，现在已经成为定论，似乎用不着再多说了。在这里，我们知道儿童是需要文学的，并且也知道拿儿童文学去供给儿童是没有问题的。不过儿童文学在教育上的价值到底是怎样的呢？这个，我们先要明白语言文字的教育在教育上的地位。原来语言文字的熟习，就是获取智识增长经验的一把钥匙，也可说是学习各学科的基本工具，所以，在教育上，一向是被看得很重要的。就是新式学校兴起以后，随他怎样把教育的宗旨和目标侧重到生活方面去，随他怎样注意于经验的积聚和行为的改变，但是，语言文字的教学时间，仍旧占着各科中的最多数，却是很明显的事实。不过，专门供给一些发表思想的文字给他们，未免干燥乏味了，所以必定要采用儿童文学材料给他们欣赏。现在我再把儿童文学在教育上的功效，引用前人说过的话来证明一下：

一、巴葛莱（Bagley）说："兴趣是学习上重要的工具。"我们虽然不能说儿童所学习的，全是书本上的智识，但是，一大部分是要靠着书本传导，这是谁都可以承认的吧！我们要使儿童欢喜读书，第一，自然应该先引起他们的兴趣。试看我国从前的学塾，老是只拿些《三字经》《千字文》，以及四书五经之类，给儿童阅读，老实说，那时候的入塾读书，简直好像坐囚牢一般，没有一个儿童不在怨恨他们的父兄，怀疑父兄们为什么要把他们送到这地方来受罪。我们细细考察这种缘由，完全可说是因为教学方法的不良，和采用的教材枯燥乏味，引不起他们兴味来。周作人先生在他的《儿童的文学》篇中，说明文学在小学教育上的价值，也曾举出美国斯喀特尔（H.E.Scudder）和麦克林托克（P.L.Macclintock）的意见，加以证明。他们以为儿童应该读文学作品，不可单读那些商人杜撰的读本。读了读本，虽然说是识字了，却不能读书，因为没有读书的兴味。这样看来，我们要养成儿童的读书能力，除了有兴趣的文学材料以外，更有什么呢？

二、犹维耳（J.R.Jewell）说："感情是教育的新路径。"的确，我们知道，支配教授法的要素，便是本能，但本能实在是根植于感情，倘使没有感情，那么，不论游戏、唱歌、竞争、好奇等一切本能也便得不到结果，而没有留存的价值了。这是因为人类本是富于感情的动物，而在儿童时代，尤其热烈。例如：我曾经拿一张西湖画片给我的六岁的女儿看，随时告诉她那边的风景是怎样的好玩，并且说明这地方本是我们的故乡，只是从你出世以后，却还没有回去过。不料，我的叙述却立刻打动她的小小心灵，屡次问我："我们要等到什么时候才能回杭州去？"更有一次，我们正在谈着某国侵略我国的事，她听了，便又立刻举起了小拳头，要赶到门外去找敌人。可见，我们教育儿童，如果用了感情做根本，是最容易获得效果的。可是，在小学课程标准中，那一种教材最能涵养儿童的感情的呢？那是不必说，仍旧要推到儿童文学。因为他不仅能够引发儿童的智慧和理性，像其他的科目一般，且能引发高尚的感情的缘故。

三、白列格斯（Briggs）说："最好利用儿童活泼泼的想象去读书。"在儿童时代实在是想象、求知、表演的黄金时代，他们在这时期发生的想象最多，而且想象和兴味，也有关联的作用。儿童的想象如被压迫，便会失去一切的兴趣，变为一个枯燥的唯物的人。所以，要增加他们读书的兴趣，也应该注意到他们的想象力。不过，我在第一章里已经说过："想象并不是空洞的幻想。"我们要是随他没有目的地东想西想地乱想着，结果必至流入于过分的幻想，渐渐地心力都不中用了，那是十分危险的事！因此，我们教育儿童，便应该利用他们的这种心理作用，诱导他们到正轨里去。至于怎样地诱导他们入于正轨呢？这就非给与他们以儿童文学不可了。因为只有用儿童文学去做他们想象力的资料，方能获得扩充想象的效果。

看了上面所举的三项，可以知道儿童文学在教育上的价值，是多么的伟大。所以吼葛（Hueg）也说："文学当从儿童入学的第一天读起。"我国自五四运动以后，国语文学运动，和学制课程改革运动，都跟着起来了。小学校里对于文学的教学，先从文言改为语体，以期减少学习的障碍，后来又把国语课程根本改组，进一步而注重于儿童文学。民国十一年（1922 年）全国教联会新学制课程标准起草委员会拟订刊布的《新学制小学课程纲要》，又把这两项重要的改革都包括了进去。直到民国政府定都南京，于民国十八年（1929 年）颁布《小学暂行标准》，和二十一年（1932 年）的正式《小学课程标准》，在国语科中也都把指导儿童欣赏儿童文学，列为教学的目标了。从此，儿童文学在小学教育上的地位，当更加巩固而确定。

【本章习题】

一、儿童有没有享受文学的需要？试再举一例！

二、我们为什么要尽量地拿文学供给儿童？

三、把荒唐无稽的儿童文学供给儿童，在教育上看起来，有没有什么弊害？

四、约翰飞司克的童龄说，大意怎样？

五、儿童文学对于儿童学习的兴趣上，有怎样的效果？

六、儿童文学对于涵养儿童感情方面的效果怎样？

七、儿童文学对于扩充儿童想象方面的效果怎样？

八、儿童文学在教育上的地位怎样?

九、我国小学校里加入文学的教学，从什么时候开始?

十、现在民国教育部颁布的《课程标准》，对于儿童文学有怎样的规定?

第四章　儿童文学的选择

我们已知道了儿童文学在教育上的价值，可是，儿童文学并不是篇篇是合用的，所以，我们还得研究，拿儿童文学去供给儿童，应当用怎样的标准去选择?

说到这个问题，依我的意见，先要看那作品是不是吻合文学的特质的。文学的特质是什么？大概不外普遍性和悠久性两种。屠特莱（Louise Dudley）在他一九二八年出版的 *The Study of Literature* 一书上说："一本能在英国和美国使人感到兴趣的书，是比仅在英国得人了解的书要好得多。歌德、海涅、易卜生以及托尔斯泰不仅只有德国、挪威和俄国人读。但丁不仅仅是意大利的诗人，而是各地的诗人。倘若莎士比亚只有英国人对于他的戏剧感到兴趣，那么，他也就不能算是世界最伟大的作家了。"这是说明真正的文学，无论在那里，都是一样可以通行的。

我们再看他的话："……在二十年前，《大卫哈路姆》（*David Harum*）是一部销路很好的书。当时，几乎不论那一个人都在谈论大卫怎样处置他的马。现在，却便很少有人谈到这本书，有的人竟连听都没有听到过。但是和他同时出版的土骨龄的《叩姆》（*Kim*）却是到现在还有人读。再推上去说，司各德的小说在一百年后，莎士比亚的戏剧在三百年后，荷马的史诗在二千年以后，一样还是受人欢迎。"这又是说明真正的文学，不论经过多少时代，仍是不会失掉了他的价值的。

成人文学是这样，儿童文学何尝不是这样！我们先拿第一个特质普遍性来看，譬如：四川巴县有一首《打铁》的儿歌是："张打铁，李打铁，打把剪刀送姐姐。姐姐留我歇，我不歇，我要回去打毛铁。毛铁打了三斤半，娃娃崽崽都来看。……"而云南腾冲，也有一首是："张打铁，李打铁，打把剪子送小姐。小姐留我歇，我不歇。打到正月正，骑着花马看龙灯。……"两首歌的后半首，虽各有不同，但是，我们可以肯定，他的来源，却是相同的。又如《老虎外婆》《呆女婿》一类的故事，在我们江浙一带，差不多是每个儿童都听到过的，而在别的地方，也有大同小异的故事，这可见他传流的区域，是多么广大啊！就是拿外国来说，像安徒生的童话，到他七十岁生日时，竟已被译成了十五国的文字，如果换一句话说，当然有十五国的儿童，都欢喜读他的作品了。说到第二个特质悠久性，我们也可顺便拿安徒生来做一个例证。原来安徒生的时代，离开现在已有五十多年了，为什么他的童话，还是不住地有人在翻译他呢？那些译文刊载在儿童杂志中的，为什么还是有大多数的儿童欢喜阅读他呢？这便是因为他的作品是有悠久性的，不像那些靡靡之音的儿童歌剧仅仅哄动了两三年，便无声无嗅地死去了。又如：《姑恶鸟的传说》，在宋朝时候苏轼就采取了这种传说，作成《五禽言》，明朝方以智撰的《通雅》中，也有："……姑恶，俗以妇被姑苦死而化"的话，清光绪乙卯间出版的观贞道人所编的《小演雅》，也有十多篇关于姑恶鸟的文字，可见他的来历是已经十分久远了。但是，在近年出版的几种儿童读物中，我们常常还可以看到这么一个故事：

不知多少年以前，有一家人家，夫妻两个，只生一个儿子，早就替他领了一个养媳妇。她到家不久，她的未婚夫就死了。因此，她的婆婆便怨恨她的命运不好，常常任

> 性毒打恶骂。可怜的养媳妇，不久就变成一个消瘦憔悴的女子，走路也有些东歪西倒。不料她的婆婆见她没有以前那种强壮身体，什么事也不会做，更加生气，便不许她吃饭。她挨了几天饿，有点支持不住了。在一天午后，就鼓着勇气，闯进厨房，私自在锅里盛一碗冷饭吃着。事不凑巧，恰被她的凶恶的婆婆撞见了，不但又是一顿毒打恶骂，并且把她覆在一个大缸里。几天以后，她的婆婆总以为她是已经闷死了，便揭开大缸瞧瞧。啊，那知那可怜的养媳妇，已变成了一只鸟，叫了一声“姑——恶”，就飞去了！从此，各处的田野里，每到春夏间的夜里常常总听得她“姑——恶！姑——恶”地叫着，一直到现在。

这个很老很老的传说，为什么能传到现在呢？就因为他是有悠久性，而不背时代精神的缘故。

不过，一篇作品，有了这两种特质，未必就可算是合格的儿童文学，因为，这两种特质，是一般文学所应有的，所以，我们在儿童文学的选择上，除了文学的基本特质以外，尤当注意于是不是“儿童的”。下面且把选择的标准，分两方面来说一说：

一、实质方面

儿童文学实质方面的选择，首先就要顾到作品中务必含有真挚的情感，丰富的想象，纯正的思想，隽永的兴趣，如上章所述。此外，还要顾到：

（一）切合儿童心理。就是儿童所能想象得到，而为儿童可以欣赏的。第一，一切主体物要用人格化。例如：编者前几年在《小朋友周刊》所发表的一首儿歌：“妹妹睡在小床中，小鼓不要响咚咚。响咚咚，怕要惊醒妹妹的梦。小鼓说道：‘懂懂懂！’”第二，要适应儿童的好奇心，也可以拿编者的作品来做个实例，如：“小毛宝，生来真矮小。怎样矮？刚和爸爸的皮靴一样高。怎样小？小得真使人发笑！一天走到厨房里，他把一只公鸡认做是鸵鸟；一天走到后园里，他又把几棵白菜认做是芭蕉。老鼠给他做马，兔子替他抬轿，小人国的人民欢呼道：'国王来了，国王来了！'"（见中华书局拙著《儿童故事诗》第二集《小鸡哥哥》。）

（二）积极的。就是要能鼓励儿童奋发有为，努力向上的。反过来说，就是一切悲观的、委靡的、无病呻吟的作品，如："一阵秋风到，把树叶儿吹掉。呼呼叫，好像哭嚎啕。流光过去快如跑，人也容易老。牙齿慢慢落，头发慢慢凋，到后来，和树叶儿一样葬荒郊"等，都不宜采用。还有一种非战的文学，在穷兵黩武的帝国主义国家，似乎再不可用了这种东西去鼓励儿童们，但是，我们中国，积弱如此，我以为给他们阅读这种文学，是不妥当的。

（三）简单而多变化。儿童既和原人一般，头脑当然十分简单，我们如果拿了较复杂的儿童文学给他们阅读，结果必定会因难以领悟，发生厌倦。不过，意义太简单了，或许也引不起兴趣来，所以，意义尽管简单，叙述方面却要有种种的变化。例如我们杭州的儿歌："豆娘儿，清早起，头不梳，脸不洗。打扮姐姐那里去？桃花园里去。桃花不开杏花开，哥哥骑马来，踏落妹妹绣花鞋。绣花鞋上几朵花？十八朵大梅花。哥哥忙挑水，送给妹妹洗洗脚。一洗两洗，洗出一条大鳗鱼。娘要煎汤吃，爷要请客人。骨头骨脑请丈人，掳掳括括请媒人。"这才可算是合于条件的。

（四）没有恐怖色彩。儿童读了有恐怖色彩的作品，或因惊悸而发生心理的变化，或因胆怯而养成畏缩的习惯，都是很有害处的。因此，我们对于形容得十分可怕的，如《聊斋志异》《子不语》等书中的一部分恶鬼杀人、地狱惨状的作品，固然应该摒弃不用，就是像 Alsacl 的民间故事《猫吃掉了裁缝》篇中所说："严寒的天气，有一个裁缝在野外走着。因为他的鞋子已经是头通底烂，所以把他的脚也冻僵了。到了傍晚的时候，他走到一个绞死犯人的刑场，中央的刑台上，正有一个刚绞死的犯人悬挂着。看他的样子，虽然面色惨白，两眼突出，舌头长长地拖在嘴唇外面，十分可怕，但是，他的脚上，却穿了一双全新的鞋子。裁缝想：这双鞋子真漂亮！我现在正很需要他，不如把他去取了下来吧！于是，他就从他的口袋里，拿出一把很大很大的剪刀，把那死尸的脚和那鞋子一起割了下来……”一类的作品，也以不采用为是。

（五）不妨碍道德。关于恶骂讥嘲或戏谑过度的作品，儿童阅读以后，在他们的道德方面，必定会受到一种不良的影响，所以选择的时候，也要加以注意。如北平的儿歌：“秃子秃，上脑箍，箍出油来煎豆腐。豆腐煎不黄，秃子见阎王。阎王十八个铁帽子，吓得秃子发疟子。大秃子得病，二秃子慌，三秃子请大夫，四秃子熬姜汤，五秃子抬，六秃子埋，七秃子走南哭了来，八秃子问他怎么快快抬？快快埋？照护葫芦碰出来”等，绝对不可介绍给儿童。

（六）不涉迷信。儿童文学虽然免不了荒唐乖谬的思想，可是，这种思想，只是儿童在某一个时期所特有的，并不会妨碍他们将来的生活。至于含有迷信的作品，其中还含有因果报应的原素，却就不同了。如：“高山顶，庙门开，三个学生进庙来，一个装香一个拜，保佑学生中状元……”的儿歌，又如谜语：“先作一个揖，再跪下来求你，你若不出来，我也不站起。（求签）”这种描写迷信动作的作品也不可选择。

（七）合儿童口吻。平常选择儿童文学，往往和民间文学分不清楚。固然，有大部分的儿童文学，包含在民间文学中，但是，在选择的时候，却要十分留意，不能随便拿一篇民间文学来，就算是儿童文学。因为，民间文学中，特富于恋爱的罗漫司，像恋歌一类的东西，都不是出诸儿童的口吻，你就是解释，他也不会了解。又如：“好亲戚，莫贪财；贪了财，心便坏。如今世道是大更改，穷在闹市没有人来问，富在深山远亲来。江山还有兴和败，亲侄儿来见姑母的面，大不该将他赶出门外。……（《方卿见姑》第一段）”儿童意识中，根本没有这回事，也一定说不出这种话来。

（八）不是尖锐的社会现状的对照。一种尖锐的社会现状对照的描写，就是用“朱门酒肉臭，路有冻死骨”的意思写成的作品。如“油条油条到处叫，提起篮儿，东走西跑。那儿来的温，那儿来的饱，我的母亲这样老，我的儿子这样小。油条油条到处叫，钢丝车边逢阔老，可怜他连正眼也不向我瞧一瞧！”在他们纯洁的童心中，本来不知道穷富的分别，我们何必一定拿这种东西去搅扰他们呢！

二、形式方面

关于儿童文学形式方面的选择，有下列的五个条件：

（一）字和词。儿童文学中所用的字和词，我们第一要注意到。因为，一篇儿童文学的组成，总逃不了用字和词做基础的。倘使儿童拿到了一篇作品，兴致勃勃地正想读下去，但是，一行一行地都布满了难字和难句，有时竟连检查几次字典和词典，仍是不能了解的，试问：儿童对于这篇作品的兴趣，将怎样呢？所以，选择儿童文学，先要看他的字和词，是不是很浅显的。至于含有典故性质的词类，当然更不宜采用的了。此外，如生字、生词的反复次数，也要顾到。

（二）句子。为了适合儿童的话法，句子最好是采用简短而具有主辞宾辞的完全句，但是只用单字开始的，每每失之呆滞，也不宜采用。其余如欧化的句式，更是绝对非儿童所能接受的。

（三）布局。布局要段落分明，层次清晰，使儿童阅读以后，便能把全篇大意说得出来。

（四）叙述。从前旧式的教科书，就因为是平铺直叙的，所以引不起儿童的注意。真正的儿童文学，应该要用活泼流利的叙述方法写出来，无论读了多少遍，决不会发生干燥无味的感觉。

（五）音调。如果是韵文，尤须注意到音调的自然，使儿童容易吟咏，而发生美感。

上面所说，不过是几个最重要的条件，并不是说选择的标准，已尽于此。现在，且把二十一年（1922年）十月民国教育部颁布的《小学国语科编选标准》，录在这里，以补本文的不足：

一、尽量使教材富有牺牲及互助的精神。凡含有自私、自利、攘夺、斗争、消极、退缩、悲观、束缚、封建思想、贵族化、资本主义化等的教材，一律避免。关于如下列的教材，尤须积极采用。

（一）关于孙中山先生的故事诗歌：

1.幼年生活。

2.学生生活。

3.革命大事。

4.生辰和忌辰。

5.其他。

（二）关于国民革命的故事诗歌：

1.国旗和党旗。

2.各个重要的革命纪念日。

3.其他。

（三）关于奋发民族精神的故事诗歌：

1.爱国兴国和有关民族革命的事实。

2.和中华民族的构成及文化有关的。

3.重要的国耻纪念。

4.关于帝国主义者侮辱我国民和侨胞的。

5.其他。

（四）关于启发民权思想的故事诗歌：

1.破除神权的迷信的。

2.打破君权的信仰和封建思想、封建残余势力的。

3.倡导平等、互助、规律等的。

4.关于民权运动的。

5.其他。

（五）关于养成民生观念的故事诗歌：

1.劳动节和有关农工运动的。

2.有关造林运动、改良农工业运动的。

3.有关提倡国货的。

4.有关合作生产、合作消费的。

5.其他。

二、依据增长儿童阅读能力原则，想象性的教材（如寓言、物语等），和现实的教材（如自然故事、生活故事、历史故事等），应调和而平均。凡带有恐怖性的，应尽量避免。

三、依据增长儿童阅读趣味的原则，尽量使教材富有艺术兴趣。其条件如下：

（一）事实连接一贯而不芜杂。

（二）趣味深切隽永而不浅薄。

（三）叙述曲折生动而不枯窘呆板。

（四）措辞真实恳切而不浮泛游移。

（五）描写和事实，应“一致的和谐”而不扞格、不相称。

（六）支配奇特，而使儿童不易直接推知。

（七）结构严密圆满，而不疏散奇零。

四、依据儿童心理，尽量使教材切于儿童生活。其条件如下：

（一）以儿童或儿童切近的人物为教材中的主角。

（二）将抽象的大事，编辑成具体的片段事实。

（三）读了之后，有工作可做，有事理可想象或研究。

（四）低年级应多用童话、诗歌和故事。

（五）依时令季节排列，以便随时教学，易于直观。

（六）文学深浅，恰合儿童程度。

五、依据运用标准语学习语体文的原则，文字组织等，以标准语法为准；诗歌押韵等，以标准音韵为准。

【本章习题】

一、选择儿童文学，为什么先要看是不是吻合文学的特质?

二、儿童文学，为什么要选择切合儿童心理的?

三、儿童文学，为什么要选择积极的?

四、儿童文学，为什么要选择简单而多变化的?

五、儿童文学，为什么要选择没有恐怖色彩的?

六、儿童文学，为什么要选择不妨碍道德的?

七、儿童文学，为什么要选择不涉迷信的?

八、儿童文学，为什么要选择合于儿童口吻的?

九、选择儿童文学，对于字和词要怎样注意?

十、选择儿童文学，对于句子要怎样注意?

十一、选择儿童文学，对于布局和叙述方面，应该怎样注意?

十二、选择儿童文学，对于韵文，要注意些什么?

十三、民国教育部颁布的《小学国语科编选标准》怎样?

第五章　儿童文学对于各期儿童的支配

儿童文学的选择，大概我们已经知道了。但是，一篇儿童文学，不是各个儿童都可以通用的。因为，在儿童学上，依据儿童心理发达的程序，可以分作四期，就是：一婴儿期（一到三岁），二幼儿期（三到十岁），三少年期（十到十五岁），四青年期（十五到二十岁）。我们对于各期儿童的欣赏儿童文学，虽可任其个性和好奇，随意泛览，可是，对于他们的程度和各期心理上的特点，却不可不经过一番审查和支配（广义地说起来，也就是选择的一部分）。否则，在他们的阅读兴趣上，仍旧会发生许多问题。

关于这种支配的意见，寇莱氏曾有儿童各期最感兴趣的读物类别表的规定，现在我们可以先拿他参考一下：

一、男性儿童

六岁到七岁——动物、自然、神仙故事。

八岁——虚构的充满着想象意味的神仙故事及日常生活故事。

九岁——日常生活和熟习经验的故事。

十岁——日常生活故事以外，更加入侦探、学校、游戏的故事，且欢喜研究各种东西的做法以及传记文字和历史故事。

十一岁——战争和冒险故事，伟人传记和英雄故事，旅行故事和神秘故事。

十二岁——冒险故事，战争和侦探故事，英雄轶事。

十三岁——日常生活和冒险故事，伟人和旅行故事，侦探故事，道德箴言。

十四岁——日常生活和冒险故事，战争故事，旅行故事，伟人传记及英雄故事，恋爱故事。

十五岁以后——报章时事，游艺消息，以及关于讨论职业活动的有趣的资料。

二、女性儿童

六岁至七岁——自然、动物、神仙故事及简单韵语。

八岁——想象的与虚构的神仙故事，自然和动物的实际故事。

九岁——虚构的神仙故事和动物的自然的故事，简单传记及历史故事。

十岁——日常生活、家庭、学校故事，传记。

十一岁——日常生活与冒险和旅行故事，恋爱故事，动物和自然故事，传记和战争故事。

十二岁——家庭和学校故事，冒险、自然故事及女人物的传记。

十三岁——恋爱故事与日常生活的故事，女人物的传记。

十四岁——日常生活故事，恋爱故事，冒险故事。

十五岁以后——耸人听闻或想入非非的小说，诗歌、传记和滑稽作品也很喜欢。

（以上报据《浙江教育行政周刊》第一百三十期赵欲仁著《分析研究初级小学用基本国语教科书的意见》）

除了以上这些分析以外，周作人先生也有各期儿童阅读文学的支配，似乎分析得比他还要精密，抄在这里，可作一个对照：

幼儿前期——三岁到六岁

一、诗歌。这时期的诗歌，第一要注意的是声调。最好是用现有的儿歌，如北平的“水牛儿”“小耗子”都可以用，就是那趁韵而成的如“忽听门外人咬狗”，咒语一般的决择歌如“铁脚斑斑”，只要音节有趣，也是一样可用的。因为幼儿唱歌只为好听，内容意义不甚紧要，但是粗俗的歌词也应该排斥，所以选择诗歌不必积极地罗致名著，只须消极加以别择便好了。

二、寓言。寓言实在只是童话的一种，不过略为简短，又多含着教训的意思。普通就称作寓言。在幼儿教育上，他的价值单在故事的内容，教训实是可有可无。倘这意义是自明的，儿童自己能够理会，原也很好，如借此去教修身大道理，便不免谬了。

这不但因为在这时期教了不能了解，且恐要养成曲解的癖，于将来颇有弊病。象征的著作须得在少年期的后期去读，才有益处。

三、童话。童话也最好利用原有的材料，但现在的尚未有人收集，古书里的须待修订，没有恰好的童话集可用。翻译别国的东西，也是一法，只须稍加审择便好。

幼儿后期——六岁到十岁

一、诗歌。这期间的诗歌，不只是形式重要，内容也很重要了，读了固然要好听，还要意思有趣味。儿歌也可应用，前期读过还可以重读，前回听他的音，现在认他的文字与意义，别有一种兴趣。文学的作品倘有可采用，极为适宜，但恐不很多。如选取新诗，须择叶韵而声调和谐的，但有词调小曲调的不取，抽象描写或讲道理的也不取。

二、童话。小学的初年还可以用普通的童话，但是以后儿童辨别力渐强，对现实与虚幻已经分出界限，所以童话里的想象也不可太与现实分离，丹麦安兑尔然（编者注：即上面说过的安徒生的另一种译音）作的童话集里，有许多适用的材料。传说可以应用，但应注意，不可过量地鼓动崇拜英雄的心思，或助长粗暴残酷的行为。

三、天然故事。这是寓言的一个变相，以前读寓言是为他的故事，现在却是为他所讲的动物而生。儿童在这时期，好奇心很是旺盛，又对于牧畜及园艺极热心，所以给他读这些故事，随后引到记述天然的著作，便很容易了。

少年期——十岁到十五岁

一、诗歌。浅近的文言可以应用，如唐的乐府及古诗里多有好的材料：中国缺少叙事的民歌（Ballad），只有《孔雀东南飞》等几篇可以算得佳作，《木兰词》便不大适用。这时期的儿童对于普通的儿歌大抵已经没有什么趣味了。

二、传说。传说与童话相似，只是所记的是有名英雄，虽然也含有空相的分子，比较地近于现实。在这自我意识团体精神渐渐发达的时期，这类故事，颇为合宜，但容易引起不适当的英雄崇拜与爱国心，极须注意！最好采用各国的材料，使儿童知道人性里共通的地方，可以免去许多偏见。

三、写实故事。这与现代的写实小说不同，单指多含现实分子的故事，如欧洲的《鲁滨逊漂流记》（*Robinson Crusoe*）或《吉诃德先生》（*Don Quixote*）而言。中国的所谓社会小说里，也有可取的地方，如《儒林外史》及《老残游记》之类，只不要有玩世的口气，也不可有夸张或感伤为“杂剧的”气味。《官场现形记》与《广陵潮》没有什么可取，便因为这个缘故。

四、寓言。这时期的教寓言，可以注意在意义，助成儿童理智的发达。希腊及此外欧洲寓言作家的作品，都可选用。中国古文及佛经里也有许多很好的譬喻。但寓言的教训，多是从经验出来，不是凭理论的，所以尽有顽固或背谬的话，用时应当注意；又篇末大抵附有训语，可以删去，让儿童自己去想，指定了反妨害他们的活动了。

滑稽故事此时也可以用，童话里本有这一部类，不过用在此刻也偏重意义罢了。

五、戏曲。儿童的游戏中本含有戏曲的原质，现在不过伸张综合了，适应他们的需要。在这里边，他们能够发扬模仿的及构成的想象作用，得到团体游戏的快乐，这虽然是指实演而言，但诵读也别有兴趣。不过这类著作，中国一点都没有，还须等人去研究创作。

——(节录《艺术与生活·儿童的文学篇》)

周先生自己对于这种支配，曾认为“还只是理论上的空谈”。那么，我们要怎样才能确实地支配完备呢？这似乎非经过实验不可。不过，在实验的时候，要是先明白了儿童各期的心理状态，当然可以得到事半功倍的效果。现在，我们再把儿童学上关于儿童心理发达的程序，约略叙述在下面：

第一期（从生出到三岁）。可以说是感觉时期。据不拉爱路氏（William Preyer）所说：生后十七星期，发现味觉；到三岁的开始，注意声音。又这时期，是受周围支配的时期，模仿性很发达。

第二期（从三岁到十岁）。这个时期，是想象作用最活跃的时期。辨别作用渐盛，好奇心增加，社交心骤强。

第三期（从十岁到十五岁）。这时期的开始，爱好动物，培养植物，“我执”很强。到末期，社会心渐次萌芽，转为柔顺。服从团体和忠实，可以称为这时期的特色。

第四期（十五岁以后）。这时期的开始，自我的观念渐明，意志渐强，名誉心很盛，社交心和团体的精神，也因之而发达。这时期的后半部，在知的方面，则价值和利害的观念，渐次发现，已经晓得用周到的思虑，做有组织的事情。

我们如果根据了这四个时期的程序，然后拿各种儿童文学去做个实验，对于怎样支配的问题，比较似乎总可以确实些了。

【本章习题】

一、儿童心理发达的程序，依据儿童学可分几期？各期年龄的支配怎样？

二、各期儿童对于儿童文学的阅读，为什么要经过审查和支配？

三、寇莱氏的儿童各期读物类别表怎样规定？

四、周作人先生对于儿童各期阅读文学的支配怎样？

五、儿童文学于各期儿童的支配，要怎样才能比较的完备？

六、依据儿童学，儿童第一期的心理状态怎样？

七、儿童第二期的心理状态怎样？

八、儿童第三期、第四期的心理状态怎样？

第六章　儿童文学的分类

儿童文学的分类法，自来主张至为不一，照 Macclintock 的分法，是：一、神话，二、民间传说和神仙故事，三、动物故事和自然故事，四、寓言，五、英雄故事和传奇，六、实际生活故事，七、诗歌，八、戏曲。照吴研因先生的分类法，是：一、故事——凡童话（包括神话和物语）、自然故事、历史故事、实际生活故事、传说、笑话六种，都属这一类中，二、诗歌——凡谜语、急口令、谣谚、儿歌、民歌、歌曲（包含乐歌、词曲）、诗（包含新体、旧体）七种，都属这一类中，三、剧本——再分话剧、歌剧二种，四、普通文——分记叙、说明、抒情、议论四种（记叙文包含游记、记事、传记和日记），五、实用文——单就应用最多的，有书信和条告二种。再看魏寿镛、周侯予二先生的分类法，却又是：儿歌、民歌、童谣、谚语、旧诗、新诗、词曲、神话、神仙故事、动植物故事、寓言、故事、传记、谜语、谐谈、游记、小说、剧本、论说等十九种。而朱鼎元先生的分类法，则和吴研因先生的前半很相类似，就是：一、故事——又分神仙故事（包含神话、荒唐话），实际生活故事（包含寓言、传记、小说、游记、笑话），科学故事三种，二、诗歌——又分儿歌、谜语、新诗、旧诗四种，三、戏曲——又分历史剧、故事剧、趣剧三种。

随便把各家的著述考查一下，就有这许多不同的分法，真使研究儿童文学的人，大有如入宝山，无可取舍之慨。我以为比较适当的办法，还是依照民国教育部最近颁行的《小学国语课程标准》的分类法。就是：

一、普通文

（一）记叙文

1.生活故事——以儿童为主角记叙现实生活的故事。

2.自然故事——关于自然物的生活和特征的故事（科学发明的故事，也归此类）。

3.历史故事——合于史实的记人或记事的故事（传记、轶事及发明家个人事迹等，也归入此类）。

4.童话——超自然的假设故事。

5.传说——民间传说故事（原始故事，也归入此类）。

6.寓言——含有道德意义的简短故事。

7.笑话——滑稽可笑的简短故事。

8.日记。

9.游记。

10.其他。

（二）说明文

（三）议论文

二、实用文

（一）书信——儿童和家属、亲朋、教师、同学等往来的信札。

（二）布告——学校或儿童自治团体等的通告、广告。

（三）其他。

三、诗歌

（一）儿歌——合于儿童心理的趁韵歌辞（急口令等，也归入此类）。

（二）民歌——民间传流的歌谣（拟作的民歌，也归入此类）。

（三）杂歌——一切写景、抒情、叙述故事等的歌辞（弹词鼓词，也归入此类）。

（四）谜语——包含拟作。

（五）诗歌——近人的所谓新诗和古人的白话诗。

四、剧本

（一）话剧。

（二）歌剧。

统观上面的几种分类法，大概都有神话，或神仙故事列入其中，只有民国教育部的分法，却把神话一类的东西摒弃了。这原因我们虽然不能确实知道，但是，从他那编选标准里看起来，大约因为迹近荒诞容易误会到神权的迷信吧！这里，我们就依照了这种分类法，再把各类的性质和特点，说明一下：

一、普通文

（一） 记叙文

1.生活故事（Children's Life Stories）。故事本和小说很相像，不过，他的结构，全顺事实的自然，而没有艺术上特著的章法，这里所谓生活故事，实在是专指儿童的生活而言。因为，这一类以儿童为主角而具有现实性的东西，和儿童最为切近，当然容易使儿童了解，并且容易感到兴味。

2.自然故事（Nature Stories）。这一类，包括自然界的有生物和无生物，把不会说话或是没有情感的东西，统统人格化起来，使他们都会说话，都有情感，就是关于科学发明的故事，最好也把那发明的东西，给他一种生命而做到会开口的地步。这样，使儿童阅读以后，便会引起他们热烈的同情，充分的想象。

3.历史故事（Stories）。这一类，合于史实的记人或记事的故事，大概偏重于有功社会、国家、世界的名人事迹。使个人的言行、性情或一时代记事的经过，完全涌现于读者之前，当可引起他们崇敬的感情，和效法的动机。

4.童话（Marchens）。就是一切凭空虚构而成的，与现实距离得很远的故事，其中所叙的时、地、人物，不必具有确定的名称。这一类文学的构成，实在还是由于神话和传说所演进。而神话本是原始社会的产物，世界各人类的进化，迟早虽各有不同，但原始的礼俗，大概都是差不多的，所以，世界各国所传流的童话，也每每有大同小异的，最普通的，可以定为“物婚”“季女”“灰娘”……几种方式。关于物婚式的童话，常常是叙述一个人兽结婚的故事，其中作主角的兽类，总是化人形掠夺妇女做他的妻子。季女式的童话，往往以三姊妹或三兄弟作主角，其中所叙述的季女或季子，必定是品格最良善的，而最后的胜利，也往往属诸她或他。“灰娘”是从Cinderella这个字译成的。这一类的童话，大概叙述一个继母，十分宠爱自己的儿女，而虐待前妻的儿女，因之，便使前妻的儿女睡于灶下的灰堆中，但是，结果，前妻的儿女，总是得了死母的佑护，占着胜利的。此外尚有“盗女式”“回生式”“禁名式”“天鹅式”“蓝须式”等，每一篇把他分析起来，大概都有一个型式可以找得出来。这一种的文学，最能够满足儿童的好奇心和游戏心，而引起他们的文学兴味，发达他们的想象力，也比较容易。

5.传说（Saga-Legend）。本是民间相传的故事，和童话同属于一个范围中。不过，童话所注重的是事，传说却人和事并重，而且对于时和地也每每都有着落（也不是真正合于史实的历史故事）。从这一点看来，好像童话和传说，却又显现着相对的形势，而传说也自有他立足的地位了。

6.寓言（Fables）。这一类，常常假借物类，由故事的形式而隐藏着教训、劝导等道德的意味，所以，也可说是一种以譬喻为主旨的故事。他的特点：是可以用儿童的想象力，使他扩大出来推求真理。

7.笑话（Humors）。这一类，包含谐谈、趣话、隽语、巧言、憨话等，目的虽只在供人喜笑快乐，但是，只要不流于粗鄙，足以锻炼儿童的智慧，增加儿童的生趣。

8.日记（Diary）。记述每天生活情形的笔记，无论个人所看见的有趣的事物，所听得的有价值的说话和新闻，或是自己所做过和想到的事情都是。这一类的文学，因为都是以儿童本身为出发点的，如果记述得非常真挚，儿童阅读以后，一方面可以引起他们自由发表的能力，一方面又可以他人的行为作自己的参考。

9.游记（Account Of Travels）。就是关于风景、名胜、古迹等的记述。这类文学的特点，有时可使儿童于阅读中证实他想象的事物，或于实际中找出想象的美境来，总之，把他们的一切幻想，渐渐地可以移入真实的领域中去。

（二）说明文

说明文是一种解说物体，剖析事端，注释意象的文学。所谓说明物体的，就是关于自然界或人间的种种实物的说明。说明事端的，就是关于人与人或人与自然所发生的种种事实的说明。说明意象的，却就是关于各种抽象的意义的说明。儿童阅读这一类的文字，可使他们理解物体的真象、事端的关系和意象的原理等根本的意义，并给予他们以关于这种根本意义的智识。

（三）辩论文

辩论文是一种作者自己发表主张的文学。说明文以使人理解为目的，辩论文却以改变他人的意向为目的。就是：作者把自己的见解发表了出来，使读者也会发生和作者同样的主张。至于在阅读方面的功效，却可以养成推理正确、思想精细、分析敏锐……的种种习惯。

二、实用文

（一）书信

书信是日常生活上应用最广的一种文学。他的唯一的任务，就是替两方面互相传达事实、思想和感情。由内容的性质上分别起来，有问候的、请托的、辩论的、声明的、道谢的、祝贺的、哀悼的等类。而儿童所阅读的，大概限于和他的环境最切近的，使他阅读以后，渐渐地便能应用到实际上去。

（二）布告

布告是要把一件事情，写出来告诉给多数人知道的一种文学。凡通告、启事、声明等，都归入这一类。在实用文中，不论欣赏方面或应用方面，几乎和书信一样的重要。不过，前者的对象，是确定的少数人，后者却是比较的多数人；前者是事实、思想和感情并重的，后者却偏重于事实。

三、诗歌

儿童的诗歌，大概把一切叶韵的儿童文学，都可以包括在这个项目中。虽然，严格地分别起来，诗（Poem）和歌（Song）的性质，未必一定相同，但是，照一般的习惯，既有这样笼统的称呼，我们似也不必仔细地去讨论了。好在“课程标准”中，已把这项目分剖得很妥当。现在，我们且依据这种分剖法，把他说明一下。至于这一类文学的功效，就是因为儿童的天性，都是欢喜吟咏有韵的文字的，所以，我们不妨利用了这把神秘的钥匙，去开发他们的高尚纯洁优美的文学思想。

（一）儿歌（Children's Songs）。这一类文学，大都是口述的，有意义的固然很多，没有意义，只凭趁韵而成的，也自属不少。如我们杭州所通行的儿歌：“一颗星，勃仑顿；两颗星，挂油瓶，油瓶漏，好炒豆。……”儿童吟唱这种儿歌，因为音韵适口，自感愉悦，决不会去追求他的意义的。

（二）民歌（Folk Songs）。凡流传于民间的歌辞都是。其中有许多是不合儿童心理的，当然不能把他拉到儿童文学里来。所以，这里所说的民歌，决不是民间的恋歌等等，而是专指儿童所能欣赏的歌辞。

（三）杂歌（Miscellanea Songs）。这类既包含一切写景、抒情、叙述故事等的诗歌及弹词、鼓词等有韵的文字，范围自较扩大。现在单就故事歌和弹词、鼓词略加说明：故事歌，是拿故事的材料，而用歌的形式写成的。弹词和鼓词，虽也是叙述故事的韵文，不过，形式却和故事歌不同。大概弹词以七个字或三个字、五个字组成的句子为主体，有时虽有较长的句子，但是只要把句首的几个字去掉，仍旧不会违背这个原则，而且，每句的句调，多采用旧诗的“平平仄仄平平仄，仄仄平平仄仄平”的方式的。例如：“才知道区区一片好心肠”句，倘使把“才知道”三字去掉，便合于“平平仄仄仄平平”的方式了。通常所流行的一种开篇，也属于这一类。鼓词最初产生于北方，现在南方的歌场中，也很流行，题材虽没有为儿童特制的，但有几种关于历史叙述的，未始不可以给儿童阅读。他的特点，每局有长有短，并不拘于一定的字数，音节自然，有如平常说白一般。总之，这一类的文学，在韵文中篇幅都是较长的。

（四）谜语（Riddles），也叫做隐语，是用文字（或语言）编成几句有韵的语句，暗暗地却隐着一种物象。儿童吟咏这种韵文，目的不单是供欣赏而已，一定要加以思索，把那物象猜想出来为止。有物谜、事谜、字谜等类，而物谜最为浅近易猜，所以儿童文学中，也以多采这类谜语为原则。他的特色，在开发心机，增益乐趣。

（五）诗歌（Poem）。这一类虽名为诗歌，但既以近人的所谓新诗和古人的白话诗为主，似乎是偏重于诗的一方面了。关于近人的新诗，现在已有了许多专为儿童而写的专集，这里可以不必多说了。关于古人的白话诗，在量的方面，当然不能说少，不过要能适合于儿童的东西，却也不多。我以为只要比较的和儿童意境相近的作品，也就可以介绍些给他们。

四、剧本

剧本（Drama）：有话剧、歌剧的分别，随他的形式怎样的不同，其实他的本质，可说是一个样子的。因为，歌剧本是由歌舞进化而来，渐渐地又分化而为话剧，所以，歌剧的重要部分是对歌，话剧的重要部分是对话。儿童文学中的剧本，大概可分历史剧、童话剧、故事剧、趣剧四种。我们拿这种材料供给儿童，目的并不是只在欣赏文字，或练习语言，除此而外，还当指导他们去实地表演，使他们的模仿性和游戏本能，格外容易发展。

写到这里，对于儿童文学的分类，暂告结束。其次，我们自当更进一步地研究到教材方面去。

【本章习题】

一、Macclintock 的儿童文学分类法怎样？

二、吴研因先生的儿童文学分类法怎样？

三、魏寿镛、周侯予二先生的儿童文学分类法怎样？

四、朱鼎元先生的儿童文学分类怎样？

五、民国教育部颁行的《小学国语课程标准》，是怎样分类的？

六、生活故事和小说的分别在那一点？

七、自然故事和历史故事对于儿童阅读方面，有什么功用？

八、童话是怎样演进的？有那几种最普通的方式？

九、传说和童话的分别，在那一点？

十、寓言和故事有什么分别？

十一、儿童阅读笑话、日记、游记，各有怎样的功用？

十二、说明文和议论文有什么分别？

十三、书信和布告的功用怎样？

十四、诗歌和儿童的关系怎样？

十五、儿歌、民歌、诗歌，有什么分别？

十六、剧本在儿童文学上的地位怎样？

第七章　儿童文学的例子

要研究儿童文学的教材，似乎非举出几个具体的例子来不可。现在，仍旧拿《小学国语课程标准》的分类法，作为根据，分别列举如下。不过，这种教材，完全因为手头的便利，随意选取，除此以外，对于其余的作家，并没有什么好恶的成见，这是预先要在这里声明的。

一、普通文

（一）记叙文

1.生活故事

小朋友做凳子

有一个小朋友，还没有到过学校里去。有一天，偶然跑到了一个小学校里头去，看得高兴得很。回来对母亲说："妈妈，我看见学校里的小朋友一个人有一个凳子，那好得很！我也要一个小凳子。……"

母亲说：”小凳子要叫木匠做的，我现在没有钱，怎么弄得到呢?"

但是，小朋友说："我一定就要。小凳子好得很，我一定就要。妈妈！你现在没有钱，不要紧。我不要叫木匠去做，我自己来做。"

母亲说："很好，你自己去做罢。但是，你那里来有木料呢？"

小朋友说："我有。"

"你那里有钉呢？"

"我有。"

小朋友一想想好了，就跑到柴房里头去，拿出一个破的火油箱来，再跑到厨房里去拿出一把旧的菜刀来。从火油箱上取了三块板下来，再取了两个钉来，把两块板竖在两边，一块横在上面，两头钉了两个钉，下边的两块板就钉牢了。

小朋友喜欢得了不得，喊起来说："妈妈！妈妈！小凳子做好了，你看我坐下去罢！"

这句话还没有说完，他就使了大劲一坐坐下去。那知道"砰"的一声，一跤翻倒下去，翻得两只脚都在头顶上。但是他是个不怕痛的小朋友，连忙就爬起来了。

这个时候母亲听到了声音，也赶来了，一看见他的小凳子破了，就对他说："你这个凳子，怎么样破了？"

小朋友细细地看了一回，说："我晓得了，我晓得了！这个板太薄，所以断了！我一定还要把他修好来。"

他一说，就又去拿了一块厚的火油箱板来，重新钉了上去。

他这个时候，又喜欢得了不得，喊起来说："妈妈！妈妈！小凳子修好了。现在不会破了，你看我坐下去罢。"

这句话还没有说完，他就又使了大劲一坐坐下去，那知道"砰"的一声，又一跤翻倒去了，又翻得两个脚都在头顶上。但是他是个不怕痛的小朋友，连忙就又爬起来了。

这个时候，母亲听见了声音又赶来了。一看见他的小凳子又破了，就又对他说："你这个凳子怎么样又破了?"

小朋友又细细地看了一回，说："我晓得了，我晓得了！两个钉太少，所以要脱下来。我一定要把他修好来。"

他一说，就又跑去拿了四个钉来，一共六个钉，这一边钉三个，那一边也钉三个。

那个时候他又喜欢得了不得，喊起来说："妈妈！妈妈！小凳子又修好了，现在再不会破了，你看我坐下去罢!"

这句话还没有说完，他就又使了大劲一坐坐下去。这一回就不听见"砰"的一响了。

——录中华张士一《小学国语话教学法》

2.自然故事

一粒橡树子的故事

吉元是一粒橡树子，他高挂在枝头，遥望一片碧波的大海，心中十分羡慕，总想到海上去，但是，这只是妄想罢了。

金风飒飒，秋已深了，吉元也长得成熟啦。忽然飞来两只小鸟，棲在吉元的枝上，一霎时，又呼的一声飞去了。

小枝受这震颤动了几下，竟将吉元的叶梗震断，成熟了的吉元，便和老橡树脱离，"拍"的一声，落在篱笆脚下，滚了几滚，脱出橙黄色的外壳。

这时，来了一群孩子，他们是来拾橡树子的。当然，橡树子在那时的天气，早已遍地都是。孩子们不费力地拾得许多，满意地去了。

接着，又来了一群猪，他们是来吃橡树子的。呵！这样一来，吉元的兄弟姊妹，又去掉许多。吉元真总算很幸运，没有遭劫。

孩子们真贪心，过了几天，他们又跑来拾去许多橡树子，临走时说："这回真被我们全拾完了。"

吉元躺在地上，不觉自言自语道："呵，我到底有了命了。可是，这样还是不能到海上去呦！"他叹了一口气，沉沉地睡熟了，因为冬天已经到了。

寒风、大雪和严霜，都随着冬之神降临大地。

篱笆下的小橡树子，正在浓睡，一点儿也没有觉得。一直等到春天和煦的阳光，重复抚摩着万物，吉元才霍然醒了。

"呵！"他惊呼道，"这是什么景象啊？我的衣服已撕破了。喝！树都穿上了新的春衣，花都长出了小的蓓蕾。这是什么景象呢？且让我向下钻去，静静地想一想罢！"

他伸出一只由身体内长出来的细小的脚，向下尽自伸去。同时，他的身体也钻下一些儿。

过了一会儿，他又觉得闷塞得难过，又从脚的旁边伸出细长的颈项，向土外探伸。这颈项渐渐地生长，长到一二寸长的时候，两瓣小青叶，自然而然地展开了。

光阴过得真快，吉元已经过了几十次生日，长成为小小的橡树。他的母亲和长辈们，都已过了三四百次生日。他眼见从前拾橡树子的孩子们，一个个长大成人，并且生了子女。

吉元时常幻想海上的美景，但是一直等到这些子女们老了，他到海上去的愿望，依然没有实现。

有一天，来了许多人，——他们是来丈量地亩，预备造房子的。其一人指吉元说道："这棵小树倒长得很茂盛，可惜他挡着道儿，不得不锯掉的。"

“锯掉？多可怕啊！”可怜的吉元这样想，假如他会开口说话，他一定要苦苦哀求了。但是，那些人似乎个个都是很残酷，他们立刻拿起锋利的锯子，将吉元齐根锯断，小枝砍下当柴烧，大干用车子运到木场那边去。

吉元到了木场，看见许多和他一般锯断的橡树，还看见许多新奇的景象。

他在木场里住了几天，又被人锯成一块块的木板，并且搭成木架，然后，用铁钉钉起来。吉元觉得奇怪，后来无法抵抗，只得由人摆布，索兴闭上眼睛睡觉了。

这一觉睡得很长久，终于他被杂沓纷扰的声音吵醒了。他觉得微微有些震颤，睁眼一看，田舍房屋，树木花草，高山峻岭，都没有了！眼前只是一片浩森的无际绿色的大海，原来他已做了航海船的板壁了。

“啊……哦！这是海呦！哈哈！”他快乐得狂笑了，“呵，这白的浪，这碧的波，这……哈哈，真美丽呦！感谢人们，他们使我又称心！又满意！”

——从《小朋友周刊》第五一六期王庭璋作

3.历史故事

汪踦

汪踦是鲁国的童子，他年纪虽不过十多岁，却富于爱国心。他常常这样想：国家是一个团体，人民是构成团体的分子，要是团体受了敌人的侵犯，我虽是一个小小分子，必须出而抵抗。

鲁哀公十一年，齐国派兵来伐鲁国。这时，鲁国的政权，落在孟孙、叔孙、季孙三人手里，主战主守，意见很不一致。城外的百姓，都肩挑背负，扶老携幼地逃难到城里来了。汪踦素来与公叔禺人邻居，二人非常要好。公叔禺人是一个热心爱国者，他叹息着说道："我们政府没有好的人才，不能领导兵士出去应战；做兵士的大都贪生怕死，不肯出力，这都是我们鲁国的国耻。但是我既然责备他人不肯拼死，我自己岂能偷生，岂能不去拼死？"汪踦听了禺人这番话，心中非常赞成，就跟着禺人，一同加入军队去抵抗齐军。

齐鲁两军在郎的地方大战起来，鲁军因有汪踦等加入，终于将齐师杀得大败，驱逐出境。可是鲁军的死伤也不少，汪踦和公叔禺人都是其中之一。鲁军将他们的尸体运回，政府对于汪踦的葬礼，踌躇不决。若用成人的典礼葬他吧，他明明是个童子；若用童子的典礼葬他吧，觉得有点对他不起。因此，就差人去问孔子。孔子说："像他这样的童子，能够执了军器，杀败敌人，轰轰烈烈，保卫国家，当然要用成人的典礼葬他。"政府听了孔子的话，很以为是，就决定照办。

——从中华出版韩棐、范作乘编《中华卫国男儿》

4.童话

大 轮 船

我是一只海里的大轮船。我终年在那波浪滔滔的洋海里行驶着，来来往往地差不多有几百次了。

每次在我将出发远行时，跟着我走的人，不知有多多少少！只是我很奇怪，他们既愿意跟着我走，为什么当我放开喉咙叫了一声，那岸上人挥巾送别的当儿，他们又各自滴着眼泪，做出那恋恋不舍的样子呢！在我想来，不愿意走，不走好了。究竟有谁在强迫着他们呢？所以我觉得，世界上再没有这样奇怪的事了。

我的好奇心，再也不能隐藏了，我决意要问问他们了。于是，当我鼓轮前进的时候，我总想找着一个旅行的人来谈几句。

第一个走上甲板来的，是一个年青的男子。他直立在铁栏杆边，两眼兀自望着那青葱葱的海岸，不住地用手巾拭着眼泪！我想，机会到了，我便开口问他道："喂！年青的人，你为什么哭了？"

青年听了我的话，叹了一口气道："唉！轮船先生，你那里知道，我家有亲爱的父亲、母亲，活泼的小弟弟，我怎能离开了他们而到很远的地方去呢！"

我不觉诧异道："那么，你尽可快乐地住在家里，何必跟着我走呢？"

青年垂着泪道："可是，我要预备我将来的生活，我不得不到较远的地方去求些智识，所以，我又不得不跟着你走！"

"哦，人类的生活，比父母兄弟的爱还重要。"我于是才渐渐地明白一些了。

第二个走上甲板来的，是一个中年的商人，他抱住了自己的头，紧紧地靠在桅杆上，很悲痛地哭着。

我又问他道："喂！先生，你为什么哭了？"

商人听了我的话，也叹着一口气道："唉！轮船先生，我家里有美丽的妻子、娇小的儿女，我怎能离开他们而远去呢！"

我又诧异道："那么，你尽可快乐地和你的家人同住着，何必跟着我走呢?”

商人垂着泪道：“可是，我要维持我现在的生活，就不得不到较远的地方去赚些钱来，所以我不得不跟着你走!”

“哦，人类的生活，比妻子儿女的爱还重要。”我于是又明白一些了。

后来，我接连问了许多人，大概都是同样的回答。呀!这是多么悲惨、残忍的事啊！可是，要是没有我，他们或许没法跑到较远的地方去。那时，他们那里会离别他们所爱的人呢！这真是我的罪过!

从此，我再没有放开喉咙，催人远去的勇气了。我停止了我的汽机，我愿意静静地候在港口，等那些离别的可怜人再来时，我愿送他们回到甜蜜和爱的家里。

——从中华出版拙著《童话集·阿春的扇子》

5.传说

吕洞宾故事

在唐初的时候，岳州城里的人，想在洞庭湖的旁边修个岳阳楼。无奈修好又倒了，所以修了几年，还是没有成功。有一天下午，来了一个道人式的木匠，求见那个监修岳阳楼的人。他说他能够于三个月内，把岳阳楼修好。又说岳阳楼的底下，有个蝙蝠精，你们修起又倒了的缘故，就是他在里面作怪。假使你们要我来修理的，我今晚就要施点法术，先把他压住。到了明天，你们可多请点工人，来听我的调遣。那个监修的人，居然信用他了。他于是就作了总工头。他们问他的名字，他也不告诉他们。后来工人太多了，岳州城里缺少了菜蔬。他就每天拿些木屑，抛到洞庭湖里面，于是这些东西都变了一些很小的银鱼，他们吃的菜便不起恐慌了。所以，只有两个月零十天，岳阳楼就修好了。他在修好这个楼的第二天，钱也不拿地走了。那些监修的人，在那个第二层的墙上，看见他题了两句诗，才知道他是吕洞宾。所以，岳阳楼里面，却是供着吕洞宾的雕像。那两句诗是：

“三过岳阳人不识，朗吟飞过洞庭湖！——吕洞宾题”

他在第三层的楼上，挂了一块长方形的匾额，上面写的是“虫二”两个字。说从唐朝挂到清朝，都不知道是什么意思。到光绪年间，有一位姓徐的学台，到岳州来主考。有一天到岳阳楼去游，他抬头看见这块“虫二”的匾额，他顺口地说道：“这个第三层楼上要是挂块‘无边风月’的小匾，真是恰当极了！”这句话刚说完，那块匾额就掉下来了。

——节录北新林兰编《吕洞宾的故事》

6.寓言

最后的努力者

一只飞机载满着客人，在天空里飞行。风先生威吓他说：“请你赶快回去吧，我要出来了！”

飞机说：“不能！我今晚一定要飞到目的地，说话是不能失信的！”

风先生怒气冲冲地说：“不能？不能，我就给你掀翻掉！”

于是，风先生发了大怒，立刻就刮起满天的大风，把飞机打得东飘西荡。但飞机并不惧怕，他很镇静地摆稳脚步，向前进行。风先生恨他不过，又追上来说：“你停止不停止？不停止，就请你把人摔出去，我放你过去。”

飞机很庄重地说：“不能！我受了人家的付托，一定要平安地把他们送到目的地！”

风先生更怒了，他就刮起了更大的风，但飞机仍然毫无惧色地向前进行。一只大鹏鸟追逐在飞机后面说：“假鸟先生，你飞到那里去？”

“我到目的地去！”

“我也要到目的地去！”

“请你明天去吧！今天风先生和我们做冤家，刮了很大的风呢！”

“怎么？你这个假鸟能飞到目的地，难道我这个真鸟，倒飞不到吗？”

“自然，因为你的气力没有我大！”

“哼！假鸟先生，我飞得比你快呢！不相信，我们比赛！”

他们刚谈到这里，风先生一个大翅膀一扇，几乎把飞机打落下来，大鹏鸟高高兴兴地飞在飞机前面说：“到底我是真鸟，你那里比得上我！”

飞机并不和他争论，为防御风先生的袭击，他就飞得低一些。风先生虽然几次来攻击他，他仍然鼓着勇气，向前进行。那只大鹏鸟因为受了风先生过分的虐待，终于失了飞的勇气，很沮丧地息在一棵树上面说：“唉！唉！这么大的风！”

那时候，暮色苍茫，大鹏鸟就投宿在那树上过夜了。至于飞机，却还是勇气百倍地载着客人们，安安稳稳飞到目的地。

风先生也没奈何他，只得赞叹他道：“你胜利了！你是一个最后最后努力者啊!”

——从儿童白丹宁著《孩子们的寓言》

7.笑话

三 等 客

车站上站长说：“这里是一等二等客人的休息所，三等在外面。”

小学生道：“一加二成三，你这站长，加法都不会吗?”

鱼 腹

张儿说：“鱼腹最为强健。”王儿即问何故。张儿道：“管他尽饮生水，决不会腹泻的。”

——从商务计志中、徐半梅《儿童文学丛书》的《笑话》

8.日记

敏哥的日记

五月十七日　星期四　晴转阴

上星期五那天，吃了中饭，李先生正坐在后园的长椅上看书，我走过去，他合拢书和我攀谈起来了。

他说：“你的算术虽然还好，可是总觉得有点慢。你应该多做，当你回家去了之后。你要知道，东西是越用越灵巧的，思想也是一样。倘使把他少用到，那么也会像机器一样迟钝的。你能够每天在家里做十几个题目，就很好了。敏哥，你家里的零用帐会上吗？这是应当练习的事，你且试试看，一星期后，一定会使你高兴。”

从前我回到家里，没有做过算术，只有看些童话、小说，日记倒天天做的。从那天李先生说了以后，我每天至少要做十个习题。有时候再也想不到了，然而细细辨味之后终于做对了出来，这时候是多么高兴呀。像刚才，一个分数应用题，起初再也想他不出，想了十多分钟终于做对了，心中真有说不出的快乐，这是劳苦中的功成，确是值得高兴的。

——节录现代《现代儿童》半月刊三卷九期若萍作品

9.游记

南京游记

某年七月，我在小学毕业，想趁这机会，到全国各地去游览。先去和同学周自新商量，自新道："好啊！我也想去玩玩。"我们便把要旅行的话，告诉父母，父母非常赞成，立刻答应。我们得到了家长允许后，十分快乐，便去准备行装、旅费，还买了许多旅行用品，像日记簿、摄影机、水壶、时表、旅行指南、指南针、望远镜、干粮、雨具、电筒、旅行药库等，都是应有尽有。到了次日，我们就一同动身，向南京出发。

南京是中华民国的首都，我们到了南京，看见城墙高大十分雄壮。自新道："这是全国第一大城，周围有七十多里。从前是明朝的京城，所以名胜古迹很多，自从孙中山先生葬在这里后，名胜又多一处了。"

我们进了城，就看见一条中山路，路很宽阔，两旁都种着树木，非常好看。自新道："这条马路，可直达总理陵墓的。"我想，我们既到南京，应该到总理陵墓上去行个礼，因就雇了一辆汽车，一直开到那里。

总理陵墓，是靠着山造的。看看真伟大极了。石阶几百级，又平又阔，顶上祭堂，又高又大，堂前悬着一额，写着“天地正气”四字，堂后是墓，墓前锁着，不能进去。自新道：“每逢总理诞辰或逝世纪念日，墓门是开放的。”

我们游罢总理陵墓，又在别处玩了几天，就趁火车到镇江。……

——节录新中国朱尧铭编《小学生旅行记》

（二）说明文

我们为什么要穿衣服

你看，那些下等动物，如狗、羊、鸭等，都有一件天然的衣服，能在冬天寒冷的时候，抵御寒冷。到了夏天，他们的毛，渐渐褪落，换了一件薄的衣服。所以兽类是无须衣服的。在热带地方，居住的人，时常不穿衣服；但住在我们这个气候里的，到了冬天，就要换穿能御寒的衣服了。我们为什么要穿衣服？有数个原因：

第一是为着妆饰，我们时常制成形式很好看的衣服，倒把他实在的用处掩过了。有时，那些新奇的衣服，因为过于讲究形式，往往害及身体。所以，我们做衣服，不要单求好看，却要穿得舒服，不致妨害卫生才好。

我们体中的温度，比空气的温度高，要保护这身体不受寒冷，我们须把衣服盖在皮肤上，不使体中的热散去。我们不要以为衣服能使身和暖，他们不过是将人体中的热保留着，不使他发散罢了。所以到了冬天时候，我们须穿些能保留体温的衣服。毛皮是最能保温，因他是不良导体的缘故。

有时，我们把棉絮缝到夹的布衣里，称为棉袄或棉袍，也是很能保温的。但棉制的衣服很重，便有人把丝绵来代棉絮，可是价钱很贵。近来又有人把鸭毛做衣服，这可更是轻暖了，然而价钱更加贵了。毛皮极不容易传染与冷，可称得是做冬季衣服最好的材料，但因为太贵的缘故，穷苦人家是穿不起的。

我们做衣服的时候，布帛的颜色也要十分注意的。黑色的布，能吸收太阳多量的热，增加体温；白色的布却能反抗太阳的热，所以最宜于做夏天的衣服。这是很容易证明的。拿两块大小相同的冰，一块覆着黑色的绒布，一块却是白色的，将冰放到太阳里去晒，经过一会儿，那盖着黑绒布的冰，要比盖着白绒布的冰融解得快。这可见黑色的东西，是能吸热的，白色的东西却只能吸收少量的热。

夏天时候，我们都想体温减低，因为空气很热。要把体温减低，我们就穿白色的棉布或是麻布，这些布料能使体温很容易发散，减低我们体中的温度。

衣服又能抵御外间的寒气和温气，不使侵到皮肤上。凡是保温的衣服，都是很能抵御寒气和温气的。衣服又能保护我们身体，不使受害损伤。假使我们没有衣服，身上不知要有多少伤痕哩！

我们的身体，时常在那里把废物排泄出来。这些废物，都被我们的衣服吸收了，这样，是能使衣服潮湿的。所以，我们在晚上睡的时候，须把他们脱下来，放在通风的地方，把他们吹干。不可穿着日间穿的衣服在晚间睡觉。日间宜把夜间睡时穿的衣服放在通风处吹凉。

不但宜将衣服饱受空气，并宜将衣服上所沾着的污垢洗去。要是一个人能将皮肤及衣服勤于洗濯，便能免去许多皮肤病。

日光与水是预防疾病最好的东西。如果我们能将衣服勤于洗濯，勤于曝晒，便可得十分康健。

——从商务《儿童世界》第三百八十九期守一作

(三) 议论文

读书的方法

小朋友们！我们天天在学校里面读书，究竟我们为了什么呢？读书的意义是怎样的呢？这不是值得我们很深刻地讨论吗？

读书这桩事，和所谓用功，是不相同的。读书的真的意义，是在于我们怎样地读书。我们往往将读书的意义，看得甚重，只要那人喜欢书，即断定那人是好的，这是完全不对的。让我来举两个例罢：

英国有一个历史家，名叫亚克敦卿。他活了六十多岁，也不能说他是短命的了。他毕生用功于书堆之中，六十余年如一日。他自己的图书室中，有七万卷的图书，每一部每一卷，都有他的手迹。在空白上，还记出各种的意见和校勘。就是向来看不起英国的德法学者们，独于他的博学，却非常敬重。他竭了六十多年的精力，有着那么的教养，过着那么丰裕的生活，却没有留下一卷传世的书本。其中岂不是有着很深的奥妙，值得我们三思的吗？

我们又知道英国的学者理查格林，他非常贫穷，四十余岁就死了。但他却在英国史上开了一个新生面。日本的薄命史家赖山阳氏，也只有五十余岁就死了。但他们俩都遗下了使后世青年奋起的事业。同时，英国哲学家史宾塞，是憎书有名的，他几乎不读书，但他却有了许多著作。这不是很值得我们崇拜的吗？

如此看来，前者的读书，和后者的读书，可说是显而易别的了，而对于我们的读书，也有了一个很明白的标帜。

——从《儿童时报》第三八五期百川作

二、实用文

（一）书信

给弟弟

最亲爱的小弟弟：

你走了以后，我真难受，真是太难受。吃晚饭时，只有父亲、母亲和我三个人。晚上我也睡不着，想你在火车上也一定是睡不着。今天接到了你的信，我忍不住哭了——没有大哭——母亲也很难过。

有许多的事要告诉你：你的小猫不见了，我想是黄家那几个弟弟抱走了。你记得从前他们的小鸡丢了的时候，不是赖我们的小猫吃了吗？我也不敢问他们，恐怕母亲要说。李妈说他们家的老猫，又要生小猫了，再抱一个给我们，我想，这一次要一个小黑猫，你看怎样？

我明天上学了，到也有个着落，省得在家里，又闷得慌，又难受。

你在学校里，要自己小心，也要用心功课，也不要和同学打架——我知道你不会和人打架，除了跟我。

你看见周夫人时，替我问她好。

爱你的小姊姊

母亲吩咐你说，天气冷要多穿衣服。身上要洁净，要常洗澡。又及。

——从冰心女士著《离家的一年》小说

(二) 布告

开会的通告

诸位同学：

本学期新聘的沈老师，已于昨天到校。我们定明天上午九时，在纪念厅开欢迎大会，务请准时出席为要。

许知行　夏秀珍

发起人　干成城　汪小谦　乐学文　任竞英同启

八月二十五日

——从儿童黄一德编《儿童应用文》

三、诗歌

(一) 儿歌

没 处 买

袋鼠身上有只袋，不装金钱装小孩。金钱丢了会再来，孩子丢了没处买。

制 糖 厂

菜花黄，蜜蜂忙，嗡嗡嗡嗡，聚在花儿上。你商量，我商量，预备开家制糖厂。

折　鸟

找张纸，寻把刀，裁开纸儿折只鸟。鸟儿请你快快飞，带了我去买糕糕。

——从中华《我的书》拙著儿歌第二集《黄猫》

拗口令

张家有垛白墙，蒋家有只白羊。蒋家的白羊，到张家的白墙上去擦痒，撞倒了张家的白墙，压死了蒋家的白羊。张家要蒋家赔墙，蒋家要张家赔羊。

（二）民歌

萤

火萤虫，夜夜红。公公挑菜卖胡葱；婆婆劈篾糊灯笼，儿子开店做郎中，媳妇抽牌捉牙虫，一石米桶吃不空。

雷声响

雷声轰轰响，杀鸡请老娘，老娘不要吃，挈去望个老外婆。外婆在哪里？天角落里。怎样走上去？花花摇车摇上去。怎样走落来？花花摇车摇落来。

——从商务朱天民编《各省童谣集》

（三）杂歌

驴车（故事诗歌）

鸟歌在树，云飞在天，秋花儿开满在小山边。小弟弟对小妹妹说："这样好的景致，我们何不到外边去玩一天？"

驴车儿驾好了，小妹妹换了新衣，小弟弟戴了新帽，赶着车儿往果园里跑。到了，到了！小弟弟爬上树梢，小妹妹又用竹竿敲，采的果子真不少，把一辆小小的驴车直装满了。

驴儿叹着气道："重呀，重呀！这车儿我不能再拉了。"小弟弟那知他的辛苦，拿着鞭儿不住地往他背上敲。

说道："跑呀，跑呀！快快往前跑，到了家，我一定让你尝点好果子的味道！"

不料这驴儿蹶了蹄，车儿翻了，谁也扶不起，吓坏了小妹妹，急煞了小弟弟。可惜呀，一大筐的果子撒了满地。

你看那小苹果跌得腮儿红如火，老葡萄气紫了面皮。小妹妹恨恨地说道："小弟弟！先生教你不要虐待牲畜，你怎不放在心头牢记！你只是为己不为人，到如今害人终害己。"

好一个能改过的小娃娃，从此再不把牲畜来鞭打。因此，一般驴大哥、驴小姐，都十分地亲爱他。你看呀！风静，潮低，太阳西下，他们掘细沙、筑城墙、跑圈子、说笑话，放开了心花，尽兴地玩耍。

——从中华抽著《故事集》第一集《驴车》

聂隐娘学剑（弹词）

零星积水水成塘，铁杵磨针不打谎。拿破仑字典无难字，烈烈轰轰干一场。

古今来不少奇女子，唱的是剑侠闻名聂隐娘。她父亲唐朝魏博聂大将，将她娇生惯养在闺房。她在十岁时，偶被尼姑见，那尼姑不化缘、不化斋，偏偏索取小姑娘，愿带回寺里，做佛门弟子，修道焚香。恼起将军一把无名火，尼姑回答不慌忙。"任安排铁壁与铜墙，令嫒失踪无躲藏。"夜来守护愈严密，到天明寻觅竟无去向。快快缉拿悬重赏，踏破铁鞋无影响。

眼巴巴五年已绝望，忽地里自行返家乡。久别重逢悲喜集，细细儿盘问细细讲："孩儿学得飞仙术，身轻如叶四海任飘荡，起初时随尼远去大石穴中藏，无人声，无人迹，一队猿猴作伴当。不一会，来了两位小姊妹，年龄正相仿。她们峭壁飞行，倏起倏落千百丈。山中日月长如岁，互相追逐上高冈。不知不觉经年过，飞腾跳跃，不分谁弱与谁强。老尼一见心中喜，说一声孺子可教，给孩儿宝剑一口三尺长。先学奔驰后学剑，般般指导甚周详。嘱孩儿用心勤学习，学成回去拜高堂。思亲情切专心练，三年后，能刺鹰鹞与虎狼。手起剑落无痕迹，远远地只见冲天一道光。手术练精更练胆，要出入千军万马如空旷。又率孩儿到一处，人山人海闹非常。指点向前无退缩，取人各物品如探囊。并须使人不知觉，疑神疑鬼费猜详。果然有志竟成事，百炼精金化作钢。绝技告成尼点首，嘱孩儿牢记两语勿遗忘：一是拜见生身尽孝道，一是诛佞锄奸振纪纲。二十年后重相见，才知道，区区一片好心肠。”聂隐娘，从容讲，大将军，不由得心花怒放喜洋洋。到后来，千金受聘为上客，女侠英名远近扬。不是幼年勤学剑，怎能别开生面耀红妆。

——从世界魏冰心编《新学制小学高级国语读本》

班超定西域（鼓词）

（1）投笔从戎到鄯善

常言道：“鸟无翅翼不能飞，人无志气没有作为”。古人立志，一生一世，任凭天崩地毁，海枯石烂，总是百折不回。

有一位姓班名超字仲升，在汉代史书上是鼎鼎大名。他耐劳耐苦练好了本领，多见多闻学会了聪明。他哥哥班固奉召任了官职，他年纪轻轻就侍母随兄寄寓在洛阳城。他家贫要供养高堂母，不得已在官衙内当了一名书记先生。

憋住了一生大志不能施展，天天写写字儿真是埋没了才能。他越思越想越难忍受，猛然把手中的羊毛笔向地下一扔。他说："大丈夫就无大志，也应该撞到边外去立点功勋，岂可以长久在笔砚间讨生活，孤负我宝贵光阴。"

果然"有志事竟成"！汉室与匈奴起了战争。窦将军令班超领兵攻打伊吾地，居然得了大胜奏凯回营。将军夸奖他真能干，又遣他跟文官郭恂出发远征。勇班超！他不带一兵欣然上道，只领着三十个同志一道西行。露宿风餐到了鄯善国，离长安已有六千程。那国王接到天使非常恭敬，杀牛宰羊，张筵设席，表示欢迎。佳肴美酒，那供给真丰盛；朝游夜宴，那款待多殷勤。好几天天天款待甜如蜜，几天以后忽然一旦冷如冰。聪明的班超顿时警悟，说道："八分是匈奴也派来了使臣，国王因此狐疑不定，顺南吗？顺北吗？都没有决心。"

好班超！他心生妙计，叫伺候的胡人前来套出原因，他硬说："匈奴的使臣已经来了数日，现在他们在何处安身？"那胡人听了心中惊怕，心想汉使的耳目真是机灵，只得一五一十完全说个明白，从头至尾供出了实情。班超听罢便将那胡人锁禁，以免外边知道泄漏风声。

(2) 三十六人定计

茫茫万里入蛮邦，班司马的本领不比寻常，足智多谋加上天大的胆量，心思细密临事决不慌不忙。这一天，他预备美酒摆在行营帐，召齐了三十六位勇士共饮诉衷肠。酒落欢肠他们的谈锋更健，班司马便趁此把早上的事变说个端详。

他说："诸君跟我同来绝地，原想立下功劳名震边疆。如今那匈奴使者忽来挑拨，国王的款待立刻怠慢非常。假使鄯善国将我们械送到匈奴去，那咱们大家的骨肉一定喂饱豺狼。死里求生有什么好方法，望大家细思细想作个商量！”那三十六人听了齐声答道：“此时此地已经迫近危亡，有何妙法全仗司马，我们惟命是听，不论蹈火赴汤。”

班超说：“不入虎穴，焉得虎子？我们只有先下手为强。今夜便往那匈奴使营中去放火，杀他一个措手不及、不能逃避、无法躲藏。将他们全体斩除净尽，一定可以震服那鄯善国王。功成事立就在此一举，愿大家努力拼命地干一场！”大家答言：“司马的计谋虽不错，可应当跟郭从事作个商量。”班超说：“生死存亡决于今夜晚，那从事是文官，他必定胆怯心慌，泄漏了风声那才死得不值，真壮士不愿干这样的傻勾当。”大家听罢，心雄胆壮，一个个摩拳擦掌，只等到昏黄。

(3) 威震西域

这一天，天昏地暗起了狂风，班司马领着三十六位壮士向敌营进攻。他命令十个人各带战鼓藏在敌营后面，约好“以举火为号”，就擂鼓呐喊助威。其余的备好快刀利剑、强弓硬弩，夹着营门外埋伏，一闻鼓响便打冲锋。智班超！奇谋妙计，分派已定，他顺风放火，火乘风势，风助火威，威势熊熊。营前营后齐声呐喊，十面战鼓犹如雷响天空。匈奴的兵将从梦中惊醒，直吓得心惊胆战、手忙脚乱、无盔无甲、赤手空拳，东奔西窜乱哄哄。勇班超！身先士卒，亮剑上前，“ㄘㄚ！ㄘㄚ！ㄘㄚ！”——连斩三首，大家乘势向营内直撞横冲，手起刀落，雅似劈瓜切菜，直杀得一人不剩遍地血流红。斩了匈奴的正副使臣人两个，斩了三十多个勇武的随从。还有一百多个胡兵侍役，一半死于刀下，一半葬身于烈火之中。这一场将敌营真收拾到干干净净，全营找不出一个活人踪。

天明风息日轮高，汉营帐内凯旋了众英豪。班超将昨夜事向郭恂报告。只吓得郭从事肉跳魂摇，半天说不出一句话，一会儿惊定又有点心焦。智班超！观颜辨色自然明白，明白他的心中是妒忌我班超。忙说道：“昨夜虽然君不曾同去，但是我们有福同享，我不敢独占功劳。”郭从事听了满面含欢笑，满怀的妒忌片时消。好班超！将匈奴使者人头挂在营帐，召来了鄯善国王仔细观瞧。只吓得那国王和文官武将们三魂渺渺，一传十，十传百，百传千，千传万，顿时全国臣民都吓得六魄飘飘。班司马殷殷安慰又谆谆晓告，教他们全国上下顺服汉朝。那国王又害怕，又佩服，愿纳王子为质，表示忠诚降顺之意出自心苗。班司马智谋无敌勇难当，从此名震远方。以后马到功成连年胜利，西方的强国都战败投降。好班超！他恩威并用平定了西域，五十余国谁敢不归顺中邦！他威镇四方历三十一载，尽忠竭力地守卫边疆。这立志封侯固然是勇士自身的希望，那靖边保国的功劳，更是汉族的荣光。到如今改朝换代山河在，班定远精神不死美名扬。

——从中华《新课程小学高级国语读本》黎锦晖特撰

（四）谜语

1. 四角方方，没嘴没肚肠。见饭不要吃，见水喝精光。（文具——吸水纸）

2. 生时正值新年头，不知与人结了什么仇！每天扯我一张皮，扯到年终一命休。（用具——日历）

3. 一只老虎凶又凶，两只眼睛像灯笼，交叉路口一声叫，吓得行人不敢动。（交通工具——摩托车）

4. 希奇真希奇，爹娘生我怪东西，人家统是皮包骨，我却生来骨包皮。（食物——蛋）

5. 有头无颈，有血冰冷，无脚能行千里，有翅难过小岭。（动物——鱼）

6. 一个圆球分几格，格格里头藏着红宝石。（水果——石榴）

（五）诗歌

1. 新诗

北风（抒情的）

东风吹，
杨柳枝儿动，
我父亲乘的车，开往山东。
北风吹，
梅树花儿红，
我父亲乘的船，回到家中。
东风呀，
北风呀，
你们虽是一样的吹，
我却欢喜北风，
总是把我父亲向家里送。

——从中华《儿童文学丛书》拙著诗集《寒梅》

快乐的田家（写景的）

小山底下，
有一家快乐的田家，
他们种着稻麦，
他们更种些桑麻。
在他们草屋的四周，
四时开遍草花。
每天当那夕阳照着，
真像一幅水彩名画。
他们有吃不完的菜和豆，
他们有吃不完的果和瓜。
太阳下，耕作罢，
那快乐的田家，
大家嘻嘻哈哈。……

——节录世界《儿童文艺丛书》拙著《新体诗》第二册

2. 旧诗

画 眉 鸟

百转千声随意移，山花红紫树高低；始知锁向金笼听，不及林间自在啼。——宋·苏轼

柳

碧玉妆成一树高，万条垂下绿丝绦。不知细叶谁裁出？二月春风似剪刀。——唐·贺知章

四、剧本

（一）话剧

苏武（历史剧）

第一幕

人物：汉朝的使臣苏武、副使张胜、投降匈奴的汉臣卫律。

地点：塞外沙漠中一个毡幕中。

时间：约公元前的一百年。

开幕：苏武和张胜等，被软禁在一个毡幕中，匈奴的单于，派了降臣卫律来晤见。

卫律：（从幕外进来，向苏武行礼。）苏君，好几天不见了，你的身体想来已经很好了罢？实在的，那天我眼看着你，拔刀自杀，着实替你担心呢！

苏武：（冷冷的）谢谢你的好意！

卫律：我此刻得了单于的命令，特地来看你。据说，那谋反的虞常，已经杀死了；那同谋的汉使张胜，照律也当处死。不过，现在单于特别宽容，对于情愿投降的人，一概可以免罪！（拔出了剑，眼望着张胜。）张君，你仔细地想想看，还是投降呢不投降？

张胜：真的可以免罪么？

卫律：自然是真的！不要说你，就是苏君肯降，也可以免罪呢！

张胜：（很欣喜）那么，就请你去转禀单于：我情愿投降了！

卫律：好！（将剑插进剑鞘，回头对苏武。）苏君，照例副使有罪，你也应该同坐的！现在，张君已经投降了，你再仔细想想看！

苏武：（愤愤地）还要想什么！我没有和他同谋，他又不是我的亲属，有什么同坐不同坐！

卫律：（重又拔剑示威）这是单于的命令！

苏武：（更愤怒了。）你现在甘心做他臣子，自然应该听他命令；我是堂堂汉朝的使臣，为什么要听他的命令！

卫律：苏君，你看我自从投降匈奴以后，单于是多么优待我：他既赐我王号，又命我带领几万精兵。你瞧，在那满山跑的，都是我的马匹，可说是富贵极顶了！苏君，只要你肯投降，将来的富贵，也可和我一样呢！否则，客死荒漠，于自己又有什么益处呢？

苏武：（揎拳撸臂地大骂起来。）哼哼，你这个汉奸！你不顾一切，背叛了祖国，情愿做一个外国的俘虏，你这种不知羞耻的东西，亏你还有面目来见我！去吧，你回去回复你的主子：我是堂堂的汉使，要杀要剐都可以，却是不肯投降匈奴的！

卫律：好，我知道你是一个爱国的英雄，以后的事，请你等着瞧吧！（卫律忽忽地从幕中出。）哼哼，这真是一个不知好歹的东西！（幕渐渐下。）（第一幕完。）

第二幕

人物：苏武、匈奴单于的弟弟于靬王、匈奴骑兵等。

地点：北海上。

时间：较前幕迟数月。

开幕：苏武手持汉节，在北海上牧羊，忽然一队骑兵，簇拥着于靬王向海上奔来。

苏武：（悲歌）回头四望，不见我的祖国在那一方！想当初，奉使节，来到这沙漠蛮荒。谁料到，这一来，竟回不得家乡！祖国哟，我的祖国哟，那锦绣的河山，使我永远难忘！听呀，这北海的涛声，和着我的歌声更悲壮；看呀，我的好伴侣呵，就是这一群群的白羊！

于靬王：（渐走渐近）这北海上，一向很少人迹，你这牧羊人，从那里来的？

苏武：（瞪住了失神的双眼）我吗？我是被你们单于放逐到这里来的啊！

于靬王：（作觉悟状），哦，哦，记起来了，那你一定是苏武了！

苏武：（点头）对啦，我就是大汉的使臣苏武啊！

于靬王：喂，苏君，我和单于，一向都是很钦佩你的，只是那个降臣卫律，从中在那里挑拨，以致将你放逐到这里来了！

苏君，现在我要问你：你当初被监禁在地洞里，好几天连一些食物也不给你，你竟能活着不死，这到底是什么缘故呢？

苏武：我就拿着这节上的旄毛，和雪块团在一起，吞下肚里充饥，所以没有饿死！

于靬王：其实，苏君，你也太固执了！我想，这种困苦，你怎能挨得下去？

苏武：（叹气）唉，我也未始不知道困苦难挨，可是，我既然负了责任，出使贵国，当然是代表着我们的国家的，我要是投降了贵国，不是完全失却了我们国家的体面吗？况且凭良心说，我实在只觉得祖国的可爱，所以你们无论如何，也不能使我回心转意了！

于靬王：（竖起拇指）好，爱国的英雄，我真敬爱你！——不过，你现在想不想回去呢？

苏武：（惨笑）哈，一个人那有不眷念祖国的！不过，我知道，单于是永远不放我回去了！

于靬王：你怎么知道？

苏武：（指羊群）你瞧，这群羊，不全是雄羊吗？单于说要等这群羊生了小羊，才放我回国呢！哈哈，我虽然老死在这荒漠塞外，但是，比较屈节辱命，投降外国的，总要好得多了！（说着，便向身边拿出一只从土里掘出来的野鼠，一把从海边采来的草实，吃着充饥。）

于靬王：唉，你的生活，实在太苦了！

苏武：我为了我的祖国，死也不怕，何况吃一点苦呢！

于靬王：爱国的英雄，停一会，我打罢猎回去，再叫人送些东西给你，你且静静地住着，以后我再替你设法回国吧！

苏武：好，再会了，我要把这群羊赶到那边去呢！

（幕渐渐下，隐隐还听得歌声。）祖国哟，我的祖国哟！

我永远难忘！（全剧完。）

——从中华《小朋友》周刊五三八到五三九期拙作爱国剧

鱼与鹅（童话剧）

第一幕

景：舞台后方垂绿色幕。（或用白布绘水景。）

时：晚冬。

幕开，小鱼甲、乙、丙在台上跳跃嬉戏，一会，乙丙坐下，甲站着。

丙：这几天我觉得有点不舒服，每天闷坐在家里，要想出去又不能够。哥哥！你也想出去玩吗？

乙：我早就想出去的，在家里坐了几天，头也痛起来了。

甲：妈妈说过的，这样的天气，到外面也没有什么好玩，各处都结冰了，也看不见太阳和月亮。

丙：妈妈曾向我说过：一个小孩子总应该活活泼泼的，然后才不生病。我想出去玩玩。

乙：哥哥！赶快领我们出去玩罢！

甲：我领你们去，也是无味的。水面结了冰，不能够上去玩，也看不见太阳。

丙：哥哥！你骗我们呀！有一天晚上我不给你们知道，一个人悄悄地出去，还看见太阳光哪！

乙：不见得是太阳的光罢！

甲：从这一个月起，河面都结了冰，太阳光是看不见的。你看见的不是太阳光，那是渔人在岸边烧的火。

乙：渔人烧火做什么？

甲：他们烧火，就是想骗我们去，拿好东西给我们吃，把我们带走呀！妈妈前回告诉我，邻家的小弟弟不听话，时常一个人在外面乱跑，后来就被渔人骗去了。害得他的妈妈哭了几天，以后不要一个人出去乱跑。就是大家一同出去的时候，也应该注意，不要疏忽才好。

丙：那么，我们永远坐在家里吗？

甲：不是这样，到了可以出去的时候，妈妈自然会叫我们去的。

乙：快要吃夜饭了，还不见妈妈回来哪！

甲：一会儿就要回来了。

小鱼们的母亲上，手里拿着东西。

小鱼们同声：妈妈回来了！我们正在念你呢！

丙：妈妈！你手里拿的是什么？

母亲：我买了许多糖果给你们，今天没有那个私自跑出去吗?

乙：都没有出去。

母亲把糖果分给他们。

甲：今天三弟弟说有好几天没有出去玩，觉得头闷，嚷着要我领他们去。因为妈妈嘱咐过，不许出去乱走，所以我不曾领他们去。

母亲：到底哥哥年长些，比你们懂事。这样寒冷的冬天，出去也没有什么益处，不如在家里看看书，自己运动倒还好些。到了春天，河面的冰解了，温暖的日光，照在水面，那时你们可以自由出去游玩了。

小鱼们同声：我们愿意春天快些来呀!

母亲：可是我有一件事要告诉你们，无论谁都应该时常记在心里，就是凡事要注意，比方读书的时候不注意，就不会记得，走路不注意，就要被别人冲倒了。河面的渔人很多，还有可怕的鹅，在那里等候我们，倘若不注意，就要被他们伤害，我说的话，你们千万不要忘记。

小鱼们同声：我们都记着了。

母亲：好呀!我们去吃夜饭罢!

第二幕

景：同前，舞台的左方用厚纸作石岩状。

时：春天，有月亮的晚上。

幕开，母鹅和一个小鹅站在石岩边，他们的眼睛都看着河里，作寻觅食物的样子。

小鹅：我的肚里觉得有点饿了，今天午后还没有寻着一点食物哪!

母鹅：你忍耐着罢!这条河冻了一个多月，河里的鱼都在冰的下面躲着，没有上来。这几天天气和暖，冰也溶解了，他们都要上来的，就可以擒他们来当食物了。

小鹅：用什么法子擒他们呢？

母鹅：你的年纪还小，自然是不懂得，让我慢慢地告诉你：第一件要紧的事，就是注意。你看见鱼游到你的旁边来了，就赶快悄悄地捉住他，不要出声音，一出声音，他们就逃走了。无论做什么事，不注意是不行的。

小鹅：不注意有什么坏处呢？

母鹅：如果不注意，我们已经到手的东西，也许要失掉的。太不注意了，我们的生命也有危险，懂得吗？

小鹅：我懂得了。等小鱼们上来了，我照妈妈说的法子擒一个来。

母鹅：好的，你留心着罢！

小鹅：还不见来啦！

小鱼们随着他们的母亲同上，在舞台的左方立着。小鹅和母鹅看见他们来了，急忙蹲着不动。

小鱼甲：今夜的月色真好看呀！照在水面像金线一样，一年四季，我顶喜欢春天。

小鱼的母亲：春天的气候是很适宜的。冬天寒冷，我们都不出来，今天格外温暖，所以才领你们出来游玩，（向小鱼甲说）你要看着你的两个弟弟，不可让他们乱跑。

小鱼甲：是的。

小鱼乙：（用手指舞台的后方）妈妈！那边是什么地方？

小鱼的母亲：那边是去不得的，那黑的东西，就是渔人坐的船，他们在那里撒网，我们去了，就要被他们擒着的。

小鱼丙：（用手指小鹅站立的地方）妈妈，那边呢？

小鱼的母亲：那边也是去不得的，那是河岸，水很浅，时常有白鹅和鸭子蹲在那里，我们走过去，就要变作他们的食物了。

小鱼乙：可怕呀！我们不要乱动，就在这里玩。

小鱼的母亲：我有点事情，要到那边去一会，你们好好地在这里玩，不要乱跑乱跳。如果等久了，我还没有来，哥哥领你们先回去罢！

小鱼的母亲下。

小鱼乙：这样好的月亮，我们许久没有看见了。

小鱼丙：我们到那边去玩玩，哥哥！你去吗？我想那边定有好东西吃呢！

小鱼甲：妈妈刚才说的话，就忘记了吗？那边是去不得的，去了就不能回来了。

小鱼丙：我想妈妈是说来吓我们的，这时候岸上也没有什么人了，你们不去，我一个人去罢！

小鱼乙：弟弟！去不得的，你去我要告诉妈妈。

小鱼丙：我不去了！妈妈还不见回来啦！我们跳舞罢！我要跳到水面上去看看月亮。

小鱼甲：留心呀！

小鱼丙和小鱼乙很喜欢地跳舞。小鱼甲站在旁边。

小鱼丙：跳呀！看谁跳得高些！

小鱼甲：不要跳得那么高！

小鱼丙跳得很高兴，一个不注意，就跳到小鹅站的地方来了。小鹅急忙向前跑两步，把小鱼捉住，往岸上拉。小鱼甲和小鱼乙吓得不敢上前去。

母鹅：要注意呀！不要让他逃走了！

这时小鹅一个不注意，忽然松口，小鱼丙就逃脱了。

小鹅：哦！

小鱼甲急忙牵着两个弟弟逃下。

母鹅：我才告诉你，不是叫你注意吗？因为你不注意，到手的东西也失掉了。

——从中华《儿童文学月刊》第一卷第三期路作

要菜戴帽的缘故（趣剧）

第一幕

人物：笨汉李大、李大的妻。

布景：一个贫苦的家庭，陈设些破旧桌凳。

开幕时，李大的妻坐在桌边缝衣，李大缓缓走上。

李大：（笑容可掬地问他的妻）喂，我要上街去了，你要买些好东西吃吗？

李妻：饭都没得吃饱，还吃什么好东西！你出去，给我买一棵卷心菜来。拿这二十个钱去！（掏出二个铜元给李大。）

李大：你要买怎样大小的卷心菜啊？

李妻：（指着李大的头）买一棵像你的头那么大的。

李大：（点头）喏喏！知道了！（急急出门。）（闭幕。）

第二幕

人物：李大、李大的朋友张四。

布景：一条乡野路上。

开幕时，李大匆匆地走，撞入张四的怀里。

张四：喂，朋友，当心！怎么这样性急？

李大：呀，张四哥，得罪！得罪！

张四：呀，李大哥！是你吗！往那里去？

李大：我的妻要我上街去买一棵卷心菜。

张四：你要卷心菜，我家园里尽有，你去摘一棵罢，不必去买了。

李大：承你美意，多谢，多谢！（摸摸身边的两个铜元暗暗地说）运气真好，凭空又多了这二十个钱了。

第三幕

人物：张四、张四的儿子、李大。

布景：一个菜园。

开幕时，李大在张四的菜园里，蹲地用手拔卷心菜，张四的儿子立在园门口看。

李大：（脱下帽子戴到拔起的一棵菜上）这菜太小！

张儿：（惊疑）咦！

李大：（又拔一棵起来把帽戴上）这又太大了！

张儿：（大惊）呀！他做什么啊？

李大：（再拔再戴）还嫌大！（这样又拔了几棵，逐一把帽戴上去。张儿看得奇怪极了，急奔到外面，叫他父亲张四来。不久，张四和他儿子走入菜园。）

张四：（拉着李大忙问）喂，李大哥，你为什么把我的菜都拔起来戴帽子呀？

李大：唉！都只为我的妻，一定要买一棵像我的头那么大的菜呀！偏偏你的菜都没有我的头那么大小，所以拣到现在，还没有拣中哩。

张四：（又气又笑）哈，原来如此，不要再拣了，快些去罢！（推李大出园）（闭幕。）

——从商务《儿童世界》第三百零九期玉成作

（二）歌剧

儿童的歌剧，在我们中国，简直可以说是没有。直到十年以前，黎锦晖先生编成了一出《麻雀和小孩》，并且经过了国语学校附小学生的实地表演，其后就由中华书局把他印成了单行本，这便是中国空前的第一本儿童歌剧。接着，又有《葡萄仙子》《三蝴蝶》《月明之夜》《七姊妹游花园》等作，继续发表。商务印书馆方面，也有叶圣陶先生的《蜜蜂》《新生》《风浪》《荒年》印行。于是，歌剧在儿童文学上，才稍稍占了一个地位。不过，这种剧本，篇幅大概都是较长的，在这里，不便把他整个地搬出来举例。现在，姑且把《麻雀和小孩》的第一场抄在这里：

登场人物及装饰

1. 老麻雀　淡红色舞服，带翅。

2. 小麻雀　同上。

3. 小孩　华美的制服。

第一场　教学

开幕后，奏乐，老麻雀在前，小麻雀在后，一齐按《大开门》曲节拍用轻快的跑跳步从台的右方上场，绕场三匝，共三十六拍。但行进时不可过于用力，否则呼吸急促，有碍歌声。再从第三十七拍起，用点踢步向左右移行，每间三拍旋转一周，共十二拍。末四拍用轻飞步走向台前。最后的一拍用足尖一点，恰与乐声相合。休息一拍半。(《大开门》曲从略)

〔飞飞曲一转〕 F 2/4　　　　（中板）

（老小二雀合唱）

10　30 | 10　30 | 10　30 | 43　21 |
飞，飞，　飞，飞，　飞，飞。　这个 样子

70　20 | 70　20 | 70　20 | 32　17 |
飞，飞，　飞，飞，　飞，飞。　这个 样子

10　30 | 10　30 | 1　3 | 5　— — |
飞，飞，　飞，飞，　慢　慢　飞。

43　21 | 71　23 | 1.　0 | 1.　0 |
这边 飞来，　那边 飞去，　飞，　飞。

合唱时，用轻飞步左右进行，末一行改碎步点步，表示一来一去。

（老雀唱）

i　76 | 5　4 | 3　4 | 5　— — |
要　上去　就　要　把　头　抬。

i　76 | 5　4 | 3　4 | 2　— — |
要　转弯　尾　巴　摆　一　摆。

i　76 | 5　4 | 3　4 | 5　— — |
要　下来　斜　着　飞　下　来。

43　21 | 71　23 | 1.　0 | 1.　0 |
照这 样子　飞到 这里 来！（小雀唱）来！

老麻雀唱时，前三句须按本剧说明书上部位，用碎点步行进，照歌意表出耐心指教的姿态与情意。末句招手叫小麻雀走近来，小麻雀立应一声，用碎点步上前，接下去仍照第一转部位，步法，行进，舞蹈。

【本章习题】

一、就本章所举的记叙文，每种再举一例！

二、试将本章所举说明文的例，更换一则！

三、试将本章所举议论文的例，更换一则！

四、就本章所举的实用文，每种再举一例！

五、就本章所举的诗歌，每种再举一例！

六、就本章所举的剧本，每种再举一例！

七、将本章所举各例，作成一表！

八、审查本章所举各例，以儿童年级为标准，重行排列次序！

九、寻求本章未提出的文体，举例说明！

十、就本章所举各例，加以意见！

第八章　儿童文学的产生

说了这许多关于儿童文学的理论和实际，似乎对于儿童文学这东西，总可以得到一个概念了。但是，我们还得要问一问：儿童文学到底是从那里来的呢？——要答复这个问题，自然不得不说到儿童文学的产生方面。

产生儿童文学的方法，依我的意见，约可分为五种，这里就把他逐条说明一下：

一、收集。就是把本国向来已有的作品，只要加上一番选择功夫，便可以拿来供给儿童的。这种材料，最好是从自己儿童时代的回忆中去搜求，或者采取民间口传的各种歌谣、各种传说、各种谚语和故事等，把他用文字搬到纸面上来，或者从旧有的语体书籍中，选择那些适合儿童心理，而具有艺术价值的作品，摘取几段下来，或者从现在出版的儿童文学书中选集。如果选集得法，自然都是很好的儿童文学。譬如：我在七八岁的时候，曾经听得外祖母讲过她在太平军起事的时候，避难到山中的故事，当时的小孩子们是怎样地过着他们那种异样的生活，说来栩栩动人，直到现在，我还是没有忘记。假使把他一一记述下来，一定是儿童们所欢喜听的。至于第二种民间口传的东西，那是尤其美不胜收，如："叫我唱歌我唱歌，人人说我好快活。唱个哥，唱个嫂，唱个虾蟆穿绿袄，唱个公鸡咯咯咯。" "曹家堡有个曹阿狗，买了田地九亩九分九。上种红菱下种藕，田塍边里排葱韭，河磡边里种杨柳。大儿子，又卖红菱又卖藕，第二儿子卖葱韭，第三儿子摘杨柳，摘了杨柳打藤斗。”等儿歌。又如：“弯背老公公，胡须翘松松。杀他没有血，烧烧满身红。”“一朵芙蓉顶上开，锦衣不用剪刀裁。虽然不是英雄汉，叫得千门万户开。”等谜语，简直可以随手写出，用不着修改一字的。第三种，因为中国的语体旧书不多，就从现有的几部来说，也不是篇篇都合于儿童使用的。所以，关于这一类的选集，更为不易。不过，只要仔细想一想，也可以举出几部书来，如《今古奇观》《镜花缘》《红楼梦》《老残游记》《儒林外史》《西游记》《水浒传》《三国演义》《岳传》等，虽不是全部可用，但节取他的一二节，当然不成问题的。现在，就把《今古奇观》的第一篇《三孝廉让产立高名》的首段摘取下来看看：

……昔时有田氏兄弟三人，从小同居合爨。长的娶妻叫田大嫂，次的娶妻叫田二嫂。妯娌和睦，并无间言。惟第三的年小，随着哥哥过日，后来长大娶妻，叫田三嫂。那田三嫂为人不贤，恃着自己有些妆奁，看见夫家一锅里煮饭，一桌上吃食，不用私钱，不动私秤，便私房要吃些东西也不方便，日夜在丈夫面前撺掇：“公堂钱库田产，都是伯伯们掌管，一出一入，你全不知道，他是亮里，你是暗里，用一说十，用十说百，那里晓得。目今虽然同居，到底有个散场，若是家道消乏下来，只苦得你年幼的。依我说不如早早分析，将财产三分拨开，各人自去营管不好吗？”田三一时被妻言所惑，认为有理，央亲戚对哥哥说：“要分析而居”。田大、田二初时不肯，被田三夫妇内外连连催逼，只得依允。将所有房产钱谷之类，三分拨开，分毫不多。只还有庭前一棵大紫荆树，积祖传下，极其茂盛，既要析居，这树归着那一个？可惜正在开花之际，也说不

> 得了。田大至公无私，乃议将此树砍倒，粗本分为三截，每人各得一截，其馀零碎枝叶，论秤分开。商议已妥，只待来日动手。次日天明，田大唤了两个兄弟，同去砍树。到得树下看时，枝枯叶萎，全无生气。田大把手一推，其树应手而倒，根芽俱露。田大住手，向树大哭。两个兄弟道："此树值得什么？兄长何必如此痛惜？"田大道："吾虽哭此树，想吾兄弟三人，产于一姓，同爷共母，好比这树枝枝叶叶，连根而生，分开不得。根生本，本生枝，枝生叶，所以荣盛。昨日议将此树分为三截，那树不忍活活分离，一夜自家枯死。我兄弟三人，若离了，亦如此树枯死，岂有荣盛之日？吾所以悲哀！"田二、田三闻哥哥所言，至情感动，遂相抱坐一堆，痛哭不已，大家不忍分析，情愿依旧同居合爨。三房妻子，听得堂前哭声，出来看时，方知其故。大嫂二嫂，各各欢喜，惟三嫂不愿，口出怨言。田三要将妻子逐出，两个哥哥再三劝住。三嫂羞惭回房，自缢而死。……再说田大可惜那棵紫荆树，再来看时，其树无人整理自然端正，枝枯再活，花萎重新，比前更加烂熳。田大唤两个兄弟来看了，各人嗟叹不已，自此田氏累世同居。……

这一个故事，不过是一篇中一小段，但是，我们把他抄下来以后，只要加上一个《紫荆树》或《田家三弟兄》的篇名，就是一篇很好的童话了。不过，我们要知道，这一种作品，本来不是给儿童们特撰的。所以，我们在收集的时候，不单是在审查某一段可作历史故事读，某一段可作笑话读，某一段可作游记读，或是某几句可作诗歌吟咏就行，一方面还当严密地审查他的实质和形式，是不是属于儿童的。

比较最容易的，似乎要算末了一个从现在出版的儿童文学中去收集的办法。其实，我们不要先存了一个以为已出版的专为儿童编撰的书籍，一定是好的，一定能适合儿童的阅读的。倘使依照这种心理去收集，结果，一定会不堪设想！因为，我们要是把这许多儿童文学细细地检讨一下，除了几家靠得住的书局出版的以外，其中不知道有多少“不知所云”的东西。为了这个缘故，我们动手收集，困难也就随着发生了。据我个人的经验，觉得比较的有收集的价值的，约有下面几种：

(一) 定期刊物：《儿童世界》、《儿童画报》(商务)、《小朋友》(中华)、《儿童杂志》(分低级、中级、高级三种，儿童)、《小学生》(北新)、《现代儿童》(现代)、《儿童时报》、附刊《乐园》(杭州儿童时报社)。

(二) 丛书：商务、中华和大东的《儿童文学丛书》，世界的《儿童文艺丛书》，北新的《小朋友丛书》，儿童的《孩子们的书信》《孩子们的寓言》……中华的《我的书》，文明的《儿童小乐园》等。

(三) 其他：各书局所出版的单行本童话、故事、小说、寓言、谜语、诗歌、剧本、笑话等。

此外，在各种成人的小说与杂志中，间或也有材料可取，如：商务的《教育杂志》《妇女杂志》，中华的《中华教育界》，儿童的《儿童教育》，世界的《世界杂志》等都是。

最后，还得郑重加以附带的条件，就是：我们收集这种现成的材料——尤其是对于口传的或旧书上的，除了参照以前所说过的选择标准以外，对于下面的几个原则，也不可忽视：

(一) 站在成人的地位来描写儿童生活的文学，不取。如：旧诗中的：“幼女才六岁，未知巧与拙。向夜在堂前，学人拜新月。”因为，这只能说是描写儿童生活的文学，却不能说是儿童的文学。近来竟有人把他收集在低年级读物中的，这实在可说是大谬。

(二) 星相式的俗谚，不取。如：“一螺贵，二螺富。三螺开当铺，四螺磨豆腐。五螺打刀枪，六螺杀爹妈。七螺八螺，银子整夹箩。九螺十螺，讨饭没路”等，非但没有一点文学的意味，而且容易引导儿童走上消极或自负的两条路上去。

（三）干燥无味的占时歌，不取。如：“岁朝宜黑四边天，大雪纷纷是旱年。但得立春晴一日，农夫不用力耕田。”这种含有神秘性，而说不出所以然的原因来的东西，一定会使儿童越读越糊涂，我们万不可拿他去搅扰他们的小脑子。

（四）板起面孔的训诫文，不取。如：“黎明即起，洒扫庭除，要内外整洁。既昏便息，关锁门户，必亲自检点。一粥一饭，当思来处不易；半丝半缕，恒念物力维艰。……守分安命，顺时听天，为人若此，庶乎近焉。”我们只要把这几句《朱子家训》读几遍，但觉得严辞正色，早把阅读的兴趣一齐赶跑了，那里还说得上深刻的研究呢！（我见到过绍兴墨润堂书店出版的一本题名为《朱子格言读本》，可见是曾经给儿童当过课本的了。）

二、修改。有些材料，从大体上看起来，是值得收集的，但其中有一小部分，却不大合于选择的标准，或与事实不大相符。我们对于这种材料，采用既不可，弃之又觉可惜。于是，修改的工作，便又不可省了。例如：“小小姑娘你莫嚷，嫁个姑爷怪模样。三尺红布做夹袄，剪剪断断还说长。灯盏头里洗个澡，踏板肚里当眠床。茄子底下看跑马，苋菜根边乘风凉。”这首口传的歌谣，很富想象，我们固然不能说他不好，但是从选择的标准上看起来，似乎犯了讥嘲的嫌疑。因为唱这首歌时，大概对方是一个口齿伶俐的姑娘，自己在言语上说她不过，只得提出一个女孩儿所认为最难为情的姑爷来抵抗她，并且还加上了这一番诅咒式的形容。我们拿这材料去供给儿童，他们所受到的影响怎样，当然可以不言而喻。又如：“一队乌鸦绕树飞，放牛孩子牵牛回。糊涂先生瞎了眼，怎不放学让我回。”这首前两句，描写乡村傍晚的景象，也还算不坏，但是后两句却近于恶骂了，也是不合选择标准的。倘使要把他收集起来作为儿童文学，我们应该把第一首改为："小人国里来通商，派个使臣三寸长。给块手帕做礼物，裁成裤子和衣裳。灯盏头里洗好澡，踏板肚里当眠床。茄子底下看跑马，苋菜根边乘风凉。"第二首可改为："一队乌鸦绕树飞，放牛孩子牵牛回。做完功课放了学，说声先生明天会。"

这两首，不过是举一个修改的例子罢了。在实际上，一首民间口述的歌谣，经过这么一修改，一定是失了他本来的味儿了。所以，我们在可能范围以内，只要于儿童教育上是无碍的，还是不加修改为是。说到这里，还得附带声明一句，就是：对于近人的作品，倘使认为有修改的必要时，总须先和原作者商量，得到他的同意后，才可动笔。否则，如拙著许多作品，竟常常被人窜改一二个字，便老实不客气地写上了自己的名字。这种修改，实在已经失了修改的本旨，而对于著作的道德上，也不免有些说不过去。

三、翻译。翻译不单指外国文而言，就是本国旧有的文言文，以及用方言传述的东西，也须经过一度翻译，才能适合儿童的口味。

（一）文言译语体。文言译语体的目的，是因为有许多文言文，立意很不错，但是篇幅太简短了，不能充分引起儿童阅读的兴趣；或是字句太艰深了，根本不配拿来教学儿童的，这种都有翻译的必要了。不过，文言文和语体文的组织法，很有不同的地方，所以依我的意见，对于这种材料，只要采用他的内容，形式方面，尽可用意译法，加以敷畅，不必为原文所拘束。譬如：《韩非子·说难》里有一段文字是：

楚人有鬻盾与矛者，誉之曰："盾之坚，莫能陷也。"又誉其矛曰："吾矛之利，于物无不陷也。"或曰："以子之矛，陷子之盾，何如？"其人弗能应也。夫不可陷之盾，与无不陷之矛，不可同世而立。

我曾用了这一段材料，把他译成下面的一个故事：

从前，楚国有一个人，是专门制造兵器的。有一天，他带着许多矛和盾，到市上来发卖。他不绝口地喊着道："卖矛啊，卖矛啊，谁要买矛啊！"停一回，又喊道："卖盾啊，卖盾啊，谁要买盾啊！"

可是，过路的人，谁也不需要这种东西，谁也不去理会他。他从早晨站到中午，所有的矛和盾，依旧没有动过一动，因此，他心里有些着急起来了。他想："今天的午饭还没有着落呢！要是再没有人来顾问，岂不是便要挨一顿饿吗？"他越想越急，终于便疑心到自己的喊法有些不对。

他急于想卖出去他的矛和盾，便决计要改善他的喊法——怎样改善呢？自然先要把矛和盾的好处喊出来，做一个口头的广告才行。接着，他便又拉直了喉咙，喊起来道："卖矛啊，卖矛啊，我的矛是多么锐利啊！谁要买我的矛，快点来，卖完了，再也没处去买了！"可是，过路的人，依旧是谁也不去理他。

他看看天快要黑了，肚子里更是饥饿得十分难受。他不觉自言自语地道："我是已经饥得有些站不住了，要是再没有人来和我做交易，今天准定会饥出病来了！——唉！怎么站了一天，却一点生意也没有！——也许我的喊法仍旧有些不对吧！是的，应该再来改良，将我的矛和盾，说得更好些才是！"

他随手便拿起一枝矛来，喊道："诸位快来瞧吧，我的矛到底锐利不锐利？如果不相信，请买一枝回去试试看，便可以知道，这是无论什么东西都戳得穿的利器！"过了一回，又拿起一个盾来，喊道："诸位再瞧瞧我这个盾罢，到底坚固不坚固？如果不相信，请买一个回去试试看，便可以知道，这是无论什么东西都戳他不穿的最好的保护器！……”

不料，他正说得十分得意的时候，忽然有一个人走过来，向他问道：“朋友，你所说的话，是的确的吗?”

他以为那人是来和他做交易的，自然，心里顿时快乐起来，而且，一面格外宣传他的广告道：“这那里会骗人的，你不相信，可以买去试试看。”

那人听了，却冷冷地笑道：“我不要买你的矛和盾，我只要先问你一声：如果拿了你的矛，去戳你的盾，那便怎样呢?”

他听了那人的话，竟一个字也不能回答出来，只是面孔涨得红红的，急忙收拾起了那些矛和盾，一溜烟地逃跑了。

——见拙编中华书局《成语故事》第二集

讲到这种材料的来源，范围很广，如《史记》《左传》《国策》《论语》《孟子》《庄子》《韩非子》《列子》《荀子》《晏子春秋》《淮南子》《说苑》《搜神记》《吕氏春秋》《墨子》《汉书》《后汉书》《三国志》《世说新语》《百喻经》《聊斋志异》《述异记》《支诺皋》《旧小说》以及《奇童侦探案》《诗人解颐语》《苦儿流浪记》《黑奴吁天录》《天方夜谭》《爱国二童子传》《奇童纵囚记》……等小说都有一部分材料可取。

（二）方言译标准语。这是专指各地口传的东西说的。实在的，在我们土地广博的中国，言语也随着庞杂极了。现在一般人既在努力着国语运动，而民国教育部也规定小学校教学国语，以运用学习标准语体文为原则。因此，一切用方言组成的儿童文学，也有翻译的必要。如广东大埔地方的歌谣《绿豆仔》，原歌是：

绿豆仔，绿丢丢，厓爷带厓下潮州。潮州有满人？有大舅。大舅打个银灯盏，细舅打个银灯心。上厅拨火下厅光，照见新娘排嫁妆。开开笼，开开箱，找到槟榔四四方。琢兜爷食爷欢喜，琢兜哀食哀思量，琢兜嫂食嫂绣花，琢兜哥食哥骑马。骑到阿姐门断下，阿姐问汝爱糖呀爱饭？唔爱糖，唔爱饭，总爱三抛彩线挂白马。

这首歌谣，在我们江浙人看起来，有许多字句是很难索解的。如“绿豆仔”“丢丢”“厓”“满”“拨火”“琢兜”“哀”“门断”“糖”“唔”等，要是不加句解，大有“不知所云”之慨。我们如果要给一般儿童阅读，自然应该照下面这样译出来：

绿豆芽，绿油油，我爷带我（原文厓字就是我）到潮州。潮州有谁（原文满）人？有大舅。大舅打个银灯盏，二舅打个银灯心。上厅点灯（原文拨火）下厅亮（原文光），照见新娘排嫁妆。开开笼，开开箱，找到槟榔四四方。切给（原文琢兜是切开的意思）爷吃爷欢喜，切给娘（原文哀字就是娘）吃娘思量，送给嫂吃嫂绣花，送给哥吃哥骑马。骑到外婆（原文阿姐就是外婆）门槛（原文门断）下，外婆问你爱吃团子(原文糖）爱吃饭？不（原文唔）吃团子不吃饭，给我三根彩线挂白马。

（三）外国文译国语。外国的儿童文学要翻译国语，最重要的原因，当然是因为儿童没有直接阅读外国文的能力，所以不得不由通晓外国文的人，把他翻译出来。翻译的方法，虽以采取直译法，不失原意为是，但是，有几项应得注意的地方，也当加以讨论。譬如：在西洋各国，耶稣教十分盛行，他们给儿童阅读圣诞老人的故事和诗歌非常普遍的。我们如果拿这些材料照样译出来，给中国的儿童阅读，他们的小脑袋中，根本没有“耶稣”两个字，结果一定是“劳而无功”，一点收获也得不到的。又如那些佶屈聱牙的人名地名，什么乔琪高登拜伦呀，杰克亚路伯特呀……我们成人读起来，尚有些不大顺口，怎么能使话法还没纯熟的儿童阅读呢！关于这个问题，中华书局所出版的《全世界的小孩子》，都用注音符号代替，虽然比较容易念出来，但我以为应该再把他分两种：一种是实有其人的，如乔琪华盛顿、阿白拉汉姆林肯等，都可以照样写；一种是虚构的人名和地名，不妨用几个声音相像，而又很简单的字来代替。像译到 Robert Fulton（当然不是美国创造汽船的那位先生）的时候，我们就可采用“福登”两个字。除此以外，还有许多不合于中国儿童的事实，不如直截痛快地删改过。一国有一国的国民性，一国有一国的风俗、人情，对于高年级儿童，我以为供给他们一些，让他们由此可以获得一些世界观念，倒也是很有意义的。

四、变体。变体就是变更文体。有许多旧书上的材料，都是用记叙文的形式写出来的。我们在翻译时，只要看他的内容，如果是合于别种文体的，尽可将他的文体革新一下。有时候，就是拿同一种材料，改成几种不同的文体，也未始不可，使儿童对照着仔细观摩一番，在他们作文的学习上，得益当尤为不鲜。如《汉书》中一篇关于苏武的文字，在《中华卫国男儿》中，不过照着原书上那种记叙体翻译了一下，而我在《小朋友》上发表的（见本书前章举例四），已把他变成为一篇剧本。再看北新陈伯吹的《小朋友谣曲》，却又变成如下面的一篇故事诗了：

苏武，留匈奴，吃尽苦楚。

匈奴王，要他降，他反抗。说什么英雄汉宁愿身首两处葬，好男儿战死沙场不肯降。刀儿响，刀儿亮，刀儿架在他颈上，他不惊慌，他不退让。

匈奴怒，把他缚，关他在地窟，不给他饭粥，看他服不服！好苏武，不屈服，杀死饥死由得你们作主，要我降服这可不能让步！谁肯做匈奴的奴仆？是非不知耻辱。我是大丈夫，只流鲜血不流眼泪哭！

那蒙古，天冷酷，北风卷地叫呼呼，雪下满了那绿树，下满了黄土，下满了一个一个白天幕。雪花更一朵朵跳进地窟，苏武此刻正饿肚，好几天来粮食无，就把毡毛雪花一块儿吞下肚。

匈奴王，这么想：南蛮子总不肯降，几天粮食不进肠，管教他肚里难过性命丧，恐怕天冷尸早僵。差个小兵去望望，苏武生气依旧旺，不像死模样。匈奴王，反恐惶，这人是仙是神倒颇费猜量，难看端详，不如送他北海旁，叫他牧绵羊。

北海边，雪地又冰天，牧羊十九年，苦难言。三百六十五日是一年，可惨朝朝暮暮风雪天。望故乡远在南天边，隔着千重江水万重山。想起母亲妻子是否平安与康健？忍不住地酸泪流潸潸！半夜胡笳声音酸，传，传，传，传到苏武耳根边。好不凄惨，虽是他历尽难中难，心如铁石坚，到终能得回转汉朝也可怜：

去时须发黑，归来全都白！去时母亲多健康，归来母亲已死亡！去时妻子伤心泪流下，归来妻子不见早再嫁！去时邻人相送站阶石，归来相见不相识！去时旄旗之上毛丛丛，归来只剩一根光杆空。

——从北新《小朋友谣曲》

五、创作。中国一向因为看不起儿童，所以真正为儿童特制的文学，除了民间口传的以外，可说是一点也没有。——这并不是过甚其辞。实在，试看我在前面所举出来认为可以翻译的书籍中，那一本是为了儿童而做的。照这样，我们如果靠着用上面的几种方法去制作儿童文学，虽然可以敷衍一时，但是，到底材料有限，颠来倒去的总逃不出这个范围，未免也太可怜了。而且，一个时代，有一个时代的精神，只凭着过去的旧材料供给儿童，使他们永远见不到现时代的真面目，这那里是我们制作儿童文学的本意！所以，在收集、修改、翻译、变体四项以外，我们尤当注意于创作。不过，创作儿童文学，比较创作成人的文学更难。第一，作者要有文学的天才和素养；第二，作者对于文学、儿童学、儿童教育学、儿童心理学、民俗学、语言学、音韵学、语法、文法、修辞学、教学法，都要有相当的研究；第三，作者要彻底明了儿童文学的特点；第四，作者要具有各种科学的基本智识；第五，作者要能加入儿童团体中去活动，以儿童之心为心。必定要有了这五项资格的作者，才可以执笔去努力创作。否则，写成的作品，徒具儿童文学的形式，决不会适应儿童的需要的。

创作儿童文学虽不是容易的事，但在文学史上，对于儿童文学的作家，未始找不出来。下面，我们不妨把几个重要的作家和他们的作品，略略认识一下。

【本章习题】

一、儿童文学的产生，有几种方法？

二、收集现成的儿童文学，要注意那几个原则？

三、旧有的儿童文学材料，为什么要修改？

四、翻译可分几种？要注意些什么事？

五、把旧有的材料拿来改变体裁，有什么作用？

六、创作儿童文学，要具有那几种素养？为什么？

七、试收集三则现成的儿童文学！

八、试采取旧有的儿童文学材料一则，加以修改！

九、试翻译一篇中国旧书中的童话或故事！

十、试翻译一篇外国童话或故事！

十一、试用第七章童话剧的材料，改成一首故事诗！

十二、试创作诗歌三首，谜语五则，剧本一篇！

第九章　儿童文学的作家

这实在是很惭愧的事，我们打开一部中国文学史，却终于找不出一个儿童文学的作家来。虽然，明朝的吕新吾有《演小儿语》一书的编辑，但是他把原有口传的歌谣，大半改成了教训式的箴言，实在已失去了儿童文学本质，当然不能承认他是儿童文学的作家。还有段成式的《支诺皋》、郭氏的《玄中记》、干宝和陶潜的《搜神记》、吴均的《续齐谐记》等，也有一部分是很好的童话，只因他们编著这种书的动机，不过作为一种志怪的小说罢了，并不是以儿童为对象的，而且他们所用的工具，又都是深奥的文言，所以也不能算是儿童文学的作家。

抛开了中国不讲，其次，便不得不说到外国。外国儿童文学的重要作家，我们只要一提起这个观念，脑筋里就会跳出一个"童话之王"的安徒生来。好罢，现在，就从这位七十岁的小孩子说起：

一、安徒生（Hans Christian Andersen）。于一八〇五年四月二日，生于丹麦佛南岛的奥顿瑟地方，他的父亲是一个穷苦的鞋匠，对于他幼年的艰困的生活，我们是可以想象得到的。他的容貌长得很丑陋，头发蜷曲，语音尖锐，这都是使他的同伴们常常加以残酷的嘲笑的导火线。他既失去了游玩的伴侣，每天只是孤独地在树林中游逛，或是随意唱唱歌，或是替木傀儡做几件衣服。有时，他更是久久地坐在一个用扫帚柄和他母亲的围裙所张成的帐幕中，玩弄他疯狂的祖父所雕成的那些木的玩具。在他十一岁的时候，他的父亲便死了。因此，家里的经济愈是窘迫，他的母亲只得去替人浣洗，得些工资来度日。而安徒生却被送入一家缝衣厂里去学裁缝。

不久，他的母亲终因贫苦得不能生活而再嫁了。从此，他便离开了奥顿瑟，奔波到外面去谋生。这时，他仅仅是一个十四岁的孩子。他起先在哥本哈根地方跟着一个木匠做学徒，后来又在皇家音乐学院的监理薛波尼家里学唱歌，终于又得到皇家大戏院的总经理柯林帮助，送他到斯莱格尔斯的初等学校里去免费读书，接着又转学到埃尔辛奴的一个学校。但是，终因和那边的教师感情不能融洽，第二年，由神学家缪拉的介绍，他便进了到哥本哈根的大学校。一八三一年，他开始到德国去旅行，以后便一直过着著作和游历的生活。

他从十一岁（一八一六）那年编成了他的第一篇剧本起，直到一八三五年，其间虽曾发表了《在柏尔纳托克墓里的魔鬼》《频死的孩子》《从霍尔曼运河到阿梅格东端徒步旅行记》《在尼古拉塔上的爱情》《幻想和笔记》《哈尔兹旅行余影》《一年的十二个月》《阿纳德与人鱼》《即兴诗人》等剧本、散文、诗和小说，但是他第一次创作儿童文学，却就在一八三五年《即兴诗人》出版后的不多几个月。这第一部著作，其中包含着《火绒盒》《小克劳斯和大克劳斯》《豌豆上的公主》《小伊达的花》等四篇童话。第二年发表他第二集童话，里面包含着《拇指林娜》《顽童》和《旅伴》三篇。过了一年，又出第三集童话，里面有《小女人鱼》和《皇帝的新衣》等篇。一八二八年又出了一篇较长的《幸福的套鞋》，和另外的一集童话，这一集分为两部：第一部里面有《雏菊》《节义的锡兵》两篇创作和丹麦的民间故事改作为《天鹅》。第二部包含《乐园》《飞箱》和《鹳鸟》等篇。一八四二年出版的第三集童话，里面包含《镇眼阿来》《玫瑰花妖》《牧猪奴》和《荞麦》等篇。一八四五年出了一集他自己取名为《新的童话》的集子，里面包含着《天使》《夜莺》《丑小鸭》和《一对情人》等篇。接着又出了第二集，第三集。其后更陆续出版《新的故事》八集。综计他一生所作童话，共有一百三十多篇。一八七五年，正是他七十岁，在他生日那天，举行庆寿典礼的时候，他的童话《一个母亲的故事》，已被译成了十五国的文字。到了八月四日，他便抛弃了他的这许多伟大的著作，离开了全世界爱读他的童话的小朋友们死去了。

至于安徒生的作品为什么能这样被世人所尊崇，我们只要看近代大批评家佐治勃兰特（George Brandes）的一段话，就可以知道了。他说："安徒生特殊的想象，使他格外和儿童的思想相亲近。儿童正如野蛮人，于一切不调和的思想分子毫不介意，容易承受下去。安徒生的技术大半就在这里，他能很巧妙地把几种毫不相干的思想，联结在一起……"

现在，且把他的作品，介绍一篇在这里。不过，为了本书的篇幅起见，只能选择一篇最短的《豌豆上的公主》：

从前有一个太子想娶一个公主，但这公主必须是真公主，才合他心意。他走遍全世界，想得这样的一个女子，总没有完全和他心里相合的。公主他也找得多了，究竟谁是真的，他也不能决定，因为许多公主，都有些缺点。后来他很忧闷地回到皇宫，一心只想有一个真公主做他的妻。

有一天夜间起了可怕的雷雨，电光闪闪，大雨倾盆而降，可怕极了！那时城门很急地敲着，太子的父亲老王亲自出去开门。

一个公主站在宫门外。唉，可怜！她立在风雨之下，是怎样的狼狈呵！水点从她的头发上和衣服上流下来，流到鞋尖，又从鞋跟挤了出来，但她仍说她是一个真公主。

老皇后想："不久我们就能知道了！"她设下计策，一个字也不漏出。只是悄悄地跑到卧室里，拿去床上的被褥，在床板上放了粒豌豆。伊后来放了二十床卧褥在豌豆上，又放二十床羽绒毯子在卧褥上。就在这床上公主过了一夜。第二天早晨，人问她是怎样睡的。

她答道："呀，实在不好受！我整夜不曾合眼。我不知道我床上有什么东西，但是我知道总有一个硬东西，害得我遍身青肿起来，真可怕呀！"

现在，他们明白，这姑娘一定是个真公主。因为她能在二十床羽绒毯子和二十床被褥下，觉出一粒豌豆来。除了真公主，没有人能有这样敏锐的感觉。

于是，太子娶她为妻，知道他现在已经得着真公主了。这豌豆便存放在博物馆里，如果别人不曾拿去，诸君现在还可以看得见。

你们留意，这是一个真实的故事。

——从《小说月报》第十六卷八号赵景深译文

二、格林兄弟（The Brothers Grimm）。是十九世纪德国的童话作家。哥哥名叫爵柯柏（Jacob），生于一七八五年，弟弟名叫威廉（Wilhelm）生于一七八六年。因为他们兄弟俩的终身事业，常常是在一条路线上进行，所以都以格林兄弟称呼他们。他们俩曾在马尔堡沙维尼学习法律，于一八〇八年一同供职于坎塞尔图书馆，一八二八年应聘至格庭根，于一八三七年和格庭根人民合谋反抗哈恼皇帝破宪之举，很为当时一般人所注目。一八四〇年离开格庭根到柏林，从此便专心著作，不问外事。他俩所合编的童话，有《裁缝游天宫》《雪姑娘》《小死衣》《月亮》《六个仆人》《蛙》《怪花园》等，大概都是从民间口头收集来的。一八一二年出版的《家庭童话集》，就是他们耗费了十三年的心血而得到的结晶，到一八一五年，竟再版到五十次，可见他是怎样地受儿童们的欢迎呵！一八三七年又出第二集，中含童话五十余篇。当这时候，那被称为世界"童话之王"的安徒生还不过十多岁呢！这里，我们就拿他们那篇较短的《大萝卜》来做个例子：

从前有个很贫穷的农人，他只有极小一块田地，在田地里，他种了些萝卜。萝卜发芽之后，有一个生长得非常快，而且很大。过了些时，他越长越大，大得简直为人向来所没有看见过。假使想把他往别处运，那么就非用车拉不可，因为他长得太大，太重了。农夫看见这个萝卜这样的重大，心里非常惊疑，也不知道这是祸呢是福，也不知道这该如何是好。他想："把他卖了吧，不易出卖，并也不便出卖；把他吃了吧，却又舍不得——唔，还是把他送给国王吧!"他想到这里，于是他就套好了一辆大牛车，把这个大萝卜装在上面，一径运去送给国王。国王看见这个大东西，就急忙问道："这是什么东西？我也曾看见过许多大萝卜，但是总没有看过这样大的哩，你是从那里得来这样大的籽种？这也许是你的特别运气吗？""哎，不是的，我本是一个穷小兵，运命苦极啦！因为当兵不能维持生活了，所以才把军装脱去了，来作农夫哩。我的哥哥很有钱，他很有点福气，我是一点福气也没有。"

皇帝一听这话，心里很是怜惜他，就告诉他说："我能使你同你哥哥一样的富豪。"于是皇帝就赏给他许多钱、田园，以及牛、羊、骡、马等等，把他弄得很富，甚或比他哥哥更富些。

当他的哥哥听到了这种消息的时候，心里是非常垂涎、嫉妒，很想用个计策，也去弄些好东西来。不久，他就想出了一个好法子：选择了六匹极良美的骏马，带着去送给国王。他想："一个大萝卜能换这许多东西，这六匹好马当然是更能换些好的来!"

皇帝看见这六匹好马，果然是非常地赞赏、爱慕，就说：“那么，我用什么东西回送给你哩？因为我现在什么好东西全都没有，全都送给人啦！哦，有了！”于是，他就叫仆人们去把那个大萝卜运来，又向他说：“这个大萝卜现在的确是我的唯一宝物，就拿他送给你吧。”终于，他只得把这大萝卜带走。

——摘录河南教育厅编译处出版王少明译《格尔木童话》集

三、王尔德（Oscar Wilde）：生于一八五四年。他是一个多方面的作家，为英国文学史上最怪特的人物。少年时曾在牛津大学读书，后来又到希腊和美国去游历。他最著名的作品，是一部叫做《狱中记》的，这是他于一八九五年因事被囚于莱顿监狱时所作。他的重要作品，虽是几篇戏曲，如《沙乐美》《少奶奶的扇子》等。但是，他所作的童话，也有很大的成功。他的童话，是分两回出版的：第一回在一八八一年出版，这一册题名叫做《柘榴之家》，其中包含《少年王》《王女的生日》《星孩儿》《渔夫和他的魂》四篇；第二回在一八八八年出版，题名叫做《安乐王子和其他》，其中包含《安乐王子》《莺儿和玫瑰》《利己的巨人》《忠实的朋友》《驰名的花》等五篇。后来把这两册合起来出版，就称为《王尔德童话集》。

一般人都以为王尔德的童话，和安徒生或格林兄弟的比起来，他是算不得童话的，只能算是一种童话体的小说。但是，他所作的那篇《安乐王子》，现在已被采入我国的小学国语读本，有几种儿童刊物中，也都选登过。而儿童们——当然是高级儿童——读过以后，都感到兴味，却没有什么难懂的地方。所以，他的作品，只要选择得谨慎些，仍不失为适合儿童的儿童文学。

四、辟拉尔特（Charles Perrault）。是十七世纪的法国文学家，生于一六二八年。他曾搜集了许多法国流行的民间故事，用了他自己活泼明快的风格重述出来。他的著名的故事，有《小红帽子》《睡美人》《青须》《穿靴子的猫》《辛特立拉》《大拇指》《驴皮》等。他自己本不看重这些故事，以为他的别的作品，比较这些还要重要些。但是，世界上无数的成人和儿童，却只欢喜他的故事，而忘却了他其余的作品。因此，他的这些神仙故事，已被认为世界的儿童文学了。

五、拉芳登（Jean de la Fontaine）。和辟拉尔特同时代的法国著名的寓言作家，生于一六二一年。起初，他在本乡大学里受教育，专门研究神学，终因为和他的性情不合，便改习法律。直到他过了三十岁以后，才开始著作生活。他所写的寓言，都很有诗意，他把一切动物都人格化了，却又不失掉那些动物的特点。他写一只狼，便像是一只活的狼；写一只驴或兔，便又像是一只活的驴和兔。虽然其中隐含着深刻的哲理，但是在形式上说起来，终于是儿童爱读的东西。好在寓言的篇幅不长。现在把他录下一篇《狐狸和葡萄》来瞧瞧：

> 一只狐狸差不多要饿死了，
> 窥伺着架上的葡萄。
> 葡萄的外形都已熟透了，
> 穿着他们的诱惑的赤褐的外皮。
> 他极喜把他们来充饥，
> 但是他不能把他们攫得，
> 因为葡萄生得太高，力不能达。
> “他们是酸涩的，”他说，“像这样的东西
> 尽可给狗吃，如其他们欢喜。”
> 他这样地宽慰自己，岂不胜于哀啼？
>
> ——从徐调孚译文

六、史惠夫脱（Jonathan Swift）。生于一六六七年。他虽被称为

“伟大的爱尔兰之爱国者”，但他并不是爱尔兰人。他的父母都是英人，他家里很穷苦，父亲死后，更是萧条得几乎无立锥之地。他最初在杜白林地方的Trinity College读书，不久又转入了牛津大学。他辍学以后，便在一个亲戚脱姆朴尔爵士那里做秘书。可是，那位爵士不能善待他，只当他是一个奴仆一般，他一生气，便跑回到爱尔兰去。因为他是一直反抗英政府对待爱尔兰的政策的，所以他在爱尔兰很为一般人所尊敬。在他的晚年，突然变了常态，他异常地沉默，永远不说一句话，而且憎恨一切的人。终于在一七四五年，郁郁地死去了。他是一个有威力的诗人，但他所写的故事《木桶故事》和《葛利佛游记》，比他所写的诗还要受人赞赏。尤其是《葛利佛游记》一书，他用了讽刺的笔锋，写出种种幻想中的事实来。虽然，在他撰述的时候，不必一定存心要写一部儿童文学。但是，照他的内容看起来，实在是一部最有趣味的童话集或冒险故事。为了这个原因，便也把他拉在儿童文学作家之列了。

《葛利佛游记》，全书包含四篇理想的游记，叙述一个航海者的游历故事：第一篇记述小人国的故事，第二篇记述大人国的故事，第三篇记述飞岛、魔术岛等地方的事，第四篇记述好英姆斯国——实在是一个马国的故事。第一、二篇《小人国》和《大人国》，在我国已收入孙毓修先生所编的童话中（商务版），也是为小朋友们所爱读的。

七、查理士金斯莱（Charles Kingsley）。和他弟弟亨利金斯莱（Henry Kingsley），都是英国有名的文学家，而尤以哥哥有势力。他生于一八一九年，曾在伦敦、康桥两个大学里读过书，后来就在康桥大学当近代史教授。他的著作，有小说，有诗歌，有研究科学的文章。我们现在要说的，却是他的儿童文学。

他的儿童文学，一部是童话《水孩》，一部是神话《英雄们》。单讲这部《水孩》，差不多英国的小朋友们，没有一个不读过的。其中所叙述的主角，是一个替人通烟囱的孩子，名叫汤姆。他因为不堪人们的虐待，便跳到水里去做了水孩。从此，他天天受着水里的仙母的教训，渐渐变成了一个高尚的孩子。查理士描写汤姆在水里的生活，非常有趣，而且水里的许多动物，都活龙活现地搬演到纸面上来。这实在是一部难得的童话。《英雄们》中所叙述的，完全是希腊神话，在写作方面，也是很成功的。

八、黎威士卡陆尔（Lewis Carroll）。他的真名却是屠羿生（Charles Lutwidge Dodgson），他生于一八三二年，可说是和查理士金斯莱同一个时代的作家，而且也是英国人。但是，他所作的《阿丽思漫游奇境记》，似乎比金斯莱的《水孩》，更加博得儿童们的欢喜。他作这本书的动机，是他在做牧师的时候，住在一位朋友家里，写来给他所欢喜的儿童们看的。不料出版以后，销路却出于他意料以外的好，直到现在，几乎世界上的无论那一国，都有他的译本了。（在我们中国，也有赵元任先生译的一本，由商务印书馆出版。）

这部书里所叙述的，是一个名叫阿丽思（Alice）的女孩子，她忽然在姊姊身边睡着了，而且就入了梦境。她梦见一只穿背心手里拿着时表的兔子，她便不知不觉地跟着他走去。以后便经历了许多奇怪地方，并且遇到许多奇怪的事物，直到她醒后才止。他用了滑稽而诡异的笔锋写出来，处处都很合于儿童的想象，所以无论那一国的儿童，都十分地喜爱他。接着，他又写了一部《镜中世界》，这可说是《阿丽思漫游奇境记》的续编，不过这一次所梦见的不是那些动物，而是象棋中的那些人物。此外，还有一部叫做《塞尔维斯和勃罗奴》，一部叫做《猎鲨鱼记》，也是和前两部同一个性质的，而且描写得也一样的动人。

九、梅德林克（M.Maurice Maeterlinek）。是比利时的戏剧作家和散文作家。但他所作的《青鸟》，实在是一篇儿童剧本，因此，他的名字，连许多小孩子也知道了。他生于一八六二年。据说，他的学校生活，是非常困苦的，直到一八九〇年，他的第一篇剧本叫做《麦令公主》的，被一个批评家赞美以后，才有人称他为“比利时的莎士比亚”。现在，我们丢开了这些不说，且读读他的《青鸟》罢！

这剧本中所叙述的，是这样的一个故事：有两个孩子，他们在梦中，两人同时要出去寻觅一只青鸟，但是，跑来跑去，跑遍了记忆的境地，跑遍了将来的国土，跑遍了月宫，跑遍了森林，却终于没有寻到。等到他们醒来时，齐巧他们邻家的一个小朋友，因为生着病，要他们养着的一只鸟儿玩，他们当即把那只鸟给了他。不料，那只鸟竟变成了一只青鸟了。但是，一会儿，他们把鸟放出来玩，却便飞得不知去向了。这剧本也就此终结。

此外，如著作儿童故事《小白鸟》和戏曲《彼得潘》的英国巴蕾（Sir James Matthew Barrie），著作《新月集》的印度太戈尔（Rabindranath Tagore）和著作《虹之国》《狭的笼》及其他童话的俄国爱罗先珂（Vasely Erosheko）等，也是值得我们尊敬的作家。

【本章习题】

一、中国有没有儿童文学的作家？为什么缘故？

二、世界上最有权威的儿童文学作家当推那一个？他的身世怎样？有那几部著作？

三、格林兄弟是那一国的儿童文学作家？有些什么著作？

四、王尔德是那一国人？他的童话和安徒生、格林兄弟比起来怎样？

五、辟拉尔特是那一国人？有些什么儿童文学作品？

六、拉芳登是那一国人？他作的寓言有什么特点？

七、史惠夫脱有什么著名的作品？内容怎样？

八、查理士金斯莱最有名的儿童文学著作，叫什么名称？这本书的主角，是一个什么样的人？

九、《阿丽思漫游奇境记》的作者是谁？他作这本书的动机怎样？

十、儿童剧《青鸟》，是谁的作品？《青鸟》是象征什么的？

十一、此外，还有没有从事儿童文学的作家？他们有些什么作品？

十二、试读二十种世界著名的儿童文学作品，作一报告！

第十章　儿童文学在今日

最近，一般儿童教育家和一般儿童读物编辑者，似乎已把他们对于儿童文学的目光，渐渐移到“科学化”三个字上去了。的确，在那国势强盛，科学发达的美国，尚有勃朗（Brown）一般人，以为儿童只读那荒唐无稽的童话，对于制造飞机和机关枪，是一点帮助也得不到的。所以为了迎合儿童心理而讲故事给他们听，也得选择些灌输科学智识的材料给他们。何况我们这个国难严重，科学落后的中国呢！因此，儿童文学“科学化”，已成为中国今日一般的新趋势了。

其实，科学和文学，本是两件绝然不同的东西，现在要把他们搓抟在一起，这是何等困难的事！为了这个缘故，向来发现的所谓科学的儿童文学，最普遍的，总逃不出下面的两种范围：

一、常识问答式。这一类的作品，大概是截取一段科学常识，不过用一个故事的形式罢了，最容易看出他的缺点来的。就如：

> 有一个星期日，明智小学校举行远足会。吃过了早饭，同学们一齐向城外出发，走了一会，早已到了独石山脚边了，于是，他们便开始了爬山的工作。他们因为预定要到达山顶，才得休息，所以，谁都很急切地迈进着。其中有一个名叫莫大信的，他走上山顶，就觉得自己的心，忐忑

> 地跳得很利害，却不知道是什么原因，便向周老师问道："老师，我们跑了一会，为什么心脏忽然跳动得很快呢？"周老师道："这是因为我们上山的时候，必须运用很多的力气的。但是，你们知道，这些力气是那里来的呢？原来都是我们积蓄在体内的许多糖质和别的养料，在筋肉里燃烧的作用；燃烧的结果，便发生了许多炭酸气。炭酸气是没有什么用处的，发生了以后，即须把他排出体外才行，因此便由血液带到心脏，经过肺叶，然后从口中呼出。这时候，炭酸气排出得快，养气也吸收得快，自然，那心脏也跳得很快了。"莫大信经过周老师这么一解释，他才恍然大悟了。

像这样一篇故事，除了加入几个人物，和一些平淡的叙事以外，所有的，只是一段自然课本的课文，对于文学两个字，可说是绝对的谈不到——没有文学的要素——我们如果把他当做一则常识问答，固无不可；如果把他算作儿童文学，根本有些不能成立。所以，这一类的作品，我以为只是骗人的西洋镜，硬把他戴起一顶文学的大帽子，在他们写作的时候，也许早已把文学两个字丢开了。

二、童话的变相式。有些比较聪明而知道抓住文学两个字去写述的作家，他们似乎已了解前一类的作品的没有价值，因此，他们便改变了方针，把自己那种漫无边际的理想和愿望，借着科学的幌子，写了出来。这正如焦尔士威奴（Jules Verne）写的可以把人装在一个炮弹内，放到月亮里去；和法莱马列翁（Flamarion）写的在下雨的时候，可以把天空布满一片玻璃一般的东西，以代雨伞的科学小说一般。我们只要仔细想一想，这和普通童话中所想象的腾云飞翔等等荒唐无稽的愿望，又有什么分别呢！

我们如果给儿童阅读第一种常识问答式的作品，当然是引不起他们的兴趣的。如果给他们阅读童话变相式的第二种，结果，仍旧不知道那种装人的大砲弹和遮布天空的玻璃怎样做法，仍旧不明白科学的真面目。所以，这样的科学化，在实际上是收获不到一粒科学的小谷子的。

那么，要怎样才能达到这个目的呢？我以为一定要像丹麦爱华尔特（Carl Ewald）所写的《两条腿》那么的童话，才当得起这个责任。这本童话，是讲人类生活变迁的情形的；周作人先生对于这本书，曾在替李小峰先生的译本做的序文上说："……普通的动物故事，大都把兽类人格化了，不过保存他们原有的特性，所以看去很似人类社会的喜剧，不专重在表示生物界的生活现象；《两条腿》之所以称为动物故事，却有别的意义，便因它把主人公两条腿先生当作一只动物去写，并不看他作为我们自己或是我们的祖先，无意有意的加上一层粉饰。他写《两条腿》是一个十分利己而强毅聪敏的人，讲到心术或者还在猩猩表兄之下，然而智力则超过大众，不管是好是坏，这总是人类的实在情形。《两条腿》写人类生活，而能够把人当作百兽之一去看，这不特合于科学的精神，也使得这件故事更有趣味……"我们虽然不能把这本篇幅很长的书抄下看一看，可是有了这一段说明，也就可以知道他的价值了。

除了这本童话以外，依我个人所最爱的，就要算最近苏联伊林（M.Ilin）所著那本《时钟的故事》了。这是一本叙述计时器的历史的读物，共分上下两部，其中包含着数十则小故事，没有一段不是写得有声有色的。在这里，且把他摘下一段来：

> ……那本厚厚的，被老鼠啃过的书，原来是一本诗集，祈祷用的圣诗集，系奥古士丁（Brother Augustin）所有。他是一位本尼迭克派（Benedictine）的僧人，他在僧院里的职务是敲钟。每夜过了夜半三小时，他就得敲钟唤醒全院的僧众起来做早祷。可是，在这没有时钟的时代，他怎样知道夜里的时间呢？他生在一千年前，那时是绝对没有

时钟的。

奥古士丁有一个很简单的报告时间的方法。到了晚上，他开始读圣诗，读到这么的一节："To the Leader of the chorus of Idifumov，psalm of Asaphs"，他就跑到钟楼里去。

真的，他也曾犯过一次过失，他靠在书本上睡着了。一觉醒来，太阳已高高地悬在天空。结果，他受了僧院主持夫赖底塞德留的一顿教训。

所以，我们可以明白，书本到底不是标准的时计。譬如你读得很快—— 一小时可读二十页，你的兄弟却两页也读不完。因此，你有一个时间，他也有一个时间，但是时间总得大家一律才行。

这就是报告时间的方法，虽有数千种，而合用的只有极少的几种理由。

——节录新生命张迪虚译本

这一段是讲一千多年前，用读书的方法来计算时间的故事。以下更讲到用太阳照射来测算时间，以及我们中国的水钟（按即铜壶滴漏），埃及的乳钟等等，直到各式各样钟表的发明，和克罗诺米脱(即精密的时计）的完成，附带的还说到现在利用无线电来播送时间的事实。这本书的好处，就是能够把干燥无味的东西，处处抓住了趣味的中心，运用他的文学手腕把他写述出来。读了这本书，虽然得到了许多关于钟表的科学智识，但是，我们总觉得，好像读着一本最好的纯粹儿童文学一般，使你永远不会厌倦，这委实是难能可贵的。

在我们中国，虽然还没有能写得出这样好的儿童文学的作家，但是，受了这种好书的影响和时代的要求，近来也渐渐地有人努力于这种工作，而产生了较进步的创作了。如北新出版鲍维湘先生的科学童话《想飞的纸》，他叙述纸的制造一段，是这样写出来的：

……破布们在暗黑的厂屋里整整地闷了一夜。早晨的太阳，带着新鲜的生命来会见他们。惶恐的破布们，经了太阳的抚慰，觉得他们的前途很是光明，把恐惧减了不少。

三三两两的工人们走进屋来，把破布一捆一捆搬到一个贮水池边去，精精细细地替他们洗个澡，然后又把他们搬了回来。

“他们为什么还不把我们拿去变纸呢?”小花布被压在筐子里这样怀疑着。

工人们把一筐筐洗净的破布，运进机器房放到机器里去。

轰隆！……轰隆！……轰隆！破布们只听得一阵阵巨大的声音在响。他们抬眼望去，只见许多急旋着的皮带，许多黝黑的脸面，许多粗糙的手臂，这里便是造纸的场所。

“他们将把我们怎么办呢?”有许多破布正在这样地苦叫着。霍！……霍！……霍！……他们只觉得自己的身子忽然往下面淌了下去。“啊呀!”他们看见前面有几排锋利的剪刀，不禁惊喊起来，可是话未喊完，剪刀已在他们身上剪了下来，他们立刻失去了知觉了。

被剪碎了的破布又往前淌去，前面是一排钢爪。钢爪把他们撕成一片一片，又放他们过去。前面是一排可怕的轮子，碎片们在他们底下经过，轧成了细细的一粒一粒。再往前淌，魔石更把他们细细地研成了细末，流到水中，成了一种灰色的汤浆。

一种有力量的药品，把灰色的汤浆立刻变成了白色。在别的一架机器上，张着一面很细很细像筛一样的帘子。汤浆流到了筛上，沥去了水分，在上面便留着像毡一般的东西。圆柱样的压力机压着这块毡，另外一架烘焙机又把他们焙干磨光。到了这时，那些新生的纸，忽然都像作完了一场大梦似的，微微地睁开了睡眼。

“喔，我的身子的大部分，变成了一张纸了！啊，我回想起刚才的经过，真像一场梦似的。”小花布身子的大部分，凑巧得很，都被结合在一张白的纸里。他睁开眼来，看见他自己已变得这般美好，同时又回想起刚才所遇的可怕的情景，不禁又惊又喜地高叫了起来：“好了，我现在已是一个新的生命了，我要急急地完成我的理想了。我要飞，我要飞上青青的天空，和悠悠的白云做朋友，和清高的云雀做伴侣。啊！这地面，这人间，实在太不入我的眼了！”

他觉得他的前途充满着光明与美满，在他的眼里，其他的新生朋友，都是庸俗的一群。他们是印刷报纸和包裹物件的东西，他怎肯和他们交谈，降低他的身分呢！……

他所具有的特点，是能够保持童话的本质，将死的东西，人格化而变成能说话的活东西，一方面却还是不失掉他介绍科学的态度。正如一杯果汁冰淇淋一样，已经把果子味混透在乳酪里，而不是只把一块果子皮放在上面就算了事的作品可比。所以，我认为在目前的许多科学化的中国儿童文学作品中，这是差强人意的一篇。

除了这种科学化的新趋势以外，还有苏联政府新出版的那种简洁、劲健的儿童文学读物，也是值得给我们做模范的。下面就是从一册题名为《竞赛部》（Contest Boord）的图画书中，选取下来的一首小诗：

锻铁工会

——宜闲译（见《东方》第三十卷第二号）

好铁公不怕倦！

挥着锤，吹着火！

铁工帮有面子，
他们约定怎么样，做到怎么样。
他们不浪费，不偷懒，
看哪，铁工赢得的是什么奖：
一个火车头，隆隆响着的，冒着汽的火车头！

铁工得这奖的道理，
你可不难猜：
火车头是有力的，骄傲的，
他喷着喘着，高声吹哨着，
轰隆轰，他吞没许多里地方，
一路拖拉着一列的车子。

这册书是玛莎克（S. Marshak）和雷比台夫（V. Lebedev）两人合作的。前者是苏联杰出的儿童诗人，现任儿童文学院院长；后者的作品，也已有国际的声誉了。在这里，我们不独可以看出他们的儿童文学的怎样进步，并且可以知道他们对于儿童文学怎样的重视。

虽然，这种倾向，在儿童文学的立场上看起来，似乎是太教育的，太偏于教训了。但是，请不要忘记，在今日，我们的中国，是处于怎样的地位啊！所以，我们在供给儿童阅读那些纯文艺的作品以外，参酌地供给儿童一些这种读物，也许是很有需要的。

【本章习题】

一、儿童文学提倡科学化的主旨何在？

二、在外国有没有人这样提倡过？著名的是谁？

三、文学和科学的区别怎样?

四、最普遍的科学化的儿童文学，有几种方式?这种儿童文学有没有弊病?

五、现在最著名的科学的儿童文学，是那一部?谁的著作?有什么特点?

六、现今世界上，对于儿童文学改变得最利害的，是那一国?他们的作品怎样?

七、我国今日对于儿童文学的一般趋向怎样?

第十一章　儿童文学的教学法

我们已经把儿童文学整个地研究了一番，对于他的各方面，当然有了相当的认识。但是，我们要怎样去养成儿童阅读儿童文学的能力，怎样去增长儿童阅读儿童文学的兴趣，这些，就全靠教师适当的教学了。

教学儿童阅读儿童文学，先要明了教学的方法，教学方法上所应注意的要点是：

一、教材排列的程序。开始教学时，宜用演进连续的图画故事，逐渐参用半图半文的故事。到了三四年级，文字可以加多，图画可以减少。对于文字的教学，要用整段的故事入手，不用单字单句入手，渐次才用完整成段或成篇的作品。而且，各种文体，要错综地供给，低年级多用诗歌，高年级可以减少。

二、经验的扩充。要使儿童对于教材感觉兴趣，必先使他具有那种材料的经验。譬如南方热地的儿童，从来没有看见过雪，要是给他阅读一篇“雪的故事”，或是吟咏一首“雪的诗歌”，他们那会领悟，那会明了雪的性质呢！所以，教师必须先使具有广博的经验，否则，一定使你无从着手。

三、先全体而后分析。教学一篇新教材，必先使儿童明了全篇内容，而后讲解字句；切不可从逐字逐句讲起，然后再进求内容。这样，不独于阅读的效力可以增加，且于时间上也可以节省不少。